JEAN PAUL

Leben des Quintus Fixlein,

aus funfzehn Zettelkästen gezogen;
nebst einem Musteil
und einigen Jus de tablette

MIT EINEM NACHWORT
VON RALPH-RAINER WUTHENOW

PHILIPP RECLAM JUN. STUTTGART

Der Text folgt Jean Pauls Sämtlichen Werken, hist.-krit. Ausgabe, 1. Abt., 5. Bd., Weimar 1930. – Die Orthographie wurde unter Wahrung des Lautstandes behutsam modernisiert, die Interpunktion original belassen, Anmerkungen auf S. 293 ff. beigefügt.

Universal-Bibliothek Nr. 164 [4]

Gesetzt in Borgis Garamond-Antiqua. Printed in Germany 1979
Herstellung: Reclam Stuttgart
ISBN 3-15-000164-1

Billet an meine Freunde, anstatt der Vorrede.

Kaufleute, Autoren, Mädchen und Quäker nennen alle Leute, mit denen sie verkehren, Freunde; und meine Leser sind also meine Gäste und Universitätsfreunde. Nun beschenk ich zwar so viele hundert Freunde mit ebenso vielen hundert Freiexemplaren – und die Buchhandlung hat den Auftrag, jedem nach der Messe seines auf Verlangen auszuliefern gegen ein elendes Gratial und don gratuit für Setzer, Drucker und andere Leute –; aber da ich die ganze Auflage nicht wie die französischen Autoren zum Buchbinder schicken konnte: so fehlt natürlich vornen das leere Buchbinderblatt, und ich konnte also dem Empfänger des Geschenks nichts Schmeichelhaftes daraufschreiben. Ich ließ deswegen nach dem Titel einige leere Blätter einziehen; auf diese wird hier gedruckt.

Mein Buch zerfällt, wie die Buße, in drei Teile.

Den ersten oder sogenannten Musteil, der aus zwei Erzählungen besteht und den die Reichserbküchenmeisterin der Phantasie mit Blumenwerk und Blumenmehl (wenigstens bestellt' ich's so) garnieren sollte, bescher ich, lieben Freunde, bloß lieben Freundinnen: wahrhaftig mit beiden Erzählungen werd ich ihnen eine ebenso große Freude machen, als brächt' ich ihnen von Leipzig anstatt dieses Meßpräsentes ein ganzes Ohrrosen-Bouquet oder Visitenbillets auf holländischem Papier silbern gerändelt mit – oder ein Trauernegligé oder doch einen Fächer von Sandelholz mit einem Medaillon. Sie sind geborne Blumistinnen und selber gut gezeichnete Blumenstücke und lieben mithin auch in Büchern, was sie so oft begießen, sticken und brechen,

– Blümchen. Das Schicksal, als Weginspektor, bestecke damit auch euere staubige Lebens-Kunststraße, und Freudenrosen sollen euere Wegmesser und Werstenzeiger sein: ich wüßte keinen bessern Einhaucher oder inhalery gegen *tiefere* Brustschmerzen, als den Wundarzt Mudge mit der Maschine jenes Namens lindert, keinen bessern Einhaucher sag ich, als eueren tröstenden Mund; und eben darum schenke euch der Himmel, indes unsere Fußsohlen im heißen Sand an dem Krater des bürgerlichen Lebens waten, tiefer unten die stille fruchtbare blumige Region an diesem Vesuv und setze besonders euern Männern oder Vätern, wie die Kalendermacher der Sonne, ein menschliches Antlitz an, das auf eine schöne Weise das männliche wie das solarische Blenden mildert.

Der zweite und größte Teil des Buchs enthält das Leben eines Schulmanns, das – neun oder zehn Kapitel ausgenommen – schon weniger für Mädchen passet: desto besser für sie und für mich, wenn ich mich über die sechs oder fünf andern Kapitel betrüge. Mit dieser Biographie will nun der Verfasser euch, lieben Freunde, nicht sowohl ein Vergnügen machen als euch lehren, eines zu genießen. Wahrlich Xerxes hätte nicht auf die Erfindung neuer Freuden, sondern auf eine gute Methodologie und Haustafel, die alten zu genießen, Preismedaillen bieten sollen.

Ich konnte nie mehr als drei Wege, glücklicher (nicht glücklich) zu werden, auskundschaften. Der erste, der in die Höhe geht, ist: so weit über das Gewölke des Lebens hinauszudringen, daß man die ganze äußere Welt mit ihren Wolfsgruben, Beinhäusern und Gewitterableitern von weitem unter seinen Füßen nur wie ein eingeschrumpftes Kindergärtchen liegen sieht. – Der zweite ist: – gerade herabzufallen ins Gärtchen und da sich so einheimisch in eine Furche einzunisten, daß, wenn man aus seinem warmen Lerchennest heraussieht, man ebenfalls keine Wolfsgruben, Beinhäuser

und Stangen, sondern nur Ähren erblickt, deren jede für den Nestvogel ein Baum und ein Sonnen- und Regenschirm ist. – Der dritte endlich – den ich für den schwersten und klügsten halte – ist der, mit den beiden andern zu wechseln. –
Das will ich jetzt den Menschen recht gut erklären.
Der Held – der Reformator – Brutus – Howard – der Republikaner, den bürgerliche Stürme, das Genie, das artistische bewegen – kurz jeder Mensch mit einem großen Entschluß oder auch nur mit einer perennierenden Leidenschaft (und wär' es die, den größten Folianten zu schreiben), alle diese bauen sich mit ihrer innern Welt gegen die Kälte und Glut der äußern ein, wie der Wahnsinnige im schlimmern Sinn: jede *fixe* Idee, die jedes Genie und jeden Enthusiasten wenigstens periodisch regiert, scheidet den Menschen erhaben von Tisch und Bett der Erde, von ihren Hundsgrotten und Stechdornen und Teufelsmauern – – gleich dem Paradiesvogel schläft er fliegend, und auf den ausgebreiteten Flügeln verschlummert er blind in seiner Höhe die untern Erdstöße und Brandungen des Lebens im langen schönen Traume von seinem idealischen Mutterland. ... Ach! wenigen ist dieser Traum beschert, und diese wenigen werden so oft von fliegenden Hunden[1] geweckt! –
Diese Himmelfahrt ist aber nur für den geflügelten Teil des Menschengeschlechts, für den kleinsten. Was kann sie die armen Kanzleiverwandten angehen, deren Seele oft nicht einmal Flügeldecken hat, geschweige etwas darunter – oder die gebundnen Menschen mit den besten Bauch-, Rücken- und Ohrenfloßfedern, die im Fischkasten des Staates stillestehen und nicht schwimmen sollen, weil schon der ans Ufer lang gekettete Kasten oder Staat im Namen der Fische schwimmt? Was soll ich dem stehenden und schreibenden Heere

1. So heißen die Vampiren.

beladener Staats-Hausknechte, Kornschreiber, Kanzelisten aller Departements und allen im Krebskober der Staats-Schreibstube aufeinandergesetzten Krebsen, die zur Labung mit einigen Brennesseln überlegt sind, was soll ich solchen für einen Weg, *hier* selig zu werden, zeigen? –

Bloß meinen zweiten; und das ist der: ein zusammengesetztes Mikroskop zu nehmen und damit zu ersehen, daß ihr Tropfe Burgunder eigentlich ein rotes Meer, der Schmetterlingsstaub Pfauengefieder, der Schimmel ein blühendes Feld und der Sand ein Juwelenhaufe ist. Diese mikroskopischen Belustigungen sind dauerhafter als alle teuern Brunnenbelustigungen. ... Ich muß aber diese Metaphern erklären durch neue. Die Absicht, warum ich *Fixleins* Leben in die Lübecksche Buchhandlung geschickt, ist eben, in diesem Leben – daher ich's in diesem Billet wenig brauche – der ganzen Welt zu entdecken, daß man kleine sinnliche Freuden höher achten müsse als große, den Schlafrock höher als den Bratenrock, daß man Plutos *Quinterne* seinen *Auszügen* nachstehen lassen müsse, einen NNd'or dem Notpfennig, und daß uns nicht große, sondern nur kleine Glückszufälle beglücken. – – Gelingt mir das: so erzieh ich durch mein Buch der Nachwelt Männer, die sich an allem erquicken, an der Wärme ihrer Stuben und ihrer Schlafmützen – an ihrem Kopfkissen – an den heiligen drei Festen – an bloßen Aposteltagen – an den abendlichen moralischen Erzählungen ihrer Weiber, wenn sie nachmittags als Ambassadricen einen Besuch auf irgendeinem Witwensitz, wohin der Mann nicht zu bringen war, gemacht hatten – am Aderlaßtage dieser ihrer Novellistinnen – an dem Tage, wo eingeschlachtet, eingemacht, eingepökelt wird gegen den grimmigen Winter und so fort. Man sieht, ich dringe darauf, daß der Mensch ein Schneidervogel werde, der nicht zwischen den schlagenden Ästen des brausenden, von Stürmen hin und her gebognen un-

ermeßlichen Lebensbaumes, sondern auf eines seiner Blätter sich ein Nest aufnähet und sich darin warm macht. – Die nötigste Predigt, die man unserem Jahrhundert halten kann, ist die, zu Hause bleiben.
Der dritte Himmelsweg ist der Wechsel mit dem ersten und zweiten. Der vorige *zweite* ist nicht gut genug für den Menschen, der hier auf der Erde nicht bloß den Obstbrecher, sondern auch die Pflugschar in die Hände nehmen soll. Der *erste* ist zu gut für ihn. Er hat nicht immer die Kraft, wie *Rugendas* mitten in einer Schlacht nichts zu machen als Schlachtstücke und wie *Bakhuisen* im Schiffbruche kein Brett zu ergreifen als ein Zeichenbrett, um ihn zu malen. Und dann halten seine *Schmerzen* so lange an als seine *Ermattungen*. Noch öfter fehlet der Spielraum der Kraft: nur der kleinste Teil des Lebens gibt einer arbeitenden Seele Alpen – Revolutionen – Rheinfälle – Wormser Reichstage – und Kriege mit Xerxes, und es ist so fürs Ganze auch besser; der längere Teil des Lebens ist ein wie eine Tenne plattgeschlagener Anger ohne erhabene Gotthardsberge, oft ein langweiliges Eisfeld ohne einen einzigen Gletscher voll Morgenrot.
Eben aber durch Gehen ruhet und holet der Mensch zum Steigen aus, durch kleine Freuden und Pflichten zu großen. Der siegende Diktator muß das Schlacht-Märzfeld zu einem Flachs- und Rübenfeld umzuackern, das Kriegstheater zu einem Haustheater umzustellen wissen, worauf seine Kinder einige gute Stücke aus dem Kinderfreund aufführen. Kann er das, kann er so schön aus dem Weg des genialischen Glücks in den des häuslichen einbeugen: so ist er wenig verschieden von mir selber, der ich jetzt – wiewohl mir die Bescheidenheit verbieten sollte, es merken zu lassen – der ich jetzt, sag ich, mitten unter der Schöpfung dieses Billets doch imstande war, daran zu denken, daß, wenn es fertig ist, die gebacknen Rosen und Holundertrauben auch

fertig werden, die man für den Verfasser dieses in Butter siedet.

Da ich zu diesem Billet noch ein Postskript (am Ende des Buchs) anstoßen will: so spar ich einiges, was ich noch über den dritten, halb satirischen, halb philosophischen Teil des Werks zu sagen hätte, absichtlich für die Nachschrift auf.

Hier lässet der Verfasser, aus Achtung für die Rechte eines Billets, seine halbe Anonymität fahren und unterschreibt sich zum ersten Male mit seinem *ganzen* wahren Namen. Hof im Voigtland, den 29. Jun. 1795.

Jean Paul Friedrich Richter.

Geschichte meiner Vorrede
zur zweiten Auflage
des Quintus Fixlein.

Geschichte der Vorrede
zur zweiten Auflage.

Ein Schweizer voltigierte (nach dem Berichte Stolbergs) einst so heftig als er konnte von der Stube auf den Sessel und von diesem wieder herunter – da man ihn darüber befragte, gab er an: »er mache sich lebhaft.« – Aber Normänner wie ich brauchen schon halbe Tagreisen, wenn sie so feurig werden wollen, daß sie den Plan eines Kapitels glücklich entwerfen. Schon *Erasmus* arbeitete sein Lob der Narrheit auf dem Sattel aus (da er nach Italien ritt), und der englische Dichter *Savage* sein Trauerspiel Overbury auf den Londner Gassen – wiewohl sein Leben selber eines war, kein bürgerliches, sondern ein adeliges, da er sich von seiner natürlichen Mutter, der Gräfin von Macclesfield, jährlich 200 Pf. auszahlen ließ, damit er kein Pasquill auf sie machte, sondern eben dadurch nur eines auf sie wäre –; von mir aber ist gar bekannt, daß ich vor einigen Jahren die große Tour machte, bis ich gleich einem jungen Herrn mit dem Risse oder Knochengebäude der *»Mumien«* wiederkommen konnte; ja sollt' ich mich einmal zu einem epischen Werke wie die Odyssee entschließen, so müßte sich wohl der Sänger so lange auf seiner pittoresken Entdeckungsreise aufhalten als der Held selber.

Hingegen zur Zeugung einer Vorrede zur zweiten Auflage hab ich nie mehr nötig erachtet als eine Fußreise von *Hof* nach *Bayreuth*, einen Katzensprung über drei Poststationen. Ich such aber etwas darin, wenn ich das Erstaunen der Nachwelt und ihrer Vorfahren dadurch erregen kann, daß ich beide auf die bayreuthische Kunststraße mitnehme, auf der ich hinlaufe – im Webstuhl der Vorrede eingesperrt und mit dem Weberschiffchen werfend –, ohne doch etwas Rechtes herauszubringen. Ich trug nämlich die offne Schreibtafel vor mir her, um die Vorrede, wie sie mir Satz für Satz entfiel, darin aufzufangen; aber wenige Autoren wurden noch so in ihren Vorreden gestört. Ich will es ausführlich erzählen.

Der moralische Gang des Menschen gleicht seinem physischen, der nichts ist als ein fortgesetzter Fall.

Schon der Höfer Schlagbaum, unter dem man den Chausseezoll erlegt und der hinter dem Visavis einer Dame niedersank, die ihn abgetragen, fiel hart wie ein Stoßvogel und Eierbrecher auf den Kopf des Vorberichts: denn ich wollte der Dame durchaus vorlaufen, um ihr ins Gesicht zu sehen; und mithin wurde unter dem Nachdringen wenig an die Weberei der Vorrede gedacht, wiewohl ich dem Visavis fruchtlos nachsetzte. Mit unbekannten Frauenzimmern ist's ganz anders wie mit unbekannten Büchern. Ich nehme nie ein Buch, das ich noch nicht gelesen, in die Hände, ohne wie ein Rezensent vorauszusetzen, es sei elend. Hingegen bei einer unbekannten Frau nimmt jeder Mann, gesetzt er hätte schon 30 000 Abgöttinnen[1] kennen und vergessen gelernt, von neuem an, diese 30 001ste sei erst die ächte unverfälschte heilige Jungfrau – die Gottesgebärerin – die Göttin selber. Das nahm ich gleichfalls an auf dem Straßendamm; wenigstens konnt' ich doch eine Frau, an deren gepuderten und aufgelockten Hinterkopf die Morgenröte so deutlich anfiel, zu den gebildeten weiblichen Köpfen zählen, welche – da nach Rousseau *Eisen* und *Getreide* die Europäer kultivieret haben – den feinern Fabrikaten aus beiden, den *Haarnadeln* und dem *Puder*, jene Bildung verdanken, die nun, hoff ich, unter den weiblichen Köpfen bürgerlichen Standes schon etwas Ge-

1. Varro bringt eine Zahl von 30 000 heidnischen Göttern zusammen.

meines ist. Gegen diese äußere Kultur einer Frau sollte sich kein Ehemann sperren, der an der seinigen eine gutmachte papinianische Kochmaschine – eine Schäfe-rische Waschmaschine – eine englische Spinnmaschine – und eine Girtannerische Respirationsmaschine besitzen will: er zeigt sonst, daß er eine unschuldige Ausbildung mit der innern, von der überhaupt Honoratiorinnen im ganzen frei sind, verwechsele. Kultur ist, gleich dem Arsenik, den Blei-Solutionen und den Wundärzten, bloß *äußerlich* gebraucht etwas Herrliches und Heilsames: innen im weiblichen Kopf, der so leicht brennend wird, schneuzet oder bläset der Ehemann das *Licht* aus Vorsicht aus, so wie man aus derselben Vorsorge nachts nie ein physisches in die kaiserliche Bibliothek in Wien einlässet. – –

Nun schlang gar der Wald die Dame hinein, und ich stand leer auf der offnen Chaussee. Mein Verlust brachte mich auf die Vorrede zur zweiten Auflage zurück. Ich fing sie in der Schreibtafel an; und hier folgt sie, so viel als ich davon nahe bei Hof fertigbrachte.

Vorrede zur zweiten Auflage.

»Der Poet trägt sehr oft wie ein gebratener Kapaun unter seinen Flügeln, womit er vor allen besetzten Fenstern der gelehrten Welt aufsteigt, rechts seinen Magen, links seine Leber. Überhaupt denkt der Mensch hundertmal, er habe den alten Adam ausgezogen, indes er ihn nur zurückgeschlagen, wie man die Neger-Schwarte des Schinkens zwar unterhöhlet und aufrollet, aber doch mit aufsetzt und noch dazu mit Blumen garniert.« ...

Allein jetzt ging hinter mir die Sonne auf. – Wie werden vor dieser Erleuchtung des ewigen, sich selber aus- und ineinanderschiebenden Theaters voll Orchester und Galerien die Vorreden und das Krebsleuchten der Rezensenten und die phosphoreszierenden Tiere, die Autoren, so blaß und so matt und so gelb! – Ich hab es oft versucht, vor der jährlichen Gemälde-Ausstellung der langen unabsehlichen Bildergalerie der Natur an Buchdruckerstöcke, an Finalstöcke, an Schmutzblätter und an Spatia der Buchdrucker zu denken – – aber es ging nicht an, ausgenommen mittags, hingegen abends und morgens nie. Denn gerade am *Morgen* und am *Abende* und noch mehr in der *Jugend* und im *Alter* richtet der Mensch sein erdiges Haupt voll Traum- und Sternbilder gegen den stillen Himmel auf und schauet ihn lange an und sehnet sich bewegt; hingegen in der schwülen Mitte des Lebens und des Tages bückt er die Stirn voll Schweißtropfen gegen die Erde und gegen ihre Trüffeln und Knollengewächse. So ist die mittlere Lage einer Spielkarte aus Makulatur gemacht, nur die zwei äußersten Lagen aber aus feinem Druckpapier; oder so richtet sich der Regenbogen nur in *Morgen* und *Abend*, nie in Süden auf.

Als mich die Straße immer höher über die Täler hob, wurd' ich zweifelhaft, wem ich treu bleiben sollte – ob der erhabenen Allee und Kolonnade von Bergen, die ich linker Hand, oder dem magischen Visavis mit dem gebildeten Kopfe, das ich geradeaus vor mir hatte – ich sah ein, auf der linken Tabor-Berg-Kette verkläre sich der Geist und stehe in ausgehauenen Fußtritten weggeflatterter Engel fest, aber im Visavis saß ja der herabgeflogene Engel selber.

An Vorberichte war nicht zu denken. Zum Glück nahm ich unweit *Münchberg* neben den großen Gerüsten der Natur, welche die Seele wie Reben stängeln, noch eines wahr, das sie zur Kriech- und Zwergbohne eindrückt, nämlich den Rabenstein und einen wohlgekleideten Herrn, der darauf botanisierte. – Beiläufig! kein Gras auf Rasenbänken oder in Festungen oder auf Wouvermanns Leinwand ist ein so schönes bowling-green als das auf Rabensteinen, das gleichsam ein Ernte- und

Belagerungskranz (corona obsidionalis) der siegenden Menschheit ist. Ach es stehen ohnehin so viele rote Wolken voll Blutregen über der Erde und tropfen! – Ich fassete mich jetzt als Vorredner und stellte mir vor: »Es ist nicht zu verhehlen, daß du vor der ersten Station, vor Münchberg, stehest und noch wenig mehr von dem Vorbericht herausgetrieben hast als den ersten Schuß: auf diese Art wirst du durch *Gefrees*, durch *Berneck* und *Bindloch* kommen ohne den geringsten Zuwachs der Vorrede, besonders wenn du darin kein Wort sagen willst, als was zu einem vorigen und künftigen wie ein Zwickstein passet. Steht es dir denn nicht frei, wie Herr von Moser zu arbeiten (der Gevatter und Vorläufer deiner Zettelkästen), der in seinem Leben keinen zusammenhängenden Bogen geschrieben, sondern nur Aphorismen, Gnomen, Sinnsprüche, kurz nichts mit Flechtwerk?« Ich mußte mir recht geben; und fuhr demnach *bandfrei* wie gute Klaviere und in thesibus magistralibus, ohne andere Verbindungen und Bastpflanzen als denen auf dem *Rabenstein*, so fort in der

Vorrede zur zweiten Auflage.

»Es ist eine ewige Unart der Menschen, daß sie alle Schrammen und Pockengruben ausgestandener Jahrhunderte, alle Nachwehen und Feuermäler der vorigen Barbarei nie anders wegschaffen lassen als *zweimal* – erstlich durch die *Zeit*, dann zweitens (obgleich bald darauf, oft im nächsten Jahrhundert) durch *Edikte*, Kreisschlüsse, Reichsabschiede, Landtagsabschiede, pragmaticas sanctiones und Vikariatskonklusa – – dergestalt, daß unsere verdammten skorbutischen, rostigen, kanigen Narrheiten und Gebräuche gänzlich den fürstlichen Leibern gleichen, die ebenfalls zweimal begraben werden, das erstemal heimlich, wenn sie stinken, das zweitemal öffentlich in einem leeren zweigehäusigen Paradesarg, dem Trauerfahnen, Trauermäntel, Trauerstuten niedergeschlagen folgen.« –

Die Fortsetzung der Vorrede folgt.

Der Botaniker der Galgen-Flora hatte mich unter dem Schreiben eingeholt und gestört. Ich erstaunte, den Herrn Kunstrat *Fraischdörfer* aus *Haarhaar*[2] vor mir zu haben, der nach Bamberg ging, um von einem Dache oder Berge irgendeiner zu hoffenden Hauptschlacht zuzusehen, die er als Galerieinspektor so vieler Schlachtstücke, ja selber als Kritiker der homerischen nicht gut entbehren kann. – Mein Gesicht hingegen war ihm ein unbekanntes inneres Afrika. Ein Mann muß sich wenig in der literarischen Weltgeschichte umgesehen haben, dem man es erst zu sagen braucht, daß der Kunstrat sowohl in der neuen allgemeinen deutschen bibliothekarischen als in der haarhaarischen, scheerauischen und flachsenfingischen Rezensier-Faktorei mitarbeite als einer der besten Handlungsdiener. Wie man einen Kürbis in einen Karpfenteich als Karpfenfutter einsetzt: so senkt er seinen nahrhaften Kopf in manches ausgehungerte Journalistikum ein als Bouillonkugel. Da nun der Kunstrat, dem ich doch nie etwas zuleide getan, schon an mehreren Orten deutliche Winke fallen lassen, er wolle mich in kurzem rezensieren: so war mir fatal zumute; denn es gibt zwischen nichts eine größere Ähnlichkeit und Antipathie zugleich als zwischen einem Rezensenten und Autor, wiewohl derselbe Fall auch beim Wolf und Hunde ist. Ich münzte daher meinen Namen als mein eigner Falschmünzer um und sagte mich als einen ganz andern Menschen an: »Sie sehen hier«, sagt' ich zum Kunstrat,

2. So heißet bekanntlich das Fürstentum, in welchem die Geschichte, die ich nun bald unter dem Namen *Titan* ediere, vorfällt. Daher kenn ich den Kunstrat Fraischdörfer recht gut, er aber mich gar nicht.

»den bekannten Egidius Zebedäus Fixlein vor sich, von dessen Leben mein Herr Gevatter Jean Paul der Welt eine zweite Auflage zu schenken gesonnen – wiewohl ich täglich noch fortlebe und mithin immer neues Leben, das man beschreiben kann, nachschieße.« – Die Seele des Kunstrates war jetzt nicht wie die nachgestochene im orbis pictus aus *Punkten* zusammengesetzt, sondern aus *Ausrufungszeichen*; andere Seelen bestehen aus Parenthesen, aus Gänsefüßen, die meinige aus Gedankenstrichen. Er forschte mich, da er mich für den Quintus hielt, nun aus, ob mein Charakter und mein Haushalten zu dem gedruckten paßten. Ich teilte ihm viele neue Züge von Fixlein mit, die aber in der zweiten Auflage stehen, weil er mir sonst öffentlich vorwirft, ich hätte mein Original mager porträtiert. Er brachte alle meine Straßenreden sogleich zu Pergament, weil er nichts behalten konnte; daher hatt' er einige hauptstärkende Kräuter zu einer Kräutermütze auf dem Rabensteine gesammelt. Fraischdörfer gestand mir, steckte einer seine Studierstube mit den Exzerpten und Büchern in Brand, so wären ihm auf einmal alle seine Kenntnisse und Meinungen geraubt, weil er beide in jenen aufbewahre; daher sei er auf der Straße ordentlich unwissend und dumm, gleichsam nur ein schwacher Schattenriß und Nachstich seines eignen Ichs, ein Figurant und curator absentis desselben.
Überhaupt ist der Tempel des deutschen Ruhms eine schöne Nachahmung des athenischen Tempels der Minerva, worin ein großer Altar für die Vergessenheit stand[3]. Ja wie die Florentiner sich ihren Pandekten nur ehrerbietig in einem Staatskleide und mit Fackeln nähern, so nehmen wir aus derselben Ehrfurcht die Werke unserer Dichter nur in Bratenröcken in Gesellschaft zur Hand und nähern solche selber den Kerzen und fachen damit das Feuer in allen guten Köpfen aus

3. Plutarch Sympos. l. g. qu. 6.

– Meerschaum an. – Ich bin oft gefragt worden, woher es komme, daß der alternden Welt, in deren Gedächtnis sich doch die ältesten Werke von tausend Messen her, die eines Plato, Cicero, sogar Sanchuniathons, erhalten, gleichwohl die allerneuesten, z. B. die Ritterromane von den letzten Messen, kantianische, wolfianische, theologische Streitschriften, Bunkels Leben, die besten Inauguraldisputationen und pièces du jour, Hirtenbriefe und gelehrte Zeitungen, oft in dem Monate entfallen, worin sie davon hört. Meine Antwort war gut und hieß: da es wohl keine mystische Person von einem solchen Alter gibt als die Welt, die ein wahrer alter eingerunzelter Kopf von Denner ist und die nun anfängt (wie es wohl kein Wunder ist), vor Marasmus schwach und fast kindisch zu werden: so ist sie natürlicherweise von dem Übel alter Personen nicht frei, die alles, was sie in ihrer *Jugend* gehört und gelesen, trefflich festhalten, hingegen was sie in ihren alten Tagen erfahren, in einer Stunde vergessen. Daher denn unsere Bücher den Lumpen in der Papiermühle gleichen, von denen sie genommen sind, unter welchen der Papiermüller die frischen allzeit früher zur Fäulnis bringt als die alten. –

Im Grunde hätt' ich das als einen abgesonderten Satz in der Vorrede zur zweiten Auflage aufstellen können.

Über Münchberg erbosete sich der Kunstrat ungemein: entweder die Häuser oben auf dem Berge oder die unten sollten weg; er fragte mich, ob Gebäude etwas anders als architektonische Kunstwerke wären, die mehr zum Beschauen als zum Bewohnen gehörten und in die man nur mißbrauchsweise zöge, weil sie gerade wie Flöten und Kanonen hohl gebohret wären, wie die Bienen sich im hohlen Baum ansetzen, anstatt um dessen Blüten zu spielen. Er zeigte das Lächerliche, sich in einem Kunstwerk einzuquartieren, und sagte, es sei

soviel, als wollte man *Heems*[4] Gefäße zu Käsenäpfen und Federtöpfen verbrauchen, oder den Laokoon zum Baßgeigenfutteral und die mediceische Venus zur Haubenschachtel aushöhlen. Er wunderte sich überhaupt, wie der König Dörfer leiden könnte; und gestand frei, es mach' ihm als Artisten eben kein Mißvergnügen, wenn eine ganze Stadt in Rauch aufginge, weil er alsdann doch die Hoffnung einer neuen schönern fasse.
Er war nicht von mir wegzubringen: jetzt griff er, außerhalb Münchberg, statt der Münchberger mich selber an und stäupte meine opera. Ach die Vorrede zur zweiten Auflage sowohl als das fliehende Visavis ließen mich und meine Wünsche immer weiter hinter sich, und ich hatte von der ganzen Dame wie von einer gestorbnen nichts mehr im Auge als den fernen nachfliegenden Staub, den ich indes für viel Märzenstaub und Puntsch- und Demantpulver nicht weggegeben hätte. Der Kunstrat und Fraisherr kielholte und säckte jetzt meinen Gevatter – Jean Paul, denn mich hielt er, wie gesagt, für den Quintus – und verdacht' es jenem, daß er seinen biographischen Brei nicht wie Landleute recht *glatt* auftrage, und daß er sich überhaupt nicht vor dem Spiegel der Kritik anputze. Ich nahm mich des gekränkten abwesenden Mannes an und sagte, soviel ich aus seinem Munde wisse, so heb' er sich gerade auf den Schwungbrettern und an den Springstäben und Steigeisen der Kritik mehr als mit den Oberflügeln seiner Psyche auf, ja er habe kritische Briefe unter der Feder, worin er die Kritik auf Kosten der Kritiker preise und übe – eben diese kritische Manipulation schwelle seine Werke so sehr auf, wie die Nasen größer und *länger* werden durch häufiges Schneuzen. – Und wahrhaftig so ist es: ich begreif es nicht, wie ein Mensch ein Werkchen schreiben kann, das kaum ein halbes Alphabet stark ist; ein Bogen in der Ferne breitet sich

4. Der beste Maler in Topf-Stücken.

ja notwendig in der Nähe zu einem Buche aus, und ein Buch zum Ries: ein opus, das, wenn ich es eben hinwerfe, gleich einem neugebornen Bären nicht größer ist als eine Ratze, leck ich mit der Zeit zu einem breiten Landbären auf. Der Kritiker sieht freilich nur, wieviel der Autor behalten hat, aber nicht, wieviel er weggeworfen; daher zu wünschen wäre, die Autoren hingen ihren Werken hinten für die Rezensenten die vollständige Sammlung aller der elenden dummen Gedanken an, die sie vornen ohne Schonen ausgestrichen, um so mehr, da sie es ja, wie z. B. Voltaire, bei der letzten Herausgabe ihrer opera wirklich tun und hinten für feinere Leser einen Lumpenboden des Auskehrigs der ersten Editionen anstoßen und aufsparen, wie etwan einige preußische Regimenter den Pferdestaub zurücklegen und vorrätig halten müssen, zum Beweise, daß sie gestriegelt haben. –

Jetzt säuerte er allmählich aus Bieressig zu Weinessig: er sagte mir gerade heraus: »Sie wissen nicht, für wen Sie fechten: Ihr Herr Gevatter hat Dero Kniestück selber zu einer Bambocchiade gemacht und Sie nicht mit den intellektuellen Vorzügen ausgesteuert und ausgestellt, die Sie doch, wie ich jetzt höre, wirklich haben. Ich konnte auf dem Druckpapier wenigen Anteil an Ihro Hochehrwürden nehmen, erst auf der Chaussee.« Ich wünschte, er zöge auch diesen zurück, und fiel absichtlich aus meinem Fixleinischen Charakter heraus, indem ich pikiert sagte: »Wenn Leser, zumal Leserinnen meinen komischen Charakter oder überhaupt einen unvollkommnen nicht goutieren, so erklär ich mir es gut: sie haben keinen Geschmack an schreibenden Humoristen, geschweige an handelnden; auch wird es einer engen Phantasie schwerer, sich in unvollkommne Charaktere zu denken als in vollkommne und sich für sie zu interessieren – endlich hat der Leser einen Helden lieber, der ihm ähnlich ist, als einen unähnlichen; unter einem ähnlichen meint er aber allzeit einen herrlichen Menschen.« – Gewiß! Denn wie Plutarch in seinen Biographien jeden großen Mann gegen einen zweiten großen wiegt und vergleicht, so hält der Leser jeden großen Charakter einer Biographie leise mit einem zweiten großen zusammen (welches seiner ist) und gibt acht, was dabei herauskömmt. Aus diesem Grunde schätzen Mädchen eine vollkommene weibliche Schönheit und Grazie ungemein hoch in der *Schilderei* des Romans (so sehr verschönert der Dichter das Fatalste), und sehnen sich wenig darnach in der *Plastik* und Skulptur der Wirklichkeit – so wie häßliche Dinge, Eidechsen und Furien, nur von der Malerei, aber nicht von der Bildhauerkunst gefallend darzustellen sind –; für das Mädchen ist nämlich der Roman ein treuer Spiegel, und es kann darin die Heldin sehen.

Der Kunstrat tat jetzt vor dem Dorf, »Die drei Bratwürste« genannt, den Wunsch, Ziegenmilch darin zu trinken. Ich fragte ihn, ob er's wie die vornehmen Leute mache, die – weil Huart einen achttägigen Trank von Ziegenmilch als ein Hausmittel vorschlägt, ein Genie zu zeugen – sich eben deshalb zum Geiß-Kordial entschließen und dann sehen, wozu es führt. Daß sie, wenigstens die Fürsten, ihn nicht der Schwindsucht halber trinken, beweisen wohl die Versuche, die sie nachher machen. Aber der Kunstrat wurde nur darum der Milchbruder Jupiters, weil die Parzen den Lebensfaden völlig von den Spindeln seiner Beine abgeweifet hatten: er stand gleichsam schon als ein ausgebälgter, gutgetrockneter, mit Äther gefüllter Vogel im Naturalien-Glasschrank da. Er sagte, man müßte entweder sich und die Bücher oder die Kinder aufopfern, so wie der Landwirt, setzt' ich hinzu, eines von beiden schlecht annehmen muß, entweder den Leindotter oder den Flachs.

Während der Milchkur wurden wir beide einander noch verhaßter, als wir's schon waren, und das eingeschluckte Krötenlaich unserer Antipathie wurde durch

die gelinde Wärme der edeln Teile zu ordentlichen Kröten ausgebrütet. Ich wurde ihm gram, weil ich hier in den drei Bratwürsten stehen mußte und allem Anschein nach in *Gefrees* ankam, ohne irgend etwas Schönes gesehen oder geschrieben zu haben (ich rede von dem Visavis und der Vorrede), und überhaupt weil Fraischdörfer zugleich Mattgold, Katzengold und Platzgold war. Eine elendere Mixtur gibt es nicht. Zog er nicht sogar unter dem Käuen sich wie ein Dentist seine Schneidezähne aus, weil bloß die *Hundszähne* ächt waren und genuin? Konnt' ich nicht, als er den Rock aufknöpfte, deutlich sehen, daß der Bauch seiner Weste seiden und marmoriert, hingegen der Rücken derselben weiß und leinen war, als wär' er ein Dachs, der, wie Buffon bemerkt, als Widerspiel aller Tiere lichtere Haare auf dem Rücken hat und die dunklern unter dem Bauch? – Und was seinen Zopf anlangt, so ist wohl gewiß, daß seiner nur an der Spitze eignes Haar aufzeigt und übrigens lang und falsch ist, meiner aber klein und ächt, gerade als hätte uns die Natur und Linnäus wie zwei bekannte Tiere unterscheiden wollen[5].
Er für seine Person setzte gleichfalls den Lavendelessig des Ingrimms auf einer guten Essigmutter an und wollte mich damit wie einen Pestkranken besprengen: er bildete sich nämlich ein, ich belög' ihn oder hätt' ihn zum Narren und wäre gar der Quintus nicht, wofür ich mich gab, sondern etwan wohl mein Gevatter selber. Er schloß das aus meinem Scharfsinn. Um hinter mich zu kommen, so ließ er den Lumpenhacker seiner Mühle los und stieß damit unter alle meine Werke auf einmal. Ich werde sogleich seine eignen Worte hersetzen. Ich habe zwar oft den Himmel gebeten, mir einen Hahn in die gelehrten Anzeigen zu schicken, der krähete, wenn ich als literarischer Petrus falle, und der über

5. Ich equus caudâ undique setosâ – er equus caudâ extremo setosâ. Linn. Syst. Nat. Cl. 1. Ord. 4.

den Fall mich zu Tränen brächte – oder doch einen bloßen Kapaun, der, wie andere Kapaunen, meine Küchlein aussäße und herumführte; aber um diesen Greifgeier derselben hab ich ihn nie ersucht, und ich seh es ein, ich wurde erhitzt. Er fing denn schon bei den drei Bratwürsten an und hielt damit aus bis nach Gefrees – wobei er doch mich immer Se. Hochehrwürden und Jean Paul meinen Herrn Gevatter hieß – und behauptete: »es gebe weiter keine schöne Form als die griechische, die man durch Verzicht auf die Materie am leichtesten erreiche –[6] (Daher bewegt man sich jetzt nach der griechischen Choreographie am besten, wenn man das wissenschaftliche Gepäck der spätern Jahrhunderte abwirft und sich es sozusagen *leicht* macht.) – Auf den Kubikinhalt komm' es der Form so wenig an, daß sie kaum einen brauche, wie denn schon der reine Wille eine Form ohne alle Materie sei (und sozusagen im *Wollen des Wollens* besteht, so wie der unreine im Wollen des Nichtwollens, so daß die ästhetische und die moralische Form sich zu ihrer Materie verhält wie die geometrische Fläche zu jeder gegebenen wirklichen). – Daher lasse sich der Ausspruch Schlegels erklären, daß, so wie es ein reines Denken ohne allen Stoff gebe (dergleichen ist völliger Unsinn), es auch vortreffliche poetische Darstellungen ohne Stoff geben könne (die sozusagen bloß sich selber täuschend darstellen). – Überhaupt müsse man aus der Form immer mehr alle Fülle auskernen und ausspelzen, wenn anders ein Kunstwerk jene Vollkommenheit erreichen solle, die Schiller fodere, daß es nämlich den Menschen zum Spiele und zum Ernste gleich frei und tauglich nachlasse (welchen hohen Grad die erhabenen Gattungen der Dichtung, z. B. die Epopee, die Ode, wegen der Einrichtung der menschlichen Natur unmöglich anders ersteigen als entweder durch einen unbedeutenden leeren

6. Alle Parenthesen sind meine Zusätze und erläutern den Kunstrat.

Stoff oder durch die leere unbedeutende Behandlung eines wichtigen. Da aber gerade diese nur bei platten Kunstwerken anzutreffen ist: so haben die schlechten demnach mit den vollkommensten das Unterscheidungszeichen von mittelmäßigen gemein[7].) – Vollends Humor, dieser sei ebenso verwerflich als ungenießbar, da er bei keinem Alten eigentlich anzutreffen sei« ...

Fraischdörfer soll sogleich fortfahren, wenn ich nur dieses eingeschoben habe: ich werde einmal in einem kritischen Werkchen geschickt dartun, daß alle deutsche Kunstrichter (den neuesten ausgenommen) den Humor nicht bloß jämmerlich zergliedern, sondern auch (was ich nicht vermutet hätte, da das Vergnügen an der Schönheit durch die Unwissenheit in ihrer Anatomie so sehr gewinnt) noch erbärmlicher genießen, wiewohl sie als Richter in der Finsternis den Areopagiten gleichen, denen verboten war, über einen Spaß zu lachen (Äschin. in Timarch.) oder einen zu schreiben (Plut. de glor. Athen.) – ferner daß die krumme Linie des Humors zwar schwerer zu rektifizieren sei, daß er aber nichts Regelloses und Willkürliches vornehme, weil er sonst niemand ergötzen könnte als seinen Inhaber – daß er mit dem Tragischen die Form und die Kunstgriffe, obwohl nicht die Materie teile – daß der Humor (nämlich der ästhetische, der vom praktischen so verschieden und zertrennlich ist wie jede Darstellung von ihrer dargestellten oder darstellenden Empfindung) nur die Frucht einer langen Vernunft-Kultur sei und daß er mit dem Alter der Welt so wie mit dem Alter eines Individuums wachsen müsse.

Fraischdörfer fuhr fort: »Halte man an diesen Probierstein die Werke meines Herrn Gevatters, in denen fast

7. Den Mangel an Wirkung teilen die niedrigsten Kunstwerke mit den vollkommensten, so wie die *Unempfindlichkeit* nach Montaigne oder die *Unwissenheit* nach Pascal gerade an zweierlei Menschen ist, an den *niedrigsten* und an den *edelsten*, *angeboren* bei jenen, mühsam *erworben* bei diesen.

nur auf Materie gesehen werde: so begreife man nicht, wie der Rezensent der Literaturzeitung ihn noch dazu wegen der Wahl solcher zweideutiger Materien wie z. B. Gottheit, Unsterblichkeit der Seele, Verachtung des Lebens usw. preisen können.«

– Bei diesen Worten wanderten wir gerade in Gefrees ein, und ich sah die mir halb bekannte Dame wie eine Netzmelone sich wieder in ihren Schleier wickeln und abfahren: hätte also der Unglücksvogel, der Kunstrat, nicht seinen Geiß-Scherbett in den drei Bratwürsten eingenommen, so würd' ich das Glück errungen haben, sie gerade bei Herrn Lochmüller zu ertappen, als sie dem Kutscher und den Pferden etwas geben ließ. So aber hatt' ich nichts. Ich fuhr entsetzlich auf in meinem Herzen und tat innerlich folgenden Ausfall gegen den Kunstrat: »Du elende frostige Lotssalzsäule! Du ausgehöhlter Hohlbohrer voller Herzen! Ausgeblasenes Lerchen-Ei, aus dem nie das Schicksal ein vollschlagendes, auffliegendes, freudentrunknes Herz ausbrüten kann! Sage, was du willst, denn ich schreibe, was ich will. – Du sollst weder meine Reißfeder noch mein Auge von dem Eisgebürge der Ewigkeit abwenden, an dem die Flammen der verhüllten Sonne spielen, noch vom Nebelstern der zweiten Welt, die so weit zurückliegt und nur die Parallaxe einer Sekunde hat, und von allem, was die fliegende Hitze des fliegenden Lebens mildert und was den in der Puppe zusammengekrümmten Flügel öffnet und was uns wärmt und trägt!« –

Da jetzt gar der griechenzende Formschneider den schönen Tag und die blaue Glasglocke der ätherischen Halbkugel lobpries und sagte: er rede hier nicht als Maler, weil dieser nicht gern unbewölkte Himmel male, sondern als Poet, dem schöne Tage sehr zustatten kommen in seinen Versen: so bracht' ich mich mit Fleiß immer mehr in Harnisch gegen ihn, besonders da nach Platner Ingrimm dem Unterleibe augenscheinlich zupasse kömmt – daher sollten Gelehrte, die immer auf den elendesten Unterleibern wohnen, einander wechselseitig auf antikritischen Intelligenzblättern noch stärker erbittern –; und ich bewegte ohne Bedenken die Lippen und ließ ihn etwas hart mit folgenden leisen Invektiven an, die ich, wiewohl innerlich, heraussagte: »Der formlose Former vor mir achtet am ganzen Universum nichts, als daß es ihm sitzen kann – er würde wie Parrhasius und jener Italiener Menschen foltern, um nach den Studien und Vorrissen ihres Schmerzes einen Prometheus und eine Kreuzigung zu malen – der Tod eines Söhnchen ist ihm nicht unerwünscht, weil die Asche des Kleinen in der Rolle einer Elektra einem Polus weiter hilft als drei Komödienproben – das unzählige Landvolk ist doch von einigem Nutzen in ländlichen Gedichten und selber in komischen Opern, wie die Schäfereien genug abwerfen für Idyllenmacher – der Eustathius Nero illustriert mit dem flammenden Rom schöne homerische Schildereien, und der General Orlow hilft den Bataillen- und Seemalern mit den nötigen Akademien aus, mit Schlachtfeldern und aufgesprengten Schiffen.« –

Das hole der Teufel.

Laut indessen sagt' ich aus Verachtung wenig mehr zum Kunstrat. Ich eilte *Berneck* zu, wo die fliegende Bienenkönigin im Visavis wenigstens vor der Suppenschüssel halten mußte. Ich wünschte von Herzen, ein oder zwei Wagenräder fingen an zu rauchen und sie müßte halten, um schwarze Waldschnecken einzufangen und damit in Ermangelung alles Teers die Nabe einzuölen. Mein künftiger Rezensent wurde sehr matt und hungrig und wollte, da es ihm mehr an Gelenkschmiere als an Magensaft fehlt, die peripatetischen Bewegungen mit peristaltischen vertauschen; aber ich war nicht still zu halten, und er folgte mit seinem

Hunger hinten nach: »Sein Sie froh,« sagt' ich, »daß Sie jetzt zwei Zustände, die der Maler und der Dichter schwer oder gar nicht aus sich mitzuteilen wissen, lebendig fühlen – Hunger und Müdigkeit. – Sooft ich einen Bauersmann mit einem ganzen Hemde sehe (dort felget einer), so ist er mir ein Anstoß: ich berechne, wie lang es noch dauert, bis das Hemd unter den Hadernschneider taugt und zu Konzeptpapier, an das ein Gelehrter den Laich seiner Ideen streicht.« Da er meine Satire verstand, so ging sie gar nicht auf ihn: denn Satiren und Todesanzeichen gehen nur auf den, der nichts von beiden innen wird.
Meine Gleichgültigkeit gegen den Kunstrat setzte mich in den Stand, vor ihm her zu gehen und außer der Reise die Vorrede zur zweiten Auflage in meiner Schreibtafel fortzusetzen und einzuschreiben.

Fortgesetzte Vorrede zur zweiten Auflage[8].

»Und allerdings hat Kant das seltene Glück, auf einer Bühne zu agieren, der es nicht an einer Einfassung und Mauer von Köpfen fehlt, aus denen seine Laute heller und resonierend zurückschlagen, so wie die Alten in ihre Theater leere Töpfe versteckten, die der Stimme der Schauspieler mit Resonanzen nachhalfen[9]. Ein Autor, der Gedanken hat, verfälschet häufig damit fremde, die er verbreiten soll, und gesetzt, er schwüre, wie in den ältern Zeiten die Bücherabschreiber wirklich schwören mußten, rein und redlich abzuschreiben: so würde er doch immer sehr vom leeren Kopfe verschieden bleiben, dessen obere torricellische Leere wie in der Physik der beste Leiter der Funken ist. – Hingegen im System selber muß man die Lücken, worin keine Wahrheiten sind, durch die Gewänder derselben, durch lange

8. Man schlage allemal zur frühern Fortsetzung zurück, um den Zusammenhang zu finden.
9. Winkelmanns Anmerk. über d. Baukunst. K. 1. S. 10.

neue Termen, abwenden, wie denkende Maler durch Draperie ihren leeren Raum. –
Etwas anders ist es mit der Moral, worin wie in der Medizin der Theorist sich ganz vom Empiriker trennt. Wie in dem alten Theater der eine Akteur den *Gesang* hatte und der andere die körperliche *Aktion* dazu machte und wie die Kunst eben durch diese Teilung höher stieg, so kann es in der schweren Kunst der Tugend nicht eher zu etwas getrieben werden, als bis (wie jetzt häufiger geschieht) die Theorie und die Praxis gesondert werden, und der eine sich auf das *Reden* über die Tugend einschränkt, indes der andere die dazugehörigen *Handlungen* versucht.«

Die Fortsetzung der Vorrede folgt.

Denn nun sanken wir in das grünende Tempe von Berneck hinein, und ich sperrte die Schreibtafel zu: sonst hätt' ich ohne Grobheit weiter darin schreiben können, weil es ja soviel war, als spräch' ich mit dem Kunstrat selber, da ich ihn darin meinte.
Der Kron-, der Elias- und der Sonnenwagen hielt vor der Post, und die Direktrice meines Wegs stieg heraus. Ich sprang an – wer hätt' es gedacht (ich wohl am wenigsten), daß es nichts Geringers war als eine Primadonna, die schon einmal in einer von meinen Vorreden[10] agierend aufgetreten war, nämlich die gute, die liebe, bekannte – *Pauline*, des sel. Hauptmanns und Kaufherrns *Oehrmann* nachgelassene Tochter.
Ich ward ordentlich ein Kind vor Freuden, wie alle Bernecker wissen. »Herr Jean Paul, wie kommen wir da zusammen?« sagte die Miß, deren Angesicht jetzt im Brautstand ein höheres Rot als im Laden hatte, gleichsam die rote Soldatenbinde des nahen Ehedienstes, die Band- und Vorsteckrose auf dem ehelichen Bande.

10. in der zum Siebenkäs.

Fraischdörfer sott sich gleichfalls rot zu einem warmen Krebs: er hörte nun, ich sei wirklich der Autor selber, den er auf dem Straßendamm rezensiert hatte. Er sagte, es sei nur ein Glück für die Kunst, daß ich bloß in der Wirklichkeit, und in keinem Druck gelogen hätte, wo mehr daran gelegen wäre, den Charakter des wahrhaften Mannes durchzusetzen und zu halten. In drei Tertien war er weg wie Mai-Schnee. Er wird mir's aber gedenken und sich wenigstens in den Busch und Jägerschirm der allgemeinen deutschen Bibliothek stellen und daraus mit Windbüchsen nach seinem Reisegefährten schießen. Ich hielt es daher für nötig, dem Publikum schon vorher davon Nachricht zu geben: es ist nun auf jeden Pfeil seiner Armbrust (wie nach Montesquieu die Tatarn tun mußten) der Name geschrieben, der Schütze heißet Fraischdörfer. Er ist im ganzen ein Mann von Betracht und gut genug, er besieht die bambergischen Kriegstrublen und macht sich, wie ich an seinen Fingern[11] sah, seine nötigen deutlichen Begriffe und noch spitzige Einfälle dabei, und wir schätzen einander. – Ich will einen davon hereinsetzen, der zugleich ein Beweis sein mag, wie gern ich seinen Lorbeer aussäe: »Die Feile,« sagte der lose Kunstrat, »welche die Autoren ihren Werken zu geben unterlassen, brauchen ihre Verleger fleißig an den Goldstücken, die sie ihnen dafür zahlen.« Recht gut turniert! –

Ich dinierte froh mit der Jungfer Braut, deren künftiger Ehemann und Ehe-Peischwa oder Ehe-Bey und maitre des plaisirs niemand wird als der uns allen recht gut bekannte Herr Gerichtshalter *Weyermann*. Ich laß es zu, ich suchte die Braut mehr, als daß ich sie floh, und glich mehr dem weisen Ulysses, der sich mit offnen Ohren an den Mastbaum schnüren ließ und sie dem Sirenengesange gelassen schenkte, als seinen Begleitern, die ihre mit Wachs wie hohle Stockzähne plombierten.

11. Nach Buffon geben die zerteilten Zehen uns deutliche Begriffe, und daher ist der ungegliederte Fisch so dumm.

Aber sie war auch das leuchtende Christuskind, das die fatale Correggios-Nacht, die der Kunstrat in mein Herz gemalet hatte, mit dem schönsten Widerschein versilberte: sie war doch unschuldig und gut und weich und ohne die *poetischen Härten* der Empfindelei, und die vielen scharfen zweischneidigen Leiden bei ihrem Vater hatten ihrem Herzen mehr gegeben als ihrem Kopfe genommen; sie duftete gleich dem Rosenholz auf der scharfen Drechselbank des Unglücks so süß wie Rosen selber. Ihr knausernder Vater hatt' ihr freilich nur die Vorgrunds-Kultur, die äußere oder körperliche, nämlich vornehme Kleidung, aber nicht vornehme Bildung verstattet (die gute Gerichtshalter abends gratis in biographischen Berichten anboten), und sie glich den meisten Mädchen um mich her, an denen wie in Wien die Vorstädte modern sind, die innere Stadt selber aber mit allen ihren Vierteln verdammt altväterisch. Indes hatten ich und sie doch wie alle Freunde – und wie alle zusammengewachsene Menschen nach *Haller* – nur *ein* Herz, obwohl zwei Köpfe. Das tut denn vieles.
Wir fuhren spät ab, und ich saß ihr im Visavis – vis-à-vis. Hinter unsern grünen Bergen lag die Wüste der Kinder Israel und vor uns das gelobte Land der sanften Bayreuther Ebene. Ich und die Sonne sahen Paulinen immerfort ins Angesicht und mit gleicher Wärme, und mich rührte endlich die kleine stille Gestalt. Woher kam das? Nicht bloß daher, weil ich über das gewöhnliche herrnhutische Ehe-Loseziehen der Mädchen nachsann, die in gewissen Jahren größere Gefühle als Kenntnisse und im leeren Herzen ein anonymes *Opfer-Feuer* ohne *Gegenstand* haben – wie im jungfräulichen Tempel der Vesta kein Götterbild, sondern nur Feuer war – und die dann an die erste beste Erscheinung von Maschinengott ihren Altar hinschieben; – auch nicht davon bloß kam meine Rührung, daß sie nun, wie ihre meisten Schwestern, gleich weichen Beeren, von der harten Manneshand zugleich abgerissen und zerdrücket

werde; – oder daß ihr weiblicher Frühling so viele Wolken und so wenige Tage und Blumen hatte und daß ich sie wie mehrere Bräute mit dem schlafenden Kinde verglich, das Garofalo mit einem Engel, der eine Dornenkrone darüberhält, gemalet, auf das aber, wenn es die Ehe weckt, der Engel die Krone herunterdrückt: – Sondern das machte meine Seele weich, daß ich, sooft ich dieses freundliche rot- und weißblühende zufriedene Gesicht ansah, es gleichsam innerlich anreden mußte: »O sei nicht so fröhlich, armes Opfer! Du weißt nicht, daß dein schönes Herz etwas Besseres und Wärmeres braucht als Blut und dein Kopf höhere Träume, als die das Kopfkissen beschert – daß die duftenden *Blumenblätter* deiner Jugend sich nun zu geruchlosen *Kelchblättern*[12] zusammenziehen, zum Honiggefäße für den Mann, der jetzt bald von dir weder ein weiches Herz noch einen lichten Kopf, sondern nur rohe Arbeitsfinger, Läuferfüße, Schweißtropfen, wunde Arme und bloß eine ruhende paralytische Zunge fodern wird. Dieses ganze weite Sprachgewölbe des Ewigen, die blaue Rotunda des Universums verschrumpft zu deinem Wirtschaftsgebäude, zur Speck- und Holzkammer und zum Spinnhaus, und an glücklichern Tagen zur Visitenstube – die Sonne wird für dich ein herunterhängender Ballonofen und Stubenheizer der Welt, und der Mond eine Schusters-Nachtkugel auf dem Lichthalter einer Wolke – der Rhein trocknet in dir zur Schwemme und zum Schwenkkessel deines Weißzeugs ein und der Ozean zum Herings-Teich – du hältst in der großen Lese-Gesellschaft aller Zeitschriften den jährlichen Kalender mit und kannst wegen deines kosmologischen Nexus kaum vor Neugier die politische Zeitung erwarten, um in ihrem angebognen Intelligenzblatt den Torzettel unbekannter Herren nachzulesen, die in den drei Perücken logieret haben, und ein

12. Wie verschiedene Blumen tun, z. B. die Ährennelke.

Universalgenie stellest du dir um nicht viel, aber um etwas gescheuter vor als deinen Eheherrn. – – – Du bist zu etwas Besserem geschaffen; aber du wirst es nicht werden (wofür dein armer Weyermann nichts kann, dem es der Staat selber nicht besser macht). Und so wird der Tod deine von den Jahren entblätterte Seele voll eingedorrter Knospen antreffen, und er erst wird sie unter einen günstigern *Himmelsstrich* verpflanzen[13].« – Warum sollte mich das nicht betrüben? Seh ich's nicht jede Woche, wie man Seelen opfert, sobald sie nur einen weiblichen Körper umhaben? Wenn dann nun die reichste beste Seele unter der Morgenröte des Lebens mit dem unerwiderten Herzen, mit versagten Wünschen, mit den ungesättigten verschmähten Anlagen eingesenket wird ins übermauerte Burgverlies der Ehe – wobei sie freilich besonders von Glück zu sagen hat, wenn das Verlies keine tausendschneidige Oubliette oder wenn gar der Mann ein sanfter Kanker ist, den die Bastille-Gefangne zähmen kann –: so fühlt sich die Arme ungemein wohl dabei – die goldnen Luft- und Zauberschlösser der frühern Jahre erblassen bald und zerfallen unbemerkt – ihre Sonne schleicht ungesehen über ihren bewölkten und unterirdischen Lebenstag von einem Grade zum andern, und unter Schmerzen und Pflichten kömmt die Dunkle an dem Abend ihres kleinen Daseins an – und sie hat es nie erfahren, wessen sie würdig war, und im Alter hat sie alles vergessen, was sie sonst in der Morgenröte etwan haben wollte: nur zuweilen in einer Stunde, wo ein ausge-

13. Unter der Bildung, die man den Töchtern »bürgerlicher Herkunft« so grausam entzieht und bei der Hermes und Campe nicht einsehen, wie nachher noch die *Heloten* für uns Sparter bleiben können, versteh ich nicht elende französische oder musikalische Klimperei, sondern alles, was aus der Naturgeschichte, Physik, Philosophie, Geschichte, aus den schönen Künsten und Wissenschaften und aus der Sternkunde für den ewigen Menschen und nicht für den Virtuosen gehört. Ich lasse über diese Materie ein Werk aus meiner Feder hoffen.

grabenes altes Götterbild eines sonst angebeteten Herzens oder eine wehmütige Musik oder ein Buch auf den Winterschlaf des Herzens einigen warmen Sonnenschein werfen, da regt sie sich und blickt beklommen und schlaftrunken umher und sagt: »Sonst war es ja anders um mich her – es ist aber wohl schon lange, und ich glaub auch, ich habe mich damals geirrt.« Und dann schläft sie ruhig wieder ein. . . .

Wahrlich, ihr Eltern und Männer, ich stelle dieses quälende Gemälde nicht auf, damit es der wunden Seele, der es gleicht, eine Träne mehr abpresse, sondern euch zeig ich die gemalten Wunden, damit ihr die wahren heilt und euere Marterinstrumente wegwerft.

Wie mir jetzt ist, und aus demselben Grunde, so war mir auch im Visavis – die hinabziehende Sonne und die schöne geduldige Gestalt vor mir und am meisten meine vorigen Dissonanzen, mit denen ich mich vor dem Kunstrat hören lassen, löseten mich und sich in diesen Mollton auf. Kurz nach der Lykanthropie[14] ist man ein wahres Gottes-Lamm; nach einer Sünde (sagt Lavater) ist man am frömmsten; – daher solche Heiligen, denen um eine ausgezeichnete Frömmigkeit in jenem Leben zu tun ist, sich auf rechte Sünden in diesem legen. Ich schlug vor der Braut ganz in Zitronenblüten der Dichtkunst aus – so wie ich vorher eine Salzsäule aus satirischem Zitronensalz gewesen war, welches beiläufig ein neuer Beweis ist, daß Rezensenten nie ihren Namen sagen und nie anders als im Dunkeln hantieren sollten, weil man sonst keinen Respekt für sie zeigt, so wie auch Minervens Wappentier, die Nachteule, in der Nacht ohne Schande würgt und fliegt, am Tage aber als ein seltsamer närrischer Abortus der Natur unter das zufliegende neckende Gevögel einrückt. Um wieder zurückzukommen: der Mensch auf seiner Reise zum überirdischen Paradies und ich auf meiner ins bayreu-

14. Lykanthropen sind Menschen, die sich in Wölfe umzaubern.

thische und die Menschheit auf ihrer langen zum Jüngsten Tage werden wie die braunschweigische Mumme unter dem Verfahren mehr als einmal sauer; aber herrlich und süß kommen wir alle und die Mumme an: ich meine, ich erzählte schon nach einer halben Stunde hinter Berneck Paulinen das Musteil im Quintus Fixlein.
Mir war, als ob es gar keine Vorberichte zu zweiten Auflagen mehr gäbe in der Welt. ... Ach du weiche Braut! ich wollte dich sehr rühren durch Erzählen, aber du rührtest mich noch mehr durch Zuhören. Es muß überhaupt noch mehrere Paulinen und Jean Pauls in Deutschland geben: sonst wäre gegenwärtige zweite Auflage gar nicht zu machen gewesen, wofür ich bei dieser Gelegenheit meinen wärmsten Dank abstatte – aber gar nicht den paulinischen Lesern, denn meinetwegen haben sie nichts getan, und ich hatte wenig davon, vielmehr war ich, indem sie alle vor mir meine Sachen auf dem Schoße hatten und lasen, der einzige, der nichts darauf hatte, wie in Nordamerika unter den Gästen eines Schmauses bloß der Gastgeber keinen Bissen anrührt, – sondern ich statte den besagten Dank dem Schicksal ab, und zwar dafür, daß es die Menschen nicht einander *gleich* gemacht (sonst stürben wir alle vor Langweile) noch *unähnlich* (sonst könnte keiner den andern ertragen und fassen), sondern recht *ähnlich*, so daß ich gleichsam für den einen runden Stock der spartischen Skytale zu nehmen bin, um den der große Genius beschriebene Blätter wickelt, und der Leser für den zweiten, an dem die Blätter, weil er ebenso gehobelt ist, geradeso aufzuwickeln und abzulesen sind wie an mir selber. – –
Ich war jetzt, da ich und die Braut eben nicht so gar weit gen *Bindloch* hatten, wo ich absteigen wollte, weil ich's für unschicklich hielt, mit der Verlobten starr und aufrecht unter das Bayreuther Tor zu fahren und noch obendrein mich als einpassierend in das Intelligenzblatt gedruckt niederzulassen, ich war jetzt, sag

ich, eben deswegen viel zu betrübt, besonders vor dem wehenden Rauschgolde des Abends und unter den Abendliedern der freien Volieren über mir und so nahe am Verlust der weinenden Braut, zu betrübt, sagt' ich, um bis Bindloch etwan den Quintus Fixlein nach der ersten oder zweiten Auflage zu referieren: ich konnte unmöglich.

Ich holte aber meine Schreibtafel heraus und setzte etwas auf. Man sehe etwan keiner fortgesetzten Vorrede zur zweiten Auflage entgegen: »Ich beschäftige mich hier mit einer Grabschrift, Gute!« sagt' ich zu ihr. Sie hatte von ihrem sel. Vater und dessen männlichen Gästen Langweile und Vernachlässigung schon gewohnt: also vergab sie leicht mein Schreiben; allein es war ja eben etwas Rührendes für sie, und ich wollt' ihr's in Bindloch vorlesen. Auch dem Leser wird die Grabschrift am Schlusse dieser Geschichte, um ihn für den entzognen, nun unmöglichen Schluß der Vorrede zu entschädigen, mit geringen und passenden Änderungen zugewandt. Ich schrieb und schrieb, und meine Augen wurden dunkel, weil ich die tiefe Sonne auf dem Rücken und überhaupt weniger Licht als Wasser in den Augen hatte. Du gute Seele! du wußtest nicht, warum meine tropften, und doch gingen dir auch deine über! – Als wir den ausgestreckten Bindlocher Berg hinunterfuhren: nahm die Vertiefung uns die vor Freude wallende Sonne; aber wie bei einer Versteigerung in Bremen oder Lauenburg wurde uns durch das Auslöschen des Lichts gleichsam der ganze von Silber-Sonnen starrende Nachthimmel zugeschlagen mit dem Auktions- und Glockenhammer von 7 Uhr.

Die Welt ruhte – auf dem Berg sproßte der Mond wie eine geschlossene Lilienglocke heraus – mein Aufsatz war fertig – wir waren den schnellen Berg herab – und ich sagte zur Braut, ich spränge herab und würd' ihr draußen etwas vorlesen, wenn sie mit abstiege, weil ich drinnen erst das Wagengerolle überschreien müßte.

Wir stiegen beide unten aus unweit einer alten Säule, vor der ich nie ohne einen Seufzer über den rauhen Druck, womit die harten Riesenhände des Schicksals uns weiche Raupen und Gulliver ergreifen und tragen, vorbeigegangen bin; diese Riesenhände schienen heute die Säule wie eine Hermes- und Gedächtnissäule hingestellt zu haben für das schwache Gedächtnis des Menschenherzens. Pauline wußte von nichts; aber ich führte sie an den unscheinbaren Pilaster und erklärte ihr – indem ich ihr's vorher zeigte –, was die verwitterte brüchige weibliche Gestalt, über die ein Wagen geht, auf der elenden erhobenen Arbeit des Pilasters bedeute. Die umliegenden Dorfschaften berichten nämlich, daß einmal eine Braut, die auf dem Kammerwagen von dem sonst steilern Bindlocher Berg den Armen ihres Bräutigams unter einem Gewitter mit scheugewordenen Pferden entgegenfuhr, unter die Räder gestürzt und vor seinen gemarterten Augen den getäuschten hoffenden Geist aufgegeben habe. Pauline konnte schwerlich, zumal da der Mond hinter dem Abendrauche dämmerte, die verwaschene Skulptur dieses veralteten Jammers mehr lesen; aber ihr getroffnes weiches Herz goß, besonders so nahe an der ähnlichen Lage, gern das Abendopfer einer fortrinnenden Träne über die unbekannte zerstörte Schwester nieder, deren gebrochenes Gebein nun schon als Staub – vielleicht aus dem Staubbeutel einer Blume – umherirret, indes der Geist, der es sonst bewegte, auf der ewigen Bergstraße durch die Zeit den auffliegenden Staub, den er einmal machte und zurückließ, kaum mehr, wenn er sich umsieht, wird bemerken können. Und hier neben der Siegessäule der Marter und unter dem großen Himmel der Nacht gab ich Paulinen die kleine Dichtung, die ich hier den Herzen aller ihrer Schwestern bringe.

Die Mondsfinsternis

Auf den Lilienfluren des Mondes wohnet die Mutter der Menschen mit allen ihren zahllosen Töchtern in stiller ewiger Liebe. Das Himmelsblau, das nur fern über der Erde flattert, ruht dort hereingesunken auf dem Auenschnee aus Blumenstaub – keine frostige Wolke trägt einen verkleinerten Abend durch den klaren Äther – kein Haß zerfrisset die milden Seelen – wie sich die Regenbogen eines Wasserfalls durchschlingen, so windet die *Liebe* und die *Ruhe* alle Umarmungen in eine zusammen – und wenn in ihrer stillen Nacht die Erde ausgebreitet und glänzend unter den Sternen hängt, so blicken die Seelen, die auf ihr gelitten und genossen haben, nur mit süßem Sehnen und Erinnern auf die verlassene Insel hin, wo noch Geliebte wohnen und die weggelegten Körper ruhen, und wenn dann die einschläfernde schwere Erde blendend näher an die zusinkenden Augen tritt, so ziehen die vorigen Frühlinge der Erde in glänzenden Träumen vorüber, und wenn das Auge erwacht, hängt es voll Morgentau der Freudentränen.

Aber dann, wenn der Schattenzeiger der Ewigkeit auf ein neues Jahrhundert zeigt, dann schlägt der Blitz eines heißen Schmerzes durch die Brust der Mutter der Menschen: denn die geliebten Töchter, die noch nicht auf der Erde waren, ziehen aus dem Mond in ihre Körper, sobald die Erde sie mit ihrem kalten Erdschatten berührt und betäubt, und die Mutter der Menschen sieht sie weinend gehen, weil nicht alle, nur die unbefleckten zu ihr aus der Erde wiederkehren in den reinen Mond. So nimmt ein Jahrhundert um das andere der verarmenden Mutter die Kinder, und sie zittert, wenn sie am Tage unsere raubende Kugel als eine breite feste Wolke nahe an der Sonne erblickt.

Der Zeiger der Ewigkeit nahete dem achtzehnten Jahrhundert – und die Erde voll Nacht zog gegen die

Sonne – die Mutter drückte schon heiß und beklommen alle Töchter ans Herz, die noch nicht den Flor des Körpers getragen hatten, und flehte weinend: »O sinket nicht, ihr Teuern, bleibet engelrein und kehret wieder!« – Jetzt stand der Riesen-Schatte am Jahrhundert und die dunkle Erde über der ganzen Sonne – ein Donner schlug die Stunde – am finstern Himmel hing ein durchglühtes Kometenschwert herab – die Milchstraße wurde erschüttert, und eine Stimme rief aus ihr: »Erscheine, Versucher der Menschen!«
Jedem Jahrhundert sendet der Unendliche einen bösen Genius zu, der es versuche. – Fern vom kleinen Auge steht der gestirnte, die Ewigkeiten umziehende Plan des Unendlichen im Himmel als ein *unauflöslicher Nebelfleck*[15].
Als der Versucher gerufen wurde, bebte die Mutter mit allen ihren Kindern, und die weichen Seelen weinten alle, auch die verklärten, die hienieden schon gewesen waren. Nun bäumte sich ungeheuer mit dem Erdschatten eine Riesenschlange auf der Erde auf und reichte an den Mond und sagte: »Ich will euch verführen.« Es war der böse Genius des achtzehnten Jahrhunderts. Die Lilienglocken des Mondes bückten sich welk und zusammenfallend – das Kometenschwert schwankte hin und her, wie ein Richtschwert sich selber bewegt, zum Zeichen, daß es richten werde – die Schlange bog sich mit spielenden seelenmörderischen Augen, mit blutrotem Kamm, mit beleckten durchbissenen Lippen und mit gezückter Zunge ins sanfte Eden herein, der Schweif zuckte hungrig und schadenfroh in einem Grabe der Erde, und eine Erderschütterung auf unserer Kugel wirbelte die laufenden Ringe und die bunten giftigen Säfte wie ein flüssiges schillerndes Gewitter herauf. Oh, es war der schwarze Genius, der längst die

15. Ein unauflöslicher Nebelfleck ist ein ganzer in unendliche Fernen zurückgeworfener Sternenhimmel, worin alle Gläser die Sonnen nicht mehr zeigen.

jammernde Mutter verführet hatte. Sie konnte ihn nicht anschauen; aber die Schlange fing an: »Kennst du die Schlange nicht, Eva? – Ich will deine Töchter verführen, deine weißen Schmetterlinge will ich auf dem Morast versammeln. Sehet, Schwestern, damit köder ich euch alle. – (Und hier spiegelten die Vipernaugen männliche Gestalten nach, die bunten Ringe Eheringe und die gelben Schuppen Goldstücke.) Und dafür nehm ich euch den Mond und die Tugend ab. In der Schlinge von seidenen Bändern und im Spiegelgarn von Stoffen fang ich euch; mit meiner roten Krone lock ich euch, und ihr wollt sie tragen; in euerer Brust fang ich an zu reden und euch zu loben, und dann kriech ich in eine männliche Kehle und fahre fort und bestätige es, und in euere Zunge schieb ich meine und mache sie scharf und giftig. – Erst wenn es euch übel geht oder kurz vor dem Tode tu ich den unnützen Gewissensbiß recht scharf und warm ins Herz – – Nimm ewigen Abschied, Eva; was ich ihnen hier sage, das vergessen sie zum Glück, ehe sie geboren werden.« – – Die ungebornen Seelen verbargen sich zitternd ineinander vor dem so nahen kalten dampfenden Giftbaum, und die Seelen, die rein wie Blumendüfte wieder aus der Erde aufgestiegen waren, umfasseten sich weinend in furchtsamer Freude, in süßem Zittern vor einer überwundenen Vergangenheit. Die geliebteste Tochter, Maria, und die Mutter aller Menschen hielten einander an ihrem Herzen, und sie knieten in der Umarmung nieder und hoben die betenden Augen auf, und die Tränen, die aus ihren rannen, flehten: »Oh, Alliebender, nimm dich ihrer an!« – Und siehe, als das Ungeheuer die dünne lange, wie eine Hummerschere gespaltene Zunge über den Mond hinschoß und die Lilien entzweischnitt und, wenn es einen schwarzen Mondsfleck gemacht hatte, sagte: »Ich will sie verführen«: siehe, da schlug sprühend hinter der Erde der erste Strahl der Sonne herauf, und das goldne Licht beschien die Stirn eines hohen schönen Jünglings, der ungesehen unter den zitternden Seelen gewesen war. Eine Lilie deckte sein Herz, und ein Lorbeerkranz voll Rosenknospen grünte an seiner Stirn, und blau wie der Himmel war sein Gewand. Er blickte im milden Weinen und warm in Liebe strahlend auf die trüben Seelen nieder – wie die Sonne auf einen Regenbogen – und sagte: »Ich will euch beschützen.« Es war der Genius der Religion. Die wallende Riesenschlange gerann vor ihm, und versteinert stand sie auf der Erde und am Mond, ein Pulverturm mit stillem schwarzem Tod gefüllt.

Und die Sonne warf einen größern Morgen in des Jünglings Angesicht, und er hob sein Auge groß zu den Sternen und sagte zu dem Unendlichen: »Vater, ich gehe mit meinen Schwestern hinab ins Leben und beschirme alle, die mich dulden. Bedecke die ätherische Flamme mit einem schönen Tempel: sie soll ihn nicht entstellen und verwüsten. Schmücke die schöne Seele mit dem Laube aus Erdenreizen, es soll ihre Früchte nur beschirmen, nicht verschatten. Gib ihr ein schönes Auge, ich will es bewegen und begießen; und leg in die Brust ein weiches Herz: es soll nicht auseinander fallen, eh' es für dich und die Tugend geschlagen. Und unbefleckt und unzerrüttet will ich die Blume, in eine Frucht verwandelt, aus der Erde wiederbringen. Denn auf die Berge und auf die Sonne und unter die Sterne will ich fliegen und sie an dich erinnern und an die Welt über der Erde. In das weiße Licht dieses Monds will ich die Lilie meiner Brust verwandeln und in das Abendrot der Frühlingsnacht die Rosenknospen in meinem Kranz und sie an ihren Bruder erinnern – in den Tönen der Musik will ich sie rufen und von deinem Himmel mit ihr reden und ihn auftun vor dem harmonischen Herzen – mit den Armen ihrer Eltern will ich sie an mich schließen, und in die Stimme der Dichtkunst will ich meine verbergen und mit der Gestalt ihres Geliebten meine verschönern – Ja mit dem Gewitter der Leiden will ich über sie ziehen und den leuchtenden Regen in ihre Augen werfen und ihre Augen nach den Höhen und nach den Verwandten richten, von denen sie kömmt. O ihr Geliebten, die ihr eueren Bruder nicht verstoßet, wenn euch nach einer schönen Tat, nach einem harten Sieg ein süßes Sehnen euer Herz ausdehnt, wenn in der Sternennacht und vor dem Abendrot euer Auge an einer unaussprechlichen Wonne zergeht, und euer ganzes Wesen sich hebt und sich aufwärts drängt und liebend und ruhig und unruhig und weinend und schmachtend die Arme ausbreitet: dann bin ich in euern Herzen und geb euch das Zeichen, daß ich euch umarme und daß ihr meine Schwestern seid. – Und dann nach einem kurzen Traume und Schlafe brech ich dem Diamant die Rinde ab und laß ihn als lichten Tau in die Lilien des Mondes fallen. – – O zärtliche Mutter der Menschen, blicke deine geliebten Kinder nicht so schmerzlich an und scheide froher, du verlierest nur wenige!« –

Die Sonne loderte unbedeckt vor dem Mond, und die ungebornen Seelen zogen auf die Erde, und der Genius der Tugend ging mit ihnen – und wie sie der Erde entgegenflogen, dehnte sich ein melodisches Flöten durch das Blau, wie wenn Schwanen über Winternächte fliegen und in den Lüften Töne statt der Wellen lassen.

Die Riesenschlange senkte sich im weiten Bogen einer glühenden fliegenden Bombe und endlich gekrümmt zum zündenden Pechkranz auf die Erde zurück, und wie eine hereingebogene Wasserhose über einem Schiffe zerbricht, so fiel sie über die Erde und flocht sich, in tausend Schlingen und Knoten gerunzelt, erwürgend und fangend durch alle Völker der Welt. Und das Richtschwert zuckte wieder, aber das Nachtönen des durchflognen Äthers währte länger. –

Als ich geschlossen hatte, trocknete Pauline die sanften Augen, die sich unwillkürlich gegen den hellern Mond und seine weiten Flecken aufhoben. Ich schied von ihr – und der Wunsch, den ich hier für alle liebende Schwestern des guten Genius tue, war mein letztes Wort an sie: »Es gehe dir nie anders als wohl, und die kleine Frühlingsnacht des Lebens verfließe dir ruhig und hell – der überirdische Verhüllte schenke dir darin einige Sternbilder über dir – Nachtviolen unter dir – einige Nachtgedanken in dir – und nicht mehr Gewölk, als zu einem schönen Abendrot vonnöten ist, und nicht mehr Regen, als etwan ein Regenbogen im Mondschein braucht!« –

Hof im Voigtland, den 22. August 1796.

Jean Paul Fr. Richter.

Musteil für Mädchen.

1. Der Tod eines Engels.
2. Der Mond, eine phantasierende Geschichte.

1.

Der Tod eines Engels[1].

Zum Engel der *letzten* Stunde, den wir so hart den Tod nennen, wird uns der weichste, gütigste Engel zugeschickt, damit er gelinde und sanft das niedersinkende Herz des Menschen vom Leben abpflücke und es in warmen Händen und ungedrückt aus der kalten Brust in das hohe wärmende Eden trage. Sein Bruder ist der Engel der *ersten* Stunde, der den Menschen zweimal küsset, das erstemal, damit er dieses Leben anfange, das zweitemal, damit er droben ohne Wunden aufwache und in das andere lächelnd komme, wie in dieses Leben weinend.

Da die Schlachtfelder voll Blut und Tränen standen und da der Engel der letzten Stunde zitternde Seelen aus ihnen zog: so zerfloß sein mildes Auge, und er sagte: »Ach, ich will einmal sterben wie ein Mensch, damit ich seinen letzten Schmerz erforsche und ihn stille, wenn ich sein Leben auflöse.« Der unermeßliche Kreis von Engeln, die sich droben lieben, trat um den mitleidigen Engel und verhieß dem Geliebten, ihn nach dem Augenblick seines Todes mit ihrem Strahlenhimmel zu umringen, damit er wüßte, daß es der Tod gewesen; – und sein Bruder, dessen Kuß unsere erstarrten Lippen wie der Morgenstrahl kalte Blumen öffnet, legte sich zärtlich an sein Angesicht und sagte: »Wenn ich dich wieder küsse, mein Bruder, so bist du gestorben auf der Erde und schon wieder bei uns.«

Gerührt und liebend sank der Engel auf ein Schlacht-

1. Diese Erzählung steht schon im Dezemberstück des *Deutschen Museums* von 1788; aber seit dieser Zeit hab ich sie so verändert wie mich selber.

feld nieder, wo nur ein einziger schöner feuriger Jüngling noch zuckte und die zerschmetterte Brust noch regte: um den Helden war nichts mehr als seine Braut, ihre heißen Zähren konnt' er nicht mehr fühlen, und ihr Jammer zog unkenntlich als ein fernes Schlachtgeschrei um ihn. O da bedeckte ihn der Engel schnell und ruhte in der Gestalt der Geliebten an ihm und sog mit einem heißen Kusse die wunde Seele aus der zerspaltenen Brust – und er gab die Seele seinem Bruder, der Bruder küßte sie droben zum zweitenmal, und dann lächelte sie schon.
Der Engel der letzten Stunde zuckte wie ein Blitzstrahl in die öde Hülle hinein, durchloderte den Leichnam und trieb mit dem gestärkten Herzen die erwärmten Lebensströme wieder um. Aber wie ergriff ihn die neue Verkörperung! Sein Lichtauge wurde im Strudel des neuen Nervengeistes untergetaucht – seine sonst fliegenden Gedanken wateten jetzt träge durch den Dunstkreis des Gehirns – an allen Gegenständen vertrocknete der feuchte, weiche Farbenduft, der bisher herbstlich über ihnen wogend gehangen, und sie stachen auf ihn aus der heißen Luft mit einbrennenden, schmerzlichen Farbenflecken – alle Empfindungen traten dunkler, aber stürmischer und näher an sein Ich und dünkten ihm Instinkt zu sein, wie uns die der Tiere – der Hunger riß an ihm, der Durst brannte an ihm, der Schmerz schnitt an ihm – – O seine zertrennte Brust hob sich blutend auf, und sein erster Atemzug war sein erster Seufzer nach dem verlassenen Himmel! – »Ist dieses das Sterben der Menschen?« dacht' er; aber da er das versprochene Zeichen des Todes nicht sah, keinen Engel und keinen umflammenden Himmel: so merkt' er wohl, daß dieses nur das Leben derselben sei.
Abends vergingen dem Engel die irdischen Kräfte, und ein quetschender Erdball schien sich über sein Haupt zu wälzen; – denn der *Schlaf* schickte seine Boten. Die innern Bilder rückten aus ihrem Sonnenschein in ein

dampfendes Feuer, die ins Gehirn geworfnen Schatten des Tages fuhren verwirrt und kolossalisch durcheinander, und eine sich aufbäumende unbändige Sinnenwelt stürzte sich über ihn; – denn der *Traum* schickte seine Boten. Endlich faltete sich der *Leichenschleier* des Schlafes doppelt um ihn, und in die Gruft der Nacht eingesunken, lag er einsam und starr, wie wir armen Menschen, dort. Aber dann flogest du, himmlischer Traum, mit deinen tausend Spiegeln vor seine Seele und zeigtest ihm in allen Spiegeln einen Engelskreis und einen Strahlenhimmel; und der erdige Leib schien mit allen Stacheln von ihm loszufallen. »Ach«, sagt' er in vergeblicher Entzückung, »mein Entschlafen war also mein Verscheiden!« – Aber da er wieder mit dem eingeklemmten Herzen voll schwerem Menschenblut aufwachte und die Erde und die Nacht erblickte, so sagt' er: »Das war nicht der Tod, sondern bloß das Bild desselben, ob ich gleich den Sternhimmel und die Engel gesehen.«
Die Braut des emporgetragenen Helden merkte nicht, daß in der Brust ihres Geliebten nur ein Engel wohne: sie liebte noch die aufgerichtete Bildsäule der verschwundnen Seele und hielt noch fröhlich die Hand dessen, der so weit von ihr gezogen war. Aber der Engel liebte ihr getäuschtes Herz mit einem Menschenherzen wieder, eifersüchtig auf seine eigne Gestalt – er wünschte, nicht früher als sie zu sterben, um sie so lange zu lieben, bis sie ihm es einmal im Himmel vergäbe, daß sie an *einer* Brust zugleich einen Engel und einen Geliebten umfangen. Aber sie starb früher: der vorige Kummer hatte das Haupt dieser Blume zu tief niedergebogen, und es blieb gebrochen auf dem Grabe liegen. O sie ging unter vor dem weinenden Engel, nicht wie die Sonne, die sich prächtig vor der zuschauenden Natur ins Meer wirft, daß seine roten Wellen am Himmel hinaufschlagen, sondern wie der stille Mond, der um Mitternacht einen Duft versilbert und

mit dem bleichen Dufte ungesehen niedersinkt – Der Tod schickte seine sanftere Schwester, die Ohnmacht, voraus – sie berührte das Herz der Braut, und das warme Angesicht gefror – die Wangenblumen krochen ein – der bleiche Schnee des Winters, unter dem der Frühling der Ewigkeit grünet, deckte ihre Stirn und Hände zu – – Da zerriß das schwellende Auge des Engels in eine brennende Träne; und als er dachte, sein Herz mache sich in Gestalt einer Träne wie eine Perle aus der mürben Muschel los: so bewegte die Braut, die zum letzten Wahnsinn erwachte, noch einmal die Augen und zog ihn an ihr Herz und starb, als sie ihn küßte und sagte: »Nun bin ich bei dir, mein Bruder« – – Da wähnte der Engel, sein Himmelsbruder hab' ihm das Zeichen des Kusses und Todes gegeben; aber ihn umzog kein Strahlenhimmel, sondern ein Trauerdunkel, und er seufzete, daß das nicht sein Tod, sondern nur die Menschenqual über einen fremden sei.

»O ihr gedrückten Menschen«, rief er, »wie überlebt ihr Müden es, o wie könnt ihr denn alt werden, wenn der Kreis der Jugendgestalten zerbricht und endlich ganz umliegt, wenn die Gräber eurer Freunde wie Stufen zu euerem eignen hinuntergehen, und wenn das Alter die stumme leere Abendstunde eines erkalteten Schlachtfeldes ist, o ihr armen Menschen, wie kann es euer Herz ertragen?«

Der Körper der aufgeflogenen Heldenseele stellte den sanften Engel unter die harten Menschen – unter ihre Ungerechtigkeiten – unter die Verzerrungen des Lasters und der Leidenschaften – auch seiner Gestalt wurde der Stachelgürtel von verbundnen Zeptern angelegt, der Weltteile mit Stichen zusammendrückt und den die Großen immer enger schnüren – er sah die Krallen gekrönter Wappentiere am entfiederten Raube haken und hörte diesen mit matten Flügelschlägen zucken – er erblickte den ganzen Erdball von der Riesenschlange des

Lasters in durchkreuzenden, schwarzbunten Ringen umwickelt, die ihren giftigen Kopf tief in die menschliche Brust hineinschiebt und versteckt –– Ach da mußte durch sein weiches Herz, das eine Ewigkeit lang nur an liebevollen warmen Engeln gelegen war, der heiße Stich der Feindschaft schießen, und die heilige Seele voll Liebe mußte über eine innere Zertrennung erschrecken: »Ach,« sagt' er, »der menschliche Tod tut wehe.« – Aber es war keiner: denn kein Engel erschien.

Nun wurd' er eines Lebens, das wir ein halbes Jahrhundert tragen, in wenig Tagen müde und sehnte sich zurück. Die Abendsonne zog seine verwandte Seele. Die Splitter seiner verletzten Brust matteten ihn durch Schmerzen ab. Er ging, mit der Abendglut auf den blassen Wangen, hinaus auf den Gottesacker, den grünen *Hintergrund* des Lebens, wo die Hüllen aller schönen Seelen, die er sonst ausgekleidet hatte, auseinandergenommen wurden. Er stellte sich mit wehmütiger Sehnsucht auf das nackte Grab der unaussprechlich geliebten, eingesunkenen Braut und sah in die verblühende Abendsonne. Auf diesem geliebten Hügel schauete er seinen schmerzenden Körper an und dachte: »Du würdest auch schon hier dich auseinanderlegen, lockere Brust, und keine Schmerzen mehr geben, wenn ich dich nicht aufrecht erhielte.« – Da überdachte er sanft das schwere Menschenleben, und die Zuckungen der Brustwunde zeigten ihm die Schmerzen, mit denen die Menschen ihre Tugend und ihren Tod erkaufen und die er freudig der edeln entflohnen Seele dieses Körpers ersparte –– Tief rührte ihn die menschliche Tugend, und er weinte aus unendlicher Liebe gegen die Menschen, die unter dem Anbellen ihrer eignen Bedürfnisse, unter herabgesunknen Wolken, hinter langen Nebeln auf der einschneidenden Lebensstraße dennoch vom hohen Sonnenstern der Pflicht nicht wegblicken, sondern die liebenden Arme in ihrer Finsternis aufbreiten für jeden gequälten Busen, der ihnen begegnet, und um die nichts schimmert als die Hoffnung, gleich der Sonne in der alten Welt unterzugehen, um in der neuen aufzugehen – – Da öffnete die Entzückung seine Wunde, und das Blut, die Träne der Seele, floß aus dem Herzen auf den geliebten Hügel – der zergehende Körper sank süßverblutend der Geliebten nach – Wonnetränen brachen die fallende Sonne in ein rosenrotes schwimmendes Meer – fernes Echo-Getöne, als wenn die Erde von weitem im klingenden Äther vorüberzöge, spielte durch den nassen Glanz – Dann schoß eine dunkle Wolke oder eine kleine Nacht vor dem Engel vorbei und war voll Schlaf – Und nun war ein Strahlenhimmel aufgetan und überwallete ihn, und tausend Engel flammten; »bist du schon wieder da, du spielender Traum?« sagte er. – Aber der Engel der ersten Stunde trat durch die Strahlen zu ihm und gab ihm das Zeichen des Kusses und sagte: »Das war der Tod, du ewiger Bruder und Himmelsfreund!« – Und der Jüngling und seine Geliebte sagten es leise nach.

2.

Der Mond.

Phantasierende Geschichte.

Dedikation an meine Pflege-Schwester Philippine.

Ich habe mich noch in keinem Buche darüber aufgehalten, gute Pflegeschwester, daß ihr Mädchen aus dem Monde so viel macht, daß er der Joujou eueres Herzens ist und das Nestei, um das ihr die andern Sterne herumlegt, wenn ihr Phantasien aus ihnen aussitzt. Er soll auch ferner das *Zifferblattsrad* der Ideen bleiben, auf die euer Gesicht als eine Monduhr zeigt (denn unseres ist eine Sonnenuhr), da er wie ein blinkendes Stahlschild im schwarzen Atlasgürtel des Himmels steht – da er nichts schwärzt – da er vielmehr ein Licht wirft, gegen das man keinen Schleier überhängen muß, weil es selber wie einer auf dem Gesichte liegt – da er überhaupt die Sanftmut und Liebe selber ist. Aber über etwas anders könnte man zanken – darüber, daß ihr den guten Mond und seinen da ansässigen Mann mehr lieben und sehen als kennen lernen wollt, wie ihr's auch bei Männern unter dem Monde tut. Es ist leider kein Geheimnis, beste Schwester, daß schon tausend Mädchen kopulieret und beerdigt worden, die jene silberne Welt droben wirklich für nichts anders gehalten haben als für einen recht hübschen Suppenteller von himmlischen Zinn, das mit dem Monds-Mann, wie das englische mit einem Engel, gestempelt ist. Beste, es ist sogar die Frage, ob du es selber noch weißt, daß der Mond um wenige Meilen kleiner ist als Asien. Wie oft mußt' ich dir's am Fensterstocke vorsingen, ehe du es behieltest, daß nicht nur sein Tag einen halben Monat währt, sondern auch – was sich noch eher hören lässet – seine Nacht, so daß also da ein lustiges Mädchen, das von der Mutter schon um Mitternacht vom Balle nach Haus gezerret wurde, doch wenigstens seine guten anderthalbhundert Stunden gewalzt und geschliffen hätte! – Sage mir einmal, Philippine, ob du es noch im Kopfe hast, daß der Mond oder vielmehr seine Leute in einer so langen Nacht so gut wie wir sehen und promenieren wollen und daß sie also einen größern Mond bedürfen als wir, wenigstens keinen schmalern, als ein mäßiges Kutschenrad ist! Ich hab es von guter Hand, daß du es nicht mehr weißt, was der Mond für einen Mond über sich sehe – Unsere Erde ist seiner, Flatterhafte, und kommt ihnen droben nicht größer vor als ein Brautkuchen. Ich setze hier wegen meiner folgenden Erzäh-

lung noch das hinzu, daß wir ihnen kein Licht (Mond- oder Erdschein) hinaufwerfen können, wenn wir hier unten selber keines haben, welches der Fall bei der Sonnenfinsternis ist; daher können die Mondsöhne bei unserer Sonnenfinsternis nicht anders sagen als: »Wir haben heute eine Erdfinsternis.«
Ich bitte dich recht sehr, Philippine, lies diese Personalien des Mondes, auf die die ganze phantasierende Erzählung fußet, deinen Zuhörerinnen einige zwanzig Male vor: sonst ist euch alles entfallen, eh' ich nur angefangen.
Überhaupt verdenk ich's euern Eltern ungemein, daß sie euch statt des Französischen, das euch wie ein Bund Titularkammerherrn-Schlüssel nur zum Klingeln des seelenverderbenden Parlierens und nie zum Aufsperren eines einzigen französischen Buches nützt, weil euch Ritterromane lieber sind, daß sie euch, sag ich, nicht lieber haben Sternkunde lernen lassen, sie, die dem Menschen ein erhabenes Herz gibt und ein Auge, das über die Erde hinausreicht, und Flügel, die in die Unermeßlichkeit heben, und einen Gott, der nicht endlich, sondern unendlich ist.
Man darf über alles unter dem Monde und über ihn selber Phantasien haben, wenn man nur nicht die Phantasien für Wahrheiten nimmt – oder das Schattenspiel für ein Bilderkabinett – oder das Bilderkabinett für ein Naturalienkabinett. Der Astronom inventiert und taxiert den Himmel und fehlet um wenige Pfunde; der Dichter möblieret und bereichert ihn; jener fasset das Flurbuch von Auen ab, worein dieser Perlenbäche leitet samt einigen Goldfischchen; jener legt Meßschnüre, dieser Girlanden um den Mond – auch um die Erde. Also kannst du recht gut, Liebe, dich mit deinen Näh-Schulkameradinnen auf einen Lindenaltan begeben und ihnen Phantasien wie meine gerührt vorlesen, wenn's nur nicht am hellen lichten Tage geschieht und

wenn nur nicht der Gottesdienst der Mutterkirche der Erde über das Mondsfilial vergessen wird.

Du aber, du milde, blasse Gestalt, an die ich so oft blicke, um mein Herz zu mildern – die so bescheiden schimmert und so bescheiden macht – die ihren Wert nur dem stillen Himmel zeigt, nicht der lauten Erde – und zu der ich das Auge gern aufhebe, wenn ein paar Tropfen zuviel darin stehen, die in den auf der Erinnerung blühenden Herbstflor der Freuden niederfallen, und vor der ich am liebsten an das über die Wolken gerückte Mutterland unserer verpflanzten Wünsche denke, du gute Gestalt! ... Philippine, es tut dem Herzen deines Bruders wohl, daß es zweifelhaft ist, wen er hier angeredet habe, ob den Mond oder dich. Einen solchen Zweifel zu *verdienen*, Schwester, ist so schön, daß ich nur noch etwas Schöners kenne: nämlich, ihn gar zu *benehmen*, indem man sich vom Monde in nichts unterscheidet als in den Flecken und in der Veränderlichkeit.

Ich bin, wiewohl bloß mit dem letzteren Unterschiede,

dein Bruder.

Die Erzählung.

Als ich zum ersten Male, Eugenius und Rosamunde, denen ich den wahren Namen nicht mehr geben darf, eure kleine Geschichte erzählen wollte, gingen meine Freunde und ich in einen englischen Garten. Wir kamen vor einem neubemalten Sarg vorbei, auf dessen Fußbrett stand: »Ich gehe vorüber.« Über den grünenden Garten ragte ein weißer Oblisk hervor, womit zwei verschwisterte Fürstinnen die Stelle ihrer Wiedervereinigung und Umarmung bezeichneten und an dem die Inschrift war: »Hier fanden wir uns wieder.« Die Spitze des Obeliskus blinkte schon im Vollmond; und hier erzählte ich die einfache Geschichte. – Du aber, lieber Leser, ziehe – welches soviel als Sarg und Obeliskus ist – die Unterschrift des Sarges in die Asche der Vergangenheit, und die Buchstaben des Obeliskus zeichne mit warmem edelm Herzensblute in dein Inneres.

Manche Seelen entfallen dem Himmel wie Blüten; aber mit den weißen Knospen werden sie in den Erdenschmutz getreten und liegen oft besudelt und zerdrückt in den Fußstapfen eines Hufs. Auch ihr wurdet zerdrückt, Eugenius und Rosamunde! Zarte Seelen wie euere werden von drei Räubern ihrer Freuden angefallen: vom Volke, dessen rohe Griffe ihrem weichen Herzen nichts als Narben geben – vom Schicksal, das an einer schönen Seele voll Glanz die Träne nicht wegnimmt, weil sonst der Glanz verginge, wie man den feuchten Demant nicht abwischt, damit er nicht erbleiche – vom eignen Herzen, das zuviel bedarf, zuwenig genießet, zuviel hofft, zuwenig erträgt. – Rosamunde war eine vom Schmerz durchbohrte helle Perle – abgetrennt von den Ihrigen, zuckte sie nur noch bei Leiden fort, wie ein abgeschnittener Zweig der Sensitive bei Einbruch der Nacht – ihr Leben war ein stiller warmer Regen, so wie das ihres Gatten ein heller heißer Sonnenschein – sie kehrte vor ihm ihre Augen weg, wenn sie gerade auf ihrem zweijährigen siechen Kinde gewesen waren, das in diesem Leben ein dünngeflügelter wankender Schmetterling unter einem Schlagregen war. – Eugenius' Phantasie zerschlug mit ihren zu großen Flügeln das zu weiche dünne Körpergewebe; die Lilienglocke des zarten Leibes faßte seine mächtige Seele nicht; der Ort, wo die Seufzer entstehen, seine Brust, war zerstört wie sein Glück; er hatte nichts mehr in der Welt als sein liebendes Herz und nur noch zwei Menschen für dieses Herz.

Diese Menschen wollten im Frühling aus dem Strudel der Menschen gehen, der so hart und kalt an ihre Herzen anschlug: sie ließen sich eine stille Sennenhütte auf einer hohen Alpe, die der Silberkette des *Staubbachs* gegenüberlag, bereiten. Am ersten schönen Frühlingsmorgen traten sie den langen Weg zur hohen Alpe an. Es gibt eine Heiligkeit, die nur die Leiden geben und läutern; der Strom des Lebens wird *schneeweiß*, wenn ihn Klippen zersplittern. Es gibt eine Höhe, wo zwischen die erhabenen Gedanken nicht einmal mehr kleine treten, wie man auf einer Alpe die Berggipfel nebeneinander stehen sieht ohne ihre Verknüpfung durch Tiefen. Du hattest jene Heiligkeit, Rosamunde – und du diese Höhe, Eugenius! – Um den Fuß der Alpe zog ein Morgennebel, in dem drei flatternde Gestalten hingen: die Spiegelbilder der drei Reisenden waren es, und die scheue Rosamunde erschrak und dachte, sie sehe sich selber. Eugenius dachte: was der unsterbliche Geist umhat, ist nur ein *dickerer* Nebel. Und das Kind griff nach der Wolke und wollte spielen mit seinem kleinen Bruder aus Nebel. Ein einziger unsichtbarer Engel der Zukunft ging mit ihnen durch das Leben und auf den Berg: sie waren so gut und einander so ähnlich, daß sie nur *einen* Engel brauchten.

Unter dem Steigen schlug der Engel das Buch des Schicksals auf, worin *ein* Blatt der Abriß eines dreifachen Lebens war – jede Zeile war ein Tag – und als der Engel die heutige Zeile gelesen hatte, so weinte er und schloß das Buch auf ewig.

Die Schwachen bedurften beinahe *einen* Tag zur Ankunft. Die Erde kroch zurück in die Täler, der Himmel lagerte sich auf die Berge. Die müde, nur blinkende Sonne wurde unserem Eugenius der Spiegel des Mondes; er sagte, als schon die Eisgebürge Flammen über die Erde warfen, zu seiner Geliebten: »Ich bin so müde und doch so wohl. Ist es uns so, wenn wir aus zwei Träumen gehen, aus dem Traum des Lebens und aus dem Traum des Todes, wenn wir einmal in den wolkenlosen Mond als die erste Küste hinter den Orkanen des Lebens treten?« – Rosamunde antwortete: »noch besser wird uns sein; denn im Monde wohnen ja, wie du mich lehrest, die kleinen Kinder dieser Erde, und ihre Eltern bleiben so lange unter ihnen, bis sie selber so mild und ruhig sind wie die Kinder, und dann ziehen sie weiter.« – »Von Himmel zu Himmel, von Welt zu Welt!« sagte erhoben Eugenius.

Sie stiegen, wie die Sonne sank: wenn sie träger klimmten, so schlugen Berggipfel wie losgebundene auffahrende Zweige verhüllend vor die Sonne. Dann eilten sie in den hinaufrückenden Abendschimmer nach; aber als sie auf der Sennenalpe waren, traten die ewigen Berge vor die Sonne – dann verhüllte die Erde ihre Gräber und Städte anbetend vor dem Himmel, eh' er sie mit allen Sternenaugen ansah, und die Wasserfälle legten ihre Regenbogen ab – und höher breitete die Erde dem Himmel, der sich über sie hereinbog mit ausgestreckten Wolken-Armen, einen Flor aus Goldduft unter und hing ihn von einem Gebürge zum andern – und die Eisberge waren angezündet, damit sie bis in die Mitternacht glühten, und ihnen gegenüber war auf dem Grabe der Sonne ein Scheiterhaufen von Gewölk aus Abend-Glut und Abend-Asche aufgetürmt. – – Durch den glimmenden Flor aber ließ der gute Himmel seine Abendtränen tief in die Erde hinunterfallen, bis auf das niedrigste Grab, bis auf die kleinste Blume darauf. –

O Eugenius, wie groß mußte jetzt deine Seele werden! Das Erdenleben lag entfernt und in der Tiefe vor dir ohne alle die Verzerrungen, die wir daran sehen, weil wir zu nahe davorstehen, so wie die Dekorationen kürzerer Szenen in der Nähe aus Landschaften zu ungestalten Strichen werden. –

Die zwei Liebenden umarmten sich sanft und lange vor der Hütte, und Eugenius sagte: »O stiller, ewiger Himmel, jetzt nimm uns nichts mehr!« – Aber sein blasses Kind stand mit dem geknickten Lilienhaupte vor ihm, er sah die Mutter an, und diese lag mit dem

weiten feuchten Auge im Himmel und sagte leise: »Oder nimm uns alle auf einmal!«
Der Engel der Zukunft, den ich den Engel der Ruhe nennen will, weinte lächelnd, und sein Flügel verwehte mit einem Abendlüftchen die Seufzer der Eltern, damit sie einander nicht traurig machten.
Der transparente Abend floß um die rote Alpe wie ein heller See und spülte sie mit den Zirkeln kühler Abendwogen an. Je mehr sich der Abend und die Erde stillte, desto mehr fühlten die zwei Seelen, daß sie am rechten Orte wären: sie hatten keine Träne zuviel, keine zuwenig, und ihr Glück hatte keine andere Vermehrung vonnöten als seine Wiederholung. Eugenius ließ in den reinen Alpenhimmel die ersten Harmonikatöne wie Schwanen fließen. Das müde Kind spielte, in einem Ringe von Blumen eingefasset, an eine Sonnenuhr gelehnt, mit den Blumen, die es um sich auszog, um sie in seinen Zirkel einzuschlichten. Endlich wurde die Mutter aus der harmonischen Entzückung wach – ihr Auge fiel in die großen, weit auf sie gerichteten Augen ihres Kindes – singend und anlächelnd und mit überschwellender Mutterliebe tritt sie zum kleinen Engel, der kalt war und – gestorben. Denn sein vom Himmel herabgesenktes Leben war im Dunstkreis der Erde auseinandergeflossen wie andere Töne – der Tod hatte den Schmetterling angehaucht, und dieser stieg aus den reißenden Luftströmen in den ewigen ruhenden Äther auf, von den Blumen der Erde zu den Blumen des Paradieses. – –
O flattert immer davon, selige Kinder! Euch wiegt der Engel der Ruhe in der Morgenstunde des Lebens mit Wiegenliedern ein – zwei Arme tragen euch und euern kleinen Sarg, und an einer Blumenkette gleitet euer Leib mit zwei Rosenwangen, mit einer Stirn ohne Gram-Einschnitte und mit weißen Händen in die zweite Wiege herab, und ihr habt die Paradiese nur getauscht. – Aber wir, ach wir brechen zusammen unter

den Sturmwinden des Lebens, und unser Herz ist müde, unser Angesicht zerschnitten von irdischem Kummer und irdischer Müh', und unsere Seele klammert sich noch erstarret an den Erdenkloß!

Du wende dein Auge weg von Rosamundens durchstechendem Schrei, starrendem Blick und versteinernden Zügen, du, wenn du eine Mutter bist und diesen Schmerz schon gehabt hast – schaue nicht auf die Mutter, die mit sinnloser Liebe die Leiche hart an sich quetschet, die sie nicht mehr erdrücken kann, sondern auf den Vater, der seine Brust über sein kämpfendes Herz schweigend deckt, ob es gleich der schwarze Kummer mit Otterringen umzog und mit Otterzähnen vollgoß. Ach als er den Schmerz davon endlich weggehoben hatte, war das Herz vergiftet und aufgelöst. Der Mann verbeißet die Wunde und erliegt an der Narbe – das Weib bekämpft den Kummer selten und überlebt ihn doch. – »Bleibe hier (sagt' er mit überwältigter Stimme) – ich will es zur Ruhe legen, eh' der Mond aufgeht.« Sie sagte nichts, küßte es stumm, zerbröckelte seinen Blumenring, sank an die Sonnenuhr und legte das kalte Angesicht auf den Arm, um das Wegtragen des Kindes nicht zu sehen.

Unterweges erhellete das Morgenrot des Mondes den wankenden Säugling; der Vater sagte: »Brich herauf, Mond, damit ich das Land sehe, wo Er wohnet. – Steig empor, Elysium, damit ich mir darin die Seele der Leiche denke – o Kind, Kind, kennst du mich, hörst du mich – ach hast du droben ein so schönes Angesicht wie deines da, einen so schönen Mund – o du himmlischer Mund, du himmlisches Auge, kein Geist zieht mehr in dich.« – Er bettete dem Kinde statt alles dessen, worauf man uns zum letzten Male legt, Blumen unter; aber sein Herz brach, als er die blassen Lippen, die offnen Augen mit Blumen und mit Erde überdeckte, und ein Strom von Tränen fiel zuerst ins Grab. Als er mit der grünenden Rinde der Erdschollen die kleine

Erhebung überbauet hatte: fühlt' er, daß er von der Reise und dem Leben müde sei und daß in der dünnen Bergluft seine kranke Brust einfalle; und das Eis des Todes setzte sich in seinem Herzen an. Er blickte sich sehnend nach der verarmten Mutter um – diese hatte schon lange hinter ihm gezittert –, und sie fielen einander schweigend in die Arme, und ihre Augen konnten kaum mehr weinen. –

Endlich quoll hinter einem ausglimmenden Gletscher der verklärte Mond einsam über die zwei stummen Unglücklichen herauf und zeigte ihnen seine weißen unbestürmten Auen und sein Dämmerlicht, womit er den Menschen besänftigt. – »Mutter! blick auf (sagte Eugenius), dort ist dein Sohn – sieh, dort über den Mond gehen die weißen Blütenhaine hin, in denen unser Kind spielen wird.« – Jetzt füllete ein brennendes Feuer verzehrend sein Inneres – sein Auge erblindete am Monde gegen alles, was kein Licht war, und im Lichtstrome walleten erhabene Gestalten vor ihm vorüber, und neue Gedanken, die im Menschen nicht einheimisch sind und die für die *Erinnerung zu groß* sind, hörte er in seiner Seele, wie im Traume oft Melodien vor den Menschen kommen, der im Wachen keine schaffen kann. – – Der Tod und die Wonne drückten seine schwere Zunge: »Rosamunde, warum sagst du nichts? – Siehst du dein Kind? Ich schaue hinüber über die lange Erde, bis dahin, wo der Mond angeht: da flieget mein Sohn zwischen Engeln. Hohe Blumen wiegen ihn – der Erden-Frühling weht über ihn – Kinder führen ihn – Engel lehren ihn – Gott liebt ihn – O du Guter, du lächelst ja, das Silberlicht des Paradieses fließet ja himmlisch um deinen kleinen Mund, und du kennst niemand und rufest deine Eltern – Rosamunde, gib mir deine Hand, wir wollen kommen und sterben.« – –

Die dünnen Körperfesseln wurden länger. Sein ziehender Geist flatterte höher an den Grenzen des Lebens.

Er fassete die Betäubte mit zuckender Kraft und lallete erblindend und sinkend: »Rosamunde, wo bist du? Ich fliege – ich sterbe – wir bleiben beisammen.«
Sein Herz zerriß, sein Geist entflog. Aber Rosamunde blieb nicht bei ihm, sondern das Schicksal riß sie aus der sterbenden Hand und warf sie lebendig auf die Erde zurück. Sie fühlte seine Hand an, ob sie totenkalt sei: und da sie es war, so legte sie sie sanft auf ihr Herz, fiel langsam auf ihre brechenden Knie, hob ihr Angesicht unaussprechlich ausgeheitert gegen die Sternennacht hinauf, ihre Augen drangen aus den tränenleeren Höhlen trocken, groß und selig in den Himmel und schaueten darin ruhig nach einer überirdischen Gestalt umher, die herunterfliegen und sie emportragen werde. Sie wähnte fest, sie sterbe sogleich, und betete: »Komm nun, Engel der Ruhe, komm und nimm mein Herz und bring es meinen Geliebten hinauf – Engel der Ruhe, laß mich nicht so lange allein unter den Leichen – o Gott! ist denn nichts Unsichtbares um mich? – Engel des Todes, du mußt hier sein, du hast ja erst neben mir zwei Seelen abgerissen und steigen lassen. – Ich bin auch gestorben, ziehe nur meine glühende Seele aus ihrem *knienden kalten Leichnam*!« –
Sie blickte mit einer wahnsinnigen Unruhe im leeren Himmel herum. Plötzlich entbrannte in seiner stillen Wüste ein Stern und schlängelte sich gegen die Erde zu. Sie breitete ihre entzückten Arme aus und glaubte, der Engel der Ruhe schwinge sich hinein. Ach der Stern verging, aber sie nicht. »Noch nicht? sterb ich noch nicht, Allgütiger?« – seufzete die Arme.
In Osten richtete sich eine Wolke empor – fuhr über den Mond hinauf und zog einsam am heitern Himmel heran – und stand über der gequältesten Brust der Erde. Diese bog das Haupt zurück und zu ihr hinauf und bat flehend den Blitz: »Schlag ein in diese Brust und erlöse mein Herz!« – Aber als die Wolke finster über das zurückgedrückte Haupt hinüberging und den

Himmel hinunterfloh und hinter den Gebürgen versank: so rief sie mit tausend Tränen: »Sterb ich nicht, sterb ich nicht?« ...
Du Arme! nun rollte sich der Schmerz zusammen und tat den erzürnten Schlangensprung an deine Brust und drückte alle seine Giftzähne hinein. Aber ein weinender Geist goß das Opium der Ohnmacht über dein Herz, und die Krämpfe der Pein zerflossen in ein sanftes Zucken.
Ach sie erwachte am Morgen, aber zerrüttet; sie sah noch die Sonne und den Toten, aber ihr Auge hatte alle Tränen, ihr zersprungenes Herz gleich einer zerborstenen Glocke alle Töne verloren: sie murmelte bloß: »Warum darf ich nicht sterben?« – Sie ging kalt in die Hütte zurück und sagte nichts weiter als diese Worte. Jede Nacht ging sie eine halbe Stunde später zum Leichnam und traf jedesmal mit dem aufgehenden zerstückten Monde zusammen und sagte, indem sie ohne Tränen das Trauerauge an seine Dämmerungsauen andrückte: »Warum darf ich nicht sterben?«
Jawohl! warum darfst du es nicht, gute Seele, da die kalte Erde aus allen deinen Wunden den heißen Gift ausgesogen hätte, womit das Menschenherz unter sie geleget wird, wie die Hand in der Erde vom Bienenstich geneset? Aber ich wende mein Auge weg von diesem Schmerz und sehe hinauf auf den schimmernden Mond, wo Eugenius die Augen aufschlägt unter lächelnden Kindern, und sein eignes fället geflügelt auf sein Herz ... Wie ist alles so still im dämmernden Vorhof der zweiten Welt – ein Nebelregen von Licht übersilbert die hellen Gefilde des ersten Himmels, und Lichtkügelchen hängen statt des funkelnden Taues um Blüten und Gipfel – das Blau des Himmels[2] blähet sich dunkler über die Lilien-Ebenen, alle Melodien sind in

2. Die blaue Farbe der Luft muß im Monde dunkler sein, weil diese dünner ist, so wie beides auf Bergen zutrifft.

den dünnern Lüften nur zerflossene Echo – nur Nachtblumen duften und gaukeln wankend um ruhige Blicke – die schwankenden Ebenen wiegen die hier zerstoßenen Seelen, und die hohen Lebenswogen fallen gleitend auseinander – da ruht das Herz, da trocknet das Auge, da verstummet der Wunsch – Kinder flattern wie Bienengetöne um die noch pochende, in Blumen eingesenkte Brust, und der Traum nach dem Tode spielet das Erdenleben, wie ein hiesiger Traum die hiesige Kindheit, magisch, stillend, kummerfrei und gemildert nach. . . .

Eugenius blickte aus dem Monde nach der Erde, die an dem langen Mondstag aus zwei Erdenwochen wie eine weiße dünne Wolke im blauen Himmel schwebte; aber er erkannte sein altes Mutterland nicht. Endlich ging auf dem Monde die Sonne unter, und unsere Erde ruhte unbeweglich, groß und schimmernd am reinen Horizont des Elysiums und übergoß wie das Wasserrad einer Aue den wehenden elysischen Garten mit fließendem Schimmer. Da erkannte er die Erde, auf der er in einer so geliebten Brust ein so bekümmertes Herz zurückgelassen, und seine in Wonne ruhende Seele wurde voll Wehmut und voll unendlicher Sehnsucht nach der Geliebten des alten Lebens, die noch drunten litt. – »Oh, meine Rosamunde! warum ziehest du nicht aus einer Kugel fort, wo dich nichts mehr liebt?« und er blickte bittend den Engel der Ruhe an und sagte: »Geliebter! nimm mich aus dem Lande der Ruhe und führe mich hinab zu der treuen Seele, damit ich sie sehe und wieder Schmerzen habe, damit sie nicht allein sich quäle.«

Da fing plötzlich sein Herz gleichsam ohne Banden zu schwimmen an – Lüfte flatterten um ihn, als wenn sie ihn im Fliehen höben und ihn schwellend verwehten und in Fluten verhüllten – er sank durch Abendröten wie durch Blumen, und durch Nächte wie durch Lauben, und durch einen nassen Dunstkreis, und sein Auge wurde darin voll Tropfen – dann lispelte es um ihn, als kämen alte Träume aus der Kindheit wieder – dann zog eine Klage aus der Ferne näher, die alle seine geschlossenen Wunden aufschnitt – die Klage wurde Rosamundens Stimme – endlich stand sie selber vor ihm, unkenntlich, allein, ohne Trost, ohne Träne, ohne Farbe. ...

Und Rosamunde träumte auf der Erde, und ihr war, als wenn die Sonne sich beflügle und ein Engel werde – und der Engel, träumte ihr, ziehe den Mond hernieder, der ein sanftes Angesicht werde – und unter dem annähernden Angesicht bilde sich endlich ein Herz – –

Es war Eugenius; und seine Geliebte hob sich entgegen, und als sie entzückt ausrief: »Nun bin ich gestorben!« verschwanden die zwei Träume, der ihrige und der seinige, und die zwei Menschen waren wieder getrennt.

Eugenius erwachte droben, die schimmernde Erde stand noch am Himmel, sein Herz war beklommen, sein Auge erhitzt von einer Träne, die nicht auf den Mond gefallen war. Rosamunde erwachte unten, und ein großer warmer Tautropfen hing in einer Blume ihres Busens – da fiel der heiße Nebel ihrer Seele in einem leisen Tränenregen nieder, ihr Inneres wurde leicht und sonnenhell, ihr Auge hing sanft am tagenden Himmel, die Erde war ihr fremd, aber nicht verhaßt, und ihre beiden Hände bewegten sich, als führten sie die, die ihr gestorben waren. ...

Der Engel der Ruhe sah auf den Mond, er sah auf die Erde und wurde weich über die Seufzer der Menschen – Er sah auf der Morgenerde eine *Sonnenfinsternis* und eine Verlassene, er sah Rosamunden in der vorüberfliegenden Nacht auf die Blumen, die unter der Verfinsterung einschliefen, und in den kalten Abendtau, der in den Morgentau fiel, umsinken und die Hände ausstrecken gegen den eingeschatteten Himmel voll ziehender Nachtvögel und mit unendlichem Sehnen aufblicken zum Monde, der bebend in der Sonne schwebte. – Der Engel sah auf den Mond, und neben ihm weinte der Selige, der die Erde tief unter einer Schattenflut schwimmend und in einen Feuerring geschmiedet erblickte, und dem die wimmernde Gestalt, die noch auf ihr wohnte, die ganze Seligkeit des Himmels nahm. – Da brach dem Engel des Friedens das himmlische Herz – und er ergriff Eugenius' Hand und des Kindes seine – riß beide durch die zweite Welt und trug sie auf die finstere Erde herab. – Rosamunde sah im Dunkel drei Gestalten wandeln, deren Schimmer an den Sternenhimmel anschlug und oben mit ihnen ging – ihr Geliebter und ihr Kind flogen wie Frühlinge an ihr Herz und sagten eilend: »O Teuere, geh mit uns« – Ihr Mutterherz zersprang vor Mutterliebe – das Erdenblut stockte – ihr Leben war aus – selig, selig stammelte sie an den zwei geliebten Herzen: »Darf ich denn noch nicht sterben?« – »Du bist schon gestorben«, sagte der freudig weinende Engel der drei Liebenden, »und dort steht die Erdkugel, aus der du kommest, noch im Schatten« ... Und die Wellen der Wonne schlugen hoch über die selige Welt zusammen, und alle Glückliche und alle Kinder sahen unsere Kugel an, die noch im Schatten zitterte.

Jawohl ist sie im Schatten. Aber der Mensch ist höher als sein Ort: er sieht empor und schlägt die Flügel seiner Seele auf, und wenn die sechzig Minuten, die wir sechzig Jahre nennen, ausgeschlagen haben: so erhebt er sich und entzündet sich steigend, und die Asche seines Gefieders fället zurück, und die enthüllte Seele kömmt allein, ohne Erde und rein wie ein Ton, in der Höhe an – – Hier aber sieht er mitten im verdunkelten Leben die Gebirge der künftigen Welt im Morgengolde einer Sonne stehen, die hienieden nicht aufgeht: so erblickt der Einwohner am Nordpol in der langen Nacht, wo keine Sonne mehr aufsteigt, doch um zwölf Uhr ein vergüldendes Morgenrot an den höchsten Bergen, und er denkt an seinen langen Sommer, wo sie niemals untergeht.

Des Quintus Fixlein
Leben bis auf unsere Zeiten;
in funfzehn Zettelkästen.

Erster Zettelkasten.

Hundstagsferien – Visiten – eine Hausarme von Adel.

Egidius Zebedäus *Fixlein* war gerade acht Tage wirklicher Quintus gewesen und hatte sich warm dozieret, als das Glück ihm vier erquickende, mit Blumen und Streuzucker überschüttete Kollationen und Gänge auf den Eßtisch setzte: es waren die vier Kanikularwochen. Ich möchte noch den Totenkopf des guten Mannes streicheln, der die Hundsferien erfand; ich kann nie in ihnen spazieren gehen, ohne zu denken: jetzt richten sich im Freien tausend gekrümmte Schulleute empor, und der harte Ranzen liegt abgeschnallet zu ihren Füßen, und sie können doch suchen, was ihre Seele lieb hat, Schmetterlinge – oder Wurzeln von Zahlen – oder die von Worten – oder Kräuter – oder ihre Geburtsdörfer.

Seines suchte unser Fixlein. Er rückte aber erst am Sonntage – denn man will auch wissen, wie Ferien in der Stadt schmecken – mit seinem Pudel und einem Quintaner, der seinen grünen Schlafrock trug, aus dem Stadttor aus: es tauete noch, und als er schon hinter den Gärten lief, stießen erst die Waisenhauskinder mit einem Morgenliede in die Kehlen aus Trompetentextur. Die Stadt hieß *Flachsenfingen*, das Dorf *Hukelum*, der Hund *Schill* und die Jahreszahl 1791.

»Männlein (sagt' er zum Quintaner; denn er redete gern wie die Liebe, die Kinder und die Wiener in Diminutiven), Männlein, gib mir den Bündel her bis ans Dorf – lauf dich aus und suche dir einen kleinen Vogel, wie du bist, damit du was zu ätzen hast unter den Ferien.« – Denn das Männlein war zugleich sein Edelknabe – Zimmerfrotteur – Stubenkamerad – Gesell-

schaftkavalier und Laufmädchen; und der Pudel war zugleich sein Männlein.
Er schritt langsam fort durch die mit couleurten Tau-Glaskügelchen vollgehangenen, gekräuselten Kohlbeete und sah den Gebüschen zu, aus denen, wenn sie der Morgenwind auseinanderzog, ein Flug Juwelenkolibri aufzusteigen schien, so funkelten sie. Er zog von Zeit zu Zeit die Klingschnur des – Pfeifens, damit sich der Kleine nicht verspränge, und kürzte sich seine anderthalbe Stunden dadurch ab, daß er den Weg nicht nach ihnen, sondern nach Dörfern ausmaß. Es ist angenehmer für den Fußgänger – für den Geographen gar nicht –, nach Wersten als nach Meilen zu rechnen. Unterweges lernte der Quintus die wenigen Felder auswendig, worauf schon geschnitten war. –
Aber jetzt streife noch langsamer, Fixlein, durch den Herrschaftsgarten von Hukelum, nicht etwa deswegen, damit du mit deinem Rocke keine Tulpenstaubfäden abbürstest, sondern damit deine gute Mutter nur so viel Zeit gewinne, um ihre Amorsbinde von schwarzem Taft um die glatte Stirn zu legen. Es ärgert mich, daß es der guten Frau die Leserinnen übelnehmen, daß sie die Binde erst plätten will: sie müssen nicht wissen, daß sie keine Magd hat und daß sie heute das ganze Meisteressen – die Geldprästationen dazu hatte der Gast drei Tage vorher übermacht – allein, ohne eine Erbküchenmeisterin beschicken mußte. Und überhaupt trägt der dritte Stand (sie war eine Kunstgärtnerin) allemal wie ein Rebhuhn die Schalen des Werkeltags-Eies, aus dem er sich hackt, noch unter der Vormittagskirche am Steiße herum.
Man kann sich denken, wie die herzensgute Mutter den ganzen Morgen auf ihren Schulherrn mag gelauert haben, den sie liebte wie ihren Augapfel, da sie auf der ganzen vollen Erde niemand weiter – Mann und erster Sohn waren gestorben – für ihre in Liebe überquellende Seele hatte, niemand weiter als ihren Zebedäus.

Konnte sie jemals irgend etwas von ihm erzählen, ich meine nur etwas Freudiges, ohne zehnmal die Augen abzuwischen? Verschnitt sie nicht einmal ihren einzigen Kirmeßkuchen an zwei Bettelstudenten, weil sie dachte, Gott strafe sie, daß sie so schmauße, indes ihr Kind in Leipzig nichts zu beißen habe und an den Kuchengarten nur wie an andere Gärten rieche?
»Tausend! Du bist's schon, Zebedäus!« – sagte die Mutter und lächelte verlegen, um nicht zu weinen, als der Sohn, der sich unter dem Fenster weggeduckt und an die mit Grummet gepolsterte Tür nicht angeklopft hatte, plötzlich eingetreten war. Sie konnte vor Vergnügen den Plättstein nicht in die Plätte schütteln, da der vornehme Schulmann sie unter dem lauten Sieden des Bratens zärtlich auf die nackte Stirn küßte und gar Mama sagte, – welcher Name sich an sie so weich anlegte wie ein Herzkissen. Alle Fenster waren offen, und der Garten war mit seinem Blumenrauche und Vögelgeschrei und Schmetterlingssammlungen fast halb in der Stube: ich werde aber noch nicht berichtet haben, daß das kleine Gärtnerhäuschen, das mehr eine Stube als ein Haus war, in der westlichen Landspitze des Schloßgartens belegen war. Der Edelmann ließ die Witwe aus Gnaden diesen Witwensitz behalten, weil der Sitz ohnehin leergestanden wäre, da er keinen Gärtner mehr hielt.
Fixlein konnt' aber trotz der Freude nicht lange bleiben, weil er in die Kirche mußte, die für seinen geistigen Magen eine Hofküche, eine mütterliche war. Ihm gefiel eine Predigt, bloß weil sie eine Predigt war und weil er schon eine gehalten hatte. Der Mutter war's recht: die guten Weiber glauben schon die Gäste zu genießen, wenn sie ihnen nur zu genießen geben.
Er lächelte im Chore, diesem Freihafen und Heidenvorhof ausländischer Kirchengänger, alle imparochierte an und schauete wie in seiner Kindheit unter dem Holzfittich eines Erzengels herab auf das gehaubte

Parterre. Seine Kinderjahre schlossen ihn jetzt wie Kinder in ihren lächelnden Kreis, und eine lange Girlande durchflocht sie ringelnd, und sie rupften zuweilen Blumen daraus, um sie ihm ins Gesicht zu werfen: stand nicht auf dem Kanzel-Parnaß der alte Senior *Astmann*, der ihn so oft geprügelt hatte, weil er bei ihm das Griechische aus einer lateinisch edierten Grammatik schöpfen mußte, die er nicht exponieren, obwohl merken konnte? Stand nicht hinter der Kanzeltreppe die Sakristei-Kajüte, worin eine Kirchenbibliothek von Bedeutung – ein Schulknabe hätte sie gar nicht in seinen Bücherriemen schnallen können – unter dem Grauwerk von Pastell-Staub eigentlich lag? und bestand sie nicht noch aus der Polyglotta in Folio, die er – angefrischt durch Pfeiffers critica sacra – in frühern Jahren Blatt für Blatt umgeschlagen hatte, um daraus die litteras inversas, majusculas, minusculas etc. mit der größten Mühe zu exzerpieren? Er hätt' aber heute lieber als morgen dieses Buchstaben-Rauchfutter in einen hebräischen Schriftkasten werfen sollen, an den die orientalischen Rhizophagen gehangen sind, da sie ohnehin fast ohne alles Vokalen-Hartfutter erhalten werden. – Stand nicht neben ihm der Orgelstuhl als der Thron, auf den ihn allemal an Aposteltagen der Schulmeister durch drei Winke gesetzt hatte, damit er durch ein plätscherndes Murki den Kirchensprengel tanzend die Treppen niederführte? – –

Die Leser werden selber immer lustiger werden, wenn sie jetzt hören, daß unser Quintus vom Senior, dem geistlichen Ortskurfürsten, unter dem Ausschütten des Klingelbeutels invitiert wird auf Nachmittag; und es wird ihnen so lieb sein, als invitierte der Senior sie selber. Was werden sie aber erst sagen, wenn sie mit dem Quintus zur Mutter und zum Eßtisch, die beide schon den weißen gewürfelten Sonntagsanzug umhaben, nach Hause kommen und den großen Kuchen erblicken, den Fräulein *Thiennette* (Stephanie) von der Backscheibe

laufen lassen? Sie werden aber freilich zuallererst wissen wollen, wer *die* ist.
Sie ist – denn wenn man (nach Lessing) eben über die Vortrefflichkeit der Iliade die Personalien ihres Verfassers vernachlässigte: so mag das wohl auf das Schicksal mehrerer Verfasser, z. B. auf mein eignes passen; aber die Verfasserin des Kuchens soll über ihr Backwerk nicht vergessen werden – Thiennette ist ein hausarmes, insolventes Fräulein – hat nicht viel, ausgenommen Jahre, deren sie fünfundzwanzig hat – besitzt keine nahen Anverwandten mehr – hat keine Kenntnisse (da sie nicht einmal den Werther aus Büchern kennt) als ökonomische – lieset keine Bücher, meine gar nicht – bewohnt, d. h. bewacht als Schloßhauptmännin ganz allein die dreizehn öden erledigten Zimmer des Schlosses zu Hukelum, das dem im Filial *Schadeck* seßhaften Dragonerrittmeister *Aufhammer* zugehöret – kommandieret und beköstigt seine Fröhner und Mägde und kann sich von Gottes Gnaden – welches im dreizehnten Jahrhunderte die landsässigen Edelleute so gut wie die Fürsten taten – schreiben, weil sie von menschlicher Gnade lebt, wenigstens von der adeligen der Rittmeisterin, die allemal die Untertanen segnet, denen ihr Mann flucht. – Aber in der Brust der verwaiseten Thiennette hing ein verzuckertes Marzipanherz, das man vor Liebe hätte fressen mögen – ihr Schicksal war hart, aber ihre Seele weich – sie war bescheiden, höflich und furchtsam, aber zu sehr – sie nahm schneidende Demütigungen gern und kalt in Schadeck auf und fühlte keinen Schmerz, aber einige Tage darauf sann sie sich erst alles aus, und die Einschnitte fingen heiß an zu bluten, wie Verwundungen in der Starrsucht erst nach dem Vorübergang der letztern schmerzen, und sie weinte dann ganz allein über ihr Los. . . .
Es wird mir schwer, wieder einen hellen Klang zu geben nach diesem tiefen und hinzuzufügen, daß Fixlein fast mit ihr auferzogen wurde und daß sie, als

seine Schul-Moitistin drüben beim Senior, da er ihn für die Städtebank der Tertianer stimmfähig machte, mit ihm die verba anomala erlernte.

Das Achilles-Schild des Kuchens, den ein erhobnes Bildwerk von braunen Schuppen auszackte, ging im Quintus als ein Schwungrad hungriger und dankbarer Ideen um: er hatte von jener Philosophie, die das Essen verachtet, und von jener großen Welt, die es verschleudert, nicht so viel bei sich, als zur Undankbarkeit der Weltweisen und Weltleute gehört, sondern er konnte sich für eine Schlachtschüssel, für ein Linsengericht gar nicht satt bedanken.

Unschuldig und zufrieden beging jetzt die viersitzige Tischgenossenschaft – denn der Hund kann mit seinem Couvert unter dem Ofen nicht ausgelassen werden – das Fest der süßen Brode, das Dankfest gegen Thiennette, das Laubhüttenfest im Garten. Man sollte sich freilich wundern, wie ein Mensch mit einigem Vergnügen essen könne, ohne wie der König in Frankreich 448 Menschen (161 garçons de la Maison-bouche zähl ich gar nicht) in der Küche, ohne eine Fruiterie von 31 Kerls, oder eine Mundbäckerei von 23 Ditos und ohne den täglichen Aufwand von 387 Livres 21 Sous zu haben. Inzwischen ist mir eine kochende Mutter so lieb wie ein ganzer mich mehr fressender als fütternder Küchen-Hofstaat. Der köstliche Abhub, den der Biograph und die Welt von einer solchen Tafel nehmen dürfen, ist eine und die andere Tischrede von Erheblichkeit. Die Mutter erzählte vieles. Thiennette ziehet heute abends – hinterbringt sie – zum ersten Male einen Morgenpromenadehabit von weißer Mousseline an, desgleichen einen Atlasgürtel und Stahlschild; es wird ihr aber – sagt sie – nicht lassen, da die Rittmeisterin (denn diese hing an Thiennetten ihre abgeworfnen Kleider, wie Katholiken an Schutzheilige abgelegte Krücken und Schäden) dicker sei. Gute Weiber gönnen einander alles, ausgenommen Kleider, Männer und Flachs. In der Phantasie des Quintus wuchsen Thiennetten jetzt durch die Kleidung Engelsschwingen aus den Schulterblättern: ihm war ein Kleid ein halber ausgebälgter Mensch, dem bloß die edlern Teile und die ersten Wege fehlten; er verehrte diese Düten und Hülsen um unsern Kern, nicht als Elegant oder als Schönheits-Zensor, sondern weil er unmöglich etwas verachten konnte, was andere verehrten. – Ferner las sie ihm gleichsam aus dem Grabstein seines Vaters vor, der im zweiunddreißigsten Jahre seines Alters dem Tode aus einer Ursache in die Arme gesunken war, die ich erst in einem spätern Zettelkasten bringe, weil ich's zu gut mit dem Leser meine. Man konnte dem Quintus nicht genug von seinem Vater erzählen.

Die schönste Nachricht war, daß ihr Fräulein Thiennette heute sagen lassen: »morgen könn' er bei der gnädigen Frau vorkommen, denn sein gnädiger Herr Pat' fahre in die Stadt.« Das muß ich freilich erst klarmachen. Der alte Aufhammer hieß Egidius und war Fixleins Pate; aber er hatte ihm – obwohl die Rittmeisterin die Wiege des Kindes mit nächtlichen Brodspenden, Fleisch- und Sackzehenden bedeckte – sparsam mit nichts anderem ein Patengeschenk gemacht als bloß mit seinem Namen, welches gerade das Fatalste war. Unser *Egidius* Fixlein war nämlich mit seinem Pudel, der wegen der französischen Unruhen mit andern Emigranten aus Nantes fortgelaufen war, nicht lange von Akademien zurück, als er und der Hund miteinander unglücklicherweise im Hukelumer Wäldchen spazierengingen. Denn da der Quintus immer zu seinem Begleiter sagte: »kusch, Schill (couche Gilles)«, so wird's wahrscheinlich der Teufel gewesen sein, der den von Aufhammer so wie Unkraut zwischen die Bäume eingesäet hatte, daß ihm die ganze Travestierung und Wipperei seines Namens – denn Gilles heißet Egidius – leichtlich in die Ohren fallen konnte. Fixlein konnte weder parlieren noch injuriieren, er wußte nicht ein Wort davon, was couche bedeute, das jetzt in Paris bürgerliche Hunde selber zu ihren Valets de chiens sagen; aber von Aufhammer nahm drei Dinge nie zurück, seinen Irrtum, seinen Groll und sein Wort. Der Provokat setzte sich jetzt vor, den bürgerlichen Provokanten und Ehrendieb nicht mehr zu sehen und zu – beschenken.

Ich komme zurück. Nach dem Diner guckte er zum Fensterchen hinaus in den Garten und sah seinen Lebensweg sich in vier Steige spalten zu ebenso vielen Himmelfahrten: zur Himmelfahrt in den Pfarrhof und in das Schloß zu Thiennetten – auf heute – und zur dritten nach Schadeck auf morgen und in alle hukelumische Häuser zur vierten. Als nun die Mutter lange genug fröhlich auf gespitzten Füßen herumgeschlichen war, um ihn nicht im Studieren seiner *lateinischen Bibel* (vulgata) zu stören, nämlich im Lesen der Literaturzeitung: so macht' er sich endlich auf seine eignen, und die demütige Freude der Mutter lief dem herzhaften Sohne lange hinterdrein, der sich getrauete, mit einem Senior ganz wohlgemutet zu sprechen. Gleichwohl trat er mit Ehrfurcht in das Haus seines alten, mehr grau- als kahlköpfigen Lehrers, der nicht nur die Tugend selber war, sondern auch der Hunger: denn er aß mehr als der höchstselige König. Ein Schulmann, der ein Professor werden will, sieht einen Pastor kaum an; einer aber, der selber ein Pfarrhaus zu seinem Werk- und Gebärhaus verlangt, weiß den Inwohner zu schätzen. Die neue Pfarrwohnung – gleichsam als wäre sie wie eine casa santa aus der Friederichsstraße oder aus Erlang aufgeflogen und in Hukelum niedergefallen – war für den Quintus ein Sonnentempel und der Senior der Sonnenpriester. Pfarrer da zu werden, war ein mit Lindenhonig überstrichner Gedanke, der in der Geschichte nur noch einmal vorkommt, nämlich in Hanni-

bals Kopf, als er den hatte, über die Alpen zu schreiten, d. h. über Roms Türschwelle.
Der Wirt und der Gast formierten ein vortreffliches bureau d'esprit: Leute in Ämtern, zumal in ähnlichen, haben einander mehr zu sagen – nämlich ihre *eigne* Geschichte – als die müßigen Wonnemonds-Käfer und Hof-Seligen, die nur eine *fremde* dozieren dürfen. – Der Senior kam dann von seinen eisernen Stücken (im Stalle) auf die Aktenstücke seines akademischen Lebens, dessen sich solche Leute so gern wie Dichter der Kindheit erinnern. So gut er war, so dacht' er doch halb freudig daran, daß er's einmal weniger gewesen; aber frohe Erinnerungen fehlerhafter Handlungen sind ihre halbe Wiederholung, so wie reuige Erinnerungen der guten ihre halbe Aufhebung.
Freundlich und höflich horchte Zebedäus, der nicht einmal in seine Schreibtafel den Namen eines vornehmen Herrns ohne ein H. eintrug, den akademischen Flegeljahren des alten Mannes zu, der in Wittenberg ebenso oft eingeschenkt als eingetunkt und gleich sehr nach der Hippokrene und nach Guckguck[1] gedürstet hatte. –
Jerusalem bemerkt schön, daß die Barbarei, die oft hart hinter dem buntesten Flor der Wissenschaften aufsteigt, eine Art von stärkendem Schlammbad sei und die Überverfeinerung abwende, mit der jener Flor bedrohe. Ich glaube, daß einer, der erwägt, wie weit die Wissenschaften bei dem Primaner steigen – vollends bei einem Patriziers-Sohn aus Nürnberg, dem die Stadt 1000 fl. zum Studieren schenken muß –, ich glaube, daß ein solcher dem Musensohne ein gewisses barbarisches Mittelalter (das sogenannte Burschenleben) gönnen werde, das ihn wieder so stählet, daß seine Verfeinerung nicht über die Grenzen geht. Der Senior hatte in Wittenberg 180 akademische Freiheiten

1. Ein Universitätsbier.

– so viel hat deren *Petrus Rebuffus* aufsummiert[2] – gegen Verjährung geschützt und keine verloren als seine moralische, aus der ein Mensch, sogar im Konvente, nicht viel macht. Dieses gab dem Quintus Mut, seine lustigen Reisesprünge zu referieren, die er in Leipzig unter dem Alpdrücken der Dürftigkeit machte. Man höre: sein Hauswirt, der zugleich Professor und Geizhals war, beköstigte in dem ummauerten Hofe eine ganze Fasanerie von Hühnern. Fixlein samt einer Mitbelehnschaft von drei Stubengenossen bestritten den Mietzins einer Stube leicht; sie hatten überhaupt wichtige Dinge wie Phönixe nur *einmal*: *ein* Bette, worin allemal das eine Paar Vormitternacht, das andere Nachmitternacht gleich Nachtwächtern schlief – *einen* Rock, in dem einer um den andern ausging und der wie ein Wachtrock die Nationalkleidung der Kompagnie war – und mehrere Einheiten des Interesse und des Orts. Nirgends sammelt man die Not- und Belagerungsmünzen der Armut lustiger und philosophischer als auf der Universität: der akademische Bürger tut dar, wieviel Humoristen und Diogenesse Deutschland habe. Unsere Unitarier hatten nur *eine* Sache viermal, den Hunger. Der Quintus erzählte es vielleicht mit einem zu freudigen Genuß der Erinnerung, daß einer aus diesem darbenden coro ein Mittel ersann, die Hühner des ordentlichen Professors wie Abgaben oder Steuern zu erheben. Er sagte (er war ein Jurist), sie

2. Ich will nur einige diesem Peter nachschreiben, die sonst beim Aufkeimen der Universitäten alle galten: z. B. ein Student kann den Bürger zwingen, ihm Haus und Pferd zu vermieten; – ein sogar seinen Verwandten zugefügter Schade wird vierfach ersetzt; – er braucht keine schriftliche Befehle des Pabstes zu vollziehen; – die Nachbarschaft muß ihm für das haften, was ihm gestohlen worden; – wenn er und zugleich ein Nichtstudent anstößig lebten, so konnte nur der letztere aus dem Miethause gewiesen werden; – ein Doktor muß einen armen Studenten nähren; – wenn sein Mörder nicht entdeckt wird, so bleiben die nächsten zehn Häuser unter dem Interdikt; seine Legaten werden durch die falcidia nicht verkürzt etc.

sollten einmal die juristische Fiktion aus dem Lehnrechte entlehnen, daß sie den Professor für den Erbzinsbauer, dem ganz die Nutznießung des Hühnerhofes und Hauses zustehe, sich aber für die Zinsherren ansähen, denen er seine Zinshühner ordentlich entrichten müßte. Damit nun die Fiktion der Natur folgte, fuhr er fort, – fictio sequitur naturam –: so müßten sie solche Fasnachtshühner ihm wirklich abfangen. Aber in den Hof war nicht zu kommen. Der Feudalist machte sich daher eine Angel, klebte eine Brodpille an den Angelhaken und hielt fischend seine Angelrute in den Hof hinab. In wenig Tertien griff der Haken in einen Hühnerschlund, und die angeöhrte Henne, die nun mit dem zinsherrlichen Feudalisten kommunizierte, konnte still, wie vom Archimedes Schiffe, in die Höhe gezogen werden zur hungrigen Luftfischerei-Sozietät, wo ihrer nach Maßgabe der Umstände der rechte Feudal-Name und Besitz-Titel wartete: denn die resorbierten Hühner mußten bald Rauchhühner, bald Wald-, Forst-, Vogtei-, Pfingst-, Sommerhennen benannt werden. »Ich fange damit an,« sagte der angelnde Majoratsherr, »daß ich *Rutscherzinsen* erhebe; denn so nennt man das Tripel und Quintupel des Zinses, wenn ihn der Zinsbauer, wie hier der Fall ist, lange zu erlegen versäumet hat.« Der Professor bemerkte, wie ein Fürst, traurig die verminderte Volksmenge der Hühner, die wie Juden am Zählen starben. Endlich hatt' er das Glück, als er sein Kollegium las – er stand gerade beim *Forst-*, *Salz-* und *Münzregal* –, durch das Fenster des Auditoriums eine wie der betende Ignatius Loyola oder wie die gestrafte Juno mitten in die Luft fixierte Zinshenne wahrzunehmen; – er ging der unbegreiflichen geraden Aszension des äronautischen Tiers nach und sah endlich oben den Hebungsbedienten mit seinem tierischen Magnetismus stehen, der aus dem Hühnerhofe die Lose zum Essen zog. . . .

Er machte aber der Hühnerbeize wider alles Erwarten noch früher ein Ende als dem Regal-Kollegio. –
Fixlein schritt nach Hause unter dem Abend-Trompeterstückchen der Turm-Schallöcher und nahm unterweges höflich vor den leeren Fenstern des Schlosses den Hut ab: vornehme Häuser waren ihm soviel wie vornehme Leute, wie in Indien die Pagode zugleich den Tempel und den Gott bedeutet. Der Mutter brachte er erlogene Grüße mit, die ihm authentische zurückgab, weil sie nachmittags mit ihrer historischen Zunge und mit ihren *naturforschenden* Augen bei der weißmousselinenen Thiennette gewesen war. Die Mutter wies ihr jeden Notpfennig, den der Sohn in ihre große leere Geldtasche fallen ließ, und setzte ihn in Gunst beim Fräulein: denn Weiber neigen einem Sohn, der seiner Mutter zärtlich einige ihrer Wohltaten zurückzahlt, mehr und wärmer ihre Seele zu als wie einer den Vater versorgenden Tochter, vielleicht aus hundert Gründen und auch aus dem, weil sie von Söhnen und Männern mehr gewohnt sind, daß diese bloß fünf Fuß lange – Donnerwetter, behoste Wasserhosen oder doch ausruhende Orkane sind.
Seliger Quintus! an dessen Leben noch der Vorzug wie ein Adlerorden schimmert, daß du es deiner Mutter erzählen kannst, wie z. B. den heutigen Nachmittag im Seniorat. Deine Freude fließet in ein fremdes Herz und strömet daraus verdoppelt in deines zurück. Es gibt eine größere Nähe der Herzen, so wie des Schalles, als die des *Echos*; die höchste Nähe schmilzt Ton und Echo in die *Resonanz* zusammen.
Es ist historisch-gewiß, daß beide abends aßen und statt des Abhubs vom Diner, der morgen selber eines vorstellen konnte, bloß den Opferkuchen oder Matzen auf den Brand-Opferaltar des Tisches legten. Die Mutter, die für ihr leibliches Kind nicht bloß sich, sondern auch die übrigen Menschen willig hingegeben hätte, tat ihm den Vorschlag, dem Quintaner, der draußen spielte

und einen Vogel statt sich aufätzte, keine Krume vom kostbaren Backwerk zu geben, sondern nur Hausbrod ohne Rinde. Aber der Schulmann dachte christlich und sagte, es sei Sonntag und der junge Mensch esse so gern etwas Delikates wie er. Fixlein gastierte, dotierte und schonte – als Gegenfüßler der Großen und Genies – lieber den dienenden Hausgenossen als einen Menschen, der das erstemal durchs Tor passieret und auf der nächsten Station seinen Gastfreund und den letzten Postmeister vergisset. Überhaupt hatte der Quintus Ehre im Leibe, und ungeachtet seiner Schonung und Latrie des Geldes, gab er's doch gern hin in Fällen der Ehre, und ungern in Fällen eines siegenden Mitleidens, das zu schmerzlich seinen Herzbeutel auffüllte und seinen Geldbeutel ausleerte. – Als der Quintaner das jus compascui auf dem Matzen exerzierte und als sechs Arme auf Thiennettens Freitisch ruhig lagen: las Fixlein sich und der Gesellschaft den flachsenfingischen Adreßkalender vor; etwas Höheres konnt' er sich außer Meusels gelehrtes Deutschland nicht gedenken – die Kammerherrn und geheime Räte des Kalenders liefen ihm, wie die Rosinen des Kuchens, kitzelnd über die Zunge, und von den reichern Pastoraten erhob er gleichsam durch Vorlesen den Sackzehend.

Er blieb absichtlich seine eigne Ausgabe auf sonntägigem Velinpapier; ich meine, er zog den Sonntagsrock sogar unter dem Gebetläuten nicht aus: denn er hatte noch viel vor.

Nach dem Essen wollt' er zum Fräulein, als er sie wie eine Lilie in die rote Dämmerung getaucht zu sehen bekam, im Schloßgarten, dessen westliche Grenzen sein Haus formierte, wie dessen südliche die sinesische Mauer des Schlosses. ... Beiläufig, wie ich zu allem diesen gekommen bin, was Zettelkästen sind, ob ich selber dort war etc. etc. – das soll, so wahr ich lebe, dem Leser bald und getreulich überliefert werden, und das noch in diesem Buche. –

Fixlein hüpfte wie ein Irrlicht in den Garten, dessen Blumendampf an seinen Suppendampf anstieß. Niemand bückte sich tiefer vor einem Edelmann als er, nicht aus pöbelhafter Demut, noch aus gewinnsüchtiger Selbsterniedrigung, sondern weil er dachte: »Ein Edelmann bleibt doch immer das, was er ist.« Aber sein Bückling fiel (anstatt vorwärts) in die Quere rechts hinaus, gleichsam dem Hute nach: denn er hatte nicht gewagt, einen Stock mitzunehmen; Hut und Stock aber waren das Druckwerk und die Balancierstange, kurz das Bücklingsgetriebe, ohne das er sich in keine höfliche Bewegung zu setzen vermochte, und hätte man ihn dafür in das Hamburger Hauptpastorat voziert. Thiennettens Lustigkeit spannte seine zusammengerollte Seele bald wieder gerade und in den rechten Ton. Er hielt an sie eine lange nette Dank- und Erntepredigt für den schuppigen Kuchen, die ihr gut und langweilig zugleich vorkam. Mädchen ohne große Welt rechnen langweilige Pedanterie bloß wie das Schnupfen zu den notwendigen Ingredienzien eines Mannes; sie verehren uns unendlich, und wie *Lambert* den König in Preußen wegen seiner Sonnenaugen nur im Finstern zu sprechen vermögend war, so ist's ihnen oft, glaub ich, lieber – eben wegen unsers erhabnen Airs –, wenn sie uns im Finstern erwischen können. – *Ihn* erbauete Thiennettens Reichsgeschichte und Kaiserhistorie vom Herrn von Aufhammer und der gnädigen Frau, die ihn ins Testament setzen will; *sie* erbauete seine Gelehrtenhistorie, die ihn und den Subrektor betraf, wie er selber z. B. in der Sekunda vikariere und über Schüler regiere, so lang gewachsen wie er. Und so gingen beide zufrieden zwischen roten Bohnenblüten, roten Maikäfern vor der immer tiefer am Horizonte niederbrennenden Abendröte den Garten auf und ab und kehrten allemal lächelnd vor dem Kopfe der Gärtnerin um, der wie ein Scheibenbild in das kleine Schiebfenster eingesetzet stand, das wieder in ein größeres gefasset war.

Mir ist's unbegreiflich, daß er sich nicht verliebte. Ich weiß zwar seine Gründe: erstlich hatte sie nichts; zweitens er nichts und Schuldenlast dazu; drittens war ihr Stammbaum ein Grenzbaum und Verwahrungsstock; viertens band ihm noch ein edlerer Gedanke die Hände, der aus guten Gründen dem Leser noch verhalten wird. Gleichwohl – Fixlein! hätt' ich nicht an deinem Platze sein dürfen! Ich hätte sie angesehen und mich an ihre Tugenden und an unsere Schuljahre erinnert und dann mein weichflüssiges Herz hervorgezogen und es ihr wie einen Wechselbrief präsentieret oder wie ein Ratsdekret insinuieret. Denn ich hätte erwogen, daß sie es einer Nonne in zweierlei nachtue, im guten Herz und im guten Backwerk – daß sie trotz ihres Umganges mit männlichen Fröhnern doch keine Karl Genofeva Louise Auguste Timothee Eon von Beaumont sei, sondern eine glatte, blonde, gehäubte Taube – daß sie mehr ihrem Geschlechte als unserem zu gefallen suche – daß sie ein zerfließendes Herz, das nicht erst vom Bücherverleiher abgeholet ist, in Tränen zeige, deren sie sich aus Unschuld mehr schämt als rühmt – – Schon vor der dritten Rabatte wär' ich bei solchen Gründen dagewesen mit der Spende meines Herzens. – Hätt' ich vollends bedacht, Quinte! daß ich sie kenne wie mich selber, daß ihr und mir (wär' ich nämlich du gewesen) von demselben Senior die lateinischen Hände zum Schreiben geführet worden und – daß wir uns als unschuldige Kinder vor dem Spiegel geküsset, um zu sehen, ob es die beiden Vexierkinder im Spiegel nachmachen – daß wir oft die Hände beiderlei Geschlechts in *einen* Muff geschoben und sie darin Versteckens spielen lassen; – – hätt' ich endlich überdacht, daß wir ja gerade vor dem in der Schmelzmalerei des Abends glimmenden Glashause ständen, an dessen kalten Scheiben wir beide (sie innen, ich außen) die heißen Wangen, bloß durch den gläsernen Ofenschirm gespalten, einander entgegengepresset hatten: so hätt' ich die arme, vom Schicksal auseinandergedrückte Seele, die gegen ihr Wettergewölk keine größere Erhöhung zur Wetterscheide vor sich sieht als das Grab, an meine gezogen und sie an meinem Herzen erwärmt und mit meinen Augen umgürtet. ...

Wahrlich der Quintus hätt' es auch getan, hätt' es der oben gedachte edlere Gedanke, den ich verhalte, erlaubt! – Weich, ohne die Ursache zu wissen – daher er seine Mutter küßte –, und selig, ohne ein gelehrtes Gespräch geführet zu haben, und mit einer Fracht von untertänigen Empfehlungen entlassen, die er morgen vor der Dragonerrittmeisterin abzuladen hat, kam er im kleinen Häuschen an und sah noch so lange aus seinen dunkeln Fenstern an die leuchtenden des Schlosses. – Und noch als schon das erste Viertel des Mondes im Untergehen war, um 12 Uhr, schloß er vor dem kühlen Anwehen eines milden, duftenden, feuchten und das Herz beim Namen rufenden Nachtlüftchens noch einmal die Augenlider eines schon träumenden Blickes auf. ...

Schlafe, denn du hast heute noch nichts Böses getan! – Ich will, während die hängende geschlossene Blumenglocke deines Geistes sich auf das Kopfkissen senkt, hinausschauen in die wehende Nacht auf deinen morgendlichen Fußsteig, der dich durch transparente Wäldchen nach Schadeck zu deiner Gönnerin führt. Der Rittmeister bricht schon um ein Uhr auf. Du und deine Schutzpatronin sitzen also morgen allein beisammen. Es gelinge dir alles, närrischer Quintus! –

Zweiter Zettelkasten.

Frau von Aufhammer – Kindheits-Resonanz – Schriftstellerei.

Das frühe Gepiepe nach Atzung, das die gestern vom Quintaner aus dem Neste adoptierte Drossel schon um zwei Uhr anfing, trieb den Quintus bald in die Kleider, deren Glanzpresse und Parallellineal die Hände der besorgten Mutter waren, die ihn zur Rittmeisterin nicht wie einen »lüderlichen Hund« lassen wollte. Der Pudel wurde inkarzeriert, der Quintaner mitgenommen, desgleichen gute Reglements von der Fixleinin, wie er sich gegen die Rittmeisterin aufzuführen habe. Aber der Sohn versetzte: »Mama, wenn man mit der großen Welt umgeht wie ich, mit einer Fräulein von Thiennette: so muß man doch wissen, wen man vor sich hat und was feine Sitten und Sawer di Wiwer (savoir vivre) fodern.« – Er langte mit dem Quintaner und grünen Fingern (von den Saftfarben des zerdrückten Laubes am Steige) und mit einer abgefressenen Rose zwischen den Zähnen vor den dicken Lakaien in Schadeck an. ... Wenn die Weiber Blumen sind – wiewohl ebensooft seidene und italienische und Kupferblumen als botanische –: so war die Frau von Aufhammer eine gefüllte, mit ihrem Fett-Bauchkissen und Speck-Kubus. Durch die Apoplexie schon mit dem halben Körper vom Leben abgeschnitten, lag sie auf ihrem Fettpolster nur wie in ihrem weicheren Grab; gleichwohl war das, was noch von ihr übrig war, zugleich lebhaft, fromm und stolz. Ihr Herz war ein gießendes Fruchthorn gegen alle Menschen, aber nicht aus Menschenliebe, sondern aus strenger Andacht; sie beglückte, beschenkte und verschmähte die Bürgerlichen und achtete an ihnen nichts als höchstens Frömmigkeit. Sie nahm den nickenden Quintus mit dem zurücknickenden Air einer Patronatsherrin auf und erheiterte sich menschenfreundlich bei der Ausschiffung der Grüße von Thiennetten.

Sie fing das Gespräch an und setzte es lange allein fort und sagte – ohne daß deswegen die Trommelsucht des Stolzes ihr Gesicht verließ –: »sie werde bald sterben, aber sie werde die Pate ihres Gemahls (den Endes-Untergestellten) schon in ihrem letzten Willen bedenken.« – Ferner sagte sie ihm gerade ins Gesicht, das ganz mit der *vierten* Bitte vollgeschrieben vor ihr stand: »auf eine Versorgung in Hukelum soll' er nicht bauen; aber zum Flachsenfinger Konrektorat (das Bürgermeister und Rat besetzt) hoffe sie ihm zu verhelfen, da sie bei dem regierenden Bürgermeister ihren Kaffee und beim Stadtsyndikus die Lichter (er trieb einigen Grossohandel mit Hamburger Lichtern) kaufe.« –

Nun kam er zum untertänigen Wort, da sie von ihm Krankenberichte über ihren Senior Astmann abforderte, der sich mehr von Luthers Katechismus als vom Gesundheitskatechismus raten ließ. Sie war weniger Astmanns Patronatsherrin als Patronin und gestand sogar, sie würde einem so treuen Seelenhirten bald nachfolgen, wenn sie auf ihrem Gute hier sein Sterbegeläute vernähme. So sonderbare chymische Verwandtschaften sind zwischen unsern Schlacken und unsern Silberadern, z. B. hier zwischen Stolz und Liebe; und ich wünschte, wir verziehen diese hypostatische Union allen so gern wie den Schönen, die von uns mit allen ihren Fehlern, wie nach Du Fay vom Magnet das mit andern Metallen vermengte Eisen, gleichwohl angezogen werden.

Gesetzt auch, der Teufel hätte in irgendeiner müßigen Minute eine oder zwei Hände voll Samenkörner des *Neides* in die Seele des Quintus gesäet: sie wären doch nicht aufgeschossen; und heute vollends nicht, da ihm ein Mann gepriesen wurde, der sein Lehrer und – was er für einen Titulado der Erde hielt, nicht aus Eitelkeit, sondern aus Frömmigkeit – ein Geistlicher war. So viel

ist freilich nach der Geschichte auch nicht zu leugnen, daß er bei der Edelfrau geradezu mit der Supplik nachkam: »er wolle zwar gern noch einige Jahre sich in der Schule gedulden, aber dann sehn' er sich wohl in ein geruhiges Pfarr-Ämtchen.« Auf ihre Frage, ob er aber orthodox sei, versetzte er: »er hoff' es, er habe in Leipzig nicht nur alle publica des Doktor Burschers gehöret, sondern auch bei einigen rechtgläubigen Magistern hospitieret, weil er wohl gewußt, daß das Konsistorium jetzt strenger wie sonst auf reine Lehre examiniere.«
Die Kranke ersuchte ihn, einen Probeschuß zu tun, ihr nämlich eine Vermahnung am Krankenbette zu halten. – Beim Himmel! er hielt eine der besten. Ihr Adelsstolz kroch jetzt vor seinem Amts- und Priesterstolz zurück: denn ob er gleich nicht mit dem Dominikanermönch *Alanus de Rupe* glauben konnte, daß ein Priester größer sei als Gott, da dieser nur eine Welt, jener aber einen Gott (in der Messe) erschaffen könne: so mußte er doch einem *Hostiensis* beifallen, welcher gezeigt, daß die priesterliche Würde 7644mal größer sei als die königliche, weil die Sonne soviel mal größer sei als der Mond. – Vollends aber eine Edelfrau – diese verschrumpfet ganz vor einem Pfarrer.
In der Domestikenstube hielt er bei dem Lakaien um den vorigen Jahrgang des Hamburger politischen Journals an, weil er sah, daß man mit diesen historischen Belegen der Zeit sündlich die Knöpfe der Reisekleider papillotierte. In verdrüßlichen Herbstabenden konnt' er sich doch hinsetzen und nachlesen, was sich etwan gutes Neues in der politischen Welt zutrage – im vorigen Jahr.
Auf einem ganz mit Lorbeer vollgeladenen Triumphwagen, an den lauter Hoffnungen gespannt waren, fuhr er abends nach Hause und riet unterwegs dem Quintaner, sich keiner Sache ruhmredig zu überheben, sondern still Gott zu danken, wie er da tue.
Die nebeneinander aufblühenden Lusthaine seiner vier

Kanikularwochen und das fliegende Gewimmel von Blüten darin sind bald auf drei Seiten gemalt. Ich will blindlings in seine Tage greifen und einen herausfangen: einer lächelt und duftet wie der andere.

Man nehme z. B. den Namenstag seiner Mutter Clara, den 12. August. Am Morgen hatt' er perennierende, feuerbeständige Freuden, d. h. Geschäfte. Denn er schrieb, wie ich; wahrlich, wenn Xerxes einen Preis auf die Erfindung eines neuen Vergnügens aussetzte: so hatte der, der nur über die Preisfrage seine Gedanken niederschrieb, das neue Vergnügen schon wirklich auf der Zunge. Ich kenne nur *eine* Sache, die süßer ist, als ein Buch zu machen, nämlich eines zu entwerfen. Fixlein schrieb kleine Werklein von $^1/_{12}$ Alphabet, die er im Manuskript, vom Buchbinder in goldne Flügeldecken geschnürt und auf dem Rücken mit gedruckten Lettern betitelt, in die literarische Stufensammlung seines Bücherbrettes mit einstellte. Jedermann dachte, es wären Novitäten, mit Schreiblettern gedruckt. Er arbeitete – ich will die unerheblichen Werke auslassen – an einer Sammlung der *Druckfehler* in deutschen Schriften; er verglich die Errata untereinander, zeigte, welche am meisten vorkämen, bemerkte, daß daraus wichtige Resultate zu ziehen wären, und riet dem Leser, sie zu ziehen.

Ferner trat er unter den deutschen *Masoreten* auf. Er bemerkte ganz richtig in der Vorrede: »Die Juden hätten ihre *Masora* aufzuweisen, die ihnen sagte, wie oft jeder Buchstabe in ihrer Bibel vorkomme, z. B. das Aleph (das A) 43,277 mal – wieviel Verse darin stehen, wo alle Konsonanten auftreten (26 Verse sind's) – oder nur achtzig (3 sind's) – wie viele Verse man habe, worin gar 42 Wörter und 160 Konsonanten erscheinen (nur einer ist da, Jerem. XXI. 7) – welches der mittelste Buchstabe in einzelnen Büchern sei (im Pentateuch z. B. Mos. XI. 42 ist's[3] das adelige V) oder gar in der gan-

3. wie im Staate.

zen Bibel. – Wo haben aber wir Christen einen ähnlichen Masoreten für Luthers Bibel aufzuzeigen? Ist es genau untersucht, welches in ihr das mittelste Wort oder der mittelste Buchstabe sei, welcher Vokal am wenigsten vorkomme, und wie oft jeder? – Tausend Bibelfreunde gehen aus der Welt, ohne zu erfahren, daß das deutsche A 323,015 mal (also über 7 mal öfter als das hebräische) in ihrer Bibel stehe.« –

Ich wünschte, daß Bibelforscher unter den Rezensenten es öffentlich anzeigten, wenn sie diese Zahl nach einer genauern Nachzählung unrichtig befänden[4].

Auch sammelte der Quintus vieles: er hatte eine schöne Kalender- und Katechismus- und Sedezbüchersammlung – auch eine Sammlung von Avertissements, die er angefangen, ist nicht so unvollständig, als man sie meistens antrifft. Er schätzet sehr sein alphabetisches Lexikon von deutschen Bücherpränumeranten, wo mein Name auch mit vorkommt unter dem J.

Am liebsten gebar er Entwürfe zu Büchern. Daher nähete er ein starkes Werk, worin er bloß den Gelehrten riet, was sie zu schreiben hätten in der Gelehrtengeschichte, die er einige Zolle höher setzte als die Welt- und Kaiserhistorie. Er hielt im Prodrom der gelehrten Republik flüchtig vor, daß *Hommel* ein Register von Juristen gegeben, die Hurenkinder gewesen, von andern, die Heilige geworden – *Bernhard* von Gelehrten, deren Fata und Lebenslauf im Mutterleibe erheblich waren – daß *Bailet* die Gelehrten zusammengezählt, die etwas hatten schreiben *wollen* – und *Ancillon* die, die gar nichts geschrieben – und der Lübecksche Superintend *Götze* die, die Schuster waren, die, die ersoffen

4. Dieser Bitte gab man in Erlang Gehör. Die dasige Bibelanstalt fand statt der 116,301 A, die der Quintus anfangs mit solcher Gewißheit im Bibelwerke gefunden haben wollte (daher auch diese falsche Angabe in die erste Edition dieses Buchs p. 81 wirklich kam) die besagten 323,015, welches (ungemein sonderbar) gerade die Summe aller Buchstaben im Koran überhaupt ist. S. Lüdekes Beschr. des türk. Reichs. Neue Auflage 1780.

usw. Das (konnt' er jetzt fortfahren) sollte, wie es scheint, uns zu ähnlichen Matrikeln und Musterrollen von andern Gelehrten ermuntert haben, deren er einige vorschlage – z. B. von Gelehrten, die ungelehrt waren – von ganz boshaften – von solchen, die ihr eignes Haar getragen – von Zopfpredigern, Zopf-Psalmisten, Zopfannalisten etc. – von Gelehrten, die schwarzlederne Hosen, von andern, die Stoßdegen getragen – von Gelehrten, die im eilften Jahre starben – im zwanzigsten – einundzwanzigsten etc. – im hundertundfunfzigsten, wovon er gar kein Beispiel kenne, wenn nicht der Bettler Thomas Parre hergezogen werden solle – von Gelehrten, die eine noch abscheulichere Hand als andere Gelehrte schrieben (wovon man nur Rolfinken und seine Lettern kenne, die so lang waren wie seine Hände[5]) – oder von Gelehrten, die einander in keine Haare gerieten als in die am Kinn (wovon keine als nur Philelphus und Thimotheus bekannt sind[6]). – Solche Nebenstudien trieb er neben seinen Amtsarbeiten; aber ich glaube, ein Staat ist über so etwas toll: er vergleicht den, der in Philosophie und Bellettrie groß ist auf Kosten des Amts-Schlendrians, mit den *Konzertuhren*, die ihre Stunden – ob sie sie gleich mit Flötenmelodien einfassen – schlechter schlagen als dumme plumpe *Turmuhren*.

Um auf den Namenstag zurückzukommen: so lief Fixlein nach solchen Anstrengungen hinaus unter die Sang-Stauden und Rausch-Bäume und kehrte nicht eher aus der warmen Natur zurück, als bis Schüssel und Stühle schon an den Tisch gestellet waren. – Unter dem Essen fiel etwas vor, das ein Biograph nicht entbehren kann: seine Mutter mußt' ihm nämlich die Landkarte seiner kindlichen Welt unter dem Käuen mappieren und ihm

5. Paravicini singularia de viris claris. Cent. I. 2.

6. Ejusd. Cent. II. 18. Philelphus zerfiel mit dem Griechen über das Maß einer Silbe; der Preis oder die Wette war der Bart des Besiegten – Thimotheus büßete seinen ein.

alle Züge erzählen, woraus von ihm auf seine jetzige Jahre etwas zu schließen war. Diesen perspektivischen Aufriß seiner kindlichen Vergangenheit trug er dann auf kleine Blätter auf, die alle unsere Aufmerksamkeit verdienen. Denn lauter solche Blätter, welche Szenen, Akte, Schauspiele seiner Kinderjahre enthielten, schlichtete er chronologisch in besondere Schubläden einer Kinder-Kommode und teilte seine Lebensbeschreibung, wie *Moser* seine publizistischen Materialien, in besondere *Zettelkästen* ein. Er hatte Kästen für Erinnerungszettel aus dem zwölften, dreizehnten, vierzehnten etc., aus dem einundzwanzigsten Jahre und so fort. Wollt' er sich nach einem pädagogischen Baufrohn-Tag einen Rastabend machen: so riß er bloß ein Zettelfach, einen Registerzug seiner Lebensorgel, heraus und besann sich auf alles.

Ich muß die rezensierenden Stummen, die mir den kurzen Prozeß des Strangulierens an den Hals werfen wollen, ganz besonders bitten, doch nur vorher, ehe sie es darum tun, weil ich meine Kapitel Zettelkästen nenne, nachzusehen, wer daran schuld ist, und nachzudenken, ob ich anders konnte, da der Quintus selber seine Biographie in solche Kästen abteilt: sie sind ja sonst billig.

Nur über seinen ältern Bruder tat er an seine Mutter keine kränkende Frage: denn diesen hatte das Schicksal auf eine eigne Art mit allen seinen genialischen Anlagen am Eisberg des Todes zertrümmert. Er sprang nämlich auf eine Eisscholle, die zwischen andern Schollen stockte – diese wichen aber zurück, und seine schoß mit ihm fort, schmolz schwimmend unter ihm ein und ließ also das Feuerherz zwischen Eis und Wogen untersinken. Es tat der Mutter wehe, daß er nicht gefunden, daß sie nicht erschüttert wurde mit dem Anstarren der geschwollenen Leiche – o gute Mutter, danke lieber Gott dafür! –

Nach dem Essen ging er, um sich mit neuen Kräften für

den Schreibtisch zu rüsten, bloß müßig im Hause herum und durchzog wie eine Feuerschau der Polizei alle Ecken seiner Hütte, um aus ihnen irgendeine Kohle der ausgeglommenen Freudenfeuer seiner Kindheit aufzulesen. Er stieg unter das Dach zu den leeren Vogelhäusern seines Vaters, der im Winter ein Vogler war, und musterte flüchtig die Rumpelkammer seiner alten Spielwaren, die im großen Gebärhaus einer Kanarienhecke lag. In Kinderseelen drücken sich regelmäßige *kleine* Gestalten, besonders Kugel und Würfel, am tiefsten ein und ab. Daraus erkläre sich der Leser Fixleins Wohlgefallen am roten Eichhörnchen-Stockhaus, an dem aus Kartoffelnsamenkapseln und weißen Spänen zusammengesteckten Sparrwerk, an dem heitern Glashaus einer würfelförmigen Laterne. Aber ganz anders erklär ich mir folgendes: er wagte sich ohne Baubegnadigung an die Baute eines Lehmhauses, nicht für Bauern, sondern für Fliegen; daher man es gut in die Tasche stecken konnte. Dieses Mückenhospital hatte seine Glasscheiben und einen roten Anstrich und besonders viele Alkoven und drei Erker: denn Erker liebte er als ein Haus am Hause von jeher so sehr, daß es ihm in Jerusalem schlecht gefallen hätte, wo (nach Lightfoot) keine gebaut werden durften. Aus den blitzenden Augen, womit der Baudirektor seine Mietsleute an den Fenstern herumkriechen oder aus dem Zuckertroge naschen sah – denn sie fraßen, wie der Graf St. Germain, nichts wie Zucker –, aus dieser Freude hätte ein Erziehungsrat leicht seinen Hang zur häuslichen Einengung prophezeien können: für seine Phantasie waren damals noch Gärtnerhütten zu wüste Archen und Hallen, und nur ein solches Mücken-Louvre war gerade ein nettes Bürgerhaus. – Er befühlte seinen alten hohen Kinderstuhl, der der sedes exploratoria des Pabstes glich; er rückte seine Kinderkutsche, aber er begriff nicht, welche Salbung und Heiligkeit sie so sehr von andern Kinderkutschen unterscheide. Er wunderte sich,

daß ihm Kinderspiele an Kindern nicht so gefielen als die Schilderungen derselben, wenn das Kind, das sie getrieben, schon aufgeschossen vor ihm stand.
Vor einer einzigen Sache im Hause stand er sehnsüchtig und wehmütig, vor einem winzigen Kleiderschrank, der nicht höher war als mein Tisch und der seinem armen ertrunkenen Bruder angehöret hatte. Da dieser mit dem Schlüssel dazu von den Fluten verschlungen worden: so tat die zerknirschte Mutter das Gelübde, seinen Spielschrank nie gewalttätig aufzubrechen. Wahrscheinlich sind nur die Spielwaren des Armen darin. Lasset uns wegsehen von dieser blutigen Urne! – –
Da Baco die Erinnerungen aus der Kindheit unter die gesunden, offizinellen Dinge rechnet: so waren sie ganz natürlich ein Digestivpulver für den Quintus. Nun konnt' er sich wieder an den Arbeitstisch begeben und etwas ganz Besonders machen – Suppliken um Pfarrdienste. Er nahm den Adreßkalender vor und machte für jedes Pfarrdorf, das er darin fand, eine Bittschrift vorrätig, die er so lange beiseite legte, bis sein Antezessor verstarb. Bloß um Hukelum hielt er nicht an. Es ist eine schöne Observanz in Flachsenfingen, daß man sich um alle Ämter melden muß, die offenstehen. So wie der höhere Nutzen des Gebets nicht in seiner Erfüllung besteht, sondern darin, daß man sich im Beten übt: so sollen Bittschreiben aufgesetzet werden, nicht damit man Ämter erhalte – das muß durch Geld geschehen –, sondern damit man eine Supplik schreiben lerne. Freilich wird, wenn schon bei den Kalmücken das Drehen einer Kapsel[7] die Stelle des Gebetes vertritt, eine geringe Bewegung des Beutels soviel sein, als suppliziere man wörtlich.

7. Ihr Gebeträdlein, Kürüdu, ist eine hohle Kapsel voll aufgerollter Betformeln, die geschwenkt wird und dann wirkt. Philosophischer genommen, ist's, da beim Gebet nur die Gesinnung in Anschlag kommt, einerlei, ob sie sich durch Bewegung des Mundes oder der Kapsel äußert.

Gegen Abend – sonntags gar – schweifte er im Dorfe herum, wallfahrtete zu seinen Spielplätzen und auf den Gemeindeanger, auf den er sonst seine Schnecken zur Weide getrieben – suchte den Bauer auf, der ihn von der Schule her zum Erstaunen der andern duzen durfte – ging als akademischer Lehrer zum Schulmeister, dann zum Senior – dann in die Episkopalscheune oder Kirche. Das letztere versteht kein Mensch: es brannten nämlich vor dreiundvierzig Jahren die Kirche (der Turm nicht), das Pfarrhaus und – was nicht wiederherzustellen war – die Kirchenbücher ab. Daher wußten in Hukelum die wenigsten Leute, wie alt sie waren, und des Quintus *Gedächtnisfibern* selber schwankten zwischen dem zwei- und dreiunddreißigsten Jahre. Folglich mußte da gepredigет werden, wo sonst gedroschen wird, und der Same des göttlichen Worts wurde mit dem physischen auf *einer* Tenne geworfelt: der Kantor und die Schuljugend besetzten die Tenne, die weiblichen Mutterkirchleute standen in der einen Panse, die Schadecker Filial-Weiber in der andern, und ihre Männer hockten pyramidenweise, wie Groschen- und Hellergalerien, an den Scheun-Leitern hinauf, und oben vom Strohboden horchten vermischte Seelen herunter. Eine kleine Flöte war das Orgelwerk und eine umgestürzte Bierkufe der Altar, um den man gehen mußte. Ich gestehe, ich selber würde da nicht ohne Laune gepredigt haben. Der Senior (damals war er noch Junior) wohnte und dozierte unter dem Pfarrbau im Schlosse; daher Fixlein daselbst mit dem Fräulein die Anomala trieb.
Waren diese Entdeckungsreisen zurückgelegt: so konnte unser Hukelumsfahrer noch nach dem Abendgebet mit Thiennetten Blattläuse von den Rosen, Regenwürmer von den Beeten nehmen und einen Freudenhimmel von jeder Minute – jeder Abendtautropfen war mit Freuden- und Nelkenöl gefärbt – jeder Stern war ein Sonnenblick der Glückssonne – und im zugeschnürten

Herzen des Mädchens lag nahe an ihm hinter einer kleinen Scheidewand (wie nahe am Heiligen hinter dem dünnen Leben) ein ausgedehntes Blütenparadies. ... Ich meine, sie liebte ihn ein wenig.

Er sollt' es wissen. Aber seine beklommene Wonne verdünnte er, wenn er zu Bette ging, durch kindische Erinnerungen auf der Treppe. Als Kind betete er nämlich wie einen Rosenkranz unter dem Bett-Zudeck als Abendgebet vierzehn biblische Sprüche, den ersten Vers »Nun danket alle Gott«, das zehnte Gebot und noch einen langen Segen. Um nun eher fertigzuwerden, fing er seine Gebete nicht bloß unten auf der Treppe, sondern schon an dem Orte an, wo Alexander den Menschen und Semler dumme Skribenten studierte. – Lief er am Hafen des Flaumwogen ein: so war er mit seiner Abendandacht fertig, und er konnte nun ohne eine weitere Anstrengung mit zugedrückten Augen gerade in die Federn und in den Schlummer plumpen. – – So steckt im kleinsten homunculus schon der Bauriß zur – katholischen Kirche.

So weit die Hundstage des Quintus Zebedäus Egidius Fixlein. – Ich schließe schon zum zweitenmal die Kapitel dieser Lebensbeschreibung, wie ein Leben, mit einem Schlaf.

Dritter Zettelkasten.

Weihnachts-Chiliasmus – neuer Zufall.

Uns alle zieht eine Garnitur von faden flachen Tagen wie von Glasperlen ins Grab, die nur zuweilen eine orientalische wie ein Knoten abteilt. Aber man stirbt murrend, wenn man nicht wie der Quintus sein Leben für eine Trommel ansieht: diese hat nur einen *einzigen* Ton, aber die Verschiedenheit des *Zeitmaßes* gibt diesem Tone Belustigung genug. Der Quintus dozierte in quarta, vikarierte in secunda, schrieb am Pulte in der gewöhnlichen Monotonie des Lebens fort – von den Ferien an – bis zu dem heiligen Weihnachtsabend 1791, und nichts war denkwürdig als bloß dieser Abend, den ich nun malen will.

Aber ich werde diesen Abend allezeit noch malen können, wenn ich vorher mit Wenigem berichtet habe, wie er sich gleich Zugvögeln über den düstern nebelnden Herbst wegschwang. Er machte sich nämlich über das Hamburger politische Journal, womit der Bediente Knöpfe kouvertieren wollen. Er konnte ruhig und mit dem Rücken am Ofen die Winterkampagnen des vorigen Jahrs mitmachen – und jeder Schlacht, wie die Aasgeier der pharsalischen, nachfliegen – er konnte auf dem Druckpapier froh und wundernd um die deutschen Triumphbögen und Gerüste zu Freudenfeuerwerken herumgehen, indes die Leute in der Stadt, die nur die neuesten Zeitungen hielten, kaum die Trümmer der von den Frankreichern boshaft niedergerissenen Trophäen behielten – ja er konnte schon mit alten Planen die Feinde zurücktreiben, indes neuere Leser sich vergeblich mit neuen wehrten. – –

Aber nicht bloß die Leichtigkeit, die Gallier zu übermeistern, bestach ihn für das Journal, sondern auch der Umstand, daß letzteres – gratis war. Er war auffallend auf frankierte Lektüre ersessen. Ist es nicht daraus zu erklären, daß er sich, wie Morhof rät, die einzelnen Hefte von Makulaturbögen, wie sie der Kramladen ausgab, fleißig sammelte und in solchen wie Virgil im Ennius scharrte? Ja für ihn war der Krämer ein Fortius (der Gelehrte) oder ein Friedrich (der König), weil beide letztere sich aus kompletten Büchern nur die Blätter schnitten, an denen etwas war. Eben diese Achtung für alle Makulatur nahm ihn für die Vorschürzen gallischer Köche ein, welche bekanntlich aus vollgedrucktem Papier bestehen; und er wünschte oft, ein Deutscher übersetzte die Schürzen: ich berede mich gern, daß eine gute Version von mehr als einem solchen papiernen Bürzel und Schurz unsere Literatur (diese Muse à belles fesses) emporbringen und ihr statt eines Geifertuches dienen könnte. – Der Mensch legt auf viele Sachen ein pretium affectionis, bloß weil er sie halb gestohlen zu haben hofft: aus diesem mit dem vorigen zusammenhängenden Grunde fing der Quintus alles gläubig auf, was er entweder in einem collegio publico oder als hospes wegschnappte; nur Meinungen, für die er den Professor bezahlen mußte, prüft' er streng. – Ich komme wieder auf den verschobenen Weihnachtsabend zurück.

Eben da war Egidius froh, daß draußen Müller und Bäcker einander schlugen – wie man das wehende Schneien in großen Flocken nennt – und daß die Eisblumen der Fenster aufblühten – denn er hatte äußern Frost bei Stubenhitze gern –: er konnte nun Pechholz in den Ofen und Möhrenkaffee in den Magen nachlegen und den rechten Fuß (statt in den Pantoffel) in die warme Hüfte des Pudels schieben und doch noch auf dem linken den Starmatz schaukeln, der die Nase des alten Schilles abraupte, indes er mit der rechten Hand – mit der linken hielt er die Pfeife – so ungestört, eingemummt, umnebelt und ohne ein frostiges Lüftchen das Wichtigste anfing, was ein Quintus machen kann – den Lektionskatalog des flachsenfingischen Gymnasiums, nämlich das Achtel davon. Ich halte den *ersten Druck* in der Geschichte eines Gelehrten für wichtiger als die *ersten Drucke* in der Geschichte der Buchdrucker: Fixlein konnt' es gar nicht sattkriegen, das zu spezifizieren, was er künftiges Jahr g. G. traktieren wollte, und reihete deshalb, mehr Drucks als Nutzens wegen, noch drei bis vier pädagogische Fingerzeige dem Operationsplane sämtlicher Schulherren an.

Er trug nur noch einige Gedankenstriche als Fäden der Rede nach und sah dann das Opus nicht mehr an, weil er es vergessen wollte, damit er nach dem Abdrucke über seine eignen Gedanken erstaunte. Nun konnt' er den Meßkatalog, den er jährlich statt der Bücher desselben kaufte, ohne Seufzer aufschlagen: er war auch gedruckt wie ich.

Der freudige Narr hatte unter dem Schreiben den Kopf geschaukelt, die Hände gerieben, mit dem Steiße gehüpfet, das Gesicht gebohnt und an dem Zopfe gesogen. -- Jetzt konnt' er abends um fünf Uhr aufspringen, um sich zu erholen, und durch den magischen Dampf der Pfeife in seinem Bauer wie ein frischgefangener Vogel auf- und niederfahren. In den warmen Rauch leuchtete die lange Milchstraße der Straßenlaternen, und an seinem Bettvorhang hinauf lag rötend der bewegliche Widerschein der brennenden Fenster und illuminierten Bäume in der Nachbarschaft. Nun nahm er den Schnee der Zeit von dem Wintergrün der Erinnerung hinweg und sah die schönen Jahre seiner Kindheit aufgedeckt, frisch, grün und duftend vor sich darunterstehen. O es ist schön, daß der Rauch, der über unserem verpuffenden Leben aufsteigt, sich wie bei dem vergehenden Spießglas in neuen, obwohl poetischen Freuden-Blumen anlegt! – Er schauete aus seiner Ferne von zwanzig Jahren in die stille Stube seiner Eltern hinein, wo sein Vater und sein Bruder noch nicht auf dem Welkboden und Darrofen des Todes einschwanden. Er sagte: »Ich will den heiligen Weihnachts-Abend gleich von früh an durchnehmen.« Schon beim Aufstehen traf er auf dem Tische heilige Flitter von der Gold- und Silberfolie an, mit der das Christuskind seine Äpfel und Nüsse des Nachts blasonieret und beschlagen hatte. – Auf der Münzprobationswaage der Freude ziehet dieser metallische Schaum mehr als die goldnen Kälber, die goldnen Pythagoras-Hüften und die güldnen Philister-Ärse der Kapitalisten. – Dann brachte ihm seine Mutter zugleich das Christentum und die Kleider bei: indem sie ihm die Hosen anzog, rekapitulierte sie leicht die Gebote, und unter dem Binden der Strümpfe die Hauptstücke. Wenn man kein Talglicht mehr brauchte: so maß er, auf dem Arm des Großvaterstuhles stehend, den nächtlichen Schuß des gelben klebrigen Laubes der Weihnachtsbirke ab und wandte viel weniger Aufmerksamkeit als sonst auf den kleinen weißen Winterflor, den die Hanfkörner, die die oben hängende Voliere verzettelte, aus den nassen Fensterfugen auftrieben. – Ich verdenke dem J. J. Rousseau seine flora petrinsularis[8] gar nicht; aber er nehme auch dem Quintus seine Fenster-Flora nicht übel. – Da den ganzen Tag keine Schule war: so war Zeit genug übrig, den Metzger (seinen Bruder) zu bestellen und das Hausschlachten (wenn war besseres Frostwetter dazu?) vorzunehmen. Der Bruder hatte einige Tage vorher mit Lebens- und Prügelgefahr das Maststück in dem Luftloch eines Schloßfensters gefangen, indem er, auf der Fensterbrüstung stehend, die hinausgebogene Hand auf das Nachtlager des darin hockenden Mastochsen – so nennten sie den Spatzen – deckte. Es fehlte der Schlachterei weder an einem hölzernen Beile, noch an Würsten, Pökelfleisch u. dgl. – Um drei Uhr setzte sich der alte Gärtner, den die Leute den Kunstgärtner nennen mußten, mit einer kölnischen Pfeife in seinen großen Stuhl, und dann durfte kein Mensch mehr arbeiten. Er erzählte bloß Lügen vom äronautischen Christuskind und vom rauschenden Ruprecht mit Schellen. In der Dämmerung nahm der kleine Quintus einen Apfel, zerfällte ihn in alle Figuren der Stereometrie und breitete sie in zwei Abteilungen auf dem Tische auf; wurde nachher das Licht eingetragen: so fing er an zu erstaunen über den Fund und sagte zum Bruder: »Sieh nur, wie das fromme Christkindlein mir und dir bescheret hat, und ich habe einen Flügel von ihm schimmern sehen.« Und auf die-

8. Die er von seiner Petersinsel im Bielersee liefern wollte.

ses Schimmern lauerte er selber den ganzen Abend auf. –

Schon um acht Uhr – er steifet sich hier meistens auf die Chronik seiner Zettel-Kommode – wurden beide mit wundgeriebenem Halse und in frischer Wäsche und der allgemeinen Besorgnis, daß der heilige Christ sie noch außer den Betten erblicke, in diese geschafft. Welche lange Zaubernacht! – Welches Getümmel der träumenden Hoffnungen! – Die gestaltenvolle, schimmernde Baumannshöhle der Phantasie zieht sich in der Länge der Nacht und in der Ermattung des träumerischen Abarbeitens immer dunkler und voller und grotesker hin – aber das Erwachen gibt dem dürstenden Herzen seine Hoffnungen wieder. – Alle Töne des Zufalls, der Tiere, des Nachtwächters sind der furchtsamandächtigen Phantasie Klänge aus dem Himmel, Singstimmen der Engel in den Lüften, Kirchenmusik des morgendlichen Gottesdienstes. –

Ach das bloße Schlaraffenland von Eß- und Spielwaren war es nicht, was damals mit seiner Perspektive wie ein Freudenstrom gegen die Kammern unsers Herzens stürmte und was ja noch jetzt im Mondlicht der Erinnerung mit seinen dämmernden Landschaften unsere Herzen süß auflöset. – Ach das war es, das ist's, daß es damals für unsere grenzenlosen Wünsche noch grenzenlose Hoffnungen gab; aber jetzt hat uns die Wirklichkeit nichts gelassen als die Wünsche!

Endlich liefen schnelle Lichter der Nachbarschaft über die Wand, und das Weihnachts-Trommeten und Hahnengeschrei vom Turm riß beide Kinder aus den Betten. Mit den Kleidern in den Händen – ohne Bangigkeit vor dem Dunkel – ohne Gefühl des Morgenfrostes – rauschend – trunken – schreiend stürzen sie von der Treppe in die dunkle Stube. – Die Phantasie wühlet im Back- und Obstgeruche der verfinsterten Schätze und malet ihre Luftschlösser beim Glimmen der Hesperidenfrüchte am Baume. – Unter dem Feuerschlagen der

Mutter decken die fallenden Funken das Lustlager auf dem Tisch und den bunten Lusthain an der Wand spielend auf und zu, und ein einziger Glut-Atom trägt den hängenden Garten von Eden. – – –
Plötzlich wurd' es licht, und der Quintus bekam das – Konrektorat und eine Stutzuhr. ...

Vierter Zettelkasten.

Ämter-Verschleiß – Entdeckung des versprochenen Geheimnisses – Hans von Füchslein.

Indem nämlich der gewesene Quintus in seiner dampfenden Stube, dem Resonanzboden seiner Kinderjahre, auf- und ablief: kam der Ratsdiener mit einer Laterne und mit der Vokation, hinter ihm der Jäger der Frau von Aufhammer mit einem Briefchen und mit einer Stutzuhr. Die Rittmeisterin hatte den Ehrensold für seine Kanikularvermahnung am Krankenbette in ein Weihnachtsgeschenk verwandelt, das bestand 1) aus einer Stutzuhr, an der ein hölzerner Affe mit dem Glockenschlage vortrat und es nachtrommelte, wieviel Uhr es sei – 2) aus dem Konrektorat, das sie ihm ausgewirkt.
Da man auswärts über diese Vokation des Flachsenfinger innern Rats gar nicht so geurteilt hat, wie man hätte sollen: so halt ich's für meine Pflicht, für den gesamten Rat lieber hier eine Defension zu führen als im Reichsanzeiger. Ich habe schon oben im zweiten Zettelkasten erwähnt, daß der Stadtsyndikus mit Hamburger Lichtern und der regierende Burgermeister mit Kaffeebohnen handelte, sowohl mit halben als mit gemahlnen. Der Kompagnie-Stichhandel aber, den sie gemeinschaftlich betrieben, war mit den acht Schulämtern; die andern Ratsglieder saßen nur als

Ballenbinder, Ladendiener und Kontoristen in der Ratsschreibstube. Das ganze Rathaus ist überhaupt ein ostindisches Haus, wo nicht bloß Dekrete oder Vokationen, sondern auch Schuhe und Tücher feilgehalten werden. Eigentlich führet der Rat seine Ämterhandels-Freiheit aus dem Grundsatze des römischen Rechtes her: cui jus est donandi, eidem et vendendi jus est, d. h. wer das Recht hat, eine Sache zu verschenken, der darf sie auch käuflich erlassen, wenn er mag. Da nun den Ratsgliedern offenbar das Recht zusteht, Ämter gratis zu erteilen: so muß sich wohl das, sie zu verkaufen, von selber verstehen.

Nur ein Extrawort über die Vokationen-Agioteurs überhaupt.

Ich sorge im ganzen, die Akademien-Produkten-Verschleiß-Kommission[9] des Staats betreibe den Ämterhandel schlaff. Wer aber anders als das gemeine Wesen muß am Ende leiden, wenn wichtige Posten nicht nach dem Kaufschilling, der für sie erleget wird, sondern nach Konnexionen, Verwandtschaften, parteiischen Empfehlungen und Bücklingen weggegeben werden? Ist's nicht ein Widerspruch, Titularämter teuerer abzustehen als wirkliche? Sollte man nicht eher hoffen, daß der wirkliche Hofrat ums alterum tantum im Verhältnis des Titularhofrats versteigert werde? – Das Geld ist nun bei den europäischen Nationen das Äquivalent und der Repräsentant des Wertes aller Dinge und folglich des Verstandes, um so mehr, da ein *Kopf* daraufsteht; die Kaufsumme des Amtes aufzählen, ist also nichts als ein examen rigorosum aushalten, das nach einem guten Schema examinandi gehalten wird. Es um-

9. Entlehnt von der k. k. Bergwerks-Produkten-Verschleiß-Kommission in Wien; sogar in Namen zeigt der Wiener Geschmack.

kehren und seine Geschicklichkeit statt deren Surrogate und Assignate und Münzen de confiance zeigen wollen, heißet nichts als den närrischen Philosophen in Gullivers Reisen gleich werden, die statt der Namen der Dinge die Dinge selber in Säcken getragen brachten zum gesellschaftlichen Verkehr; und das heißet doch klar in die Zeiten des Tauschhandels zurückfallen wollen, wo die Römer, anstatt des abgebildeten Ochsen auf ihren Ledermünzen, das Rindvieh selber vorführten.

Ich bin von allen solchen unrichtigen Maßregeln so weit entfernt, daß ich oft, wenn ich las, daß der König in Frankreich neue Ämter ersinne, um mit ihnen unter der Bude seines Baldachins feilzustehen, auf etwas Ähnliches dachte. Ich will es ruhig wenigstens vorschlagen und mich nicht darüber abhärmen, ob es die Staaten annehmen oder nicht. Da der Landesherr uns nicht vergönnt, die Ämter bloß zum Verkaufe zu vervielfältigen, weil er vielmehr Tag und Nacht (wie Regisseurs der wandernden Truppen) *einem* Staats-Akteur mehrere Rollen zudenkt, um zu den drei theatralischen Einheiten die vierte der Spieler zu setzen; da also das Obige nicht geht: könnten wir nicht wenigstens einige Tugenden, die mit den Ämtern harmonieren, als Titel zugleich mit diesen verkaufen? – Könnte man nicht z. B. mit dem Amte eines Referendärs zugleich Titular-Unbestechlichkeit verkäuflich losschlagen, so aber, daß diese Tugend, als nicht zum Amte gehörig, besonders vom Kandidaten bezahlet würde? – Ein solcher Kauftitel und Briefadel könnte keinen Referendarius verunzieren. Man bedenkt nicht, daß ähnliche schöne Titel sonst alle Posten schmückten: der scholastische Professor schrieb sich damals (noch außer seinem Amtstitel) »der seraphische – der unwiderlegliche – der scharfsinnige« – der König schrieb sich »der große – der kahle – der kühne – der einfältige« – und so auch der Rabbiner. Würd' es den Männern in den höhern Justizstellen unangenehm sein, wenn ihnen die Titel der Unparteilichkeit, der Schnelligkeit etc. so gut käuflich erlassen würden als die Posten selber? So könnte mit einer Kammerratsstelle die Tugend der Untertanenliebe schön als Titel verknüpfet werden; und ich glaube, wenige Advokaten würden sich bedenken, sich den Titel der Rechtschaffenheit – so gut wie den gewöhnlichen der Regierungsadvokatie – anzuschaffen, wär' er anders zu haben. Wollt' indes ein Kandidat seinen Posten ohne die Tugenden haben: so ständ' es bei ihm, und der Staat dürft' ihn zu dieser Vexier-Moralität nicht zwingen.

Es kann sein, daß, wie nach Tristram Shandy Kleider, nach Walther Shandy und Lavater nomina propria auf den Menschen zurückwirken, appellativa es noch mehr tun, da ohnehin an uns, wie an den Schaltieren, *sich der Schaum so oft zur Schale versteinert*; aber diese Moralität ist's nicht, worauf ein Staat sehen kann: wie bei den schönen Künsten ist nicht sie, sondern *Darstellung* sein wahrer Zweck.

Es wurde mir oben ordentlich sauer, für die verschiedenen Ämter mir verschiedene Verbaltugenden zu erdenken; aber ich sollte glauben, es wären noch viele dergleichen Abteilungen der Tugend (jetzt fällt mir selber noch der Freiheitsgeist, die Aufrichtigkeit und der gerade Sinn ein) auszukundschaften, wollte nur ein moralischer Staatsminister eine ordentliche Tugenddivisions-Kammer oder ein moralisches Adreß-Departement mit einigen Kanzelisten anstellen, die gegen geringen Gehalt die verschiedenen Tugenden für die verschiedenen Ämter ersännen. Ich würde an ihrem Platze ein gutes Prisma vor den weißen Strahl der Tugend halten, das ihn gehörig zersetzte. Zu wünschen wär' es, es beträfe Verbrechen – deren Subsubdivision nämlich –: so könnten Gerichtshalter dazu genommen werden. Denn in den Gerichtsstellen, wo nur niedere Gerichtsbarkeit und keine Strafe über 5 fl. fränkischer Währung stattfindet, haben sie ein tägliches Exerzitium, wie sie aus jedem Unfug mehrere kleinere machen wollen, wovon sie jeden niemals über 5 fl. bestrafen. Es ist dieses ein gutes moralisches *Rolfinken*, das die Juristen glücklich dem Sünden-Prosektor, dem heiligen Augustin, und seiner Sorbonne absahen, die beide in Adams Sündenapfel mehr Sünden einschnitten, als jener in einen Kirschkern Gesichter. Wie verschieden ist der Gerichtshalter vom päbstlichen Kasuisten, der die beste Todsünde durch Seitenschnitte in eine läßliche zu verdünnen weiß! –

Schulämter (um auf diese zu kommen) sind zwar ein kleiner Handelsartikel; sie sind aber doch allemal Monarchien – Schulmonarchien nämlich –, die der polnischen Krone gleichen, die nach Popes Verse zweimal in *einem* Jahrhundert feilsteht, welches arithmetisch falsch ist, weil Newton die Regiments-Jahre im Durchschnitt auf zweiundzwanzig Jahre ansetzt. Ob übrigens der innere Rat die Stadtjugend einem Hamelschen Ratten- und Kinderfänger oder einem Weißeschen Kinderfreunde zuführe – das kann für den Rat keinen Unterschied machen, da der Schulmann kein Gaul ist, für dessen unsichtbare Mängel der Roßtäuscher zu haften hat. Es ist genug, wenn Stadtsyndikus et compagnie sich nicht vorwerfen können, daß sie ein Genie ausgeklaubet haben; denn ein Genie würde, da es nur zur Zierde und Belustigung des Staates zu verbrauchen ist, allerdings den schlechtern, kältern Kopf verdrängen, der eigentlich der wahre Nutzen und Kuxe des Staates ist, so wie gute Lot- und Zahlperlen bloß zum Putze, schlechte Samenperlen aber zum Medizinieren dienen. Wenn überhaupt ein Schullehrer vermögend ist, seinen Scholaren auszuwichsen: so kann er im ganzen genug; und ich tadle es, daß die Oberexaminationskommission keinen Schulmann vor ihren Augen einige oder mehrere junge Leute aus seiner Klasse zur Probe prügeln lässet, um zu sehen, was an ihm ist.

Ende des Extrawortes über Vokationen-Agioteurs überhaupt.

Nun wieder zur Geschichte! Die Rats-Bewindheber erkannten meinem Helden das Konrektorat nicht bloß des größern Lichter- und Bohnen-Absatzes wegen zu, sondern wegen einer ganz tollen Vermutung: sie glaubten nämlich, der Quintus verfahre bald Todes.

– Und hier steh ich vor einem wichtigen Platze dieser Geschichte, in den ich bis jetzt niemand sehen lassen; jetzt aber kömmt's nicht mehr auf meinen Willen an, die bisherige spanische Wand wegzuschieben oder nicht, sondern ich muß sogar Reverberierlaternen darüber aufhängen. Es ist nämlich in der medizinischen Geschichte etwas ganz Bekanntes, daß man in gewissen Familien gerade in *einem* Alter stirbt, wie man darin auch in *einem* Alter (nämlich von neun Monaten) geboren wird; ja aus Voltaire entsinn ich mich einer Familie, worin die Verwandten sich immer in demselben Alter entleibten. In der Fixleinischen Verwandtschaft war nun die Gewohnheit, daß die männlichen Aszendenten immer im zweiunddreißigsten Jahre am Kantatesonntag sich hinlegten und starben: es muß sich's jeder in sein Exemplar vom dreißigjährigen Kriege, weil's *Schiller* gänzlich weggelassen, nachtragen, daß darin ein Fixlein an der Pest, einer am Hunger und einer an einer Flintenkugel starb, alle im zweiunddreißigsten Jahre. Wahre Philosophie erklärt sich das Faktum so: »Die ersten paar Male traf sich's nur zufälligerweise so; – und die übrigen Male verstarben die Leute an der bloßen Angst: widrigenfalls müßte man das ganze Faktum lieber in Zweifel ziehen.«

Was machte aber Fixlein aus der Sache? – Wenig oder nichts: das einzige, was er tat, war, daß er sich wenig

oder nicht befliß, sich in Thiennette zu verlieben, damit kein anderer seinetwegen in Angst geriete. Er selber aber schor sich aus fünf Gründen so wenig darum, daß er älter als der Senior Astmann zu werden verhoffte: erstlich, weil drei Zigeunerinnen in verschiedenen Orts- und Zeiträumen, und ohne etwas voneinander zu wissen, darin zusammengetroffen hatten, daß sie ihn dieselbe Hauptallee langer Jahre in ihren Zauberspiegeln erblicken ließen – zweitens, weil er kerngesund war – drittens, weil sein eigner Bruder eine Ausnahme gemacht hatte und vor den Dreißigern ersoffen war – viertens darum: als kleiner Knabe wurd' er gerade an dem Kantatesonntage, wo man seinen Vater aufs Leichenbrett band, vor Kummer krank und nur durch sein Spielzeug geheilt; mit diesem Kantate-Siechtum aber glaubte er den mörderischen Genius seines Stamms recht gut abgefunden zu haben. Fünftens konnt' er, weil die Kirchenbücher und mithin die Gewißheit seines Alters zusammengebrennt waren, niemals in eine bestimmte tödliche Angst geraten: »Ich kann heimlich«, sagt' er, »schon über das Schelmjahr weggewischet sein, ohne daß es ein Henker gemerkt hat.« – Ich verhehl es nicht, schon im vorigen Jahre dacht' er, er sei ein Zweiunddreißiger: »Sollt' ich's dennoch (sagte er) erst im künftigen (1792) g. G. werden: so kann's so gut ablaufen wie im vorigen, und der Herr kann mich ja überall finden. Und wär' es denn unrecht, wenn die hübschen Jahre, die dem Leben meines Bruders abgebrochen wurden, meinem zugeschlagen würden?« –– So sucht sich der Mensch unter dem kalten Schnee der Gegenwart zu erwärmen oder sich aus ihm einen schönen Schneemann zu kneten.
Hingegen die ratsherrliche Oligarchie fußete aufs Widerspiel und hob eben wie eine Gottheit den Quintus plötzlich aus der Quintei ins Konrektorat, weil sie darauf schwur, er erledig' es bald. Eigentlich hätte nach der Schul-Ancienneté dieser heilige Stuhl dem Subrek-

tor *Hans von Füchslein* gebürt; aber er mocht' ihn nicht, weil er Hukelumer Pfarrer werden wollte, zumal da Astmanns Todesengel nach sichern Nachrichten die Türe zu diesem Schafstall immer weiter aufschloß. »Treibt's der Kerl noch höchstens ein Jahr, so ist's viel«, sagte Hans.

Dieser Hans war so grob, daß es schade ist, daß er nicht ein kurhannöverischer Postbediente war, weil er dann durch das Mandat der hannöverischen Regierung, das alle Postämter zu feinen Sitten verwies, sich mit hätte umbessern können. Er war unserem armen Quintus, den kein Mensch anfocht und der wieder keinen Menschen haßte, allein aufsätzig, bloß weil *Fixlein* sich nicht *Füchslein* schrieb und sich nicht mit ihm hatte adeln wollen lassen. Der Subrektor mußte auf seinem adeligen Triumphwagen, den die Vorspann von vier vorausgegebenen Ahnen zog, den Quintus, der mit ihm verwandt war, hinten in den Lakaienriemen des Wagens greifen sehen und ihn mit dem jämmerlichsten Aufzuge von der Welt zu dem Gefolge sagen hören: »Der da fährt, ist mein Vetter und ein Mensch, und ich erinnere ihn immer daran.« Der milde nachgiebige Quintus wurde die große Wespen-Giftblase im Subrektor gar nicht gewahr und nahm sie für den Honigmagen; ja durch seine brüderliche Wärme, die der Edelmann für Schein ansah, kochte er dessen giftigen Säfte nur noch dicker. Der Quintus sah aus Einfalt die Verachtung für Neid über seine pädagogischen Talente an.

Einen Katharinenhof – einen Annenhof – einen Elisabeth- – Strahlen- und Petershof, alle diese russische Lustschlösser kann einer entraten (wenn nicht verachten), der eine Stube hat, worin er am heiligen Weihnachtsabend mit einer Vokation herumstreift. Der neue Konrektor wünschte sich nun nichts als – hellen Tag: Freuden (Sorgen nie) fraßen ihm wie Spatzen die Schlummerkörner weg, und heute trommelte ihm noch

dazu der Rechnungsführer seiner frohen Zeit, der Uhr-Affe, alle Stunden vor, die er freudig verträumte, anstatt verschnarchte.
Am Weihnachtsmorgen erblickt' er seinen Lektionskatalog und machte nicht viel daraus: er wußte kaum, was er von seinem gestrigen närrischen Aufblähen über seine Quintur nun denken sollte: »Die Quintus-Stelle«, sagt' er zu sich, »kommt gegen ein Konrektorat in gar keine Betrachtung – mich wundert's, wie ich gestern damit stolzieren konnte vor meiner Veränderung – heute hätte ich doch eher Fug dazu.« Heute speisete er, wie an allen Sonn- und Festtagen, beim Metzgermeister *Steinberger*, seinem vormaligen Vormund. Fixlein war gegen ihn das, was gemeine Leute *immer*, was aber vornehme und philosophische und gefühlvolle *selten* sind – *dankbar*: der Mensch dankt desto weniger für fremde Geschenke, je geneigter er ist, eigne zu machen, und der Freigebige ist selten ein Dankbarer. Meister Steinberger hatte als Proviantmeister an den Drahtkäficht der Dachstube, worin Fixlein als Student in Leipzig hing, vollgedrückte Freßnäpfchen mit Kanarienfutter von Geräuchertem, von Hausbrod und Sauerkraut angesteckt. Geld aber war ihm niemals abzubetteln: es ist bekannt, daß er oft die besten Kalbshäute zu Stiefelleder für den Quintus zum Gerber gratis schickte; aber die Gerb-Kosten mußte der Mündel tragen. Als Fixlein kam, wurd' ihm wie allemal ein kleineres gemödeltes Tischtuch aufs grobe gedeckt – der Großvaterstuhl, ein silbernes Besteck und eine Weinsuppe gereicht; lauter Aufwand, der sich, wie der Vormund sagte, nur für einen Gelehrten schickte, aber für keinen Fleischer. Fixlein aß erst, eh' er entdeckte, daß er Konrektor geworden. »Mündel, wenn Er (sagte Steinberger) das geworden ist: so ist's recht gut. – Siehst du, Eva, jetzt kauf ich keinen Schwanz von deinen Kühen – ich muß es gerochen haben.« Er sagte seiner Tochter damit, daß er den für die Schweizerei be-

stimmten Kaufschilling für das Konrektorat verwenden müsse: er streckte nämlich dem Mündel allezeit die Ämter-Spesen vor, zu 4½ Prozent. Funfzig Gulden hatt' er dem Quintus schon zur Quintus-Werdung geliehen, die richtig verzinset werden mußten; an dem Zinstage aber bekam Fixlein allemal noch Geld heraus, weil er die Tochter des Vormundes alle Sonntage nach dem Essen im Rechnen, Schreiben und in der Länderkunde vornehmen mußte. Steinberger foderte mit Recht von seiner leiblichen achtzehnjährigen Tochter, daß sie alle Städte wissen sollte, worin er auf seiner Wanderschaft geschlachtet hatte; und wenn sie nicht aufpaßte, oder krumm schrieb, oder falsch subtrahierte: so stand er als akademischer Senat und Freischöppe hinter ihrem Stuhl und zackte, sozusagen, mit dem Zainhammer seiner Faust das im Rückgrat fortgesetzte Gehirn zur Kultur mit wenig Schlägen aus. Der sanfte Quintus hätte sie ohnehin nie geprügelt. Deswegen hatte sie ihm vielleicht mit einigen Blicken ihr Herz legiert und testiert. Der alte Fleischer hatte – eben weil seine Frau gestorben war – immer mit Grubenlichtern und Stöhrstangen den Inhalt aller Winkel, die nur im Herzen einer Tochter liegen, ausgeforscht; und hatte daher längst das gemerkt – was der Quintus niemals merkte –, daß sie letztern haben wolle. Mädchen verstecken ihren Kummer leichter als ihre Freuden: heute war Eva über das Konrektorat ungewöhnlich *rot* geworden.

Als sie heute nach dem Essen den Kaffee holte, den der Mündel bis auf den Bodensatz austrinken mußte – »ich schlage meine Eva tot, wenn sie ihn nur anleckt«, sagte er –: so sagt' er zu Fixlein: »Hör Er, Herr Mündel, hat Er niemals ein Auge auf meine Eva geworfen? – Sie kann Ihn leiden, und wenn Er sie will, kriegt Er sie, aber wir sind geschiedene Leute: denn ein gelehrter Herr braucht eine ganz andere.« –

»Herr Regimentsquartiermeister,« sagte Fixlein (denn

diesen Posten bekleidete Steinberger bei der Landmiliz), »eine solche Partie wäre ohnehin viel zu reich für einen Schulmann.« Der Quartiermeister nickte mit dem Kopfe siebenzigmal und sagte zur wiederkehrenden Eva, indem er ein Krummholz, woran er Kälber aufspreizte und aufhing, vom Gesimse nahm: »Bleib stehen! – Höre, willst du gegenwärtigen Herrn Konrektor zu deinem Ehegemahl haben?« – »Ach du großer Gott!« sagte Eva. – »Du magst ihn nun wollen oder nicht,« fuhr der Metzger fort, »so schlägt dir dein Vater mit dem Krummholz das Gehirn ein, wenn du nur an einen gelehrten Herrn denkst – mach jetzt seinen Kaffee.« So war durch das Trennmesser des Krummholzes leicht eine Liebe zerschlagen, die in einem höhern Stande durch dieses Dazwischenschlagen mit dem Schwerte nur desto mehr geschäumet und gegischet hätte.

Fixlein konnte nun zu jeder Stunde 50 fl. fränkisch erheben und den pädagogischen Reichsapfel ergreifen und Koadjutor des Rektors, d. h. Konrektor werden. Man kann annehmen, daß es mit den Schulden wie mit den Verhältnissen in der Baukunst ist, von denen *Wolf* erwies, daß sie die schönsten sind, die sich mit den kleinsten Zahlen ausdrücken lassen. Inzwischen griff der Quartiermeister Gelehrten willig unter die Arme: denn die Meinung, daß der Schuldner im zweiunddreißigsten Jahre sterben und daß so dem Tod als Gläubiger in der ersten Klasse die Schuld der Natur eher bezahlet werde als andern Kreditoren die ihrigen, diese Meinung nannt' er Viehdummheit und Narretei; er war weder aber- noch rechtgläubig und handelte nach festen Grundsätzen, die der gemeine Mann weit öfter hat als der prahlende Literatus und der öde weiche Große.

Da ich nur einzelne helle Marientage – warme Walpurgisnächte – höchstens bunte Rosenwochen aus dem in Alltagsschlacken vererzten Leben Fixleins wie Silberadern scheide und sie für den Leser poche, schmelze und glätte: so muß ich jetzt mit dem Bache seines Lebens gehen bis an den Kantatesonntag 1792, bevor ich einige Handvoll Goldkörner zur Wäsche in diese biographische Goldhütte tragen kann. Dieser Sonntag hingegen ist sehr goldhaltig: man denke nur daran, daß Fixlein doch nicht weiß (weil die Asche der Kirchenbücher unleserlich ist), ob er da nicht ins zweiunddreißigste Jahr einlaufe.

Von Weihnachten bis dahin tat er weiter nichts, als daß er Konrektor wurde. Der neue Katheder war ein Sonnenaltar, auf dem sich aus der Quintus-Asche ein junger Phönix zusammenzog. Große Veränderungen verjüngen – in Ämtern, Ehen, Reisen –, weil man das Leben allezeit von der letzten Revolution an datiert, wie die Franzosen von der ihrigen an. Ein Obrist, der in die Wesenleiter der Ancienneté den Fuß als Korporal eingesetzet hatte, ist fünfmal jünger als ein König, der in seinem Leben nichts weiter war als ein – Kronprinz.

Fünfter Zettelkasten.

Der Kantatesonntag – zwei Testamente – Pontak – Blut – Liebe.

Die Frühlingsmonate kleiden die Erde neu und bunt, aber den Menschen meistens schwarz. Gerade wenn unsere Eisregionen zu fruchtbaren werden und die Blumenwellen der Auen über unsern Weltteil zusammenschlagen: so stoßen uns überall Menschen in Flören auf, deren Frühlingsanfang voll Tränen ist. Aber auf der andern Seite ist ja das Aufblühen der verjüngten Erde die beste Kurzeit gegen den Schmerz über die, die in ihr liegen, und Blumen verhüllen uns Gräber besser als Schnee. – – Der alte Lehrer des Konrektors, Astmann, begegnete im April, der weniger veränderlich als tödlich ist, dem Tode, der ihm das am Magen siechende Gehirn eindrückte. Man wollte seinen Abschied der Rittmeisterin verdecken; aber das ungewöhnliche Leichengeläute trug ihr seinen Schwanengesang ans Herz und setzte die Abendglocke ihres Lebens allmählig in ähnlichen Schwung. Alter und Leiden hatten an ihr schon dem Tode die ersten Einschnitte vorgezeichnet, daß er wenig Mühe brauchte, sie ganz zu fällen; denn den Menschen geht es wie den Bäumen, die lange vor dem Umsägen eingekerbet werden, damit ihnen der Lebenssaft entfließe. Der zweite Schlagfluß traf sie in geringer Entfernung vom letzten: es ist sonderbar, daß der Tod, wie Gerichte, die Schlagflüssigen dreimal zitieret.

Die Menschen schieben ihren *letzten* Willen gern so lange hinaus wie ihren *bessern*: die Rittmeisterin hätte vielleicht alle ihre Stunden bis auf die sprachlose und taube ohne Testament verrollen lassen, hätte nicht Thiennette in der letzten Nacht, ehe sie aus der Krankenwärterin die Leichenfrau wurde, die Sieche auf den armen Konrektor gebracht und auf sein darbendes Leben und auf die schmalen Lebensdiäten und Alimentengelder, die ihm das Glück ausgeworfen, und auf seine leere Zukunft, wo er als gelbes mattes Gewächs in den trockenen Dielen-Fugen der Schulstube zwischen Schülern und Gläubigern welken werde. Ihre Dürftigkeit war ihr das Modell zur seinigen, und ihre innern Tränen waren die flüssigen Tusche ihres Gemäldes. Da die Rittmeisterin nur für Domestiken testierte und bei den männlichen anfing: so stand Fixlein oben an – und der Tod, der ein besonderer Hausfreund des Konrektors sein muß, hob nicht eher seine Sense auf und tat den letzten Schnitt, als bis sein Muttersöhnchen mit vernehmlicher Stimme zum Testamentserben erkläret war: dann schnitt er alles ab, Leben, Testament und Hoffnungen. –

Als der Konrektor auf einem Wäschzettel seiner Mutter diese zwei Todes- und Hiobsposten in seiner Sekunda erfuhr: so war das erste, was er tat, daß er die Sekundaner entließ und in Tränen ausbrach, ehe er im Konrektorat angekommen war. Ob ihm gleich die Mutter mit geschrieben hatte, daß er im Testament bedacht geworden – ich wünschte aber, der Gerichtshalter hätte ausgeplaudert, wieviel es gewesen –: so fielen ihm fast mit jedem O, das er masoretisch in der deutschen Bibel assortierte und eintrug, große Tropfen in die Feder und machten die Dinte zu blaß. Ihn zerfraß nicht der poetische Schmerz des Dichters, der die klaffenden Wunden in Leichenschleier hüllet und den Schrei durch sanftes Trauergetöne bricht, noch der Schmerz des Philosophen, den *ein* offnes Grab in das ganze Katakomben-Geklüfte der Vergangenheit einschauen lässet und vor dem sich der Todesschatten eines Freundes zum Schattenkegel der ganzen Erde aufrichtet – sondern ihn preßte das Weh eines Kindes, einer Mutter, die schon der Gedanke – ohne Nebenbetrachtungen – bitter zerknirscht: »So soll ich dich nicht mehr sehen, so sollst du verwesen, und ich sehe dich, du gute Seele, niemals, niemals mehr.« – Eben weil er weder den poetischen noch philosophischen Kummer hatte, machte jede Kleinigkeit einen Absatz, eine Lücke in dem seinigen; und er war wie ein Weib noch denselben Abend fähig, sich einige künftige Gebrauchszettel seiner angekündigten Erbschaftsmasse zu entwerfen.

Vier Wochen darauf, d. h. den 5. Mai, wurden die Testamentssiegel aufgebrochen; aber er ging erst den 6. (am Kantatesonntag) nach Hukelum ab. Seine Mutter lief seinen Grüßen mit Tränen entgegen, die sie über die Leiche vergoß – vor Trauer – und über das Testament – vor Freude. – Dem zeitigen Konrektor Egidius Zebedäus war verehrt: erstlich ein adeliges großes Bette mit einer Spiegeldecke, in dem der Riese Goliath sich hätte umwenden können und an das nachher ich und die Leserin näher treten wollen, um es zu prüfen – zweitens wurde ihm als rückständiges Osterpatengeld für jedes Jahr, das er zurückgelegt, ein Zopfdukaten legiert – drittens sollen ihm alle Rezeptions- und Stationsgelder, die ihn die Kreuzeserhöhung in das Quintat und Konrektorat gekostet, bei Heller und Pfennig erstattet werden. – »Und weißt du denn,« fuhr die Mutter fort, »was die arme Fröhlen kriegt? – Ach Gott! nichts! nicht *den* roten Heller da!« – Denn der Tod hatte die Hand starr gemacht, die sich gerade ausstrecken und der armen Thiennette einen kleinen Regenschirm gegen die Strichgewitter und Blutregen ihres Lebens reichen wollte. Die Mutter verrichtete diesen Fußstoß des Glücks mit wahrem Mitleid, das bei den Weibern den Neid ablöset und das ihnen leichter wird als die Mitfreude, die mehr männlich ist. In manchen weiblichen Herzenskammern sind Mitleiden und Neid so nahe Wandnachbarn, daß sie nirgends tugendhaft wären als in der Hölle, wo die Menschen so erschrecklich viel ausstehen, und nirgends fehlerhaft als im Himmel, wo die Leute des Guten zuviel haben.

Der Konrektor hatte nun auf Erden den Himmel, in den seine Wohltäterin aufgeflohen war. Zuallererst sprang er – ohne sein Schnupftuch einzustecken, in dem seine Rührung war – die Treppe hinauf, um das große testierte Bette aufgeschlagen zu sehen: denn er hatte eine *weibliche* Vorliebe für Möblen. Ich weiß nicht, ob der Leser schon in alte Ritterbetten geschauet hat oder gestiegen ist, in die man durch eine kleine Treppe ohne Geländer, die daran hängt, leichtlich kommen kann und in denen man im Grunde allemal eine Treppe hoch schläft. *Nazianzen* berichtet (Orat. XVI), daß schon die Juden hohe Betten mit solchen Hühnerleitern gehabt, aber bloß des Ungeziefers wegen. Die legierte Bette-Arche war gerade so groß – und ein Floh hätte sie nicht mit Erddiametern, sondern mit Siriusweiten gemessen. Als Fixlein von diesem kolossalischen Dormitorium die Vorhänge zurückgeschoben und den Bette-himmel in einem großen Spiegel offen gesehen hatte: wär' er gern darin gewesen; und wenn er aus dem Nachtkegel in Amerika einen Kegelschnitt hätte nehmen können, er hätte sich damit eingebauet, um nur eine halbe Stunde mit seiner dünnen Rutentaille im Flaum-Weiher herumzuschwimmen. Die Mutter hätte ihn durch längere Kettenschlüsse und Kettenrechnungen, als das Bette war, nicht dahin lenken können, den breiten Spiegel oben ausbrechen zu lassen, obgleich sein großer Spiegeltisch sich in nichts besehen konnte als in einem Rasierspiegel; – er ließ den Spiegel oben daran: »Sollt' ich einmal g. G. heuraten,« sagt' er, »so kann ich doch gegen Morgen meine schlafende Frau ansehen, ohne daß ich mich im Bette aufsetze.«

Was den zweiten Artikel anlangt, nämlich die legierten Patenpfennige: so macht' es gestern seine Mutter recht gut. Der Gerichtshalter hörte sie über die Jahre des Erben ab, und sie legte diesem gerade zu die Dental-Zahl zweiunddreißig bei. Sie hätte gern gelogen und den Sohn wie eine Inschrift für älter verkauft; aber gegen diese veniam aetatis würden, sah sie, die Rechte mit Rechten exzipieret haben: »es sei erlogen und erstunken; wäre der Sohn zweiunddreißig alt: so wär' er ja längst Todes verfahren, wie nun wohl nicht anders zu präsumieren.«

Und gerade unter der Erzählung sprach ein Aufhammerischer Bedienter ein und reichte gegen Revers und gegen Ratifikation des von der Mutter ausgestellten Geburtsscheines die Goldstange von zweiunddreißig Rechen-Pfennigen des Alters dem Konrektor wie eine Lebens-Ruderstange zu: Herr von Aufhammer war zu einem knauserischen Hader über einen bürgerlichen Geburtsschein zu stolz.

Und so ging durch eine stolze Freigebigkeit einer der besten Prozesse vor die Hunde, da man die Goldstange auf der Ziehbank der Richtersbänke zu dem feinsten Golddraht hätte ausziehen können. Aus der Flocke, die nicht auszuwirren war – denn erstlich konnte Fixleins Alter mit nichts dokumentiert werden, zweitens mußte man, solange als er lebte, präsumieren, daß er noch nicht zweiunddreißig Jahre alt geworden[10] –, aus dieser Flocke wären nicht bloß Seide und Strangulier-Schmachtriemen, sondern ganze Prellgarne zu spinnen und zu zwirnen gewesen. Die Klienten überhaupt hätten sich weniger über Prozesse zu beklagen, wenn diese länger dauerten: die Philosophen streiten jahrtausendelang über philosophische Fragen, und es fällt daher auf, daß Advokaten die juristischen in ihren Akten schon in sechzig, achtzig Jahren von der Hand schlagen wollen. Aber das ist nicht die Schuld der Rechtsfreunde: vielmehr wie Lessing von der Wahrheit behauptet, daß nicht das *Finden*, sondern das *Suchen* derselben den Menschen beglücke und daß er selber dem Geschenke aller Wahrheiten für die süße Mühe des Forschens entsagen würde, so wird der Rechtsfreund nicht glücklich durch das Finden und Entscheiden, sondern durch das Untersuchen einer juristischen Wahrheit – welches man eben prozessieren und praktizieren nennt –, und er würde sich gern ewig der Wahrheit, wie die Hyperbel der Asymptote, nähern wollen, ohne sie zu erreichen, da er mit Weib und Kind als ein ehrlicher Mann bei dieser ewigen Approximation bestehen könnte. –

Der abgeschickte Bediente hatte außer dem Gold-Legat noch ein Dekret vom Gerichtshalter, worin dem Testamentserben auferleget war, von den Prägekosten, die er zahlen müssen, da er als Quintus und Konrektor unter der Rändelmaschine seiner Vorgesetzten lag, Be-

10. Da wir jetzt nach den vorliegenden Akten auf keine andere Präsumtion bauen können als auf die, daß er im zweiunddreißigsten Jahre abstirbt: so konnte ihm, im Falle er zweiunddreißig Jahre nach dem Tode der Erblasserin stürbe, gar kein Heller abgereicht werden, weil er nach unserer Fiktion bei Abfassung des Testamentes nicht einmal ein Jahr alt gewesen wäre.

lege und Scheine beizubringen, worauf er sein Geld wiederbekommen sollte.
Der Konrektor, der sich gegenwärtig an die Reihe der Millionäre anschloß, hielt die kurze Geldrolle wie einen Zepter in der Hand, wie eine herausgezogene Teichdocke des Meeres der Zukunft, das nun ablaufen und ihm alle Besetzfische langgewachsen, trocken und festliegend anbieten muß.
Ich kann nicht alles auf einmal erzählen, sonst hätt' ich's dem Leser, der schon lange darauf passen wird, eher gesagt, daß dem bemittelten Konrektor die zweiunddreißig Patenpfennige mehr als zu sehr die zweiunddreißig Jahre vormalten, an die noch dazu heute der Kantatesonntag, diese Bartholomäusnacht und dieser zweite September seiner Familie, anstieß. Die Mutter, die das Alter ihres Kindes hätte wissen sollen, sagte, es wär' ihr entfallen, sie woll' aber wetten, schon vor einem Jahre wär' er zweiunddreißig gewesen, und der Gerichtshalter hätte nur nicht mit sich reden lassen. »Ich wollte selber schwören«, sagte der Kapitalist: »ich weiß, wie dumm mir vorm Jahre am Kantatesonntag war.« Er sah überhaupt den Tod nicht, wie der Dichter, im auftürmenden, auseinandertreibenden Hohlspiegel der Phantasie, sondern wie das Kind, wie der Wilde, wie der Landmann und wie das Weib sah er ihn im planen Oktav-Spiegel vorn an der Schale eines Gesangbuches, und er kam ihm wie der gesunkne, in einem Gitterstuhl der Kirche schlafende Greisen-Kopf vor. –
Und doch dacht' er heute öfter an ihn wie vorm Jahre: denn die Freude schmilzet gern zur Wehmut ein, und das lackierte Glücksrad ist das Schöpfrad, das sich in die Augen ergießet. ... Aber der freundliche Genius dieser Erd- oder vielmehr Wasserkugel – denn in der physischen und in der moralischen Welt sind mehr Tränenseen als festes Land – hat den armen Wasserinsekten, die darauf herumschießen, uns nämlich, eine ganz besondere Schweersche Essenz für die Bleikoliken un-

serer Seele aufgehoben: ich behaupte, der Genius muß die ganze Pathologie der Menschheit mit Fleiß studieret haben; denn er hat für den armen Teufel, welcher keinen Stoiker und keinen Seelensorger bezahlen kann, der für die Fissuren seiner Hirnschale und seiner Brust kostbare Rezepte und Kräuter zusammensetzte, ein herrliches Wund-Wasser in alle Kellereien fässerweise eingeleget, das der Patient nur nehmen und auf die Knochensplitterung und Schmarren gießen darf – – Fusel nämlich, oder Bier, oder etwas Wein ... Beim Himmel! es ist entweder dummer Undank gegen den medizinischen Genius auf der einen Seite oder theologische Verwechslung erlaubter Betrunkenheit mit verbotner Besoffenheit auf der andern, wenn die Menschen nicht Gott danken, daß sie in der Geschwindigkeit etwas haben, was in der Nervenschwindsucht des Lebens Philosophie, Christentum, Judentum, Heidentum und *Zeit* ersetzt – Getränk, wie gesagt.
Der Konrektor hatte lange vor Sonnenuntergang dem Gemeinboten drei ggr. Botenlohn gegeben und ließ sich – denn er hatte ja ein ganzes Dukaten-Kabinett in der Tasche, das er den ganzen Tag im Finstern mit der Hand durchblätterte – für drei Taler Pontak aus der Stadt abholen. »Ich muß mir heute«, sagt' er, »eine Kantates-Lust machen; ist's mein letzter Tag, wohl! nun so ist's auch mein lustigster.« Ich wünscht', er hätte eine größere Bestellung gemacht; aber er hatte überall den Zaum der Mäßigkeit zwischen den Zähnen, sogar vor einer gedrohten Vexier-Todesnacht und mitten im Jubel. Es ist die Frage, ob er nicht auf *eine* Bouteille sich eingeschränket hätte, wenn er nicht mit den zwei andern die Mutter und das Fräulein hätte freihalten wollen. Hätt' er in dem zehnten Säkulum gelebt, wo man den Jüngsten Tag, oder in andern Säkuln, wo man Sündfluten erwartete und wo man deswegen, wie Matrosen im Schiffbruch, alles versoff: er hätte darum nicht *einen* Kreuzer mehr verzehrt. Seine Freude war,

daß er mit dem Legat seinen Hauptkreditor Steinberger abfinden und als ein ehrlicher Mann aus der Welt gehen konnte: gerade Leute, die sich viel aus dem Gelde machen, zahlen ihre Schulden am ehrlichsten. –

Der purpurne Pontak kam an zu einer Zeit, da Fixlein die Rötelzeichnungen und roten Titelbuchstaben der Freude, die jener auf die Wangen seines Trinkers und seiner Trinkerinnen ziehen wird, mit dem Abend-Inkarnat der letzten Wolken um die Sonne zusammenhalten konnte. ...

Wahrlich unter allen Zuschauern dieser Geschichte kann keiner mehr an die arme Thiennette denken als ich; aber ich kann sie doch wahrlich nicht vor der Zeit aus ihrer Anzugsstube auf meinen historischen Schauplatz jagen. Die Arme! der Konrektor kann nicht heißer wünschen als sein Biograph, daß am Tempel der Natur wie am jerusalemitischen eine besondere Pforte – außer der des Todes – offen sei, durch die bloß Bedrängte gehen, damit sie ein Priester aufrichte. Aber Thiennettens Brustschmerzen über alle ihre versunknen Aussichten, über die eingesargte Wohltäterin, über ein ganzes mit dem Leichenflor zugesponnenes Leben hatten ihr bisher in einem Jammer, den der steinichte Rittmeister mehr blutig als gelinder machte, alles verwehrt, Geschäfte ausgenommen, alle Schritte gelähmt, die nicht zu einer Arbeit geschahen, und ihren Augen nichts gegeben, was sie trocknen oder freuen konnte, als ein niederfallendes Augenlid voll Träume und Schlaf.

Aller Kummer erhebt über die bürgerlichen Zeremonialgesetze und macht den Prosaisten zum Psalmisten: bloß im Kummer wagen die Weiber. Thiennette ging nur abends und nur im Garten aus.

Der Konrektor konnt' es kaum abwarten, seiner Hausfreundin zu erscheinen, ihr seinen Dank – und heute seinen Pontak – zu bringen. Drei Pontakkelche und drei Kelchgläser waren außen auf die Fensterküste seiner

Hütte gestellet, und sooft er von dem dunkeln Hohlwege zwischen Blüten-Waldungen zurückkam, nippte er aus seinem Glase – und die Mutter trank in der Stube hinein durch das Schubfenster.

Ich habe schon gesagt, sein Lebens-Laboratorium lag im südwestlichen Winkel des Gartens, gegenüber dem ins Dorf hineinreichenden Schloß-Eskurial. Im nordwestlichen Winkel blühte eine Akazien-Laube, gleichsam die Blumenkrone des Gartens. Fixlein trat auch dahin seine Lustfahrt an, um etwan aus der weitgegitterten Laube einen glücklichen Blick in die langen Wiesen nach Thiennetten auszuwerfen. Er fuhr ein wenig zurück vor zwei steinernen Staffeln, die in den Weiher, der auf seinem Gang zur Laube lag, mit frischem Blute betropfet hinuntergingen. Auch an den nahen Binsen hing Blut. Den Menschen schauert vor diesem Öle unseres Lebens-Dochtes, wo er es vergossen findet: es ist ihm die rote Todesunterschrift des Würgengels. Fixlein eilte sorgend in die Laube – und fand hier seine bleichere Wohltäterin an Blütenbüschen angelehnt, ihre Hände waren mit dem Strickzeug in den Schoß gesunken, ihre Augen lagen in den Augenlidern gleichsam im Verbande des Schlummers, so wie ihr linker Arm im wirklichen Verbande der Aderlaß, und mit Wangen, denen die Abendröte so viel gab, als ihnen die bisherigen Verwundungen – die heutige dazugerechnet – genommen hatten. Fixlein fing nach dem ersten Schrecken – nicht über diesen Blumenschlaf, sondern über sein lautes Hereintraben – an, die Schmetterlingsspiralsauglinie seines Auges auseinanderzurollen und sie auf die stillstehenden Blätter dieser Blume hinzulegen. Im Grunde, darf ich behaupten, war's heute das erstemal, daß er sie ansah: er war in die Dreißig gekommen und glaubte noch fort, an einem Fräulein dürf' er nur die Kleider, nicht den Körper bemerken, und er habe ihr nur mit den Ohren, nicht mit den Augen aufzuwarten.

Ich meß es dem hebenden Flaschenzuge der elektrischen Verstärkungsflasche des Pontaks bei, daß der Konrektor den Mut faßte, umzu- – kehren, um wiederzukommen und die erweckenden Mittel des Hustens, Niesens, Trabens und Rufens nach dem Pudel in stärkern Dosen an der Schläferin zu brauchen. – Sie etwan bei der Hand zu nehmen und unter einer medizinischen Entschuldigung aus dem Schlafe zu ziehen, das wäre ein Wagstück gewesen, dessen der Konrektor, solang er noch vor Pontak stehen konnte und seinen Verstand hatte, niemals fähig war.

Kurz, er weckte sie anders auch auf.

Müde, Bedrängte! wie langsam geht dein Auge auf! Das wärmste Heilpflaster der Erde, der Schlaf, hat sich verschoben, und die Nachtluft der Erinnerung wehet wieder deine nackte Wunde an! – Und doch war dein lächelnder Jugendfreund noch das Schönste, auf was dein Auge fallen konnte, wenn es aus dem hängenden Garten des Traums in den niedrigen um dich sank. –

Sie wußte selber wenig davon – und der Konrektor gar nichts –, daß sie ihre Blumenblätter unvermerkt nach dem Stande dieses Weltkörpers beuge, nämlich nach Fixlein: sie glich einer italienischen Blume, die einen fein versteckten Neujahrwunsch aufbewahrt, den der Empfänger nicht sogleich herauszuziehen weiß. Jetzt schloß die goldne Pansterkette ihrer Wohltat sie ebensogut an ihn als ihn an sie. – Sie gab sogleich ihrem Auge und Tone eine freudige Maske: denn sie stellte ihre Tränen nicht, wie Katholiken Christus seine, in Reliquien-Phiolen auf Altären zur Anbetung aus. Er konnte die Einladung zu seiner Pontaks-Krankenkommunion recht schicklich mit einem langen Dank für die Vermittlung anfangen, die ihm die Hülfsquellen dazu geöffnet hatte. Sie stand langsam auf und ging mit zum Weinlager; aber er war nicht so gescheut, daß er sie anfangs geführet hätte, oder vielmehr so herzhaft; er hätte leichter einem Mädchen seine Hand (nämlich mit Eheringen) als seinen Arm angeboten. Ein einziges Mal in seinem Leben hatte er eine mailändische Gräfin aus dem Schauspielhause heimgeführet – welches freilich nicht zu glauben wäre, wenn es nicht die Bewandtnis hätte, daß er mußte, weil sie, als eine Fremde, nach der Verirrung von allen ihren Leuten, in einer kotigen Nacht ihn als einen schwarzen Abbate beim Arme ergriffen und sie in ihren Gasthof zu bringen befehligt hätte. Er aber wußte zu leben und geleitete sie bloß bis an das Portal seiner Quintei und wies ihr mit dem Finger den Gasthof, der aus einer andern Gasse mit dreißig lichten Fenstern vorschauete.

Dafür kann er nichts. Aber heute war er kaum mit der Müden bis ans Ufer des Teichs, worein die abergläubische Furcht vor dem hexenden Mißbrauch das reine Blut ihres linken Arms gegossen hatte, gekommen: als er in der Angst, sie falle mit ihrem übrigen Blute die Küste hinunter, sich des siechen Armes ganz kühn bemächtigte. So setzen viel Pontak und ein wenig Mut einen Konrektor allzeit instand, ein Fräulein zu fassen. Ich beteuere, noch vor dem Lagerbaum des Weins, vor dem Fenster, verharrte er in der führenden Stellung. Welche sanfte Gruppe im Halbschatten der Erde, da das dunkle Gewässer der Nacht immer tiefer fiel, weil das Silberlicht des Mondes schon am kupfernen Turmknopf widerprallte! Ich nenne die Gruppe sanft, weil sie aus einem doppelt verbluteten Mädchen, aus einer Mutter, die ihr den Dank für das Glück ihres Kindes noch einmal mit Tränen bringt, und aus einem frommen, bescheidnen Menschen besteht, der beiden einschenkt und zutrinkt, und der in seinem Geäder einen brennenden Lavastrom verspürt, der durch sein Herz kochend zieht und der es endlich Stück vor Stück zu zerschmelzen und mitzutreiben droht. – Ein Talglicht stand außen zwischen den drei Bouteillen und den drei Gläsern, wie die Vernunft zwischen den Leidenschaften – deswegen schauete der Konrektor in *einem* fort an die

Fensterscheiben: denn auf ihnen färbte sich (die Finsternis der Stube diente zur Spiegelfolie) unter andern Gesichtern, die Fixlein gern hatte, auch das liebste ab, das er nur im Widerschein anzublicken wagte, das von Thiennette. –

Jede Minute wurde ein Föderationsfest, und jede Sekunde wurde der Vorsabbat dazu. Der Mond schimmerte schon aus dem Abendtau und der Pontak aus den Augen, und die Bohnenstangen warfen kürzeres Schattengegitter. – Die Quecksilberkügelchen der Sterne hingen, immer mehr zusammenfließend, im Flor der Nacht. – Der heiße Dunst des Weines setzte beide wieder wie Dampfmaschinen in Gang.

Nichts macht das Herz voller und kühner als Auf- und Abgehen in der Nacht. Fixlein führte jetzt das Fräulein ohne Bedenken. Des zerritzten Armes wegen konnte Thiennette nur die Hand umklammernd in seinen legen, und er, um ihr das Festhalten durch seines halb abzunehmen, drückte ihre Finger, so gut er konnte, mit seinem Arme an seine Brust. Man müßte keine Lebensart haben, um seine zu meistern. Inzwischen sind Geringfügigkeiten die Proviantbäckerei der Liebe; – die Finger sind die elektrischen Auslader eines an allen Fibern glimmenden Feuers; – Seufzer sind Leittöne konvergierender Herzen, und das Allerschlimmste und Stärkste dabei ist ein Unglück: denn die Flamme der Liebe schwimmt, wie die von Naphtha, gern auf Tränenwasser. – Zwei Tränentropfen, einer im fremden, einer im eignen Auge, setzten aus zwei konvexen Linsengläsern ein Mikroskop zusammen, das alles vergrößerte und alle Leiden zu Reizen machte. Gutes Geschlecht! auch ich halte jede Unglückliche für schön, und vielleicht bist du schon darum den Namen des schönen wert, weil du das leidende bist!

Und wenn der Professor Hunczovsky in Wien die Wunden aller Glieder in Wachs nachbildete, um seinen Schülern ihre Heilung zu lehren: so stell ich, du gutes

Geschlecht, die Risse und Narben deiner Seele in kleinen Bildern dar, wiewohl nur um rohe Hände abzuwehren, damit sie dir keine neuen machen. – –

Thiennette empfand nicht den Verlust der Erbschaft, sondern der Erblasserin so tief; – und das eines Zuges wegen, den sie schon seiner Mutter so erzählet hatte wie jetzt ihm. Wenn sie nämlich in den zwei letzten Krankennächten der Rittmeisterin, in denen ihr das fieberhafte Wachen nichts zeigte als die Nachtleiche und die Trauerkutschen ihrer Gönnerin, am Fuße des Bettes den starren Augen gegenübersaß: so glitten ihr oft, aber ohne es zu merken, schnelle Tropfen über die Wangen, weil sie in Gedanken sich das schwere unbehülfliche Ankleiden der Wohltäterin für den Sarg vormalte. Einmal nach Mitternacht wies die Kranke mit dem Zeigefinger auf ihre eignen Lippen. – Thiennette verstand sie nicht – stand auf und bog sich über ihr Angesicht. – Die Schwache wollt' es entgegenheben und vermocht' es nicht – und ründete bloß die Lippen. – Endlich durchfuhr Thiennetten die Mutmaßung, daß sie die Gelähmte, deren erstorbene Arme kein geliebtes Herz mehr an ihres ziehen konnten, selber umarmen sollte. – O da drückte sie plötzlich heiß und tränend ihren heißen Mund an den kältern – und sie schwieg auch wie die Sprachlose – und umarmte allein, ohne umarmt zu werden. Gegen vier Uhr zuckte der Finger wieder; – sie sank wieder auf den starren Mund – aber es war kein Zeichen gewesen: denn der Mund ihrer Freundin war unter dem langen Kusse starr und kalt geworden. ...

Wie tief ging jetzt nicht vor dem unendlichen Ewigkeits-Antlitz der Nacht die Schneide des Gedankens in Fixleins warme Seele: »O du Arme neben mir! Keinen Glückszufall, kein Abendrot hast du, wie jetzt am Himmel nachglimmt, etwan zu einer Aussicht auf einen Sonnentag; – ohne Eltern bist du, ohne Brüder, ohne Freunde, nur so allein auf einem ausblühenden ausgeleerten Platze der Erde, und du zurückgelassene Herbstblume schwankest einsam und erfroren über den Grummetstoppeln der Vergangenheit.« – Das war der Sinn seiner Gedanken, deren innere Worte waren: »Das arme Fräulein! nicht einmal einen Lehnsvetter hat sie, es nimmt sie keiner von Adel, und sie altert so vergessen, und sie ist doch so herzensgut – mich hat sie glücklich gemacht – ach hätt' ich die Vokation zur hukelumischen Pfarrei in der Tasche, ich machte einen Versuch.« ... Ihr beiderseitiges Leben, das ein enges schneidendes Bindwerk des Schicksals so nahe ineinanderknüpfte, trat jetzt mit Flor behangen vor ihn, und er lenkte geradezu – denn ein blöder Mann ist in anderthalb Stunden in den kühnsten umgesetzt und verbleibt es nachher – seine Freundin zur letzten Flasche zurück, um damit alle aufschießende Disteln und Passionsblumen der Traurigkeit zu ersäufen. Ich merke im Vorbeigehen an, daß das dumm ist: die zerritzte Rebe ist voll Wasseradern wie voll Trauben, und ein sanft beklommenes Herz weichen die Getränke der Freude nur zu Tränen auf.

Wer mir nicht beipflichtet, den bitt ich jetzt nur den Konrektor anzusehen, der meinen Erfahrungssatz wie ein Syllogismus beweiset. – Man könnte auf philosophische Aussichten kommen, wenn man den Ursachen nachginge, warum gerade Getränke – d. h. am Ende reichlichere Sekretion des Nervengeistes – den Menschen zugleich fromm, weich und dichterisch machen. Der Dichter ist, wie sein Musenvater, ein *ewiger Jüngling* und ist das, was andere Menschen nur *einmal* sind – nämlich *verliebt* – oder nur nach dem Pontak – nämlich berauscht –, den ganzen Tag, das ganze Leben hindurch. Fixlein, der kein Dichter am Morgen war, wurde jetzt in der Nacht einer: Wein machte ihn fromm und weich; – die Harmonikaglocken im Menschen, die der höhern Welt nachtönen, müssen, wie die gläsernen, um hier zu gehen, *naß* erhalten werden.

Jetzt stand er mit ihr wieder vor dem wogenden Teiche, in dem die zweite blaue Halbkugel des Himmels mit wankenden Sternen und flatternden Bäumen zitterte; – über die grünen Hügel liefen die weißen gekrümmten Straßen dunkel hinauf; – auf dem einen Berg sank die Abendröte zusammen, auf dem andern richtete sich der Nebel der Nacht auf – und über alle diese ringenden Dünste des Lebens hing unbeweglich und flammend der tausendarmige Kronleuchter des Sternenhimmels herab, und jeder Arm hielt eine brennende Milchstraße. . . .

Jetzt schlug es 11 Uhr . . . Bei solchen Szenen streckt sich im Menschen eine unbekannte Hand aus und schreibet mit fremder Sprache an sein Herz jenes fürchterliche Mene, Tekel etc. – »Vielleicht bin ich gestorben um 12 Uhr«, dachte unser Freund, in dessen Seele jetzt der Kantatesonntag mit allen seinen schwarzgefärbten Blutgerüsten aufstieg.

Der ganze künftige Lebens-Kreuzgang seiner Freundin lag gestachelt und bedornet vor ihm, und er sah jede blutige Spur, aus der sie ihren Fuß gezogen – sie, die seinen eignen Weg mit Blumen und Blättern weich gemacht. Da konnt' er sich nicht mehr enthalten, zu zittern mit Körper und Stimme und zu ihr feierlich zu sagen: »Und sollte der Herr heute noch über mich gebieten, so sei Ihnen mein ganzes halbes Vermögen vermacht: denn Ihrer unbeschreiblichen Güte hab ich es ja zu danken, daß ich schuldenfrei bin wie wenige Schulmänner.«

Thiennette, unbekannt mit unserem Geschlecht, mußte dieses irrig für einen Antrag der Ehe nehmen und drückte dem einzigen lebendigen Menschen, durch dessen Arm sich noch die Freude, die Liebe und die Erde mit ihrer Brust verband, heute zum erstenmal mit den Fingern des wunden Armes bebend seinen, worin sie lagen. Der Konrektor, freudig-erschrocken über den ersten Andruck einer weiblichen Hand, suchte mit seiner herübergebognen rechten ihre linke zu erfassen, und Thiennette hob, da sie seine vergebliche Krümmung merkte, die Finger auf vom Arm und legte den verbundnen in seinen und ihre ganze linke Hand in seine rechte. Zwei Liebende wohnen in der Flispergalerie[11], wo der dünneste Hauch sich zu einem Laute beseelet. Der gute Konrektor empfing und verdoppelte den seligen Druck der Liebe, womit die arme unmächtige Seele stammelnd, eingesperrt, lechzend und wahnsinnig eine heiße Sprache sucht, die es nicht gibt; – er wurde übermannt – er hatte nicht den Mut, sie anzublicken, sondern sah geradeaus in die Abendröte und sagte (und hier rannen vor unaussprechlicher Liebe die Tränen heiß über seine Wangen): »Ach ich will Ihnen alles geben, Gut und Blut und alles, was ich habe, mein Herz und meine Hand.«

Sie wollte antworten, aber sie tat nach einem Seitenblicke den Schrei des Schreckens: »Ach Gott!« – Er fuhr gegen sie und sah den weiß-mousselinen Ärmel mit ihrem Blute vollgequollen, weil sie die Aderlaßbinde durch das Hineinrücken des Armes abgeschoben hatte. Blitzschnell riß er sie in die Akazienlaube, wo sie sich setzen konnte. Das nachdringende Blut tropfte schon vom Kleide, und er wurde bleicher als sie, denn jeder Tropfen wurde aus seinem Herzensblut geschöpft. Der blau-weiße postpapierne Arm wurde enthüllt – die Binde wurde aufgewunden – er riß aus der Tasche ein Goldstück heraus – deckte es, wie man bei offnen Arterien tut, auf die sprudelnde Quelle und verschloß mit diesem goldnen Gesperre und mit der Binde darüber die Pforte, aus der ihr gequältes Leben drang. –

Als es vorüber war, sah sie auf zu ihm, erblasset, aber ihre Augen waren zwei schimmernde Quellen einer unbeschreiblichen Liebe voll Schmerz und voll Dank. – Die ermattende Verblutung legte ihre Seele in Seuf-

11. In der Paulskirche zu London, wo der kleinste Laut über einen Raum von 143 Fuß hinübertönt.

zer auseinander. Thiennette war unaussprechlich weich, und das von so vielen Jahren, von so vielen Pfeilen aufgerissene Herz tauchte sich mit allen seinen Wunden in warme Tränenströme unter, um zuzuheilen, wie sich zersprungene Flöten durch das Liegen im Wasser schließen und darin ihre Töne wiederfinden. – Vor einer solchen magischen Gestalt, vor einer solchen verklärten Liebe zerschmolz ihr mitleidender Freund zwischen den Flammen der Freuden und Schmerzen und versank, mit erstickten Lauten und von Liebe und Wonne niedergezogen, auf das gute blasse himmlische Angesicht, dessen Lippen er blöde drückte, ohne sie zu küssen, bis die allmächtige Liebe alle ihre Gürtel um sie wand und beide enger und enger zusammenzog, und bis die zwei Seelen, in vier Arme verstrickt, wie Tränen ineinanderrannen. – – O da es jetzt zwölf Uhr wie zum Sterben schlug, so mußte ja der Glückliche denken, ihre Lippen sögen seine Seele weg, und alle Fibern und alle Nerven seines Lebens krümmten sich zuckend und fest um das letzte Herz der Erde, um seine letzte Wonne ... Ja, Glücklicher, du drücktest deine Liebe aus, denn du dachtest, an deiner Liebe zu vergehen. ...

Er verging aber nicht. Nach zwölf Uhr schwamm ein lebendiger Morgenwind durch die erschütterten Blüten, und der ganze Frühling atmete voll. Der Selige, der sogar einem Freudenmeere Dämme setzte, erinnerte die Verblutete, die nun seine Braut war, an die Gefahr der Nachtkälte, und sich an die Gefahr der längern Nachtkälte des Todes, die nun auf lange Jahre überstanden war. – Unschuldig und selig traten sie aus der mit weißen Akazienblüten und Mondsflittern durchbrochnen Verlobungs-Dämmerung. – Und draußen war ihnen, als wäre eine ganze weite Vergangenheit wie durch einen Erdfall vor ihnen eingesunken: alles war neu, licht und jung. – Der Himmel stand voll blinkender Tautropfen des ewigen Morgens, und die Sterne zitterten freudig auseinander und sanken, in Strahlen aufgelöset, in das Herz der Menschen herunter. – Der Mond hatte mit seiner Lichtquelle den ganzen Garten überdeckt und angezündet und hing oben in einem ungestirnten Blau, als wenn er sich von den nächsten Sternen nährte, und schien ein entrückter kleinerer Frühling zu sein und ein aus Menschenliebe lächelnder Christuskopf. –

Unter diesem Lichte sahen sie sich an zum ersten Male nach dem ersten Worte der Liebe, und der Himmel schimmerte zauberisch in die mild zerflossenen Züge, mit denen die erste Entzückung der Liebe noch auf ihren Angesichtern stand ...

Träumet, ihr Lieben, wie ihr wachtet, so glücklich wie im Paradies, so schuldos wie im Paradies!

Sechster Zettelkasten.

Ämter-Impost – eine der wichtigsten Suppliken.

Das Herrlichste war sein Erwachen in seiner europäischen Niederlassung im Ritterbette! – Mit dem inflammatorischen kitzelnd-nagenden Fieber der Liebe in der Brust, mit dem Frohlocken, daß er nun das Antrittsprogramm der Liebeserklärung glücklich hinter sich hatte, und mit der süßen Auferstehung aus der lebendigen prophetischen Begrabung und mit der Freude, daß er nun in seinen Dreißigern zum ersten Male die Hoffnung zu einem längern Leben – und ist das nicht wenigstens zu einem siebzigjährigen? – hatte als vor zehn Jahren, mit allem diesen gährenden Lebensbalsam, in dem das lebendige Feuerrad seines Herzens sprühend umlief, lag er da und lachte zu seinem blitzenden Porträt im gespiegelten Betthimmel hinauf; aber er vermocht' es nicht lange, er mußte sich bewegen.

Einem minder Glücklichen wär' es hinreichend gewesen, den Flächeninhalt des Bettes – wie es manche Pilger mit der Länge ihrer Wallfahrt taten – nicht sowohl durch Schritte als durch Körperlängen wie durch Erddiameter herauszumessen. Aber Fixlein mußte mir nichts, dir nichts aus dem Bette setzen gleichsam mitten ins warme flutende Leben hinein – er hatte nun seine liebe gute Erde wieder beim Flügel und das Konrektorat darauf und obendrein eine Braut. Noch dazu bekannte ihm unten die Mutter, daß er heute Nacht wirklich dem Freund Hein unter der Sichel durchgeschlüpfet sei wie biegsames Gras, und daß sie es ihm nur gestern aus Furcht vor seiner Furcht nicht habe sagen wollen. Noch jetzt überlief's ihn kalt – zumal da er heute nüchtern war –, wenn er zu dem nun vier Stunden abgelegenen hohen Tarpejischen Felsen hinaufsah, auf dessen Zinne er gestern mit dem Tode beisammengestanden war.
Das einzige, was ihn ärgerte, war, daß es Montag war und er zurück ins Gymnasium mußte. Eine solche Überfracht von Freuden hatt' er nie auf seiner Straße zur Stadt. Jetzt nach vier Uhr tritt er aus dem Hause voll Kaffee (den er in Hukelum nur der Mutter wegen trank, die diesen weiblichen Wein noch zwei Tage darauf über die Hefen des Bodensatzes abzog) in den *kühlenden* dämmernden Maimorgen hinein (denn die Freude braucht Kühle, der Kummer Sonne) – seine Verlobte kömmt ihm (zwar nicht entgegen, aber doch) zu Ohren durch ihr fernes Morgenlied – er macht nur einen augenblicklichen Abstecher in den Glückshafen der blütetrunknen Akazienlaube, die noch wie der Bund, der darin geschlossen wurde, keine Stacheln hat – er taucht seine heiße Hand in das Kühlbad des betaueten Laubes – er watet mit Lust durch das über die Fluren gesprengte Schönheitswasser des Taues, das den Stiefeln die Farbe wegfrisset, die es den Gesichtern erteilt (»denn nun mit 30 Dukaten kann sich ein Kon-

rektor schon zwei Paar Stiefel auf der Streu halten«) – Jetzt taucht sich der Mond (gleichsam das hängende Siegel an seiner gestrigen Wonne) in Abend ein als ein ausgeleerter Eimer des Lichts, und in Morgen ging der zweite übervollgeschöpfte Eimer, die Sonne, in die Höhe, und die Güsse des Lichtes flatterten immer breiter. –

Die Stadt stand in himmlischen Morgenflammen: hier fing seine Wünschelrute (die Goldstange, die er bis auf den abgebrochenen $^{1}/_{16}$ Zoll bei sich trug) über allen Stellen zu schlagen an, wo sich Ausbeuten und Silberadern der Lust versteckten, und unser Rutengänger entdeckte leicht, daß die Stadt und die Zukunft ein wahres ganzes Freuden-Potosi waren.

In seinem Konrektorats-Stübchen fiel er auf die Knie und dankte Gott – nicht sowohl für Erbschaft und Braut als – für sein Leben: denn er war mit Zweifeln Sonntags früh fortgegangen, ob er wiederkommen werde, und ich habe nur aus Liebe zum Leser, weil ich dachte, er ängstige sich, Fixleins Reise mehr seiner Begierde, das Testament zu wissen, als dem Wunsche, sein eignes bloß bei seiner Mutter zu machen, oben listig zugeschrieben. Jede Genesung ist eine Wiederbringung und Palingenesie unserer Jugend: man liebt die Erde und die, die darauf sind, mit einem neuen Herzen. – Der Konrektor hätte die ganze Sekunda beim Kopfe nehmen und abherzen mögen; aber er tat's nur seinem Adjutanten, dem Quartaner, der im ersten Zettelkasten noch als Quintaner saß ...

Sein erster Gang aus der Nachmittagsschule war ins Haus des Meister Steinbergers, worin er, ohne ein Wort zu sagen, 50 fl. in Dukaten bar auf den Tisch zählte: »Endlich stoß ich«, sagte Fixlein, »doch die Halbscheid meiner Schuld ab mit vielem Danke.« – »Ei, Herr Konrektor (sagte der Regimentsquartiermeister und wurstete ungestört fort), in meiner Obligation steht: ›heimzuzahlen nach vierteljähriger beiderseitiger Aufkündigung.‹ – Wie wollte unsereiner sonst bestehen? – Aber auswechseln will ich Ihm die Goldstücke.« – Darauf riet er ihm, es wäre gescheuter, wenn er ein paar Gulden davon nähme und sich einen bessern Hut und ganze Schuhe bestellte: »Wenn Er sich«, setzte er hinzu, »die Kalbshaut und sechs Hasenfelle zurichten lassen will: droben liegen sie.« – Ich sollte doch denken, meinen Lesern sei es ebensowenig gleichgültig als dem Metzger, ob der Held einer solchen Geschichte ihm mit einem abgegriffenen Pfanndeckel von Hut und mit einem Pumpenstiefel und Beinharnisch von Stiefel entgegen komme oder nicht. – Kurz der Mann trug sich noch vor Johannistag mit Geschmack und Pracht.

Jetzt aber waren zwei äußerst wichtige Aufsätze – im Grunde nur einer, die Supplik um die Hukelumer Pfarrei – auszuarbeiten, wobei mir ist, als müßt' ich selber mithelfen. ... Es wäre einfältig, wenn gerade jetzt das gesamte Publikum nicht achtgäbe.

Zuvörderst suchte und schlichtete der Konrektor alle Konsistorial- und Ratsquittungen oder vielmehr die Zollscheine des Weggeldes zusammen, das er geben müssen, eh' ihm die Schlagbäume am Quintat und Konrektorat aufgezogen wurden: denn der Exekutor des rittmeisterlichen Testamentes mußte ihm alles, wie Quittung besagen würde, bei Heller und Pfennig guttun. Ein anderer hätte diese ganze Amts-Akzise leichter zusammensummiert, indem er bloß nachgesehen hätte, was er – schuldig wäre, weil diese Schuld- und jene Zollscheine wie Parallelstellen einander gegenseitig erklären und vidimieren. Aber bei Fixlein waltete ein Nebenumstand vor, den ich nicht eher referieren kann als nach dem Folgenden.

Es verdroß ihn ein wenig, daß er für seine zwei Ämter nicht mehr als 135 fl. 41 kr. 1/2 Pf. hatte zahlen und borgen müssen. Die Erbschaft ging zwar sogleich aus des testamentlichen Vollstreckers Händen in des Regimentsquartiermeisters seine; er hätt' es aber doch gern gesehen, er hätte – denn ein Mensch ist ein Narr von Haus aus – mehr zu zahlen und also zu erben gehabt. Das ganze Konrektorat hatte er durch einen Einsatz von wenigen 90 fl. gleichsam aus dem Glücksrade gezogen; und eine so kleine Debetsumme wird den Leser Wunder nehmen; was wird er aber erst denken, wenn ich ihm sage, daß es Länder gibt, wo die Entreegelder in Schulstuben noch mäßiger sind? Im Scheerauischen kostet ein Konrektor nur 88 fl., und er hat vielleicht noch das Triplum dieser Summe einzunehmen. Ohne an Sachsen zu denken – was freilich von der Wiege der Reformation in der Religion und in der schönen Literatur nicht anders zu erwarten ist –, wo ein Schul- und Pfarrherr nämlich gar *nichts* zahlt: so ist es schon im Bayreuthischen, z. B. in *Hof*, mit der Aufklärung so weit, daß ein Quartus – was sag ich, ein Quartus – ein Tertius! – was sag ich ein Tertius – ein Konrektor vor Antritt seines Postens nicht mehr zu erlegen braucht als:

	fl. rhein.	kr. rhein.	
	30	49	für Verpflichtung bei dem Konsistorio.
	4		dem Stadtsyndikus für die Vokation.
	2		dem regierenden Burgermeister.
	45	7½	für das Regierungsdekret.
Summa	81 fl.	56½ kr.	

Laufen auch die Druckkosten eines Rektors in einigen Artikeln höher auf: so kommt hingegen ein Tertius, Quartus etc. noch wohlfeiler aus der Presse als selber ein Konrektor. Ich gesteh es, dabei kann ein Schulmann auskommen, da er schon im ersten Jahr einen Über-

schuß über dieses *Schwanzgeld* seines Amtes einnimmt. Es muß ein Schullehrer schon wie seine Schüler von einer Klasse zur andern avancieret sein, ehe seine Staatsanleihen samt den Verzögerungszinsen so viel betragen, als er in der höchsten einnimmt. Noch dazu sind unsere Einrichtungen nicht dagegen – welches doch die athenischen taten –, daß man die Ämter verschuldet antritt, sondern jeder ersteigt mit dem Ranzen seiner Schuldenlast unangefochten eine Stufe nach der andern. Der Pabst erhebt bei großen Pfründen die Einkünfte des ersten Jahres unter dem Titel Annaten, und er schenkt daher eine große allzeit dem Inhaber einer kleinern, um fremde und eigne Intraden zugleich zu mehren; – es zeigt aber, dünkt mich, einen schönen Unterschied zwischen Pabst- und Luthertum, daß die Konsistorien des letztern den Schul- und Kirchendienern vielleicht kaum zwei Drittel der ersten jährlichen Amtes-Einkünfte abnehmen, ob sie gleich sonst wie der Pabst auf die Erledigungen der Stellen aus sind.
Es kann sein, daß ich hier mit Kur-Mainz zerfalle, wenn ich gestehe, daß ich in Schmaußens Corp. jur. publ. germ. die Kur-Mainzische-Reichs-Hof-Kanzlei-Taxordnung von 1659 den 6. Jan. nachgeschlagen und daraus ersehen habe, wieviel die Reichs-Hof-Kanzlei haben will, mit einem Konsistorium kollationieret. Z. B. wer zu einem gekrönten Poeten (poeta laureatus) ausgesotten oder ausgebrannt sein will, hat 50 fl. Tax und 20 fl. Kanzlei Jura zu erlegen, da er doch mit 20 fl. *mehr* ein Konrektor hätte werden können, der ein dergleichen Poet nebenbei und ex officio ist. – Die Errichtung eines Gymnasiums wird für 1000 fl. verstattet; eine ungemeine Summe, mit der sämtliche Lehrer des errichteten Gymnasiums die Einlaßgelder ihrer Schulstuben zu bestreiten vermögen. – Ein Freiherr, der ohnehin oft alt wird, ohne zu wissen wie, muß die venia aetatis mit 200 baren Gulden kaufen, indes er mit der Hälfte davon ein Schulmann hätte werden

können, worauf ihm das *Alter* von selber zugefallen wäre. – Und tausend solche Dinge! – Sie beweisen aber, daß es nicht übel um Staaten und Reichskreise stehen müsse, wo der Torheit Standeserhöhungen teurer gegeben werden als dem Fleiße, und wo es mehr kostet, eine Schule zu errichten als zu bedienen.

Was ich hierüber zu einem Fürsten gesagt habe, ist, so wie das, was mir hierüber ein Stadtsyndikus gesagt, zu merkwürdig, um aus bloßer Furcht vor Ausschweifungen hier übergangen zu werden.

Der Stadtsyndikus – ein Mann von Einsichten und von feurigem Patriotismus, der desto wohltätiger wärmte, da er dessen Strahlen in *einem* Fokus sammelte und auf sich und seine Familie richtete – gab mir (ich mochte damals vielleicht jede Schulbank und jede Schultreppe für eine *Bank* und *Leiter* halten, auf die man Leute zum Torquieren legt) die beste Antwort auf vieles: »Wenn ein Schulmann nichts vertut als 30 rtl.[12]; wenn er nicht mehr Fabrikwaren jährlich kauft, als die Politiker für jedes Individuum berechnet haben, nämlich für 5 rtl., und nicht mehr Zentner Nahrung, als diese annehmen, nämlich 10; kurz, wenn er wie ein wohlhabender Holzhacker lebt: so müßte der Teufel sein Spiel haben, wenn er nicht jährlich soviel reinen Profit zurücklegen wollte, als die Zinsen seiner Amtsschulden am Ende betragen.« –

Der Syndikus muß mich doch damals nicht überredet haben, weil ich nachher zum flachsenfingischen Fürsten[13] sagte: »Gnädigster Herr, Sie wissen es nicht, aber ich – kein Akteur unter Ihrer Truppe würde den

12. So viel braucht man nach den Politikern jährlich in Deutschland.

13. Dieser sonderbare Ton, aus dem ich mit einem Fürsten spreche, wird nur durch ein ebenso sonderbares Verhältnis entschuldigt, in dem der Biograph mit dem Flachsenfinger Fürsten steht, und das er hier gern entdecken würde, wenn ich der Welt nicht alles schon in meinem Buche, das ich ihr unter dem Titel *Hundsposttage* 1795 zu Ostern schenken werde, deutlich genug zu enthüllen hoffte.

Schulmeister in Engels verlornen Sohn um das Geld drei Abende lang machen, um das ihn jeder wirkliche Schulmeister alle ganze Tage des Jahres hindurch machen muß. – Im Brandenburgischen werden die Invaliden Schullehrer; bei uns werden die Schullehrer Invaliden.« ...

Aber zur Geschichte! Fixlein setzte das Register seiner Kronschulden auf, aber aus einer ganz andern Absicht, als der Leser denken wird, dem immer das Testament im Kopfe steckt. Kurz, er wollte Pfarrer in Hukelum werden. Ach an dem Orte es zu werden, wo seine Wiege stand und alle Gärtchen seiner Kindheit – ferner seine Mutter – und die Verlobungslaube: das war ein offnes Tor in ein neues Jerusalem, gesetzt auch die Stelle wäre eine hagere Pönitenzpfarre gewesen. Die Hauptsache war, er konnte heiraten, wenn er voziert wurde. Denn als dünner Konrektor im Schmachtriemen seiner Weste, mit Intraden, womit kaum der Kaufschilling des – Geldbeutels zu bestreiten ist, da konnt' er eher den Docht und Talg zur Leichen- als zur Brautfackel zusammenbringen.

Denn die Schuldienerschaft darf überhaupt in guten Staaten sowenig heiraten wie die Soldateska. Im Conringio de antiquitatibus academicis, wo auf allen Blättern bewiesen wird, daß die Klöster ursprünglich Schulen waren, kam ich darhinter, warum. Jetzt sind die Schulen Klöster, und folglich sucht man die Lehrer wenigstens zu einigen Nachahmungen der drei Klostergelübde anzuhalten. Das Gelübde des Gehorsams ist vielleicht am ersten durch Scholarchen zu erzwingen; aber das zweite Gelübde der Ehelosigkeit würde schwerer erfüllet werden, wenn nicht durch eine der besten Staats-Verfügungen für das dritte, ich meine für eine schöne Gleichheit der Armut, so gesorget wäre, daß kein Mann mehrere testimonia paupertatis braucht als einer, der sie macht – dann greife dieser Mann nur zu einer ehelichen Hälfte, wenn von den zwei Hälften jede einen ganzen Magen hat, und nichts dazu als Halbmetalle und Halbbier. ...

Ich weiß, Millionen meiner Leser setzten dem Konrektor selber das Bittschreiben auf und ritten damit nach Schadeck zum Herrn, damit nur der arme Schelm den Schafstall bekäme, samt dem angebaueten Hochzeithaus, weil ihnen wohl einleuchtet, daß nachher einer der besten Zettelkästen würde geschrieben werden, der je aus einem Letternkasten ausgehoben würde.

Fixleins Bittschrift war außerordentlich gut und auffallend: sie stellte dem Rittmeister vier Gründe vor:

1) »Er wäre ein Dorfkind, seine Eltern und Voreltern hätten sich schon um Hukelum verdient gemacht, also bät' er etc.«

2) »Er könne leicht die hier dokumentierten Passivschulden von 135 fl. fr. 41 kr. und 1/2 Pf., deren Tilgungsfond ihm ein unvergeßliches Testament anbiete, selber abführen, falls er die Pfarrei bekäme, und entsage hiemit dem Legat etc.«

Freie Note von mir. Man sieht, er will seinen Herrn Paten bestechen, den das Testament der Frau in Harnisch gebracht. Aber halte, lieber Leser, einem armen, bedrängten, schwertragenden Schulmann und Schulpferd ein undelikate Wendung, die freilich niemals die unsere wäre, zugute. Bedenke: Fixlein wußte, daß der Rittmeister ein Filz war gegen Bürgerliche, so wie ein wegschenkender Rupfhase für Adelige. Auch kann der Konrektor ein- oder ein paarmal von Patronatsherren auf der Ritterbank gehöret haben, die wirklich nicht sowohl Kirchen und Gottesäcker – womit man doch in England Handel treibt – als deren treue Bestellung verkaufet oder vielmehr verpachtet haben an die Pacht-Kandidaten. Ich weiß aus Lange[14], daß die Kirche ihren Patron beköstigen muß, wenn er gar

14. dessen geistliches Recht p. 551.

nichts mehr zu leben hat: könnte nun nicht ein Edelmann, noch eh' er bettelte, etwas auf Abschlag, eine Vorausbezahlung von seinen Alimentengeldern annehmen aus den Händen des Kanzel-Pachters? –

3) »Er habe sich seit kurzem mit dem gnädigen Fräulein von Thiennette verlobt und ihr ein Goldstück auf die Ehe gegeben und könnte also solche heiraten, wenn er versorgt würde etc.«

Freie Note von mir. Ich halte diesen Grund für den stärksten in der ganzen Supplik. In Herrn von Aufhammers Augen war Thiennettens Stammbaum längst gestutzt, entblättert, wurmstichig und voll Bohrkäfer; sie war ja seine Ökonoma, Schloß-Intendantin und a-latere-Legatin für das Schloßgesinde, die ihm mit ihren Ansprüchen auf seine Almosenkasse in die Länge eine Bürde wurde. Sein erzürnter Wunsch, daß sie mit Fixleins Erbschaft hätte abgefunden werden mögen, wurde jetzt durch diesen erfüllt. Kurz, wenn Fixlein Pfarrer wird, so hat er's dem dritten Grunde zu danken, weit weniger dem tollen vierten. ...

4) »Er habe betrübt vernommen, daß der Name seines Pudels, den er in Leipzig einem Emigranten abgekauft, auf deutsch Egidius bedeute, und daß der Hund ihm die Ungnade seines gnädigen Herrn zugezogen. Es sei ferne von ihm, den Pudel künftighin also zu benamsen; er werd' es aber für eine große Gnade erkennen, wenn sein gnädiger Herr Pat' für den Hund, den er jetzt ohne Namen riefe, selber einen resolvierten.«

Meine freie Note. Der Hund, bei dem bisher der Edelmann zu Gevatter gestanden war, soll also seinen Namen zum *zweitenmal* von ihm enpfangen. ... Wie soll aber der darbende Gärtners-Sohn, dessen Laufbahn nie höher stieg als von der Schulbank zur Schulkanzel, und der mit den Frauenzimmern nie gesprochen hatte als singend, nämlich in der Kirche, wie soll der bei einem solchen Saitenbezuge einen feinern als den pedantischen Ton anschlagen? – Und doch liegt der Grund tiefer:

nicht die eingeschränkte *Lage*, sondern der eingeschränkte *Blick*, nicht eine Lieblingswissenschaft, sondern eine enge bürgerliche Seele macht pedantisch, die die *konzentrischen* Zirkel des menschlichen Wissens und Tuns nicht *messen* und *trennen* kann, die den Fokus des ganzen Menschenlebens wegen des Fokalabstandes mit jedem Paar konvergierender Strahlen vermengt, und die nicht alles sieht und alles duldet. ... Kurz, der wahre Pedant ist der Intolerante.

Der Konrektor schrieb die Supplik prächtig ab in fünf glücklichen Abenden – setzte eine besondere Dinte dazu an – arbeitete zwar nicht so lange an ihr wie der dumme *Manutius* an einem lateinischen Briefe, nämlich etliche Monate – wenn dem Scioppius zu glauben ist –, noch weniger so lange wie ein anderer Gelehrter an einer lateinischen Epistel, der – freilich müssen wir's bloß dem Morhof glauben – vier volle Monate daran heckte, Variationen, Adjektiven, Pedes samt den Autoritäten seiner Phrases genau zwischen den Zeilen anmerkte. Er hatte ein flinkeres Genie und war mit dem ganzen Gesuch in sechzehn Tagen ins reine. Als er's petschierte, dacht' er daran, gleich uns allen: wie dieses Couvert das Samengehäuse einer ganzen großen Zukunft, die Hülse vieler süßen oder herben Früchte, die Windel seines restierenden Lebens sei.

Der Himmel segne sein Couvert; aber ich lasse mich vom babylonischen Turm hinunterwerfen, wenn er die Pfarre kriegt: will denn niemand einsehen, daß Aufhammer nicht kann? – Trotz seiner andern Fehler oder eben darum hält er eisenfest sein Wort, das er so lange dem Subrektor gegeben. Ein anderes wär' es, wär' er am Hofe seßhaft: denn da, wo noch alte deutsche Sitten sind, wird kein Versprechen gehalten; denn weil nach Möser die alten Deutschen nur Versprechungen hielten, die sie *vormittags* gegeben – nachmittags waren sie schon besoffen –: so halten Hof-Deutsche auch keine nachmittägigen; – vormittägige würden sie halten, wenn sie sie gäben, welches aber der Fall nie sein kann, weil sie da noch – schlafen.

Siebenter Zettelkasten.

Predigt – Schulaktus – prächtiger Irrtum.

Der Konrektor bekam seine 135 fl. 41 kr. 1/2 Pf. fränkisch, aber keine Antwort: der Hund blieb ohne Namen, sein Herr ohne Pfarre. Inzwischen verlief der Sommer, und der Dragonerrittmeister hatte noch immer keinen geistlichen Hecht mit einem Kopf voll Passionsknochen aus dem Kandidaten-*Besetzteiche* ausgezogen und in den *Streckteich* der Hukelumer Pfarre geworfen: es tat ihm wohl, mit Suppliken behangen zu werden wie ein spanischer Schutzheiliger, und er zauderte (ob er gleich den Subrektor vozieren wollte) mit der Erhörung *einer* Supplik so lange, bis er siebenunddreißig Färbers-, Knopfmachers-, Zinngießers-Söhnen die ihrigen auf einmal abschlagen konnte. Denn die jetzigen Lehrer des Christentums werden gern den ersten oder diesem selber ähnlich gewählt, das wie Venedig und Petersburg sich anfangs an Fischerhütten anbauete. Gönnet dem von Aufhammer die Verlängerung seiner Stimmfähigkeit zur geistlichen Parlamentswahl! Er weiß, daß ein Edelmann dem Timoleon gleicht, der seine größten Siege an seinem Geburtstage gewann, daß nämlich das Wichtigste, was er zu tun hatte, war, eine Freiherrin, Semperfreiin usw. zur Mutter zu nehmen. Man kann einen, der schon als Fötus in den Adelstand erhoben wird, noch besser mit der *Spinnfliege* vergleichen, die wider die Weise aller Insekten sich schon im Mutterleibe entpuppt und verwandelt. –

Aber weiter! Fixlein war jetzt doch nicht ohne Geld. Es wird soviel sein, als wenn ich's dem Leser schenkte, wenn ich ihm hinterbringe, daß er vom Legate, das den Gemeinschuldner abspeisete, noch 35 fl. übrigbehielt als Allodium und Schatull-Geld, womit er sich kaufen konnte, was er wollte. Und wie kam er zu einer so bedeutenden Summe, zu einem solchen Kompetenzstück? – Bloß dadurch, daß er, sooft er ein großes Stück Geld in kleinere zersetzte, und überhaupt bei jeder Einnahme zwei, drei, vier Petermännchen unbesehen und blind unter die Papiere seines Koffers warf. Seine Absicht war, einmal zu erstaunen, wenn er's endlich aufsummierte und das Kapital erhöbe. Und beim Himmel! die erreichte er auch, als er bei der Thronbesteigung seiner Quintur diese Sparpfennige aus den Papieren zog und sie zu den Krönungskosten schlug. – Jetzt säete er sie wieder unter die Verbriefungen. Närrisch! Ich meine, hätt' er nicht glücklicherweise sein Legat bloßgestellt, da er's als positive Belohnung und Kuppelpelz für den Patronatsherrn ausbot: so hätt' ihn der Fehlgriff nach dem Klopfer der hukelumischen Kirchentüre verdrossen; so aber erwischt' er doch, da er den Klopfer verfehlte, den Pelz wieder und konnte froh sein.

Jetzt schreite ich in seiner Geschichte weiter und stoße im Gestein seines Lebens auf eine so schöne Silberader, ich meine auf einen so schönen Tag, daß ich (glaub ich) sogar den dreiundzwanzigsten Posttrinitatis, wo er doch seinem geliebten Vaterdorfe eine Vakanzpredigt vorhielt, hier nur leicht bestreifen werde.

An sich war die Predigt gut und herrlich und der Tag ein rechter Wonnetag; aber ich müßte überhaupt mehr Stunden übrig haben, als ich dem Mai abstehle, worin ich jetzt lebe und schreibe, und mehr Kräfte, als mir die Lustfahrten durch schöne Tage zu den Landschaftsgemälden derselben freilassen, wenn ich mit einiger Hoffnung es versuchen wollte, von der Länge und

Dicke der Saiten und ihren Vibrationen und den konsonen Verhältnissen derselben untereinander, die insgesamt an jenem Posttrinitatis seinen Herzohren eine Sphärenmusik machten, einen mathematischen Bericht abzustatten, der mir so sehr gefiele wie andern ... Man verlang' es nicht! Ich denke, wenn ein Mann an einem Sonntage vor allen Fröhnern, die ihn sonst als den Kunstgärtners-Buben auf dem Arm hatten, ferner vor seiner Mutter, die ihre selige Zerfließung in die Gosse des Samt-Muffs ableitet, ferner vor seinem gnädigen Herrn, dem er geradezu befehlen kann, selig zu werden, und endlich vor seiner mousselinenen Braut, die schon selig ist, weil sie fast zu Stein darüber wird, daß dieselben Lippen küssen und predigen können, ich denke, sagt' ich, wenn ein Mann das leistet: so hat er wohl einiges Recht, vom Biographen, der seinen Zustand schildern will, zu begehren, daß er das – Maul halte, und vom Leser, der solchen nachempfinden will, daß er seines aufmache und selber predige. – –

Aber was ich ex officio malen muß, ist der Tag, wozu der Sonntag nur der Vorschabbes, die Vigilie und das Voressen war – nämlich der Vorschabbes, die Vigilie und das Voressen vor dem *Martini-Aktus*. Am Sonntag hielt er die Predigt, am Mittwoch den Aktus und am Dienstag die Probe. –

Der Dienstag soll jetzt der Welt beschrieben werden.

Ich zähle darauf, daß ich nicht bloß von lauter Weltleuten gelesen werde, denen freilich ein Schulaktus nicht viel anders und besser als eine bischöfliche Investitur oder eine Frankfurter Krönungs-opera-seria vorkömmt, sondern daß ich auch Leute vor mir habe, die auf Schulen waren, und die wissen, was sie vom Schuldrama eines Aktus und vom Maschinenmeister und von dem Komödienzettel (dem Programm) zu denken haben, ohne darum dessen Vorzüge zu übertreiben.

Eh' ich die Probekomödie des Martini-Aktus gebe, leg

ich mir selber als Dramaturg des Schauspiels auf, die Einladungsschrift des Konrektors, wenn nicht zu exzerpieren, doch zu registrieren. Er sagte darin manches und machte (welches einem Verfasser so wohl tut) Vorschläge statt Vorwürfe und erinnerte, ob nicht bei den bekannten Donatschnitzern der Magnaten in *Pest* und *Polen* die Schulgebäude am besten als Kontumazhäuser gegen infizierende *Barbarismen* schirmten. Auch verteidigte er an Schulen, was zu verteidigen war (und nichts in der Welt ist süßer oder leichter als eine Defension), und sagte, Schulleute, die nicht ohne Unrecht gleich gewissen Höfen nur lateinisch mit sich sprechen ließen und selber sprächen, könnten die Römer vorschützen, deren Untertanen und deren Könige samt den Briefen und Verhandlungen der letztern sich des Lateins befleißigen mußten. Er verwunderte sich, warum nur die griechischen und nicht auch die lateinischen Grammatiken lateinisch abgefasset wären, und tat die auffallende Frage: ob denn die Römer, wenn sie ihre kleinen Kinder die lateinische Sprache lehrten, es in einer andern taten als in eben dieser? – Darauf ging er auf den Aktus über und sagte folgendes mit seinen eignen Worten:

»Ich bin willens, es in einer andern Einladungsschrift zu beweisen, daß alles, was über den großen Stifter unserer Reformation, den Gegenstand unserer heutigen Martini-Redeübungen, zu wissen und zu sagen ist, schon längst erschöpft worden, sowohl durch *Seckendorf* als andere. In der Tat kann von Luthers Personalien, von seinen Tischreden, Einkünften, Reisen, Kleidern usw. nichts Neues mehr vorgebracht werden, zumal wenn es zugleich etwas Wahres sein soll. Indessen ist doch das Feld der Reformationsgeschichte, bildlich zu reden, bei weitem nicht ganz angebauet; und es will mir vorkommen, als müßte sich der Gelehrte noch heutiges Tages vergeblich nach ächten, bis an unsere Zeiten reichenden Nachrichten von den Kindern, Enkeln, Kindskindern etc. dieses großen Reformators umsehen, die doch alle entfernter in die Reformationsgeschichte einschlagen, so wie er näher. Du drischest vielleicht nicht ganz, sagt' ich zu mir, leeres Stroh, wenn du nach deinen geringen Kräften diesen versäumten historischen Zweig hervorziehest und bearbeitest. Und so wagte ich es denn, mit dem letzten männlichen Nachkommen Luthers, nämlich mit dem Advokaten *Martin Gottlob Luther*, der in Dresden praktizierte und 1759 da verstarb, den Anfang einer speziellern Reformationshistorie zu machen. Mein schwacher Versuch über diesen zur Reformation gehörigen Advokaten wird belohnet genug sein, wenn er zu bessern Werken darüber ermuntert; das Wenige aber, was ich von ihm aufgetrieben und gesammelt habe, ersuch ich untertänig, gehorsamst und gehorsam alle Gönner und Freunde des flachsenfingischen Gymnasiums den vierzehnten November aus dem Munde sechs gutgearteter Peroranten anzuhören. Anfangs wird

Gottlieb *Spiesglas*, ein Flachsenfinger, in lateinischer Rede zu zeigen suchen, daß Martin Gottlob Luther überhaupt ein Schwertmagen des Doktor Luther gewesen. Nach ihm bemühet sich

Friedrich Christian *Krabler* aus Hukelum in deutscher Prosa den Einfluß zu bestimmen, den Martin Gottlob Luther noch auf die schon daseiende Reformation gehabt; worauf hinter ihm

Daniel Lorenz *Stenzinger* in lateinische Verse die Nachrichten von Martin Gottlob Luthers Prozessen und überhaupt die wahrscheinlichen der Advokaten um die Kirchenverbesserung zusammenfassen will; – welches sodann einem

Nikol Tobias *Pfizmann* Gelegenheit geben wird, französisch aufzutreten und das Wissenswürdigste aus Martin Gottlob Luthers Schuljahren, Universitätenleben und männlichen Jahren auszuheben. Und wenn nun

Andreas *Eintarm* in deutschen Versen die etwannigen Fehltritte dieses Stammhalters des großen Luthers wird zu entschuldigen gesucht haben: so wird

Justus *Strobel* in lateinischen seine Rechtschaffenheit und Ehrlichkeit im Advokatenstande nach seinen Kräften besingen; – worauf ich selber den Katheder besteigen und allen Patronen der Flachsenfinger Schule gehorsamst danken und diejenigen Stücke aus dem Leben dieses merkwürdigen Dresdners noch anführen werde, von denen wir noch gar nichts wissen, weil sie sich für die Redner des nächsten Martini-Aktus g. G. aufsparen.«

Der Tag vor dem Aktus lieferte gleichsam die Probeschüsse und Aushängebogen des Mittwochs. Leute, die des Anzugs wegen vom großen Schulfest wegbleiben mußten, besonders Damen, erschienen Dienstags in den sechs Probereden. Niemand ordnet zwar bereitwilliger als ich den Probeaktus dem Mittwochsaktus unter, und mich braucht man am wenigsten erst aufzufodern, das Trommetenfest einer Schule gehörig zu würdigen; aber auf der andern Seite bin ich ebenso gewiß überzeugt, daß einer, der Mittwochs nicht in den ächten Aktus gegangen ist, sich etwas Glänzenderes als den Probetag vorher gar nicht gedenken könnte, weil er nichts hätte, womit er die Pracht vergleichen könnte, in der der Primas des Festes vor Damen und Ratsherren das an seinen Triumphwagen vorgelegte Gespann von Sechsen – um die sechs Gebrüder Redner Gäule zu nennen – *einfuhr* auf morgen. Lächle immer, Fixlein, über das Anstaunen deiner heutigen *Ovation*, die dem morgendlichen *Triumph* entgegenfährt: auf deinem auseinanderfließenden Gesichte zuckt das glückliche, sich und den Weihrauch wiederkäuende Ich – aber eine Eitelkeit wie deine, und nur diese, die genießet, ohne zu vergleichen oder zu verschmähen, kann man erdulden, will man ernähren. Was aber über sein ganzes wächsernes Herz wie ein schmelzender Sonnenschein fiel, war seine Mutter, die es auf vieles Zureden gewagt hatte, sich in Bußtagskleidern ganz unten an die Prima-Flügeltüre demütig anzulegen. Es wäre schwer zu sagen, wer beglückter ist, ob die Mutter, die zusieht, wie der, den sie unter ihrem Herzen getragen, die vornehmsten jungen Herren in halbseidenen Westen beordern und regieren kann und die zuhöret, wie er samt ihnen lauter hohe Sachen sagt und auch versteht – oder ob der Sohn glücklicher ist, der, wie einige Helden des Altertums, das Glück hat, noch bei Lebzeiten seiner Mutter zu triumphieren. Ich habe niemals in meinen Schriften und Taten einen Stein aufgehoben gegen den sel. Burchardt *Großmann*, der in die Initialbuchstaben der Stanzen im Liede: »Brich an, du liebe Morgenröte« seine Namenslettern verteilte, und noch weniger bewarf ich arme Kräuterweiber, die schon bei Lebzeiten ihren Leichenkattun ausplätten und $^1/_{12}$ Dutzend Totenhemden für sich ausnähen. Ich halte auch den Mann nicht für weise – obwohl für recht klug und pedantisch –, der sich die Gallenblase vollärgern kann, daß jeder von uns Blattminierern das Herzblatt, worauf er sich nagend herumschiebt, für einen Augarten, für einen fünften Weltteil ansieht wegen der Nähe und Weide, die Blattporen für Tempe-Täler, das Blätterskelett für einen Freiheits-, Brod- und Lebensbaum und den Tautropfen für die Flut. – Wir Tag-, Abend- und Nachtraupen fallen sämtlich in den nämlichen Irrtum, aber nur auf andern Blättern, und wer (welches ich tue) über die wichtige Miene lacht, mit der der Rektor Landesprogrammen, der Dramaturg Komödienzettel, ein Kennikottischer Varianten-Almosensammler Buchstaben aufkauft: der tut es, wenn er weise ist – wie hier der Fall ist –, mit dem Bewußtsein seiner *ähnlichen* Narrheit und lacht an seinem Nächsten nichts aus als die Menschheit und sich. – –

Die Mutter war nicht zu halten: sie mußte diesen Abend noch fort nach Hukelum und Thiennetten nur wenigstens etwas berichten von dieser Herrlichkeit. –
Jetzt wird die Welt hundert gegen eins wetten, daß ich nun biographisches Wachs nehmen und ein Wachsfigurenkabinett von dem Aktus selber bossieren werde, das einzig in seiner Art sei. – –
Aber Mittwoch morgens, als sich der hoffnungstrunkene Konrektor eben anzukleiden dachte: klopfte etwas an – –
Es war der bekannte Bediente des Rittmeisters, der die Vokation an den Subrektor *Füchslein* hatte. Zum letztern sollte der gute Mensch diesen Wildruf ins Pfarramt tragen; aber er distinguierte elend zwischen *Sub-* und *Kon-*Rektor und hatte überhaupt seine guten Gründe, warum er zu diesem kam: denn er dachte: »wer will's weiter kriegen, als der den vorigen Sonntag predigte und aus dem Dorfe her ist, und der ja mit unserer Fräulein Thiennette im Gerede ist und dem ich da schon eine Uhr und die Zopfdukaten habe bringen müssen.« – Er stellte sich gar nicht vor, daß sein gnädiger Herr den leiblichen Paten übergehen könnte.
Fixlein las die Adresse der Bestallung: »An des Pfarrer *Fixlein* zu Hukelum Wohl-Ehrwürden.« Er mußte notwendig den Fehlgriff des Lakaien tun und die fremde Bestallung erbrechen als eigene; und da er noch dazu in der Vokation nur von einem *Schul-Unterbefehlshaber* (statt Subrektor) etwas fand, so mußt' er in seinem Irrtum verharren. Eh' ich's gut erkläre, warum der Gerichtshalter, der Former der Vokation, diese so dumm aufsetzte: wollen wir zwei, ich und der Leser, d. h. mehr Menschen, als je in einen Kirchensprengel gehen, uns bei Fixleins freudigen Springfüßen aufhalten – bei seinen dankbar-nassen Augen – bei seiner hämmernden Brust – bei seinen bringenden Händen, diesen Handhaben eines verschenkten Musteils – beim Gratial von zwei *Zopfdukaten*, die er an den Infulträger so

gern fahren lässet als den pädagogischen *Zopf*, der ihm nächstens auf der Kanzel abfället. – – Wußt' er wohl, was er denken sollte (vom Rittmeister) oder schreiben (an eben diesen) oder auftischen (für den Lakai)? – Zog er nicht Erkundigungen von dem gnädigen Befinden seines Wohltäters zu wiederholten Malen ein, ob ihm gleich der Bediente schon recht gut auf die erste geantwortet hatte? – Und wurde nicht dieser Mensch, der zum spottsüchtigen, achselzuckenden und achselträgerischen Menschen-Sortiment gehörte, durch die Freude, die er mitgebracht, endlich so gerührt, daß er sich auf der Stelle vornahm, dem Aktus des neuen Herrn Pfarrers, obgleich kein einziger vom Adel darin war, seine Gegenwart zu schenken? – Fixlein siegelte vorher die Dankadresse ein und hielt höflich beim Adelsbrief-Träger an, ihn oft in der Pfarre zu besuchen und heute bei seiner Mutter vorbeizugehen und ihr den Text zu lesen, warum sie gestern nicht geblieben sei, da sie heute bei der Vokation durch seine gnädige Patronatsherrschaft hätte mit sein können.

Als der fort war, fing er vor Freude ordentlich an, skeptisch zu werden – und ängstlich, daher er das Vokations-Instrument, der Mauserei wegen, gut in den Koffer mit zwei Vorlegschlössern einsperrte – und andächtig und weich, weil er Gott ohne Scheu für alles dankte, dessen ewigen Namen er sogar nie anders schrieb als mit Kanzleischrift und mit bunter Dinte, wie der jüdische Abschreiber diesen namenlosen Namen nur im Ornat und frischgewaschen schrieb[15] – und taub wurde der Pfarrer, daß er kaum die Aktus-Schäferstunde schlagen hörte – und zerstreuet, weil eine schönere bei Thiennetten mit ihren Rosenstauden und ihrem Rosenhonig nicht aus seiner Seele wollte. Er, der schon das Glück, wenn es ihm ein schiefes Maul schnitt, so lange, wie Kinder einander, anlachte, bis es wirklich

15. Eichhorns Einleit. ins A. T. 2. T.

selber anfangen mußte zu lächeln – er flog jetzt gleichsam immer höher geschnellet auf einem Schwungbrette empor ...

Aber vor dem Aktus wollen wir den Gerichtshalter verhören. *Fixlein* statt Füchslein schrieb er aus einer Unwissenheit in der Namen-Orthographie, die durch die Rechtschreibung des Testaments noch größer und natürlicher geworden war. *»Von«*, diesen Ehrenbogen, durft' er nicht vor Füchsleins neuen Namen stellen, weil's Aufhammer untersagte, der dessen ahnen-reine Abkunft anfiel und nicht bedachte, was überhaupt ein Edelmann sich zu getrösten habe, da schon Christus in seinem von Matthäus gefertigten Stammbaum vier bekannte – Huren zählt, die Thamar, Rahab, Bathseba und Ruth. Endlich hatte der Bestallungs-Macher die Unart Campens an sich, daß er alles verdeutschen wollte, was man erst nach der Verdeutschung nicht mehr verstand, als wenn ein Wort sich um eine bessere Naturalisationsakte zu bewerben hätte, als die ihm seine allgemeine Verständlichkeit erteilt. An und für sich ist's doch einerlei – um so mehr, da alle Sprachen wie alle Menschen miteinander verschwistert und verschwägert sind –, ob ein Wilder oder ein Ausländer ein Wort erfand, ob es wie Moos unter den deutschen Wäldern aufwuchs oder wie Festungsgras in den Pflastersteinen des römischen Forums. Der Gerichtshalter hingegen verfocht, es ist zweierlei, und ließ es seinen Parteien unverhohlen, daß Tagefahrt Termin bedeute und Appellieren Berufen. Daher zog er dem Wort *Subrektor* die fremde Livree *Unterbefehlshaber* an. Und diese Version vertierte auch den Schulherrn in einen Pfarrherrn: so sehr wächset unser *bürgerliches* Glück – nicht unser *menschliches*, sich auf unserem inneren *Grund* und *Boden* nährendes Wohlsein – bloß auf der *Flugerde* von Zufälligkeiten, Konnexionen, Bekanntschaften und der Henker oder der Himmel weiß von was. –

Bei Gelegenheit! Von einem Gerichtshalter würd' ich mehr Verstand erwarten, ich würde (ich kann mich irren) voraussetzen, er wisse, daß die Akten, die sonst (s. *Hofmanns* deutsche oder undeutsche Reichspraxis §. 766) lateinisch ausgefertigt wurden, wie vor Joseph die ungarischen, heutzutage, wenn man es ohne Beleidigung sagen darf, vielleicht mehr deutsch als lateinisch geschrieben werden; und ich darf mich hierin auf ganze deutsche Zeilen steifen, die in den Reichs-Kammergerichts-Erkenntnissen stehen. Ich will aber nicht glauben, daß der Jurist darum, weil *Inchhofer* die römische Sprache für die Muttersprache des zweiten Lebens erklärt, sich von einem Dialekte loszumachen suche, durch den er so viel wie der römische *Adler* oder später der römische *Fischreiger* (der römische Stuhl) in seinen Adlers-Fängen entführte. – –

Man läute immerhin den Aktus ein, man ströme immer hinein: wer fragt darnach? Weder ich noch der Ex-Konrektor. Die sechs pygmäischen Ciceros wollen sich vergeblich vor uns in prächtiger Einkleidung ihrer Gedanken und Leiber vortun. Der Zugwind des Zufalls hat vom Aktus den Strahlen- und Pudernimbus weggeblasen, und der gewesene Konrektor hat eingesehen, wie wenig man sich mit einem Katheder brüsten könne (der nicht voll Schiffs-, sondern voll Gelbschnabel ist), und wieviel im Gegenteil mit einer Kanzel: »Ich hätte nicht gedacht (dachte er jetzt), da ich Konrektor wurde, daß es noch etwas Größeres geben könne, ich meine einen Pfarrer.« Der Mensch hinter seiner ewigen Augen-Binde, die er nur anders färbt, und nicht dünner legt, trägt seinen Stolz von einer Stufe zur andern und tadelt auf jeder höhern nur den Stolz auf der tiefern.

Das Beste am Aktus war, daß ihm der Regimentsquartier- und Metzgermeister Steinberger beiwohnte, emballiert in einen langen Schafspelz. Unter der Feierlichkeit warf der Subrektor Hans von Füchslein mehrere vergnügte und fragende Blicke auf den Schadecker Bedienten, der ihn gar nicht ansah: Hans hätte sich darauf totschlagen lassen, nach dem Aktus beruf ihn der Kerl. Als endlich die sechs-hälsige kleine Hahnen-Voliere auf ihrem Miste abgekrähet hatte, d. h. peroriert: bestieg der amtierende Schuldiener, über den nun eine höhere Dienstfahne flatterte, selber die Bühne und stattete dem Scholarchat, dem Subrektorat, der Vormundschaft und der Herrndienerschaft seinen gehorsamen Dank für ihre Gegenwart ab, meldete ihnen aber mit wenigem dabei: »Gott hab' ihn indes von seinem Posten zu einem andern abgerufen und ihm die Seelsorge über die Hukelumer Pfarrgemeinde sowie über das Schadecker imparochierte Filial unwürdigermaßen anvertrauet.«

– Diese kleine Anrede schoß dem Ansehen nach den zeitigen Subrektor Hans von Füchslein beinahe vom Sessel herab, und sein Gesicht sah vermengt aus wie roter Bolus, grüne Kreide, Rauschgelb und vomissement de la reine.

Der lange Quartiermeister richtete sich in seinem Pelze ziemlich auf und sumsete, in glücklichem Selbstvergessen, laut genug: »Der Daus! – Pfarrer??« –

Der Subrektor fuhr wie ein Schwanzstern vor dem Bedienten vorbei, befahl ihm, er sollte bei ihm ein Billet an seinen Herrn mitnehmen, sprang nach Haus und setzte da an den Patronatsherrn, der daheim auf einen langen Dankpsalm aufsah, so gut er in der Eile konnte, eine kurze satirische Epistel auf und untermengte sie mit einigen Verbalinjurien.

Der Staatsdiener überreichte seinem Herrn miteinander Fixleins Dankgesänge und Füchsleins Invektiven. Der Dragonerrittmeister, aufgebracht über den Grobian und gebunden an sein Wort, das der Konrektor öffentlich im Aktus abgelesen, schrieb dem neuen Pfarrer zugleich die Verwechslung und die Ratifikation derselben zurück – und Fixlein ist und bleibt nun zu unserer aller

Freude ordentlicher wohlbestallter Pfarrer zu Hukelum.

Sein zurückgesetzter Nebenbuhler Füchslein hat noch den Trost, daß er im Wespenneste der Neuen allgemeinen deutschen Bibliothek mitsitzet. – Sollte einmal der Pfarrer sich in einen Autor verpuppen: so kann die Schlupfwespe herausfliegen und ihren Stachel in die Puppe drücken und ihre Brut an die Stelle des erstochenen Schmetterlings setzen. Da der Subrektor überall herumschlich und frei drohte, seinen Kollegen zu rezensieren: so wundere sich das Publikum nicht, daß es Fixleins errata und seine masoretischen exercitationes noch bis diese Stunde nicht in Händen hat.

Im Frühling macht das Gnadenjahr der Witwe seinen Sabbatsjahren Platz – und wie es da zugehen wird, wenn er unter einem Thronhimmel von Blütenbäumen die Braut Christi (die christliche Kirche) in die eine Hand nimmt, und seine eigne in die andere, das würde ohne einen achten Zettelkasten, der in diesem Falle ein wahres Schmuckkästchen und eine Regenbogenschüssel[16] werden kann, sich niemand denken können als der Sponsus allein.

Achter Zettelkasten.

Einzug in die Pfarre.

Den 15ten April 1793 kann der Leser tief im Hohlweg drei Bagagewägen waten sehen. – Die Güterwägen fahren den Hausrat des neuen Pfarrers nach Hukelum: der Eigentümer marschieret selber mit den Beichtkindern, damit an seinem Ton-Service und Ammeublement nichts im achtzehnten Säkulum zerstoßen werde,

16. Der Aberglaube nimmt an, auf der Stelle, wo der Regenbogen aufstehet, sei eine goldne Schüssel.

da es aus dem siebzehnten ganz herüberkam. Fixlein höret hinter sich die Schulglocke läuten; aber dieses Glockenspiel orgelt ihm wie eine Abendglocke die Lieder künftiger Ruhe vor: er ist nun aus dem Jammertal des Gymnasiums erlöset und in den Sitz der Seligen aufgenommen. – Hier wohnet kein Neid, kein Kollege, kein Subrektor – hier im Himmelreich arbeitet niemand an der Neuen allgemeinen deutschen Bibliothek mit – hier im himmlischen hukelumischen Jerusalem tut man nichts als Gott preisen in der Kirche, und hier hat der Vollendete keinen Zuwachs an Kenntnis mehr nötig ... Auch hat man hier keinen Kummer mehr darüber, daß oft Sonntag und Aposteltag in *einen* Tag zusammenfallen.

Die Wahrheit zu sagen, geht der Pfarrer zu weit; es war aber von jeher seine Art, sich die ganzen und halben Schatten einer Lage erst auszumalen, wenn er schon in einer neuen war und also diese durch die Kontraste der alten heben konnte. Denn man braucht nicht viel Nachdenken, um einzusehen, daß die Höllenleiden eines Schulmanns nicht so außerordentlich, sondern vielmehr, da er am Gymnasium von einer Stufe zur andern steigt, den wahren Höllenstrafen ähnlich sind, die trotz ihrer Ewigkeit von Säkulum zu Säkulum schwächer werden. Da noch dazu nach dem Ausspruch eines Franzosen deux afflictions mises ensemble peuvent devenir une consolation: so hat man in einer Schule Leiden genug zum Troste, da aus acht zusammengegossenen Affliktionen – ich rechne nur auf jeden Lehrer eine – gewiß mehr Trost zu schöpfen ist als aus zweien. Nur schlimm ist's, daß sich Schulleute nie so vertragen wollen wie Hofleute: nur polierte Menschen und polierte Gläser kohärieren leicht. Noch dazu wird man in Schulen – und überhaupt in Ämtern – allemal belohnt; denn wie im zweiten Leben eine größere Tugend der Lohn der hiesigen ist: so werden dem Schulmann seine Verdienste durch immer mehrere Gelegenheiten zu neuen bezahlt, und er wird oft gar nicht aus seinem Amte fortgelassen. –

Acht Gymnasiasten trabten im Pfarrhause herum, stellten auf, nagelten an, schleppten zu: ich denke, als ein Schüler Plutarchs durft' ich solche Kleinigkeiten einmischen. Wen Erwachsene lieben, den lieben Kinder noch stärker. Die ganze Schule hatte dem lächelnden Fixlein nachgelächelt und ihn gern gehabt, weil er nicht donnerte, sondern spielte mit ihnen – weil er *Sie* zu den Sekundanern sagte, und der Subrektor *Ihr* – weil sein sich aufbäumender Zeigefinger sein einziger Zepter und Bakel war – weil er in der Sekunda mit seinen Schülern lateinische Briefe wechselte und in der Quinta mit Zuckerstängeln statt mit Neperischen Stäben (oder statt mit noch längern) die vier Spezies eingeflößt hatte. – Sein Kirchdorf kam ihm heute so feierlich und festlich vor, daß er sich – ob es gleich Montag war – wunderte, warum die Pfarrkinder und die Eingepfarrten nicht in der Festtags-Draperie steckten, sondern im Alltags-Balg. Unter der Pfarrtüre stand eine weinende Frau: denn sie war zu glücklich, und er war ihr – Sohn. Die Mutter vermochte es in der größten Zerschmelzung ganz leicht, die Fuhrleute unter dem Abladen anzumahnen, nicht die vier Globen aus der altfränkischen Kommode auszudrehen. Ihr Sohn erschien ihr jetzt so ehrwürdig, als stellete er in ihrer Bilderbibel einen in Kupfer gestochnen Figuranten vor – und das darum, weil er den pädagogischen Zopf, wie der reifende Frosch den Schwanz, abgeworfen hatte und nun in einer kanonischen Perücke da stand: er war jetzt ein Komet, der sich von der profanen Erde entfernet, und der mithin wie jeder himmlische aus einem *Schwanzstern* zu einem *Haarstern* wird.

Auch seine Braut hatte tags vorher recht viel an einer verbesserten prächtigen Edition seines Hauses mitgearbeitet, unter andern Dekorateurs und Dekrotteurs desselben. Aber heute blieb sie weg; denn sie war zu gut, um über die Braut das Mädchen zu vergessen. Die Liebe stirbt wie die Menschen öfter am Übermaß als am Hunger; sie lebt von Liebe, aber sie gleicht den Alpenpflanzen, die sich vom *Einsaugen* der nassen Wolken ernähren, und die zugrunde gehen, wenn man sie *besprengt*. –

Jetzt ist der Pfarrer eingezogen, und er wird auf der Stelle – denn ich kenne die Leserinnen, die darauf erpicht sind, als wären sie die Kränzeljungfern – heiraten sollen. Aber er mag nicht: vor Himmelfahrt wird nichts daraus, und dahin sind vierthalb Wochen gut. Die Sache ist die: er wollte nur erst den Brandsonntag, nämlich den Kantatesonntag, übersteigen; nicht etwan, weil er an seiner Erden-Fortdauer zweifelte, aber er wollte (schon der Braut wegen) auch nicht die kleinste Todesangst in seine Flitterwochen bringen.

Die Hauptsache war, er wollte sich nicht gern verheiraten vor der Verlobung, die samt der Anzugspredigt auf den nächsten Sonntag verlegt wird. Es ist der Kantate-Sonntag. Der Leser lasse sich nur keine Angst einjagen. Ich hätte überhaupt mit diesem phantastischen Sonntags-Wauwau eines der aufgeklärtesten Jahrhunderte nicht behelligt, zeichnete ich nicht so äußerst treu. Fixlein wurde – zumal da ihn der Quartiermeister fragte, ob er denn ein Kind wäre – endlich selber so gescheut, daß er die Narrheit einsah; ja er ging so weit, daß er eine größere beging: da nämlich ein Traum, daß man sterbe, nach der exegetischen regula falsi nichts bedeutet als langes Leben und Wohlergehen: so zog er sich leicht den Schluß ab, sein Todes-Wahn sei ein solcher guter Traum, um so mehr, da gerade an den Kantate-Sonntagen die Fortuna ihr Fruchthorn über ihn gehalten und umgestürzet hatte, um ihn mit einer Braut, einer Vokation und mit Zopfdukaten zu beschütten. So wachsen dem Aberglauben die Federn, der Zufall mag ihm dienen oder schaden.

Ein Staatssekretär, ein Friedens-Instrumentenmacher,

ein Notarius, ein solcher Baugefangener am Pulte fühlt es recht gut, wie weit er unter einem Pfarrer sitze, der seine Anzugspredigt fertigt: dieser (man sehe nur meinen Fixlein an) hockt dort – sprützet das Geäder seines Predigt-Präparats mit bunter Dinte aus – hat eine Spruchkonkordanz auf der rechten Seite, eine Liederkonkordanz auf der linken, kernet dort Kernsprüche aus, schneidet hier Lieder-Blumen ab, um mit beiden sein homiletisches Backwerk zu garnieren – zeichnet den feinsten Operationsplan hin, um nicht etwa, wie ein Weltmann, das Herz *einer* Frau, sondern die Herzen aller zuhörenden Weiber und der Männer ihre dazu zu gewinnen – ziehet jeden vor dem Fenster vorbeifahrenden Bauer mit in seinen Plan und sticht letztlich die Butter der weichen glatten Haupt- und Kanzellieder aus dem Gesangbuch aus und fettet damit bestens die schwarze Suppe der Predigt bei der Speisung der 5 000 Mann. – –

Endlich kann er abends mit einem Herzen ohne Schuld aufstehen und abbrechen, weil die rote Sonne auf dem Schreibtisch blendet, und kann zwischen schreienden Spatzen und Finken so lange über die um die Pfarre gezognen Kirschenbäume nach Abend schauen, bis nichts mehr am Himmel ist als ein mattes Nachglimmen des Gewölkes. – Und wenn dann Fixlein die Treppe unter dem Gebetläuten *langsam* hinuntergeht zur kochenden Mutter: so müßt' es nicht natürlich zugehen, wenn er nicht alles recht und gut finden wollte, was drunten getan oder gebacken oder aufgetragen wurde.

Ein Sprung nach dem Abendessen ins Schloß – ein Blick in ein gutes zärtliches Auge – ein Wort ohne Falsch gegen eine Braut ohne Falsch – und eine sanft atmende Brust unter dem Deckbette, in der nichts ist als das Paradies, eine Predigt und ein Abendgebet ... beim Himmel! damit will ich einen mythischen Gott zufriedenstellen, der seinen Himmel verlassen hat, um einen neuen hier unter uns zu finden.

Kann ein Sterblicher, kann ein Ich im feuchten Erdenkloße, den der Tod bald zu Staub austrocknet, mehr in einer Woche fodern, als Fixlein in sein Herz einschöpfte? Ich sehe nicht ein, wienach: ich sollte wenigstens glauben, wenn ein solches eingestäubtes Wesen nach einer solchen Quaterne aus dem Lotto des Zufalls noch etwas verlangen könnte, so wär's höchstens die Quinterne, nämlich die Ein- oder Anzugspredigt selber. –

Und diesen Gewinnst zog unser Zebedäus denn wirklich am Sonntage: er predigte – er predigte einziehend – er tat's vor drängenden knisternden Emporen, vor dem Vormund und vor dem Herrn von Aufhammer, dem Namensvetter vom Pfarrer und Hund – er weidete Beichtkinder, mit denen er sonst als Kind das Schloßvieh auf die Weide klatschte, jetzt selber als Seelen-Schmierschäfer – er stand mit seinen Füßen bis an die Knorren in Kandidaten und Schulleuten wie in Gras, weil er heute (was sie alle nicht dürfen) auf dem Altar mit der Ätznadel des Fingers ein großes Kreuz in die Luft einsägen durfte, Taufen und Kopulieren nicht einmal gerechnet ... Ich glaube, ich sollte mich weniger bedenken, als ich tue, über diese sonnenhelle Esplanade den schmalen Grabesschatten ziehen zu lassen, den der Pfarrer darauf warf, da er in der Nutzanwendung mit schweren nassen Blicken in der stummen lauschenden Kirche umhersah, als wollt' er gleichsam in irgendeinem Kirchenstuhl oder in dem Beichtstuhl den verstäubenden Lehrer seiner Jugend und dieser Gemeinde suchen, der draußen unter dem weißen Grabesstein, der Kehrseite des Lebens, die Hülle seines frommen Herzens ablegte. – Und als er, selber fortgeschwemmt von innern Strömen, unaussprechlich erweicht durch die vierfache Erinnerung an seine Todesfurcht an eben diesem Tage, an sein mit Blumen und

Wohltaten durchbrochenes Leben, an seine unter seiner Kanzel ruhende eingesargte Wohltäterin, als er da vor dem zerflossenen Angesicht ihrer Freundin, seiner Thiennette, hingerissen und starr und tränend von der Kanzel auf die Türe zur rittmeisterlichen Familiengruft hinuntersah und sagte: »Habe Dank, du fromme Seele, für alles, was du Gutes an dieser Gemeinde und an ihrem neuen Lehrer getan, und der Staub deiner gottesfürchtigen und menschenfreundlichen Brust lege sich einmal verkläret wie Goldstaub um dein auferwecktes himmlisches Herz!« war da wohl ein Auge in der Gemeinde noch trocken? Ihr Gatte schluchzete laut, und ihre Geliebte, Thiennette, bückte das von trostlosen Erinnerungen niederfallende Haupt auf das Pult des Kirchenstuhls wie Verwandte eines Trauergefolges. –

Kein schönerer Vormittag als dieser konnte einem Nachmittag vorarbeiten, wo man sich auf ewig verlobt, und wo man die gewechselten Ringe mit dem Ringe der Ewigkeit zusammenkettet. Außer dem Brautpaar war niemand dabei als ein altes Paar, die Mutter und der lange Vormund. Der Bräutigam setzte selber eigenhändig den Ehekontrakt oder Ehezärter auf, worin er ihr seine ganze fahrende Habe – nicht etwan seine Handbibliothek, sondern seine ganze Bibliothek, anstatt daß man im Mittelalter den Edeltöchtern nur einige Bücher zum Brautschatz gab – von heute an verhieß, – wogegen sie freilich genug zubrachte, nämlich einen ganzen Braut- oder Kammerwagen oder doch Kammer- oder Brautkarren. Auf diesen Eliaswagen, mit dem Mädchen in den Bette-Himmel hinauffahren, waren geschlichtet: neun Pfund Federn, nicht gelehrte, historische oder poetische Federn, noch solche, die man trägt, sondern die kleinern, die uns selber tragen – ein prächtiges Dutzend Patenteller und Patenlöffel samt einem Fischlöffel – von Seide nicht nur Strümpfe (wiewohl selber ein König Heinrich II. von Frankreich nichts in Seide kleiden konnte als sein Bein), sondern ganze Röcke – und Kleinodien und Möblen von kleinerem Wert. Gute Thiennette! auf dem Wagen deiner Psyche liegt der wahre Brautschatz, nämlich dein edles, sanftes, bescheidenes Herz, die Morgengabe der Natur! –

Der Pfarrer, der nicht aus Mißtrauen, sondern »Lebens und Sterbens wegen« auf alle Dinge gern ein Notariatssiegel gehabt hätte, dem keine Versicherung zuverlässig schien als eine hypothekarische, und der über jedes Stäubchen Belege, Quittungen und Kontrakte abverlangte, hatte nun, als der Ehezärter zustande war, ein leichteres Herz; und für das Eingebrachte dankte der gute Mann den ganzen Abend der Braut. Aber für mich wäre ein Ehekontrakt etwas so Peinliches und Widersinniges – ich gesteh es aufrichtig, und rückte man immerhin mir deswegen meine große Jugend vor –, als wenn ich meine Liebesbriefe erst von einem kaiserlichen Notarius müßte vidimieren und kontrasignieren lassen: beim Himmel! die leichte Blume der Liebe, deren Duft den Waagbalken nicht zieht, wie Tulpenzwiebeln, so auf der Heuwaage der Justiz zu sehen, zwei Herzen auf der kalten Rats- und Fleischwaage der Eltern und Advokaten, die in die Schalen bloß Häuser, Felder und Zinn auftürmen . . . das mag den Interessenten so wohltun wie dem trunknen Säugling und Zögling einer Muse und der Philosophie, wenn er die Abend- und Morgenandachten vor seiner Göttin in den Buchladen tragen und nun die Andachten ins Geld setzen und an sie Kontrakte und Ellenmaß applizieren muß. – –

Vom Kantate-Sonntag bis zur Himmelfahrt, d. h. zur Heimfahrt oder Hochzeit, sind anderthalb Wochen – oder anderthalb selige Ewigkeiten. Wenn es schön ist, daß Nächte oder Winter die Tags- oder Jahreszeiten der Freude ziemlich weit auseinanderhalten, wenn es

z. B. schön ist, daß man nicht den Geburts-, Namens-, Verlobungs-, Hochzeit- und Tauftag auf *einem* Tage erlebt – denn bei den wenigsten fällt z. B. *Hochzeit-* und *Tauftag* wie Fest- und Aposteltag zusammen –: so ist's noch schöner, den Zwischenraum, die Blumenrabatte zwischen Verlobung und Hochzeit außerordentlich weit zu machen. Vor dem Hochzeittag sind die wahren Honigwochen – dann kommen die Wachswochen – dann die Honigessigwochen.

Im neunten Zettelkasten schlägt der Pfarrer schon sein Brautbette auf – und ich will hier im achten nur kurz darüber wegfahren, wie es ihm bis dahin erging: natürlicherweise himmlisch genug. Es glückt wenigen so wie ihm, schon vor der Hochzeit so große Flügel und so große Blumen (auf die er fliegen kann) zu haben, es glückt wenigen, denk ich, Mehl und Geflügel selber einzukaufen auf den besagten Tag, wie Fixlein tat – den Vermählungs-Truthahn mit Henkersmahlzeiten zu stopfen – alle Abende in den Stall zu gehen, um nachzusehen, ob das hochzeitliche Schwein, womit der Vormund das Hochzeitgeschenk gemacht, noch steht und frisset – der künftigen Frau die Flachs-Kammern und Kleiderschrank-Nischen auszusuchen im Hause – neue Lagerbäume (nicht Lagerbier) im Pfarrkeller einzulegen Winters wegen – vom Konsistorium sogleich und für weniges Sündengeld die Dispensationsbulle, nämlich den Nachlaß der dreimaligen Proklamation, in die Tasche zu bekommen – in keiner Stadt zu wohnen, wo man zu jedem Narren (weil man selber einer ist) schicken muß, um ihm zu eröffnen, man lasse sich kopulieren, sondern in einem winzigen Dörfchen, wo man niemand etwas zu berichten hat als dem Schulmeister, damit er später läute und einen Kniepolster ans Altargeländer breite. – –

O wenn der Ritter Michaelis behauptet hat, das Paradies wäre klein gewesen, damit sich die Menschen nicht auseinander verliefen: so ist ja ein Dorf und seine

Freude klein und eng, damit doch ein etwanniger Nachriß von Eden noch auf unserer Kugel stehe. – –
Ich habe es nicht einmal angeführet, daß tags vor der Hochzeit der Regimentsquartiermeister ungerufen kam und das Schwein abstach und gratis Würste machte, wie man noch an keinem Hofe aß.
Und doch, lieber Fixlein, schwamm auf diesem lindernden fetten Freudenöl oben auf noch umsonst eine Frühlingssonne – und Abendröten – und Blumenketten – und eine halbe berstende Knospen-Welt! . . .
Wie benahmst du dich in diesen heißen Strudeln der Lust? – Du bewegtest deinen Fischschwanz (die Vernunft) und schriebest dir damit eine rechtläufige Bahn durch die Wogen vor. Denn schon halb soviel würde einen andern Pfarrer aus seiner Studierstube fortgerissen haben; aber eben was unsern so beglückte, war der Grenzhügel der Mäßigkeit, auf dem er wie eingewurzelt verblieb und von da herab erblickte, was tausend andere verscherzen. Er war, den Schloßfenstern gegenüber, doch imstande, es auszuzählen, daß Amen in der Bibel hundertunddreißigmal vorkomme. Ja er stieß an sein altes gelehrtes Laboratorium noch einen neuen chemischen Ofen an: er wollte nach Nürnberg und nach Bayreuth an die Senftischen Gebrüder schreiben und ihnen seine Feder antragen, sowohl für die Kalender-Praktika hinten als für einzelne Aufsätze vornen unter jedes Monatskupfer, weil er in die Denkungsweise des gemeinen Mannes reformierend einzugreifen willens war. . . . Und da er jetzt als Pfarrer weniger zu tun hatte und an den heiligen Ruhetag der Gemeinde sechs literarische Schöpfungstage schließen konnte: so wollt' er (schon in diesen Faschingswochen) in die noch ganz brachliegende Landesgeschichte von Hukelum seinen Pflug einsetzen und mit der Säemaschine nachkommen. . . .
So rollen seine Minuten auf lauter Glücksrädern über die zwölf Tage, die der blinkende, mit kleinen Glücks-

sternen (statt Glückssonnen) musivisch ausgelegte Himmelsweg zum dritten Himmel des dreizehnten sind, d. h. zum

Neunten Zettelkasten

oder zur Hochzeit.

Geh auf, schöner Himmelfahrts- und Hochzeittag, und erfreue auch Leser! Schmücke dich mit dem reinsten Juwel, mit der Braut, deren Seele so rein und glänzend ist wie ihre Hülle, so wie zugleich die Perle und die Perlenmuschel schimmern und putzen! – Und so dringt jeder Leser über das blühende Spalier, dessen Frucht-hecke bisher unsern Liebling von seinem Eden trennte, hinter ihm nach! –

Den 9ten Mai 1793 morgens um drei Uhr fuhr wie ein Lichtstrahl ein helles Posthorn-Geschmetter durch die graue und dunkelrote Maien-Nacht: zwei gewundene Hörner starreten zwischen *einer* steifen Trompete, wie Fragezeichen zwischen Ausrufungszeichen, aus einem Hause heraus, worin nur ein Beichtsohn (nicht der Beichtvater) wohnte und anblies: das Beichtkind hatte nämlich die Hochzeit, die der Seelenhirt heute vorhatte, gestern gehalten. Der freudige Wildruf trieb den Pfarrer aus dem breiten Bette – und den Pudel unten hervor, der schon seit einigen Wochen aus dem gleißend-gewaschenen Deckbette vertrieben war –, und zwar so frühe, daß er im abspiegelnden Betthimmel, in dem er bisher jeden Morgen sein rotes Gesichtchen und sein Bett-Weißzeug observierte, alles nur dunkel und getuscht sehen konnte.

Ich gesteh es, die neu-getünchte Stube und ein Abfärben des Morgenrots an der Wand machten es hell genug, daß er seine Beinkleiderschnallen konnte schimmern sehen. Er weckte darauf seine Mutter leise – die

Gäste sollten eben noch lange in ihren Federn bleiben –, und diese hatte die Stadtköchin zu wecken, die, wie mehrere Hochzeitmöblen, der Stadt auf wenige Tage abgeliehen war. Er pochte vergeblich an zwei Türen ohne Antwort: denn alles stand schon unten am Herde und kochte und schürte und ordnete.

O wie erquickend legt allmählig der Frühlingstag den Nonnenflor zurück, und die Erde hellet sich auf, als wär' es der Morgen einer Auferstehung. – Die Queck-silber-Säule des Barometers, die führende Feuer-Säule der Wetter-Propheten, ruhet fest über Fixleins Bundes-lade. – Die Sonne hebt sich rein und kühl ins Morgen-blau, statt ins Morgenrot. – Die Zugschwalben schießen kreuzend statt der Wolken durch die klingende Luft. ... O der gute Genius des schönen Wetters, der mehrere Tempel und Festtage verdient (weil wir ohne ihn keine Feste haben), hob einen ätherreinen himmelblauen Tag gleichsam aus der quellenklaren Atmosphäre des Mondes aus und ließ ihn mit blauen Schmetterlingsschwingen – als wär's ein *blauer* Montag – unter der Sonne schillernd im Zickzack des wollüstigen Niederzitterns auf den engen Raum der Erde niedersinken, den jetzt unsere feurigen Phantasien beschauen. ... Und auf dem frühlingshellen Raum stehen in Blumen, auf die die Bäume Blüten statt der Blätter niederschütteln, eine Braut und ein Bräutigam. ... Glücklicher! wie will ich dich malen, ohne die Seufzer der Sehnsucht in den schönsten Seelen zu vermehren? – –

Aber gemach! wir wollen den Zauberkelch der Phantasie nicht schon um sechs Uhr austrinken, sondern nüchtern bleiben bis gegen Abend!

In der Frühe des Gebetläutens ging der Bräutigam, weil das Getöse der Zurüstungen sein stilles Beten aufhielt, in den Gottesacker hinaus, der (wie an mehrern Orten) samt der Kirche gleichsam als Pfarrhof um sein Pfarrhaus lag. Hier auf dem nassen Grün, über dessen geschlossene Blumen die Kirchhofsmauer noch breite

Schatten deckte, kühlte sich seine Seele von den heißen Träumen der Erde ab: hier, wo ihm die weiße Leichenplatte seines Lehrers wie das zugefallene Tor am Janustempel des Lebens vorkam, oder wie die nach der stürmischen Erde gekehrte Wetterseite der letzten Behausung, hier, wo ihm das aufgesprungene metallene Türchen am gegitterten Kreuze seines Vaters die Inschriften des Todes und das Sterbejahr seines Vaters aufdeckte und alle darunter ins Blech geätzten Ermahnungen zu ernsthaften Gedanken – da, sag ich, wurde er weicher und ernster, als andere an diesem Tage werden, und verrichtete seine Morgenandacht, die er sonst las, auswendig und bat Gott, ihn zu segnen in seinem Amte und seiner Mutter das Leben zu fristen und zu seinem heutigen Vorhaben sein Gedeihen zu geben. – Dann ging er über die Gräber hinauf in sein zaunloses Winkel-Blumengärtchen und drückte, beruhigt und auf die göttliche Obhut vertrauend, die Stäbe seiner Tulpen tiefer in die mürbe Erde ein.

Aber als er ins Haus kam: traf er alles im Schellengeläute und in der Janitscharenmusik der hochzeitlichen Freude an – alle Hochzeitgäste hatten die Nachtmützen heruntergetan und tranken sehr – es wurde geplappert, gekocht, frisiert – Tee-Servicen, Kaffee-Servicen und warme Bier-Servicen zogen hintereinander, und Suppenteller voll Brautkuchen gingen wie Töpfers-Scheiben und Schöpfräder um. – Der Schulmeister probierte aus seinem Hause mit drei Jungen ein Arioso herüber und wollte nach dem Ende der Singstunde seinen Vorgesetzten damit überraschen. – Aber dann fielen alle Arme der schäumenden Freudenströme ineinander, als die mit Herzen und Vexierblumen behangene Himmelskönigin, die Braut, auf die Erde niederkam voll zaghafter Freude, voll zitternder demütiger Liebe – als die Glocken anfingen – als die Marschsäule ausrückte – als sich das Dorf noch eher zusammenstellte – als die Orgel, die Gemeinde, der Konfrater und die Spatzen an den Bäumen der Kirchenfenster die Wirbel auf der Heerpauke des Jubelfestes immer länger schlugen ... Das Herz wollte dem singenden Bräutigam vor Freude aus der Weste hüpfen, »daß es bei seinem Brauttage so ordentlich und prächtig hergehe«. – Bloß unter dem Kopulieren konnt' er ein wenig beten.

Noch ärger und lauter wurde alles unter dem Essen, als Pasteten und Marzipandevisen aufgemacht wurden – als Gläser und krepierte Fische (unter der Serviette, um die Gäste zu erschrecken) herumgingen – und als die Gäste aufstanden und selber herumgingen und endlich herumtanzten: denn es war Instrumentalmusik aus der Stadt da.

Eine Minute übergab der andern die Zucker-Streubüchse und das Flaschenfutter der Lust – die Gäste hörten und sahen immer weniger, und die Beichtkinder fingen immer mehr an zu hören und zu sehen und trieben sich gegen Abend wie einen Keil in die offne Pfarrtüre – ja zwei Jungen wagten es sogar, mitten im Pfarrhofe auf einem Brette, das quer über einem Zimmerbalken lag, sich auf- und niederzuschaukeln. – Der glimmende Nebel der zergangnen Sonne umrang draußen die Erde, der Abendstern blinkte über dem Pfarr- und Kirchhofe, niemand bemerkte es.

Inzwischen gegen neun Uhr hin – als schon die Hochzeitleute die Brautleute vergaßen und allein forttranken oder forttanzten, als die armen Menschen in diesem Sonnenschein des Schicksals, wie die Fische im andern, aus ihrem naßkalten Elemente aufschnalzten, und als der Bräutigam unter dem Stern des Glücks und der Liebe, der wie ein Komet einen langen Schweif durch seinen Himmel warf, insgeheim seine mit ausgetrunknen Freudenbechern angefüllte Brust an seine Braut und an seine Mutter angedrücket hatte – – da riegelte er einen Schnitt Hochzeitbrod verstohlens in einen Wandschrank ein, in der alten abergläubigen

Hoffnung, daß dieses Überbleibsel für die ganze Ehe Brod verbürge. Da er zurückkam mit größerer Liebe für die ewige Genossin seines Lebens: so begegnete ihm diese mit seiner Mutter, um ihm allein den Bräutigamsschlafrock und das Bräutigamshemde nach alter Sitte zu schenken. Manche Gesichter erblassen in heftigen Rührungen, selber in freudigen: Thiennettens Wachsgesicht lag auf dieser Wachsbleiche unter der Sonne des Glücks. O falle niemals ab, du Lilie des Himmels, und vier Frühlinge statt der vier Jahrszeiten schließen deine Blütenglocken der Sonne auf und zu! – Alle Polypenarme seiner Seele zuckten schwimmend auf dem Freudenmeer und wollten das zarte warme Herz der Geliebten umringen und es fest und weich umstrickt in seines ziehen. ...

Er führte sie aus dem schwülen Tanzsaal in den kühlenden Abend. Warum legt der Abend, warum die Nacht heißere Liebe in unser Herz? Ist's der nächtliche Druck der Hülflosigkeit, oder ist's die erhebende Absonderung aus dem Lebensgewühle, die Verhüllung der Welt, worin der Seele nichts mehr bleibt als Seelen, ist's darum, weswegen die Buchstaben, womit der geliebte Name in unserem Innern steht, gleich als wären sie Phosphor-Schrift, zu Nachts *brennend* erscheinen, indes sie am Tage nur im *bewölkten* Umriß rauchen? –

Er ging mit seiner Braut in den Schloßgarten: sie eilte schnell durch das Schloß und vor dessen Gesindstube vorüber, wo die schönen Blumen des Jugendlebens unter einem langen Druckwerk breit und trocken gepresset wurden, und ihre Seele tat sich groß und atmend im freien offnen Garten auf, in dessen Blumenerde das Schicksal den ersten Blumensamen ihres heutigen Lebensflores ausgeworfen hatte. Stilles Eden! Grünes, mit Blüten zitterndes Helldunkel! – Der Mond ruht unter der Erde wie ein Toter; aber jenseits des Gartens sind der Sonne helle rote Abendwolken wie

Rosenblätter abgefallen, und der Abendstern, der Brautführer der Sonne, schwebt wie ein glänzender Schmetterling über dem Rosenrot und nimmt, bescheiden wie eine Braut, keinem einzigen Sternchen sein Licht.

Die zwei Menschen kamen an die alte Gärtners-Hütte, die zugeschlossen und stumm mit finstern Stuben im lichten Garten stand, wie eine Vergangenheit in der Gegenwart. Entblößtes Gezweig der Bäume verschränkte sich mit fetten halben Blättern über dem dichten, sich durchgreifenden Laubwerk der Stauden. – Der Frühling stand als Sieger neben dem zu Füßen liegenden Winter. – Im blauen Teiche ohne Blut war ein dunkler Abendhimmel ausgegraben, und sein Abfluß wässerte rauschend die Beete. – Die Silberfunken der Sternbilder sprangen auf dem Altare des Morgens auf und fielen erloschen in das rote Meer des Abends nieder. – –

Der Wind schwirrte wie ein Nachtvogel *lauter* durch die Bäume und gab der Akazienlaube Töne, und die Töne riefen den Menschen, die in ihr einstmals glücklich wurden, zu: »Trete herein, neues Menschenpaar, und denk an das, was vergangen ist, und an mein Verwelken und an deines, und sei heilig wie die Ewigkeit, und weine nicht bloß vor Freude, sondern auch vor Dankbarkeit!« – Und der Weinende zog die Weinende unter die Blüten und legte seine Seele wie eine Blume an ihr Herz und sagte: »Beste Thiennette, ich bin unaussprechlich glücklich und möchte viel reden und kann doch nicht – ach, du Teuere, wir wollen wie Engel wie Kinder zusammenleben. – Wahrlich alles will ich tun, was dich freuet; vor zwei Jahren hatt' ich ja nichts, gar nichts, ach durch dich, du Liebe, bin ich so glücklich. – Ich sage nun du, du, du liebe Seele!« – Sie zog ihn enger an sich und sagte, wiewohl ohne ihn zu küssen: »Sagen Sie nur du, Teuerster!«

Und als sie wieder aus der heiligen Laube in den ma-

gisch-dunkeln Garten traten, nahm er den Hut ab, erstlich um innerlich Gott zu danken, und zweitens weil er in den unaussprechlich-schönen Himmel schauen wollte.
Sie kamen vor dem rauschenden leuchtenden Hochzeithause an; aber ihre erweichten Herzen suchten Stille auf, und fremdes Anstreifen störte, wie am blühenden Wein, die Blumen-Vermählung der Seelen: sie kehrten lieber wieder um und wandten sich in den Gottesacker hinauf, um ihre Rührungen zu bewahren. Groß stand auf Gräbern und Bergen die Nacht vor dem Herzen und machte es groß. Über dem *weißen* Turm-Obeliskus ruhte der Himmel *blauer* und *dunkler*, und hinter ihm flatterte der abgedorrte Gipfel des niedrigern Maienbaums mit entfärbter Fahne. Da erblickte der Sohn das Grab seines Vaters, auf dem der Wind die kleine Türe des metallenen Kreuzes knarrend auf- und zuschlug, um das auf Messing eingeätzte Jahr seines Todes lesen zu lassen. – – Eine heiße Wehmut ergriff mit heftigen Tränenströmen sein losgerissenes Herz und trieb ihn an den verfallenen Hügel, und er führte seine Braut an das Grab und sagte: »Hier schläft er, mein guter Vater – schon im zweiunddreißigsten Jahre ging er hier ein zur ewigen Ruhe. – O du guter, teuerer Vater, könntest du doch heute die Freude deines Sohnes sehen wie meine Mutter! – Ach du bester Vater, deine Augenhöhle ist leer und deine Brust voll Asche, und du siehst uns nicht.« – Er verstummte. – Die bedrängte Braut weinte laut, sie sah die morschen Särge ihrer Eltern aufgehen und die zwei Toten sich aufrichten und sich umschauen nach ihrer Tochter, die so lange von ihnen verlassen auf der Erde blieb. – Sie stürzte an sein Herz und stammelte: »O Teuerer, ich habe weder Vater noch Mutter, verlaß mich niemals.«
O du, der du noch einen Vater oder eine Mutter hast, danke Gott an dem Tage dafür, wo deine Seele voll

Freudentränen ist und eine Brust bedarf, an der sie sie vergießen kann. ...
Und mit dieser edeln Umarmung am Grabe eines Vaters schließe sich heilig dieser Freudentag! –

Zehnter Zettelkasten.

Der Thomas- und Geburtstag.

Der Autor ist eine Art Bienenwirt für den Leser-Schwarm, dem zu Gefallen er die Flora, die er für ihn hält, in verschiedene Zeiten verteilt und die Aufblüte mancher Blumen hier beschleunigt, dort verschiebt, damit es in allen Kapiteln blühe. –
Die Göttin der Liebe und der Engel des Friedens führten das Ehepaar auf Steigen, die über volle Auen liefen, durch den Frühling und auf Fußpfaden, die in hohen Kornfeldern verborgen waren, durch den Sommer – und der Herbst streuete ihnen, als sie auf den Winter losgingen, seine marmorierten Blätter unter. Und so kamen sie an vor der niedrigen dunkeln Pforte des Winters, voll Leben, voll Liebe, zuversichtlich, zufrieden, gesund und rot.
Am Thomastag hatte Thiennette wie der Winter ihren Geburtstag. Wir wollen gerade, wenn in der nahen Kirche das Singen aufhört, um $9^1/_4$ in das Pfarrhaus durch die Fenster gucken. – – Es ist nichts darin außer die alte Mutter, die den ganzen Tag, weil sie der Sohn außer Arbeit und zur Ruhe gesetzt, herumschleicht und bohnt und bügelt und scheuert und wischt; – jedes gelockte Stuhlbein und jeder Messingnagel des in Wachstuch gekleideten Tisches gleißet; – alles hängt, wie bei allen Eheleuten ohne Kinder, am rechten Platze, Bürste und Fliegenklatsche und Kalender; – die Sessel sind von der Stuben-Polizei in ihre verjährten Winkel ver-

teilt; – ein mit dem Diadem oder der Schärpe eines himmelblauen Bandes umwickelter Flachsrocken steht am Ritterbette, weil heute am halben Feiertage gesponnen werden kann; – die bänderbreiten Papierabschnitzel, worauf Predigt-Dispositionen kommen, liegen weiß neben den zugeschnittenen Predigten selber, nämlich neben den Oktav-Heften dazu, denn der Pfarrer und sein Arbeitstisch sind der Kälte wegen aus der Studier- in die Wohnstube heruntergezogen; – seine große Muff-Wamme hängt neben dem reinen Bräutigamsschlafrock – was wir in der Stube vermissen, ist bloß *er* und *sie*. Denn er predigte sie heute in die bloße Aposteltagskirche hinein, damit ihre Mutter ohne Zeugen – außer die paar tausend Leser, die mit mir ins Fenster sehen – die Proviantbäckerei und den ganzen Küchenwagen des Geburtsfestes beschicken und das beste Tischzeug und Eingemachte ungesehen auftragen könnte.

Der Seelensorger hielt es für keine Sünde, die Kirchleute so lange zu ermahnen und aufzurichten und zu bedrohen, bis er dachte, die Suppe dampfe über die Teller. Dann führte er die Neugeborne nach Hause und stellte sie plötzlich vor den Altar mit Speisopfer, vor einen süßen Buchdruckerstock aus Brodtorte, worauf ihr Name mit ächter *Mönchsschrift* aus Gaumbuchstaben von Mandeln eingebacken war. Im Hintergrunde der Zeit und der Stube verberg ich gleichwohl noch zwei – Flaschen Pontak. – Wie schnell werden am Strahle der Freuden deine Wangen reif, Thiennette, als dein Eheherr feierlich sagte: »Es ist heute dein Geburtstag, und der Herr segne dich und behüte dich und lasse sein Angesicht über dich leuchten und schenke dir zur Freude deiner Schwiegermutter und deines Mannes insbesondere ein glückliches fröhliches Kindbette, Amen!« – Und da Thiennette sah, daß die alte Frau alles dieses selber gekocht und aufgetragen hatte: so

fiel sie ihr um den Hals, als wenn es ihre Mutter gewesen wäre.
Rührung besiegt den Appetit. Aber Fixleins Magen war so stark wie sein Herz, und keine Art Bewegung wurde über seine peristaltische Herr. Getränk ist der Gelenksaft der Zunge, wie Essen ihr Hemmschuh. Aber früher, als bis er manches gegessen und gesagt hatte, schenkt' er nicht ein. Dann hob er die Teich-Docke von Kork aus der Bouteille und ließ den geistreichen Weiher ab. Die sieche Mutter eines noch in ihr Leben gehüllten Menschen heftete in der verlegnen Rührung ihre dankbaren Augen bloß auf die alte Frau und konnte kaum zanken, daß er ihrentwegen in die Stadt zum Weinhändler geschickt hätte. Er nahm in jede Hand für jede, die er liebte, ein Glas und reichte es der Mutter und der Frau und sagte: »Auf dein langes, langes Leben, Thiennette! – Und auf Ihr Wohlergehen, Mama! – Und auf eine recht glückliche Geburt unsers Kleinen, wenn mir Gott einen schenkt!« – »Mein Sohn,« sagte die Kunst-Gärtnerin, »aber auf dein langes Leben müssen wir hauptsächlich trinken, weil wir von dir erhalten werden. – Gott mache dich ja alt!« – fügte sie beklommen hinzu, und ihre Augen verrieten ihr Herz.
Ich habe nie von dem schrankenlosen Flattersinne des weiblichen Geschlechtes eine lebhaftere Vorstellung als zur Zeit, wo eine Frau den Engel des Todes unter ihrem Herzen trägt, und doch in den neun Monaten voll Todesanzeigen keinen größern Gedanken hat als den an ihre Gevattern und an das, was bei der Taufe gekocht werden soll. Aber du, Thiennette, hattest edlere Gedanken, obwohl jene auch mit. – Der noch eingehüllte Liebling deines Herzens ruhte vor deinen Augen wie ein kleiner, auf einen Grabstein gebildeter Engel, der mit seiner kleinen Hand immer auf dein Sterbejahr hinzeigte, und jeden Morgen und jeden Abend dachtest du mit einer Gewißheit des Todes, von

der ich die Gründe noch nicht weiß, daran, daß die Erde eine dunkle Baumannshöhle ist, wo das Menschenblut wie Tropfstein, indem es tropft, Gestalten aufrichtet, die so flüchtig blinken, und so früh zerfließen! – Und das war's eben, warum deine Tränen unaufhaltsam aus deinen sanften Augen quollen und alle deine ängstlichen Gedanken an dein Kind verrieten; aber du machtest den traurigen Erguß deines Herzens durch die Umarmung wieder gut, worin du mit neuer entzündeter Liebe an deinen Gatten fielest und sagtest: »Es gehe, wie es will, Gottes Wille geschehe, wenn nur du und mein Kind am Leben bleiben – aber ich weiß wohl, daß du mich, Bester, so sehr liebest wie ich dich.« ... Lege deine Hand, Mutter, voll Segen auf sie; und du, gutes Schicksal, ziehe deine niemals ab von ihnen! –

Ich stehe zwar voll Rührung und voll Glückwünsche neben dem Kusse zweier Freundinnen und neben der Umarmung von zwei tugendhaften Liebenden, und aus dem Feuer ihrer Altäre fliegen Funken in mich; aber was ist diese Erwärmung gegen die sympathetische Erhebung, wenn ich zwei Menschen, gebückt unter einerlei Bürden, verknüpft zu einerlei Pflichten, angefeuert von derselben Sorge für einerlei kleine Lieblinge, einander in einer schönen Stunde an die überwallenden Herzen fallen sehe! Und wenn es vollends zwei Menschen tun, die schon die Trauerschleppe des Lebens, nämlich das Alter, tragen, deren Haare und Wangen schon ohne Farbe, deren Augen ohne Feuer sind und deren Angesicht tausend Dornen zu Bildern der Leiden ausgestochen haben, wenn diese sich umfangen mit so müden alten Armen und so nahe am Abhange ihrer Gräber, und wenn sie sagen oder denken: »es ist an uns alles abgestorben, aber doch unsere Liebe nicht – o wir haben lange miteinander gelebt und gelitten, nun wollen wir auch zugleich dem Tode die Hände geben und uns miteinander wegführen lassen«:

– – so rufet alles in uns aus: o Liebe, dein Funke ist über der Zeit, er glimmt weder an der Freude noch an der Rosenwange, er erlischt nicht, weder unter tausend Tränen noch unter dem Schnee des Alters noch unter der Asche deines – Geliebten. Er erlischt nie; und du Allgütiger, wenn es keine ewige Liebe gäbe, so gäb' es ja gar keine! . . .

Dem Pfarrer ward es leichter als mir, sich einen Übergang vom Herzen zum Magen zu bahnen. Er trug jetzt Thiennetten, deren Stimme sich sogleich erheiterte – indes ihr Auge einmal ums andere zu glänzen anfing –, sein Vorhaben vor, das Frostwetter zu benützen und soviel ins Haus einzuschlachten, als sie haben: »Das Schwein kann kaum mehr aufstehen«, sagt' er und bestimmte den Entschluß der Weiber, ferner den Metzger und den Tag und die Zahl der Schlachtschüsseln: er besprach alles mit einer Pünktlichkeit, mit der die Kriegsinnung (welche den *Trokar* der überfüllten Menschheit, nämlich das Marsschwert ansetzt) einen Tag vorher zu Werke geht, ehe sie eine Provinz ins Hatz- und Schlachthaus treibt.

Darauf fing er an, ganz froh über Winters-Anfang, der heute um acht Uhr zweiundzwanzig Minuten morgens eingetreten war, zu tun und zu reden, »weil es doch wieder«, sagt' er, »stark aufs Frühjahr losgehe, und man morgen nicht so viel Licht verbrennen dürfe als heute«. Die Mutter fiel ihn zwar mit dem Gewehr ihrer fünf Sinne an; aber er hielt ihr die astronomischen Tabellen entgegen und bewies, die Zunahme des Tages sei ebenso unleugbar als unmerkbar. Letzlich fragte er wie die meisten Amt- und Eheleute nichts darnach, ob ihn seine Weiber fasseten oder nicht, und benachrichtigte sie in juristisch-theologischer Einkleidung: »heute nachmittags schieb' er's nicht mehr auf, sondern halte beim hochpreislichen Konsistorium, welches jus circa sacra habe, um einen neuen Knopf für den Kirchturm an, um so mehr, da er bis auf das Früh-

jahr eine reichliche milde Beisteuer von der Parochie herausgebettelt zu haben verhoffe.« – »Wenn uns Gott den Frühling erleben lässet (setzte er äußerst fröhlich hinzu) und du glücklich niederkommst: so könnt' ich alles so disponieren, daß der Knopf gerade aufgesetzet würde, wenn du deinen Kirchgang hieltest, Alte!«
Darauf rückte er den Stuhl leicht vom Schenk- und Nachtisch an den Arbeitstisch und versaß den halben Nachmittag an der Supplik um den Turmknauf. Da er noch ein wenig Zeit bis zur Dämmerung hatte, so setzte er das Arbeitszeug an sein neues gelehrtes Opus an. Es stand nämlich bei Hukelum im Schnee draußen ein Zehntel von einem alten Raubschloß, das er im Herbste alle Tage wie ein revenant besucht hatte, um es auszuklaftern, ichnographisch zu silhouettieren, jeden Fensterstab und jeden restierenden Anwurf desselben genau zu Papier zu bringen. Er glaubte, er hoffe nicht zuviel, wenn er dadurch – und durch einige Zeichnungen der weniger steil- als waagrechten Mauern – seinem »Architektonischen Briefwechsel zweier Freunde über das Hukelumische Raubschloß« jene letzte Hand und Reife zu erteilen meine, die Rezensenten zufriedenstellet. Denn er hatte gegen die kritischen Reichsgerichte der Rezensenten nichts von derjenigen Verachtung, die einige Schriftsteller wirklich besitzen – oder nur affektieren wie z. B. ich. Aus dem umgefallenen Raub-Louvre wuchsen für ihn mehr Freudenblumen als sonst vielleicht aus dem aufrechtstehenden für den Eigner.
Es ist meines Wissens noch eine unbekannte Anekdote, daß alles dieses niemand zu verantworten hat als *Büsching*. Fixlein stöberte unlängst in dem Kirchenbriefgewölbe ein Handschreiben auf, worin der Geograph sich Spezialberichte vom Dorfe ausbat. Büsching erwischte freilich nichts – daher mangelt wirklich das ganze Hukelum noch seiner Erdbeschreibung –; aber dieser verpestete Brief steckte Fixleins Herz mit dem

anhaltenden Frühlingsfieber der Ruhmsucht an, so daß sein pulsierendes Herz nur mit dem Lukaszettel einer Rezension zu stillen und zu halten war. Mit der Schriftstellerei ist's wie mit der Liebe: man kann beide Jahrzehende lang zugleich begehren und entraten; ist aber einmal der erste Funke von ihnen in dein Pulverlager gefallen: dann brennt's fort bis ans Ende.

Bloß Winters-Anfang wegen mußte heute eine besonders warme Stube gemacht werden, die er wie große Müffe und Bärenmützen mehr liebte, als man dachte. Die Dämmerung, dieses schöne Chiaroscuro des Tages, diesen farbigen Vorgrund der Nacht, dehnte er so lang wie möglich aus, um darin auf Weihnachten zu – studieren; und doch konnt' es seine Frau ohne Bedenken wagen, ihm gerade, wenn er mit dem umgehangenen Säetuch voll göttlichen Worts-Samen die Stube auf und ab ging, einen Löffel voll Bieressig vorzuhalten, damit er ihn dem Gaumen anprobierte, ob er abzugießen sei von der Essigmutter. Ließ er denn nicht sogar, ob er gleich Rögner lieber speiste, allemal einen Milchner aus der Heringstonne ziehen, nur der geliebten Frau wegen? –

Jetzt kam Licht; und da gerade der Winter seine Glasmalerei auf den Scheiben anfing, seine Eis-Blumenstücke und seinen Schnee-Baumschlag: so sah der Pfarrer, es sei Zeit, etwas Kaltes zu lesen, was er seine kalte Küche nennte, nämlich die Beschreibung eines entsetzlich-frostigen Landes. Dasmal war's die Wintergeschichte der vier russischen Matrosen auf Nova Zembla. Ich meines Orts hefte im Sommer, wenn der wühlende Zephyr Blütenglocken aufbläht, die Landkarten und Aufrisse von Welsch- und Morgenland noch als neue Landschaften an die, worin ich sitze. Und doch nahm er heute noch die Stadtchronik von Flachsenfingen zur Hand, um mitten unter den Schüssen, Pestilenzen, Hungersnöten, Kometen mit langen Schärpen und dem Rauschen aller Höllenflüsse des dreißigjährigen

Kriegs mit *einem* Ohre nach der Gesindestube hinzuhören, wo man den Krautsalat für seinen Entenbraten zerschneidet.
Gute Nacht, Alter! ich bin matt. Der gute Himmel schicke dir im Frühjahr 1794, wenn die Erde ihre Menschen wie kostbare Nachtraupen auf Blättern und Blumen herumträgt, den neuen Turmknopf und einen dikken wohlgestalteten – Buben dazu!

Eilfter Zettelkasten.

Frühling – Investitur – und Niederkunft.

Ich stehe von einem wunderbaren Traume auf; aber der vorige Kasten macht ihn natürlich. Mir träumte: alles grüne – alles dufte – ich schaue nach einem unter der Sonne blitzenden Turmknopf hinaus, ruhend im Fenster eines weißen Gartenhäuschens, die Augenlider voll Blumenstaub, die Achseln voll dünne Kirschenblüten, die Ohren voll Gesumse des benachbarten Bienenstandes. – Darauf trete langsam zwischen die Rabatten der hukelumische Pfarrer und steige ins Gartenhaus und sage feierlich zu mir: »Wohlgeborner Herr, eben ist meine Frau von einem Knäblein entbunden worden, und ich unterfange mich, Dieselben zu bitten, an solchem das heilige Werk zu verrichten, wenn es in den Schoß der Kirche aufgenommen wird.« –
Ich fuhr ganz natürlich auf, und der – Pfarrer Fixlein stand noch leibhaftig neben meinem Bette und bat mich zu Gevatter: denn Thiennette war heute nachts um 1 Uhr niedergekommen. Die Geburt war darum so glücklich als wie in einem Gebärhause vorübergegangen, weil der Vater schon etliche Monate darauf gedacht hatte, den sogenannten Klapperstein, der im Horste des Adlers gefunden wird, beizuschaffen und

Geburtshülfe damit zu leisten: denn dieser Stein verrichtet in seiner Art alles, was die Mütze eines alten Minoriten in Neapel, von dem Gorani erzählt, an solchen Kreißenden erzwingt, die sie aufsetzen. ...
– Ich könnte den Leser noch länger kränken; aber ich lasse willig nach und decke ihm die Sachen auf.
Einen solchen Mai wie den diesjährigen (von 1794) hat die Natur bei Menschengedenken nicht – angefangen: denn wir haben erst den funfzehnten. Leute von Einsichten mußten sich seit Jahrhunderten jedes Jahr einmal ärgern, daß die deutschen Sänger Mailieder machten, da andere Monate eine poetische Nachtmusik weit eher verdienen; und ich bin oft so weit gegangen, daß ich den Sprachgebrauch der Marktweiber angriff und statt Maibutter Juniusbutter sagte, desgleichen nur Junius-, März-, Aprillieder. – Aber du, diesjähriger Mai! verdienest alle Lieder auf deine rauhen Namensvettern auf einmal! – Beim Himmel! wenn ich jetzt aus der gaukelnden helldunkeln Akazienlaube des Schloßgartens, in der ich dieses Kapitel schreibe, heraustrete in den weiten lebendigen Tag und zum wärmenden Himmel aufsehe und über seine unter ihm aufquellende Erde: so tut sich vor mir der Frühling wie ein volles kräftiges Gewitter mit einem blauen und grünen Glanze auf. – Ich sehe die Sonne am Abendhimmel in Rosen stehen, in die sie ihren Strahlenpinsel, womit sie heute die Erde ausgemalet, hineinwirft – und wenn ich mich ein wenig umsehe in ihrer Gemäldeausstellung: so ist ihre Schmelzmalerei auf den Bergen noch heiß – auf dem nassen Kalk der nassen Erde trocknen die Blumen mit Saftfarben gefüllt, und an den Bächen die Vergißmeinnicht mit Miniaturfarben – unter die Glasur der Ströme hat die Malerin ihr eignes Auge gefasset, und die Wolken hat sie wie ein Dekorationsmaler nur mit wilden Umrissen und einfachen Farben gezeichnet; und so steht sie am Rande der Erde und blickt ihren großen, vor ihr stehenden Frühling an, dessen

Faltenwurf Täler sind, dessen Brustbouquet Gärten und dessen Erröten ein Frühlingsabend ist und der, wenn er sich aufrichtet, der – Sommer wird.

Aber weiter! In jedem Frühling – und in einem solchen gar – geh ich zu Fuße den Zugvögeln entgegen und verreise den hypochondrischen Bodensatz des Winters. Ich glaube aber nicht, daß ich nur den Turmknopf von Hukelum, der in einigen Tagen abgehoben wird, geschweige die Pfarrleute gesehen hätte, wär' ich nicht beim flachsenfingischen Superintendenten und Konsistorialrat gewesen. Bei diesem kundschaftete ich Fixleins Lebenslauf – jeder Kandidat muß seinen an das Konsistorium liefern – und sein noch tolleres Bittschreiben um den Turmgiebel aus. Ich ersah mit Vergnügen, wie lustig der Kauz in seinem Entenpfuhl und Milchbad von Leben schnalze und plätschere – und nahm mir die Reise zu seinem Ufer vor. Es ist sonderbar, d. h. menschlich, daß wir originelle Menschen und originelle Bücher das ganze Jahr lang wünschen und preisen: haben und sehen wir sie aber, so erzürnen sie uns – sie sollen uns ganz anstehen und schmecken, als ob das eine andere Originalität könnte als unsere eigene.

Es war Sonnabends, den dritten Mai, daß ich, der Superintendent, der Senior capituli und einige weltliche Räte aufbrachen und einstiegen und uns in zwei Wägen vor die Haustüre des Pfarrers bringen ließen. Die Sache war: er war noch nicht – *investieret*, und morgen sollt' er's werden. Ich dachte nicht, als wir am weißen Spalier des Schloßgartens vorbeifuhren, daß ich darin ein neues Werkchen schreiben würde.

Ich sehe den Pfarrer noch in seinem Perücken-Grauwerk und Kopfgehäuse an die Wagentüre anspringen und uns herausziehen – so lächelnd – so verbindlich – so eitel als aufmerksam auf die herausgezogne Fracht. – Es schien, als hätt' er den *Reiseflor* des Schmerzes auf der Lebensreise gar niemals umgenommen – und Thiennette schien ihren niemals zurückgeschlagen zu haben. Wie war alles im Hause so nett, aufgeschmückt und poliert! Und doch so still, ohne das verdammte Sturmläuten der Bedientenglocken und ohne die faulen Trommelbässe des Treppen-Pedalierens! – Indes die Herren im obern Zimmer anständig saßen, zog ich nach meiner Art wie ein Geruch im ganzen Hause herum, und mein Weg führte mich durch die Wohnstube, über die Küche und endlich in den Kirchhof am Hause. Guter Sonnabend, ich will deine Stunden, so gut ich kann, mit schwarzem Judenpech von Dinte in die Uhrblätter fremder Seelen zeichnen! – In der Wohnstube hob ich vom Schreibtisch einen an Rücken und Ecken vergoldeten Band mit dem Rückendekret: »Heilige Reden von Fixlein, erste Sammlung« auf – und da ich nach dem Druckort sehen wollte, war die heilige Sammlung geschrieben. Ich fühlte die Schreibspuhlen an und tunkte in die Negerschwärze der Dinte ein – und ich befand, daß alles ganz gut war: bei herumfliegenden Gelehrten, die nur ein Departement der auswärtigen Angelegenheiten haben und keines der innern, ist außer einigen andern Dingen nichts schlechter als Dinte und Federn. Auch fand ich eine Kupferplatte, auf die ich wieder zurückkommen werde. –

In der Küche, die man zum Schreiben eines englischen Romans nicht nötiger hat wie zum Spielen eines deutschen, konnt' ich mich neben Thiennetten stellen und mit schüren helfen und in ihr Gesicht und in ihr Kochfeuer zugleich sehen. Ob sie gleich in der Ehe war, wo weiße Rosen auf den Wangen zu roten werden – worin die Mädchen einem Gleichnis in der Note[17] gleichen –, und obgleich das Bratenholz eine erlogene Schminke auf sie warf: so erriet ich doch, wie blaß sie ungefähr sonst gewesen war, und meine Rührung über ihre Farbe stieg durch den Gedanken an ihre Bürde noch höher, die ihr heute nachts das Schicksal nicht so-

17. Dem Frühling nämlich, der mit weißen Schneeblumen anfängt, und mit Rosen und Nelken schließet.

wohl abgenommen als bloß in ihre Arme und näher an ihr Herz geleget hat. Wahrlich ein Mann muß nie über die mit einer Ewigkeit bedeckte Schöpfungsminute der Welt nachgesonnen haben, der nicht eine Frau, deren Lebensfaden eine verhüllte unendliche Hand zu einem zweiten spinnt, und die den Übergang vom Nichts zum Sein, von der Ewigkeit in die Zeit verhüllt, mit philosophischer Verehrung anblickt; – aber noch weniger muß ein Mann je empfunden haben, dessen Seele vor einer Frau in einem Zustande, wo sie einem unbekannten ungesehenen Wesen noch mehr aufopfert als wir den bekannten, nämlich Nächte, Freuden und oft das Leben, sich nicht tiefer und mit größerer Rührung bückt als vor einem ganzen singenden Nonnen-Orchester auf ihrer Sarawüste; und schlimmer als beide ist einer, dem nicht seine Mutter alle andere Mütter verehrungswürdig macht. –

»Es ist dir weiter nicht dienlich, arme Thiennette (dacht' ich), daß sich jetzt unter dem Vollgießen deines bittern Krankenkelches die lärmenden Feste häufen.« Die Investitur und die Knopf-Erhöhung meint' ich. Mein Rang, dessen Diplom der Leser in den *»Hundsposttagen«* eingeheftet findet und der sonst der ihrige war, hetzte mir ein Heer zurückhaltender, verlegner und schwankender Äußerungen von ihr auf den Hals, die ich mit Mühe zerstreuete, und womit allemal die Leute vor Höhern oder Niedern aufziehen, zu denen sie sonst gehört hatten. Ich konnte weder mit ihr noch mit ihm den Sonnabend und Sonntag recht ins Geleise kommen, bis die andern Herren fort waren. Die alte Mutter wirkte, wie dunkle Ideen, stark und fortdauernd, aber ohne sich zu zeigen: das wird durch ihre abgöttische Scheu vor uns erklärt und zum Teil durch einen stillen Kummer, der sich wie eine Wolke in ihr (wahrscheinlich über die Niederkunft ihrer Schwiegertochter) aufzog.

Ich kreuzte, solange das Mond-Achtel noch flimmerte,

auf dem Gottesacker herum und milderte meine Phantasien, die zu leicht mit dem Braun zerbröckelter Mumien malen, nicht nur durch das Abendrot, sondern auch durch die Erwägung, wie leicht unser Aug' und Herz sich sogar mit den Trümmern des Todes versöhne, eine Erwägung, zu der mir der pfeifende Schulmeister, der das Gebeinhaus auf morgen ordnete, und die singende Pfarrmagd verhalf, die Gräber abgrasete. Warum wollen wir uns diese Angewöhnung an alle Gestalten des Schicksals nicht auch auf die andere Welt von unserer Natur und von unserem Erhalter versprechen? – Ich blätterte die Leichensteine durch und denke noch jetzt, der Abergläubige[18] hat recht, der dem Lesen derselben Verlieren des *Gedächtnisses* beilegt: – allerdings *vergisset* man tausend Dinge dieser Erde .....

Die Investitur am Sonntage, dessen Evangelium vom guten Hirten auf den Aktus paßte, muß ich kurz abfertigen, weil alles Erhabene die Redseligkeit nicht leiden kann. Ich werde aber doch das Wichtigste mitgeteilet haben, wenn ich berichte, daß dabei getrunken wurde – im Pfarrhaus –, gepauket – im Chor –, vorgelesen – vom Senior die Vokation, vom weltlichen Rate das Ratifikationsreskript – und gepredigt – vom Konsistorialrate, der den Seelsorger nahm und ihn der Gemeinde und diese jenem präsentierte, gab und zusicherte. Fixlein fühlte, er gehe als ein Hoherpriester aus der Kirche, in die er als ein Landpfarrer gekommen war, und hatte den ganzen Tag nicht das Herz, einmal zu fluchen. Wenn der Mensch feierlich behandelt wird, so sieht er sich selber für ein höheres Wesen an und begeht sein Namensfest mit Andacht.

Dieses Aufdingen, diesen Klosterprofeß ordnen die geistlichen Oberrabbi und Logemeister – die Superintendenten – sonst gerne an, wenn der Pfarrer schon einige Jahre der Gemeinde vorgestanden ist, der sie ihn

18. Dieser christliche Aberglaube ist nicht blos ein rabbinischer, sondern auch ein römischer. Cicero de Senectute.

vorzustellen haben, wie die ersten Christen die Einweihung und Investitur zum Christentum, die Taufe, gern in den Tag ihres Todes verlegten; – ja ich glaube nicht einmal, daß die Investitur etwas von ihrem Nutzen verlöre, wenn sie und das Amtsjubiläum auf *einen* Tag aufgesparet würden, um so mehr, da dieser Nutzen ganz in dem besteht, was Superintendent und Räte teils schmausen, teils kriegen.

Erst gegen Abend lernten wir beide uns kennen. Die Investitur-Offizianten und Hebungsbedienten hatten nämlich den ganzen Abend sehr – geatmet. Ich meine so: da die Herren aus den ältesten Meinungen und neuesten Versuchen wissen mußten, Luft sei nichts als verdünntes, auseinandergeschlagenes Wasser: so konnten sie doch leicht erraten, daß umgekehrt Wasser nichts sei als eine dickere Luft. Und Weintrinken ist nichts als das Atmen einer zusammengekelterten, mit einigen Wohlgerüchen bestreueten Luft. Nun kann in unsern Tagen nicht genug (flüssiger) Atem von geistlichen Personen geholet werden durch den Mund, da ihre Verhältnisse ihnen das Atmen durch die *kleinern* Poren untersagen, das *Abernethy* unter dem Namen *Luftbad* so anempfiehlt: soll denn der Speiseschlund bei ihnen etwas anders sein als der Wand- und Türnachbar der Luftröhre, der *Mitlauter*, der Nebenschößling der letztern? – Ich verlaufe mich: ich wollte berichten, daß ich abends der nämlichen Meinung zugetan war, daß ich aber diese Luft oder diesen Äther nicht wie jene zum lauten Gelächter verbrauchte, sondern zum stillern Beschauen des Lebens. Ich ließ sogar gegen meinen Gevatter einige Reden schießen, die Gottesfurcht verrieten, welches er anfangs für Spaß nehmen wollte, weil er wußte, ich wäre von Hofe und Rang. Aber der Hohlspiegel des Weinnebels hing mir endlich die Bilder meiner Seele vergrößert und verkörpert als Geister-Gestalten mitten in die Luft hin. – Das Leben schattete sich mir zu einer eiligen Johannis-

nacht ein, die wir schießende Johanniswürmchen glimmend durchschneiden – ich sagte zu ihm, der Mensch müßte sich, wie die Blätter der großen Malve, in den verschiedenen Tagszeiten seines Lebens bald nach Morgen, bald nach Abend richten, bald in der Nacht gegen die Erde und gegen ihre Gräber zu – ich sagte, die Allmacht des Guten trieb' uns und die Jahrhunderte den Toren der Stadt Gottes zu, wie der Widerstand des *Äthers* nach *Euler* die umkreisende Erde der Sonne zuführt usw.
Er hielt mich dieses Einschiebessens wegen für den ersten Theologen seiner Zeit und hätte von mir, wenn er Kriege hätte anfangen müssen, vorher Gutachten eingeholt, wie sonst kriegführende Mächte von den Reformationstheologen. Ich verhalte mir aber doch nicht, das, was die Pfarrer Eitelkeit der Erde nennen, ist etwas ganz anders, als was die Philosophie so nennt. Als ich ihm vollends eröffnete, ich schämte mich nicht, ein Autor zu sein, sondern beschriebe dieses und jenes Leben, und ich hätte seine eigne Biographie beim Herrn Superintendenten zu Gesichte bekommen und wäre imstande, daraus eine gedruckte zu fertigen, falls er mir mit einer und der andern Fleischfarbe zu Hülfe kommen wollte: so war bloß meine Seide, die leider nicht bloß gegen das elektrische Feuer, sondern auch gegen ein besseres isoliert, das Gitter, das sich zwischen mich und seine Arme stellte: denn er war wie die meisten armen Landpastoren nicht imstande, irgendeinen Rang zu vergessen oder seinen mit dem höhern zu verquikken. Er sagte: »er würd' es venerierlich erkennen, wenn ich seiner im Drucke gedächte; aber er befahre zu sehr, sein Leben sei zu einer Beschreibung zu gemein und zu schlecht.« Gleichwohl machte er mir die Schublade seiner Zettelkästen auf und sagte, er glaube mir damit vorgearbeitet zu haben.
Die Hauptsache aber war, er hoffte, seine errata, seine exercitationes und seine Briefe über das Raubschloß

würden, wenn ich vorher ihnen den Lebenslauf ihres Verfassers vorausschickte, besser aufgenommen, und es wäre soviel, als begleitete ich sie mit einer Vorrede.
Kurz ich blieb, als den Montag die andern Herren mit ihrem Nimbus wegdampften, allein bei ihm als Niederschlag sitzen – und sitze noch fest, d. h. vom fünften Mai an bis (das Publikum sollte den Kalender von 1794 neben sich aufgeschlagen hinlegen) zum funfzehnten – heute ist Donnerstag, morgen ist der sechzehnte und Freitag und die sogenannte Spinatkirmes und die Aufziehung des Turmknopfes, die ich nur abzuwarten vorhatte, eh' ich ginge. Jetzt geh ich aber nicht, weil ich Sonntags den Taufbund als Tauf-Agent für mein Patchen schließen muß. Wer mir gehorcht und den Kalender aufgeschlagen hat, der kann sich leicht vorstellen, warum man's auf den Sonntag verschiebt: es fället da jener denkwürdige Kantatesonntag ein, der einmal in unserer Geschichte wegen seiner närrischen, narkotischen Schierlings-Kräfte – jetzt aber nur wegen der schönen Verlobung wichtig ist, die man nach zwei Jahren mit einer Taufe zelebrieren will.
Ich bin zwar nicht imstande – aus Armut an Farben und Pressen –, die weiche duftende Blumenkette von vierzehn Tagen, die sich hier um mein krankes Leben ringelt, aufs Papier abzufärben oder abzupressen; aber mit einem einzigen Tage kann ich's versuchen. Ich weiß wohl, der Mensch kann weder seine Freuden noch Leiden erraten, noch weniger kann er sie wiederholen, im Leben oder Schreiben.
Die schwarze Stunde des Koffees hat Gold im Munde für uns und Honig: hier in der Morgenkühle sind wir alle beisammen, wir halten populäre Gespräche, damit die Pfarrerin und die Kunstgärtnerin sich dareinmischen können. Der Frühgottesdienst in der Kirche, worin oft das ganze Volk[19] sitzt und singt, wirft uns

19. Denn funfzehn Personen machen nach den Juristen schon eines.

auseinander. Ich marschiere unter dem Glockengeläute mit meinem Stachel-Schreibzeug in den singenden Schloßgarten und setze mich in der frischen Akazienlaube an den betaueten zweibeinigen Tisch. Fixleins Zettelkästen hab ich schon in der Tasche bei mir, und ich darf nur nachschauen und aus seinen nehmen, was in meine taugt. Sonderbar! so leicht vergisset der Mensch eine Sache über ihre Beschreibung: ich dachte jetzt wahrlich nicht ein wenig daran, daß ich ja eben auf dem zweibeinigen Laubentische, von dem ich rede, jetzt alles dieses schreibe.
Mein Gevatter arbeitet unterdessen auch für die Welt. Seine Studierstube ist die Sakristei, und der Preßbengel ist die Kanzel, die er braucht; um die ganze Welt anzupredigen: denn ein Autor ist der Stadtpfarrer des Universums. Ein Mensch, der ein Buch macht, hängt sich schwerlich; daher sollten alle reiche Lords-Söhne für die Presse arbeiten: denn man hat doch, wenn man zu früh im Bette erwacht, einen *Plan*, ein Ziel und also eine Ursache vor sich, warum man daraus steigen soll. Am besten fähret dabei ein Autor, der mehr sammelt als erfindet – weil das letztere mit einem ängstlichen Feuer das Herz kalzinieret –; ich lobe den Antiquar, Heraldiker, Notenmacher, Sammler, ich preise den *Titelbarsch* (ein Fisch, Namens perca diagramma, wegen seiner Buchstaben auf den Schuppen) und den Buchdrucker (ein Speckkäfer, Namens scarabaeus typographus, der in die Rinde der Kienbäume Lettern wühlt) – beide brauchen keinen größern oder schönern Schauplatz der Welt als den auf dem Lumpenpapier und keinen andern Legestachel als einen spitzigen Kiel, um damit ihre vierundzwanzig Lettern-Eier zu legen. – In Rücksicht des räsonnierenden Katalogs, den der Gevatter von deutschen Druckfehlern machen will, sagt' ich ihm einige Male: »er wäre gut und gründe sich auf die Regel, nach der man ausgezählet hat, daß z. B. zu einem Zentner Cicero Fraktur vierhundertundfunf-

zig Punkte, dreihundert Schließquadrätchen etc. nötig sind; aber er sollte doch in politischen Schriften und in Dedikationen nachrechnen, ob für einen Zentner Cicero Fraktur nicht funfzig Ausrufungszeichen viel zuwenig wären, so wie sechstausend Spatia in philosophischen Werken und in Romanen.«

An manchen Tagen schrieb er nichts; sondern steckte sich in den Schlauch und Rauchfang seines Priesterrocks und ließ im Ornate drüben beim Schulmeister die wenigen *Abc*-Schützen, die nicht wie andere Schützen des Frühlings wegen auf Urlaub waren, in der Fibel exerzieren. Er tat nie mehr als seine Pflicht, aber auch nie weniger. Es überlief sein Herz mit einer gelinden Wärme, daß er, der sonst unter einem Scholarchat sich duckte, jetzt selber eines war.

Um zehn Uhr begegnen wir uns aus unsern verschiedenen Museen und besichtigen das Dorf und besonders die biographischen Möblen und heiligen Örter, die ich gerade diesen Morgen unter meiner Feder oder meinem Storchschnabel gehabt, weil ich sie mit mehr Interesse *nach* meiner Beschreibung betrachte als *vor* ihr. –

Dann wird gespeiset.

Nach dem Tischgebet, das zu lang ist, tragen wir beide die Karitativsubsidien oder Kammerzieler und milden Spenden, womit die Eingepfarrten dem Religions- und Tilgungsfond des Gotteskastens beispringen wollen zum Kauf des neuen Turmglobus, in doppelte Handelsbücher ein: das eine davon wird mit dem Namen der Kollatoren oder – hat einer auch für seine Kinder dotiert – mit der letztern ihrem in eine bleierne Kapsel eingesargt und in den Turmknopf aufgebahrt; das andere bleibt unten, bei der Registratur. Es ist nicht zu beschreiben, welche Lieferungen die Ehrbegierde, in den Knopf hinaufzukommen, macht – ich beteure, Bauern, die schon gut gegeben hatten, steuerten noch einmal, wenn sie taufen ließen: der Junge sollte auch in den Knopf.

Nach dieser Buchhaltung stach der Gevatter in Kupfer. Er war so glücklich gewesen, herauszubringen, daß aus einem Zuge, der einem umgekehrten lateinischen S gleichsieht, alle Anfangsbuchstaben der Kanzleischrift so schön und so verschlungen, als sie in Lehr- und Adelsbriefen stehen, herauszuspinnen sind. »Bis Sie sechzig zählen,« sagt' er zu mir, »hab ich aus meinem Stammzuge einen Buchstaben gemacht.« Ich kehrte es bloß um und zählte so lange sechzig, bis er ihn hin hatte. Diese Schönheitslinie, in alle Buchstaben verzogen, will er durch Kupferplatten, die er selber sticht, für die Kanzleien gemeiner machen, und ich darf dem russischen, dem preußischen Hofe und auch einigen kleinern in seinem Namen Hoffnung zu den ersten Abdrücken machen: für expedierende Sekretäre sind sie unentbehrlich.

Nun wird es Abend, und es ist Zeit, vom gelehrten Baum des Erkenntnisses, auf dem wir beide mit Obstbrechern halsbrechend herumgabeln, wieder hinabzurutschen in die Feld-Blumen und Gräsereien der ländlichen Freude. – Wir warteten aber doch, bis die emsige Thiennette, die wir nun als eine Mutter Gottes in unser Wesen zogen, keine andere Gänge mehr hatte als die zwischen uns. – Wir schritten dann langsam – die Kranke war matt – durch die Wirtschaftsgebäude, d. h. durch Ställe und deren Inventariums-mäßige Schweizerei und vor einer abscheulichen Lache voll Enten vorüber und vor einem Milchkeller voll Karpfen, denen beiden wir, ich und die andern, wie Fürsten Brod gaben, weil wir sie am Sonntage nach der Taufe – zum Brode selber verspeisen wollten.

Dann wurde der Himmel immer freundlicher und röter, die Schwalben und die Blütenbäume immer lauter, die Häuserschatten breiter – und der Mensch vergnügter. Die Blütentrauben der Akazienlaube hingen in unsere kalte Küche, und die Schinken waren nicht

– welches mich allemal ärgert – mit Blumen besteckt, sondern damit von weitem beschattet. ...

Dann macht mich der tiefere Abend und die Nachtigall weicher; und ich erweiche wieder die sanften Menschen um mich, besonders die blasse Thiennette, der oder deren Herzen die heftigen Freudenschläge nach den apoplektischen Lähmungen einer gedrückten Jugend schwerer werden als die Regungen der Wehmut. Und so rinnt unser transparentes reines Leben schön unter dem Blüten-Überhang des Maies hinweg, und wir schauen im bescheidenen Genusse scheu weder voraus noch zurück, wie Leute, die Schätze heben, sich auf dem Hin- und Herwege nicht umblicken.

So gehen unsere Tage vorüber. – Nur der heutige war anders: sonst sind wir um diese Zeit schon mit dem Nachtmahl fertig, und der Pudel hat schon die Knochen-Präparate unsers Soupers zwischen den Kinnbacken; aber heute sitz ich noch allein im Garten hier und schreibe den eilften Kasten und gucke jeden Augenblick auf die Wiesen hinaus, ob mein Gevatter nicht kömmt.

Er ist nämlich in die Stadt gegangen, um ein ganzes Warenlager von Gewürzen zu holen: er hat weite Rocktaschen. Ja er macht kein Geheimnis daraus, daß er manchen Fleischzehenden bloß in der Rocktasche vom Vormund, bei dem sein Absteigquartier ist, heimtrage, wiewohl freilich Umgang mit der feinern Welt und Stadt und die daraus fließende Sittenbildung – denn er geht zum Buchhändler, zu Schulkollegen und zu geringern Stadtleuten – weit mehr als das Fleischholen die Absicht seiner Stadtreisen ist. Er machte mich heute am Morgen zum regierenden Haupt des Hauses und gab mir die Faszes und den Thronhimmel. Ich saß den ganzen Tag bei der Wöchnerin und hatte ordentlich, bloß weil mich der Mann als seinen Ehe-Figuranten dagelassen, die schöne Seele lieber. Sie mußte dunkle Farben nehmen und mir die Winterlandschaft und Eisregion ihrer verjammerten Jugend zeichnen; aber ich machte oft ihr stilles Auge durch ein leichtes elegisches Wort wider mein Vermuten naß, weil das noch von keiner empfindsamen Druckpresse ausgekelterte übervolle Herz beim geringsten Andruck überfloß. Hundertmal wollt' ich unter ihrem Berichte sagen: o ja eben deswegen fing Ihr Leben zugleich mit dem Winter an, weil es so viele Ähnlichkeiten mit ihm erhalten sollte. – Du windstiller, wolkenloser Tag! noch drei Worte über dich wird mir doch die Welt nicht übelnehmen?

Ich kam immer näher ans Herzens-Zentralfeuer der Weiber zu stehen; und sie zogen letzlich milde über den Pfarrer los: die besten Weiber verklagen oft gegen einen Fremden ihre Männer, ohne sie darum im geringsten minder zu lieben. Mutter und Frau meisterten es unter dem Essen, daß er aus jeder Bücherauktion Opera erstehe; und in der Tat haschte und rang er nicht sowohl nach guten oder schlechten Büchern – oder nach alten – oder neuen – oder solchen, die er las – oder nach Lieblingsbüchern – sondern bloß nach Büchern. Die Mutter schalt es hauptsächlich, daß er so viel in Kupferplatten verschleudere: einige Stunden darauf machte sie den für den Turmknopf Geldprästationen leistenden Schultheiß, der eine herrliche Hand schrieb, darauf aufmerksam, wie gut ihr Sohn steche, und es lohne der Mühe, bei solchen Anfangsbuchstaben einen Groschen nicht anzusehen.

Sie trugen mir darauf – denn wenn die Weiber einmal im offenherzigen Ergießen sind, so schütten sie (nur muß man nicht den Zapfhahn der Fragen umdrehen) gern alles aus – ein Ringkästchen hin, worin er einen gefundnen Kammerherrnschlüssel konservierte, und fragten mich, ob ich nicht wüßte, wer ihn verloren. Wer will das wissen, da es beinahe mehr Kammerherren als Dieteriche gibt? –

Endlich fassete ich Herz, auch nach dem Schränkchen

des Ertrunknen zu fragen, das ich bisher im ganzen Hause vergeblich gesucht. Fixlein selber inquirierte fruchtlos darnach. Thiennette gab der Alten einen zuredenden Wink voll Liebe, und ich wurde von dieser zu einem ausgespreizten Reifrock hinaufgeführt, der das Schränkchen überbauete. Unterweges sagte die Mutter, sie hielten es vor ihrem Sohne versteckt, weil ihn das Angedenken an seinen Bruder schmerzen würde. Als wir diese Depositenkasse der Zeit, woran das Schloß abgerissen war, geöffnet hatten, und als ich in dieses Gebeinhäuschen voll Trümmer einer kindlichen spielenden Vorzeit geschauet hatte: setzt' ich mir, ohn' ein Wort zu sagen, vor, diese Spielwaren der Gebrüder Fixlein noch vor meiner Abreise vor dem lebenden auszupacken: könnt' es denn etwas Schöners geben, als die überschütteten eingesunknen herkulaneischen Ruinen der Kindheit ausgegraben zu erblicken und frei an der Luft? –

Die Wöchnerin ließ schon zweimal bei mir fragen, ob er zurückgekommen. Er und sie haben gegeneinander, eben weil sie ihrer Liebe nicht den schwächenden Ausdruck durch Phrasen, sondern den stärkenden durch Taten geben, eine unaussprechliche. Andere Brautleute nagen einander die Lippen und das Herz und die Liebe durch Küssen ab, wie von Christi Statue in Rom (von Angelo) der Fuß durch Küssen abgegangen, den man deswegen mit Blech versehen; bei andern Brautleuten kann man die Zahl ihrer Entzündungen und Ausbrüche, wie beim Vesuv die der seinigen, deren noch dreiundvierzig sind, voraus ansagen: – aber in diesen Menschen stieg das griechische Feuer einer mäßigen und ewigen Liebe auf, wärmte, ohne Funken zu versprengen, und loderte aufrecht, ohne zu knistern. – Jetzt schläget magischer die Abendlohe aus den Fenstern der Gärtnershütte in meine Laube, und mir ist, als müßt' ich zum Schicksal sagen: »Hast du einen scharfen Schmerz, so wirf ihn nur lieber in meine Brust

und verschone damit drei gute Menschen, die zu glücklich sind, um nicht daran zu verbluten, und zu eingeschränkt auf ihr kleines dunkles Dorf, um nicht zurückzufahren vor dem Wetterstrahl, der ein erschüttertes Ich aus der Erde über die Wolken reißet.« – –
Du guter Mann! jetzt kömmt er eilig über die Pfarrwiesen. Welche schmachtende Blicke voll Liebe ruhen schon im Auge deiner Thiennette! – Was wirst du uns heute Neues aus der Stadt mitbringen! – Wie wird dich morgen der aufsteigende Turmknopf laben! –

Zwölfter Zettelkasten.

Turmknopfs-Aszension – das Schränkchen.

Wie heute, den sechzehnten Mai, der alte Knopf vom Hukelumer Turm abgedrehet und ein neuer ihm aufgesetzet worden, das will ich jetzt bestens beschreiben, aber in jenem einfachen historischen Stile der Alten, der vielleicht großen Begebenheiten am besten zusagt.
Sehr früh kamen in einem Wagen der Herr Hofvergolder *Zeddel* und der Schlossermeister *Wächser* und die neue Peters-Kuppel des Turmes an. Gegen acht Uhr lief die Gemeinde zusehends zusammen, die aus Nutritoren des Knopfes bestand. Ein wenig später trafen Herr Dragonerrittmeister von Aufhammer als Patronatsherr der Kirche und des Turms und der Gotteshausvorsteher *Streichert* ein. Hierauf begaben ich und mein Herr Gevatter Fixlein uns samt den Personen, die ich schon genannt habe, in die Kirche und hielten da vor unzähligen Zuhörern eine Wochen-Betstunde. Sodann erschien mein Herr Gevatter oben auf der Kanzel und suchte eine Rede zu halten, die der feierlichen Handlung angemessen war; – er verlas nach ihr

sofort die Namen der Gönner und guten Seelen, durch deren Gratiale der Knopf zusammengebracht worden, und zeigte der ganzen Gemeinde die bleierne Büchse vor, worin sie namentlich war, und bemerkte, das Buch, woraus er sie abgelesen, werde bloß in die Pfarregistratur beigelegt. Darauf hielt er's für nötig, ihr und Gott zu danken, daß er zum Entrepreneur eines solchen Werks wider sein Verdienst ausersehen worden. Das Ganze beschloß er mit einem kurzen Gebet für den Schieferdecker *Stechmann*, der schon außen am Turm hing und den alten Schaft ablösete, – und bat, daß er nicht den Hals oder sonst ein Gliedmaß brechen möge. Nun wurde ein geistliches Liedchen gesungen, das die meisten außen vor der Kirche mitsangen, weil sie schon zum Turm hinaufsahen.

Nun kamen wir auch alle heraus, und der abgedankte Knopf, gleichsam der abgeschnittene Hahnenkamm des Turms, wurde niedergesenkt und abgebunden. Der Gotteshausvorsteher Streichert zog ein bleiernes Besteck aus dem mürben Knopf, das mein Herr Gevatter zu sich steckte, um es gelegentlich durchzulesen; ich aber sagte zu einigen Bauern: »Sehet, so werden sich euere Namen auch erhalten im neuen Knopfe, und wenn er nach späten Jahren heruntergezogen wird: so ist die Büchse darin, und der damalige Pfarrer lernt euch alle kennen.« – Und nun wurde der neue Turmglobus mit dem Blei-Napf, worin sich die Namen der Umstehenden aufhielten, sozusagen vollgeladen und saturieret und ans Zugseil geheftet – und jetzt machte sich der bisher der Pfarrgemeinde aufgesetzte Schröpfkopf in die Höhe. . . .

Beim Himmel! jetzt ist der ungeschmückte Stil eine Sache außer meinem Vermögen – denn als der Knopf rückte, schwebte, stieg: trommelte es mitten im Turm, und der Schulmeister, der vorher aus dem gegen die Gemeinde gerichteten Schalloch herniedergesehen hatte, stieß jetzt mit einer Trompete zu einem einsamen

Seiten-Schalloch heraus, vor dem der steigende Knopf nicht vorbeizog. – Aber als der ganze Kirchsprengel zappelte und jubelte, je höher das Kapitäl seinem Halse kam – und als es der Schieferdecker empfing und herumdrehte und der Spitze glücklich inkorporierte – und als er eine Baurede, an den Knopf sich lehnend, zwischen Himmel und Erde, auf diese und auf uns alle herunter hielt – und als meinem Gevatter vor Wonne, der zeitige Pfarrer zu sein, die Tränen in den Priesterornat herabliefen: so war ich der einzige – wie seine Mutter die einzige –, in deren Seelen ein gemeinschaftlicher Kummer eingriff, um sie zu pressen bis aufs Bluten: denn ich und die Mutter hatten, was ich nachher weitläuftiger sagen werde, gestern im Kästchen des Ertrunknen von seines Vaters Hand gefunden, daß er übermorgen, am Kantate- und Taufsonntag, – zweiunddreißig Jahre alt werde. – Oh (dacht' ich, indem ich den blauen Himmel, die grünen Gräber, den glimmenden Knopf, den weinenden Pfarrer anschauete), so steht der arme Mensch allemal mit zugebundenen Augen vor deinem scharfen Schwerte, unbegreifliches Schicksal! Und wenn du es aufziehest und schwingest, ergötzet ihn das Pfeifen und Wehen desselben kurz vor dem Schlage! –

Schon gestern wußt' ich's; aber ich wollte dem Leser, den ich von weitem darauf bereitete, nichts von der traurigen Nachricht sagen, daß ich im Schränkchen des untergegangnen Bruders eine alte Hausbibel, worin die Jungen buchstabieren lernten, mit einem weißen Buchbinderblatte gefunden, auf das der Vater die Geburtsjahre seiner Kinder geschrieben hatte. Und eben dieses gab dir, du arme Mutter, zeither den Kummer, den wir kleinern Ursachen beimaßen, und dein Herz stand bisher mitten in dem Regen, der uns schon vorübergezogen und in einen Regenbogen verwandelt zu sein schien! – Nur aus Liebe zu ihm hatte sie jährlich einmal gelogen und sein Alter verdeckt. Recht glücklicherweise machten wir den Schrank ohne sein Beisein auf. Ich habe noch immer die Absicht, ihm nach dem fatalen Sonntage mit dem bunten Nachlasse seiner Kindheit und mit alten Christgeschenken neue zu machen. Indes wenn wir nur, ich und die Mutter, ihm morgen und übermorgen unablässig wie Angelschwimmfedern und Fußblöcke nachrücken, damit kein mörderischer Zufall den Vorhang vor seinem Geburtsschein lüfte: so ist es schon zu machen. Denn jetzt würde freilich das Geburtsdatum seinen Augen im metamorphotischen Spiegel seiner abergläubigen Phantasie und hinter dem vergrößernden Zauberdunst seiner jetzigen Freuden wie eine rote Todes-Unterschrift entgegenbrennen. ... Aber noch dazu sitzt das Blatt aus der Bibel schon höher als wir alle, nämlich im neuen Turmknopf, in den ich's heute vorsichtig eingeschoben habe. Eigentlich hat's gar keine Not.

Dreizehnter Zettelkasten.

Tauftag.

Heute ist der einfältige Kantatesonntag: aber es ist nichts mehr von ihm noch da als eine Stunde. – Beim Himmel! vergnügt waren wir heute sehr. Ich glaube, ich habe so gut getrunken wie ein anderer. – Man sollte sich aber freilich in allem mäßigen, im Schreiben, Trinken und Freuen; und wie man den Bienen Strohhalme in den Honig legt, damit sie nicht in ihrem Zucker ertrinken, so sollte man allezeit einige feste Grundsätze und Zweige vom Baume des Erkenntnisses in seinen Lebenssirup statt jener Strohhalme werfen, damit man sich darauf erhielte und nicht darin wie eine Ratte ersöffe. Ich will aber jetzt im Ernste ordentlich – schreiben (und auch leben) und daher, um kälter den Taufaktus zu referieren, mein Feuer mit Nachttau ausgießen und noch eine Stunde hinauslaufen in die mit Blüten und Wellen gestickte Nacht, wo ein lauer Morgenwind sich düftetrunken aus Blütengipfeln auf gebogne Blumen herunterwirft und über Wiesen streicht und endlich auf eine Woge fliegt und auf ihr den schimmernden Bach herunterfährt. O draußen unter den Sternen, unter den Tönen der Nachtigall, die nicht am Echo, sondern an den fernen herabschimmernden Welten zurückzuschlagen scheinen, neben dem Monde, den der sprudelnde Bach am gestickten gewässerten Bande fortzieht und der unter die kleinen Schatten des Ufers wie unter Wolken einkriecht, o unter solchen Gestalten und Tönen wird der Mensch ernst, und wie das Abendläuten sonst erklang, um den Wanderer durch die großen Waldungen in die Nachtheimat zurückzuweisen, so sind in der Nacht solche Stimmen in uns und um uns, die uns aus unsern Irrgängen rufen und die uns stiller machen, damit wir unsere Freuden mäßigen und fremde malen können. . .

Ich komme ruhig und kühl genug zurück zur Erzählung. Gestern ließ ich meinen Gevatter, wie eine alte Nürnbergerin ihren Juden, keine Stunde aus den Augen, damit ich ihn vor der Brunnenvergiftung seines eignen Lebens beschützte. Er gab voll Vaterfreude und mit dem Skelett der Predigt in der Hand, die er auf heute memorierte, alles her, Fischhamen, Zinnschrankschüsseln und Gewürzbüchsen, und machte mich auf die Fruchtkörbchen voll Freuden aufmerksam, die der Kantatesonntag allemal für ihn pflückte und füllte. Er zählte mir, weil ich nicht wegging, seine Kindtaufsgerichte vor, seine Amtsfälle, seine Verwandten und benahm mir meine Unwissenheit in den öffentlichen Einkünften – seiner Pfarre, in der Volksmenge der Beichtkinder und der künftigen Katechumenen. Hier aber bin ich in der Angst, daß mancher Leser sich vergeblich hinsetzen und es doch nicht herausbringen werde, warum ich zu Fixlein sagte: »Herr Gevatter, besser wird sich's wohl kein Mensch wünschen.« Ich log nicht; denn es ist so. ... Man lese aber die Note[20].

Endlich ging der Sonntag auf, der heutige, und es wurde an diesem heiligen Tage, bloß weil mein Patchen zum Christentum, obwohl ohne eine größere nürnbergische Konvertitenbibliothek als die Taufagende, übertreten wollte, ein großer Lärm gemacht: sooft sich jemand bekehrt, zumal Völker, wo wird gelärmt und geschossen; ich berufe mich auf zwei dreißigjährige Kriege, auf den neuern und auf den, den Karl ebensolange mit den heidnischen Sachsen führte; so schießet die *Sonne* im Palais Royal bei ihrem Durchgang durch den Mittagszirkel eine Kanone los. Aber gerade nach dem kleinen Unchristen, nach meinem Patchen, wurde am Morgen am wenigsten gefragt; weil man wegen der Taufe keine Zeit hatte, an den Täufling zu denken. Daher setzte ich allein mit ihm den halben Vormittag herum und erteilte ihm unterweges im Fluge die Nottaufe, indem ich ihn früher Jean Paul nannte als der Täufer. Mittags ließen wir das Rindfleisch wegtragen, wie es gekommen war: die Glückssonne hatte allen Magensaft aufgetrocknet. Nun sahen wir uns nach Pracht um, ich nach künstlichen Verkröpfungen an meiner Haar-Baute, das Patchen nach dem Taufhemde und die Kindbetterin nach einer Visitenhaube. Noch ehe man die Kinderklapper des Taufglöckchens schüttelte, stellten ich und die Hebamme neben dem Bette der Mutter auf dem Gesichte des kleinen Nichtchristen physiognomische Reisen an und brachten davon die Entdeckung mit, daß einige Züge der Mutter und viele feste Teile mir nachgebosselt waren, welche doppelte Ähnlichkeit den Leser nicht interessieren soll. Jean Paul

20. Hier ist eine lange philosophische Erläuterung unentbehrlich, die man unter dem Titel *Natürliche Magie der Einbildungskraft* in diesem Buche antrifft.

sieht nach seinen Jahren schon außerordentlich gescheut aus, oder vielmehr nach seinen Minuten, denn ich rede vom kleinen. – –

Jetzt möcht' ich aber fragen: welcher deutsche Schriftsteller getrauete sich wohl, ein großes historisches Blatt aufzuspannen und vollzumalen, auf dem wir alle ständen, wie wir in die Kirche zögen? Müßt' er nicht den Kindesvater entwerfen, mit ausgebürstetem Priesterornate, langsam, andächtig und gerührt einhergehend? – Hätt' er nicht den Gevatter zu skizzieren, der heute seinen Namen ausleihen will, welchen er von zwei Aposteln her hat (von Johannes und Paulus), wie *Julius Cäsar* den seinigen zweien noch bis auf den heutigen Tag lebendigen Dingen verlieh (einem Monat und einem Throne)? – Und müßt' er nicht das Patchen aufs Blatt setzen, mit dem sogar der Kaiser Joseph *Milchbrüderschaft* in seinen alten Tagen trinken würde, wenn er noch darin wäre? –

Ich habe mir hundertmal in der Stube über Feierlichkeiten zu lächeln vorgenommen, bei denen ich nachher, wenn ich ihnen beiwohnte, unwillkürlich ein petrifiziertes Gesicht hatte voll Anstand und Ernst. Denn als der Schulmeister vor dem Aktus zu orgeln anfing – welches wohl noch keinem Kinde in Hukelum widerfuhr – und als der hölzerne Taufengel, wie ein Genius niedergeflogen, seine angemalten Holz-Arme der Taufschüssel unterbreitete und als ich am nächsten an seinem übergoldeten Fittich stand: so zog mein Blut langsam-feierlich, warm und dicht durch meinen pulsierenden Kopf und durch meine Lunge voll Seufzer; und ich wünschte trauriger, als ich mir tue, dem stillen, in meine Arme gesenkten Liebling, dem die Natur noch die unreifen Augen vor der vollen Perspektive der Erde zuhielt, für die Zukunft einen so sanften Schlaf wie heute, einen so guten Engel wie heute, nur aber einen lebendigern, damit er ihn in eine lebendigere Religion geleite und ihn mit seiner unsichtbaren Hand durch die Waldung des Lebens und durch ihre fallenden Bäume und wilde Jäger und Stürme unverloren bringe. ... Sollt' ich mich nicht vor der Welt darüber entschuldigen können, daß ich, als ich seitwärts auf dem väterlichen Gesichte Gebete für den Sohn und Freudentränen sah, die in die Gebete tropften, und als ich auf dem Gesichte der Großmutter weit dunklere, schnell verwischte Tropfen erblickte, die sie nicht bezwingen konnte, weil ich, nach der alten Frage, für das Kind bei Ableben der Eltern zu sorgen verhieß, bin ich nicht zu entschuldigen, daß ich dann die Augen tief auf das Patchen niederschlug, bloß um es zu verbergen, daß sie mir übergingen? – Denn ich dachte ja daran, daß sein Vater vielleicht heute vor einer vorspringenden Larve des Todes erstarren kann; ich dachte ja daran, daß der arme Kleine die zusammengebogene Lage im Mutterleib mit einer freiern nur vertauschet habe, um sich bald noch heftiger im engen Spielraum des Lebens einzukrümmen; ich dachte an seine notwendigen Narrheiten und Irrtümer und Sünden, an diese beschmutzten Stufen zum griechischen Tempel unserer Vervollkommung; ich dachte daran, daß einmal sein eignes Feuer des Genies ihn einäschern könne, wie einer, der sich elektrisieren lässet, sich mit seinem eignen Blitze erschlagen kann. ... Alle theologische Wünsche, die ich ihm auf dem damit bedruckten Patenzettel an seinen jungen Busen steckte, glühten in meinem noch einmal geschrieben. ... Aber die weiße Federnelke meiner Freude hatte dann wieder wie allemal einen blutigen Punkt – ich trug gleich einem Spechte wieder wie allemal in einen Totenschädel zu Nest. ... Und da ich's leider jetzt auch wieder tue: so soll die Schilderung des Tauftages heute aus sein und morgen fortschreiten. ...

Vierzehnter Zettelkasten.

O so ist's immer! So zündet das Schicksal das Theater unserer kleinen Lustspiele an und den schön gemalten Vorhang der Zukunft! So windet sich die Schlange der Ewigkeit um uns und unsere Freuden und zerdrückt wie die Königsschlange durch ihre Ringe, was sie nicht vergiftet! Du guter Fixlein! – Ach ich konnte gestern nachts mir nicht vorstellen, daß du Armer, indem ich neben dir schrieb, schon in den giftigen Erdschatten des Todes rücktest.

Er machte gestern noch so spät die im alten Turmknopf gefundne Bleibüchse auf – das Verzeichnis derer, die zum vorigen Turmbau gegeben hatten, war darin, und er las es erst jetzt, weil ihn bisher meine Gegenwart und seine Geschäfte darin gestöret hatten. – O wie soll ich's nennen, daß er gerade sein Geburtsjahr, das ich in den neuen Knopf verhehlet, in dem alten finden mußte, daß im Register der Leute, die den Bau unterstützet hatten, gerade der Name seines Vaters mit dem Zusatz eingeschrieben stand: »er schenk' es für seinen neugebornen Sohn Egidius etc.«? –

Dieser Schlag ging tief in seine Brust bis zum Spalten – in dieser warmen Stunde voll Vaterfreude, nach so schönen Tagen, nach so schönen Einrichtungen, nach so oft überlebter Todesangst steigt in das helle glatte Meer, das ihn wiegend führte, schnaubend das Seeungeheuer des Todes aus dem vermoderten Abgrund herauf – und des Untiers Rachen klafft, und das stille Meer zieht in Wirbeln in den Rachen und nimmt ihn mit.

Aber der Geduldige legte still und langsam und mit einem, obwohl tödlich-erkälteten, doch schweigenden Herzen die Blätter zusammen – blickte sanft und fest über den Gottesacker, auf dem er im Mondschein den Hügel seines Vaters unterscheiden konnte – schauete furchtsam auf zum Himmel voll Sterne, über den sich ein weißer Wetterbaum ausstreckte – und ob er sich gleich ins Bette sehnte, um sich einzubauen und alles zu verschlafen, so betete er doch vorher am Fenster für Weib und Kind, im Falle diese Nacht die letzte wäre.

Hier schlug es auf dem Turm zwölf Uhr; aber eine ausgebrochene Eisenzacke ließ die Gewichter in einem fort rollen und den Glockenhammer fortschlagen – und er hörte schauerlich die Drähte und die Räder rasseln, und ihm war, als ließe jetzt der Tod alle längere Stunden, die er noch zu leben gehabt, hintereinander ausschlagen – und nun wurd' ihm der Gottesacker beweglich und zitternd, das Mondslicht flackerte an den Kirchfenstern, und in der Kirche schossen Lichter herum, und im Gebeinhause fing's an, sich zu regen.

Da schauerte ihn, und er legte sich ins Bette und schloß die Augen, um nichts zu sehen; – aber die Phantasie blies jetzt im Dunkel den Staub der Toten auf und trieb ihn zu aufgerichteten Riesen zusammen und jagte die hohlen aufgerissenen Larven wechselnd in Blitze und Schatten hinein. – Dann wurden endlich farbige Träume aus den durchsichtigen Gedanken, und es träumte ihn: er sehe aus seinem Fenster in den Gottesacker, und der Tod krieche klein wie ein Skorpion darauf herum und suche sich seine Glieder. Darauf fand der Tod Armröhren und Schienbeine auf den Gräbern und sagte: »Es sind meine Gebeine«, und er nahm ein Rückgrat und die Knochen und stand damit, und die zwei Armröhren und griff damit, und fand am Grabe des Vaters von Fixlein einen Totenschädel und setzte ihn auf. – Alsdann hob er eine Grassichel neben dem Blumengärtchen auf und rief: »Fixlein, wo bist du? Mein Finger ist ein Eiszapfen und kein Finger, und ich will damit an dein Herz tippen.« – Jetzt suchte das zusammengestoppelte Gerippe den, der am Fenster stand und nicht weg konnte, und trug statt der Sanduhr die ewig ausschlagende Turmuhr in der andern

Hand und hielt den Finger aus Eis weit in die Luft wie einen Dolch. ...

Da sah er den Sohn oben am Fenster und richtete sich so hoch bis an den Wetterbaum auf, um ihm den Finger gerade in die Brust zu stoßen – und schritt wider ihn. Aber so wie er weiterschritt, wurden seine gebleichten Knochen röter, und Düfte flossen wollicht um seine stechende Gestalt. – Blumen schlugen schnellend auf, und er blieb, verklärt und ohne Knochenerde, über ihnen schweben, und der Balsamatem aus den Blumenkelchen hauchte ihn wiegend weiter – und als er näher kam, war Uhr und Sichel weggeflossen, und er hatte im Brust-Gerippe ein Herz und auf dem Knochenschädel einen roten Mund – und noch näher fing ein weichendes, durchsichtiges, in Rosenduft getauchtes Fleisch gleichsam den Widerschein eines hinter dem Sternenblau fliegenden Engels auf – und am nächsten war's ein Engel mit geschlossenen schneeweißen Augenlidern. ...

Das wie eine Harmonikaglocke zitternde Herz meines Freundes zerfloß selig in die weite Brust – und als der Engel die himmlischen Augen aufschlug: so wurden seine von der schweren Himmelswonne zugedrückt, und sein Traum zerrann. – –

Aber sein Leben nicht: er öffnete die heißen Augen, und – sein gutes Weib hatte seine fieberhafte Hand und stand am Platze des Engels.

Das Fieber setzte am Morgen ab; aber der Glaube ans Sterben pulsierte im ganzen Geäder des Armen. Er ließ sich sein schönes Kind in das Krankenbette reichen und drückte es schweigend, ob es gleich zu schreien anfing, zu hart an seine väterlich beklommene Brust. Dann gegen Mittag wurde seine Seele ganz kühl, und das schwüle Gewölk zog in ihr zurück. – Und hier erzählt' er uns eben die bisherigen (gleichsam arsenikalischen) Phantasien seines sonst beruhigten Kopfes. Aber eben die straffen Nerven, die sich nicht so wie

die eines Dichters unter den Griffen und Rissen einer poetischen, den Schmerz abspielenden Hand gezogen haben, springen und reißen unter der gewaltsamen Faust des Schicksals leichter, die den Mißton heftig in die angespannten Saiten greift.
Aber gegen Abend rannten seine Ideen wieder in einem Fackeltanz wie Feuersäulen um seine Seele: jede Ader wurde eine Zündrute, und das Herz trieb brennende Naphthaquellen in das Gehirn. Jetzt wurde alles in seiner Seele blutig; das Blut seines ertrunknen Bruders floß mit dem Blute, das aus Thiennettens Aderlaßwunde längst gedrungen war, in *einen* Blutregen zusammen – ihm kam immer vor, er sei in der Verlobungsnacht in dem Garten, und er begehrte immer Schrauben zum Blutstillen und wollte sein Haupt in den Turmknopf verstecken. Nichts tut weher, als einen mäßigen vernünftigen Menschen, der's sogar in Leidenschaften blieb, im poetischen Unsinn des Fiebers toben zu sehen. Und doch, wenn nur die kühle Verwesung das heiße Gehirn besänftigt und wenn, während der Qualm und Schwaden eines aufbrausenden Nervengeistes und während die zischenden Wasserhosen der Adern die erstickte Seele umfassen und verfinstern, wenn ein höherer Finger in den Nebel dringt und den armen betäubten Geist plötzlich aus dem Brodem auf eine Sonne hebt: wollen wir denn lieber klagen als bedenken, daß das Schicksal dem Augen-Wundarzte gleicht, der gerade in der Minute, eh' er dem einen blinden Auge die Lichtwelt aufschließet, auch das andere sehende zubindet und verdunkelt?
Aber der Schmerz tut mir zu wehe, den ich von Thiennettens blassen Lippen lese, wiewohl nicht höre. Es ist nicht das Verziehen eines Marter-Krampfes, noch das Entzünden eines versiegten Auges, noch das laute Jammern oder das heftige Bewegen eines geängstigten Körpers, was ich an ihr sehe: sondern das, was ich an ihr sehen muß und was das mitleidende Herz zu heftig

zerreißet, das ist ein bleiches, stilles, unbewegliches, nicht verzognes Angesicht, ein blasses blutloses Haupt, das der Schmerz nach dem Schlage gleichsam wie das Haupt einer Geköpften *leichenweiß* in die Luft hinhält; denn o! auf dieser Gestalt sind alle Wunden, aus denen sich der dreischneidige Dolch gezogen, fest wieder zugefallen, und das Blut quillet verdeckt unter der Wunde in das erstickende Herz. O Thiennette, gehe vom Kranken weg und verbirg das Angesicht, das uns sagt: »Nun weiß ich doch, daß ich niemals auf der Erde glücklich sein soll – nun hoff ich nicht mehr – möcht' es nur bald vorüber sein mit diesem Leben!«

Man begreifet meine Betrübnis nicht, wenn man das nicht weiß, was mir vor einigen Stunden die zu laut klagende Mutter gestanden. Thiennette, die längst und immer vor seinem zweiunddreißigsten Jahre gezittert hatte, war diesem Aberglauben mit einem andern edlern entgegengegangen: sie war nämlich absichtlich am Traualtar weiter zurückgestanden und in der Brautnacht früher eingeschlafen als er, um dadurch – wie es der Volks-Wahn ist – zuwege zu bringen, daß sie auch früher sterbe. Ja, sie ist entschlossen, wenn er stirbt, seiner Leiche eines ihrer Kleidungsstücke mitzugeben, um früher in die Nachbarschaft seiner kalten Höhle hinabzukommen. Du gute, du treue Gattin, aber du unglückliche! –

Letztes Kapitel.

Ich bin aus Hukelum und mein Gevatter aus dem Bette, und einer ist so gesund wie der andere. Die Kur war so närrisch wie die Krankheit.

Ich fiel zuerst darauf, ob nicht, wie Boerhaave Konvulsionen durch Konvulsionen heilte, bei ihm Einbildung durch Einbildung zu kurieren wäre, durch die

nämlich, er sei noch kein Zweiunddreißiger, sondern etwan ein Sechser, ein Neuner. Phantasien sind Träume, die kein Schlaf umgibt, und alle Träume tragen uns in die Jugend zurück: warum nicht auch Phantasien? – Ich befahl also allen die Entfernung vom Patienten: bloß die Mutter sollte, während die feurigsten Meteoren vor seiner fieberhaften Seele flögen und zischten, allein bei ihm sitzen und ihn anreden, als wenn er ein Kind von acht Jahren wäre. Auch sollte sie den Bettspiegel verhängen. Sie tat's – machte ihm weis, er habe das Ausbruchsfieber der Blattern – und als er sagte: »der Tod steht mit zweiunddreißig spitzigen Zähnen vor mir und will damit mein Herz zerkäuen«, so sagte sie: »Kleiner, ich gebe dir deinen Fallhut und dein Schreibbuch und dein Besteck und deinen Husarenpelz wieder und noch mehr, wenn du fromm bist.« Etwas Vernünftiges hätt' er weniger aufgefasset und begriffen als dieses Närrische.
Endlich sagte sie – denn im größten Schmerze werden einer Frau Rollen der Verstellung leicht –: »Ich will's nur noch einmal probieren und dir deine Spielwaren geben; aber komme mir wieder, Schelm, und werfe dich so im Bette herum mit deinen Blattern!« – Und nun schüttete sie aus der gefüllten Schürze alle Spiel- und Kleidungswaren, die ich in dem Schränklein des ertrunknen Bruders gefunden, in das Bette hinein. Zuallererst sein Schreibbuch, worauf er selber damals seinen achtjährigen Namen geschrieben, den er für seine Hand rekognoszieren mußte – dann den schwarz-samtnen Fallhut – dann die rot-weißen Laufbänder – sein Kindermesser-Besteck mit einem Heft von Zinnblättchen – seinen grünen Husarenpelz, dessen Aufschläge sich härten – und einen ganzen orbis pictus oder fictus der Nürnberger figurierten Marionetten-Welt. ...
Der Kranke erkannte den Augenblick diese vorragenden Spitzen einer im Strome der Zeit untergegangnen Frühlingswelt – diesen Halbschatten, diese Dämme-

rung versunkner Tage – diese Brand- und Schädelstätte einer himmlischen Zeit, die wir nie vergessen, die wir ewig lieben und nach der wir noch auf dem Grabe zurücksehen. ... Und als er das sah, drehete er langsam den Kopf umher, wie wenn ein langer trüber Traum aufgehöret hätte, und sein ganzes Herz floß in warmen Tränenregen herab, und er sagte, indem sich seine vollen Augen an die Augen der Mutter anschlossen: »Lebet denn aber mein Vater und mein Bruder noch?« – »Sie sind nicht längst gestorben«, sagte die wunde Mutter; aber ihr Herz war überwältigt, und sie kehrte das Auge weg, und bittere Tränen fielen aus dem niedergebückten Haupte ungesehen. Und hier übergoß auf einmal jener Abend, wo er durch den Tod seines Vaters bettlägerig und durch seine Spielwaren genesen war, seine Seele mit Glanz und Lichtern und Vergangenheit.

Nun färbte sich der Wahnsinn Rosenflügel in der Aurora unsers Lebens und fächelte die schwüle Seele – er schüttelte Schmetterlings-Goldstaub von seinem Gefieder auf den Steig, auf das Blumenwerk des Leidenden – in der Ferne gingen schöne Töne, in der Ferne flogen schöne Wolken – o das Herz wollte sich zerlegen, aber bloß in flatternde Staubfäden, in weiche fassende Nerven; das Auge wollte zerfließen, aber bloß in Tautropfen für die Kelche der Freudenblumen, in Blutstropfen für fremde Herzen; die Seele wallete, zuckte, stöhnte, sog und schwamm im heißen, lösenden Rosenduft des schönsten Wahns. ...

Die Wonne zügelte sein fieberhaftes Herz, und seine tobenden Pulse stillten sich. Am Morgen darauf wollte die Mutter, als sie sah, es gelinge alles, gar zur Kirche läuten lassen, um ihm weiszumachen, er sei schon beim zweiten Sonntag. Aber die Frau verwarf (vielleicht aus Scham vor mir) das Belügen und sagte, man könne ja, es sei dasselbe, den Datumszeiger an seiner Stutzuhr (aber anders wie Hiskias Sonnenuhr) um acht Tage vorwärts rücken, um so mehr, da er bisher lieber aufstand und nach der Uhr schauete, »den wievielten er habe«, als hinlangte und im Kalender nachsah. Ich meinesorts ging bloß hinauf zu ihm und befragte ihn: »ob er toll wäre – was er denn mit seiner närrischen Todesfurcht noch haben wolle, da er so lange liege und sehe, daß er den Kantatesonntag schon hinter sich habe, und doch an der bloßen Angst verdorre zu einer Dachschindel.«

Eine herrliche Verstärkung stieß zu mir, der Fleischer oder Quartiermeister. Er brach ängstlich, ohne die Weiber zu salutieren, herein, und ich nahm sofort das laute Wort: »Mein Gevatter geht mir nahe genug, Herr Regimentsquartiermeister; – gestern ließ er sich einreden, er sei wenig älter als sein leiblicher Sohn, und hier ist noch der Fallhut, den er aufsetzen wollte.« – Der Vormund sakramentierte und sagte: »Mündel! ist Er denn ein Pfarrer oder ein Narr? – Hab Ihm's doch so oft vorgehalten, daß es hierin mit ihm hapert!« –

Endlich sah er selber, er sei nicht recht gescheut, und wurde gesund; außer den vormundschaftlichen Invektiven trugen viel meine Eide dazu bei, ich würd' ihn für keinen rechtschaffenen Gevatter erkennen und kein Wort von seiner Biographie edieren, wenn er nicht nächstens aufstände und genäse. ...

– Kurz, er hatte gegen mich so viel Lebensart und Welt, daß er sich aufsetzte und genas. – Er kränkelte wohl noch am Sonnabend und konnte am Sonntage noch keine Predigt halten (etwas Ähnliches las der Schulmeister ab), aber doch eine Beicht' am Sonnabend, und auf dem Altar teilte der Rekonvaleszent das Nachtmahl aus. Nach Endigung des Gottesdienstes wurde das Dankfest seiner Genesung begangen, in das noch mein Valetschmaus fiel, weil ich nachmittags gehen wollte.

Ich will diesen letzten Nachmittag so weitläuftig als möglich entwerfen und nachher den Riß doch noch mit

dem Storchschnabel angenehmer Hommelscher Plapperei ins Große auszeichnen.
Unter dem Gedächtnismahle kamen Personensteuern von den Katechumenen ein und Meßpräsente als Freudenfeuer bei seiner Genesung, welche bewiesen, wie sehr ihn die Gemeinde liebte und wie sehr er's verdiente: denn man wird von der Menge öfter ohne Grund gehasset als ohne Grund geliebt. Er war aber auch freundlich gegen jedes Kind, war keiner von den Geistlichen, die ihren Feinden nie anders vergeben als an – Gottes Statt, und lobte zugleich die ganze Welt, seine eigne Frau und sich.
Ich wohnte sodann seiner nachmittägigen Kinderlehre bei und sah – wie *er* im ersten Zettelkasten – im Chore hinter dem Flügel des hölzernen Cherubims hinunter. Hinter diesem Engel zog ich meine Schreibtafel heraus und stellete mich mehr hinter das schwarze Brett voll weißer Lieder-Ziffern und schrieb auf, was ich jetzt – dachte. Ich wußte, wenn ich heute, am fünfundzwanzigsten Mai, aus dieser *salernitanischen* Spinn-Schule, wo man den Lebensfaden auf eine schönere Weise ohne das Anfeuchten mit Mixturen länger ziehen lernt, ich wußte (sag ich), wenn ich fortginge, ich würde mehrere Elementarkenntnisse der Glückseligkeitslehre hinwegbringen, als das ganze Kammerherrn-Piquet im Kopfe führet. Ich notierte den ersten Eindruck in folgende Lebensregeln für mich und die Presse auf:
Kleine Freuden laben wie Hausbrod immer ohne Ekel, große wie Zuckerbrod zeitig mit Ekel. – Wir sollten uns von den Kleinigkeiten nicht bloß plagen, sondern auch erfreuen lassen, nicht bloß ihre Gift-, sondern auch ihre Honigblase auffangen; und wenn uns oft die Mücke an der Wand irren kann, so sollten uns auch die Mücken wie den Domitian belustigen, oder wie einen noch lebenden Kurfürsten beköstigen. – Man muß dem *bürgerlichen* Leben und seinen Mikrologien, wofür der Pfarrer einen angebornen Geschmack hat,

einen künstlichen abgewinnen, indem man es liebt, ohne es zu achten, indem man dasselbe, so tief es auch unter dem *menschlichen* stehe, doch als eine andere Verästung des menschlichen so poetisch genießet, als man bei dessen Darstellungen in Romanen tut. Der erhabenste Mensch liebt und sucht mit dem am tiefsten gestellten Menschen *einerlei* Dinge, nur aus höhern Gründen, nur auf höhern Wegen. – Jede Minute, Mensch, sei dir ein volles Leben! – Verachte die Angst und den Wunsch, die Zukunft und die Vergangenheit! – Wenn der *Sekundenweiser* dir kein Wegweiser in ein Eden deiner Seele wird, so wird's der *Monatsweiser* noch minder, denn du lebst nicht von Monat zu Monat, sondern von Sekunde zu Sekunde! – Genieße dein Sein mehr als deine Art zu sein, und der liebste Gegenstand deines Bewußtseins sei dieses Bewußtsein selber! – Mache deine Gegenwart zu keinem Mittel der Zukunft, denn diese ist ja nichts als eine kommende Gegenwart, und jede verachtete Gegenwart war ja eine begehrte Zukunft! – Setze in keine Lotterien – bleibe zu Hause – gib und besuche keine großen Gastmahle – verreise nicht zu halben Jahren! – Verdecke dir nicht durch lange Plane dein Hauswesen, deine Stube, deine Bekannten! – Verachte das Leben, um es zu genießen! – Besichtige die Nachbarschaft deines Lebens, jedes Stubenbrett, jede Ecke, und quartiere dich, zusammenkriechend, in die letzte und häuslichste Windung deines Schneckenhauses ein! Halte eine Residenzstadt nur für eine Kollekte von Dörfern, und ein Dorf für die Sackgasse aus einer Stadt, den Ruhm für das nachbarliche Gespräch unter der Haustüre, eine Bibliothek für eine gelehrte Unterredung, die Freude für eine Sekunde, den Schmerz für eine Minute, das Leben für einen Tag und drei Dinge für alles: Gott, die Schöpfung, die Tugend! – –

Und wenn ich mir selber und diesen Regeln folgen will: so muß ich auch nicht so viel aus dieser Lebensbeschreibung machen, sondern sie einmal wie ein mäßiger Mensch ausklingen lassen.

Nach der Kinderlehre stieg ich herab zum weit- und schwarzröckigen Gevatter. Wir trabten nach Abfluß der Pfarrgemeinde alle Emporen hinauf – lasen die Bleche der Kirchenstühle – ich blätterte am Altare in der mit dem *Sediment* der Zeit inkrustierten Agende (ich rede nicht metaphorisch) – ich orgelte, der Gevatter trat den Balg – ich erstieg die Kanzel und war so glücklich, da einen Rosenstock zu treffen, den ich in der Valetminute noch in den Rosengarten meines Fixleins setzen konnte. Ich nahm nämlich droben an einem hölzernen Apostel den Namen Lavater wahr, den der *Zürcher* eigenhändig als eine Votivtafel am heiligen Torso hatte lassen wollen im Durchmarsch. Fixlein kannte die Hand nicht, aber ich: – denn ich hatte sie öfters in Flachsenfingen nicht nur auf der Wandtapete einer Hofdame, sondern auch auf seiner Handbibliothek[21] und in vielen Landeskirchen angetroffen, die gleichsam der Adreßkalender und Vokabelnsaal dieses wandernden Namens waren, weil Lavater in Kanzeln, wie eine Schäferin in Bäume, gern den Namen des Geliebten schreibt. Ich konnte also meinem Gevatter wohl raten, aus dem Apostel den Namen samt dem Hobelspan, worauf er sitzt, vorsichtig herauszuschneiden und die Handschrift gut zu verwahren.

Beim Eintritte ins Pfarrhaus wollt' ich Hut und Stock nehmen, aber das Dessein, gleichsam die Projektion und der Kontur eines Abendessens in der Akazienlaube war schon von Thiennetten entworfen. Ich beteuerte, ich bliebe bis abends, falls nur die Wöchnerin auch mit zum dekretierten Souper hinaufginge ... und wahr-

21. Ein kleines, mit Drucklettern gesetztes Manuskript, womit er wenig andere als Fürsten beschenkt. Diese Druckschrift flößet er vorsichtig als eine Handschrift den Großen ein, weil diese mehr und lieber Geschriebenes als Gedrucktes lesen.

haftig der Biograph behielt endlich über das Kindbetterin-Marschreglement die Oberhand.
Ich nötigte darauf den Pfarrer, seine Kräutermütze, die er sich zur Roboration seiner Memorie ausfüttern lassen, aufzusetzen: »Wollte Gott,« sagt' ich, »die Fürsten täten statt der Fürstenhüte, die Doktores und Kardinäle statt der ihrigen, die Heiligen statt der Märtyrerkronen solche Gedächtnis-Mützen auf den Kopf!« – Alsdann marschierten wir allein, unter dem Braten und Kochen, auf die Pfarrfelder hinaus und sprachen gelehrt. Wir verfügten uns ins ruinierte Raubschloß hinein, von dem mein Gevatter das bekannte Werk unter der Feder hat. Ich billigte es sehr – zumal da das Kaper-Schloß einmal einem von Aufhammer eigentümlich zugehöret hatte –, daß er die Beschreibung dem Dragonerrittmeister zueignen wollte: dieser lässet lieber, denk ich, der Schrift als dem Pudel seinen Namen vorsetzen. Ich sprach auch meinem Handwerksgenossen überhaupt literarischen Trost ein und sagte: »Herr Gevatter, keck geschrieben! Sei auch der Subrektor Hans von Füchslein der apokalyptische Drache, der auf die Entbindung des flüchtigen Weibes auflauert, um die Geburt zu verschlucken: so bin ich auch da und habe meinen Freund, den Redakteur der Literaturzeitung, zur Seite, der mir gern verstattet, eine Antikritik gegen Inseratgebühren einzuschicken.« – Besonders munterte ich ihn zu neuen Inseraten und Retourladungen seiner Zettelkästen auf: ich habe es nicht verschworen, in diese biographische Kommode noch nach Jahren einen neuen Kasten einzuschieben. »Und meinem Patchen, Herr Gevatter, wird es eben auch nichts verschlagen, daß man das Kind der Lesewelt schon präsentieret, wenn das liebe nicht mehrere Monate hat, als Horaz Jahre zu einem literarischen fordert, nämlich *neun*.«
Unter dem Nachhausegehen pries ich seine Frau. »Wenn die Ehe«, sagt' ich zu ihm, »der Krapp ist, der

an Mädchen wie an Kattunen die Farben sichtbar macht: so verfecht ich, Thiennette war als Mädchen schwerlich so gut wie jetzt als Frau. Beim Himmel! in einer solchen Ehe wollt' ich Bücher schreiben – nämlich ganz andere, göttliche – in einer Ehe mein ich, wo neben dem Schreibetisch (wie neben den großen Votiertafeln des Regensburger Reichstages kleine Konfekttischchen sind) – wenn auch dergleichen, sag ich, auch eine Ingwermarmelade neben mir stände, nämlich ein abgesüßetes, herrliches, in den Zettelkästen-Skribenten vernarrtes Gesichtchen, Gevattersmann! Ihre Ehe wird gerade der Akazienlaube gleichen, auf die wir zugehen, an der sich das Laub eben in der Hitze und im Sommer verdichtet, wo andere Gewächse nur dürre poröse Schatten werfen.«

Da wir durch die obere Gartentüre in diese Laube traten, war wahrhaftig schon das Essen und das gute Weib darin. Nichts ist moralischer und zärter als die Achtung, womit eine gute Ehefrau den Wohltäter oder Spießgesellen ihres Mannes behandelt – und glücklicherweise war eben der Biograph dieser Spießgesell und das Objekt dieser Achtung. Unsere Gespräche waren fröhlich, aber mein Inneres beklommen. Die Fesseln, die den bloßen Leser an meine Helden binden, werden dreifach bei mir, indem ich zugleich ihr Gast und ihr Porträtmaler bin. Ich sagte zum Pfarrer, er werde älter als ich, weil sein temperiertes Temperament gleichsam von einem Arzte gleich zwischen Nervenschwäche der Kultur und zwischen dem feurigen dichten Blute des Landmanns abgewogen sei. Fixlein sagte, wenn er nur noch einmal so lange lebe als bisher, nämlich zweiunddreißig Jahre: so betrage es ohne die Schalttage doch 280 320 Stunden, welches etwas Ansehnliches sei; und er überzähle oft mit Vergnügen die vielen Tausend Zweiunddreißiger, die mit ihm gehen müßten.

Endlich mußt' ich doch aufbrechen, da die roten Lichter

der fallenden Sonne an der Laube aufstiegen und uns immer tiefer in den Nachtschatten eintauchten: der Abendtau hätte die Wöchnerin erkältet. Ich ersuchte verwirrt den Pfarrer, bald in die Stadt zu kommen, wo ich ihm nicht bloß alle Zimmer des Schlosses zeigen wollte, sondern auch den Fürsten. Frohers gab es heute auf der alten Welt nichts als das Gesicht, dem ich's sagte, und als das andere, das der milde Widerschein von jenem war. Der Biograph hätte zuviel eingebüßet, wenn ihm jetzt in *der* Minute, wo ihm seine Phantasie wie die Spiegelteleskopen alle Gegenstände nur *zitternd* vorstellt, hätte davonlaufen müssen, ich will sagen, wenn ihm nicht beigefallen wäre, daß es der Kindbetterin wenig schaden (aber viel nutzen) würde, wenn sie zu einer kleinen Motion käme und noch über den Garten hinaus den Verfasser und Bauherrn gegenwärtiger Zettelkästen begleiten hälfe.
Kurz ich nahm in jede Hand statt unter jedem Arm eine vom Ehepaar und zog mit ihnen zum Garten hinaus auf den Flachsenfinger Steig. Ich drehte oft gewaltsam zwischen ihnen meinen Kopf zurück, als ob ich jemand uns nachschreiten hörte; aber in der Tat wollt' ich nur noch einmal, obwohl wehmütig, ins glückliche Dörfchen zurückschauen, das aus lauter Wohnungen einer stillen satten Sabbatsfreude bestand und das glücklich genug ist, obgleich über seine weit auseinandergelegten Pflastersteine nur alle Wochen ein Raseur, alle Festtage ein Friseur und alle Jahre ein Parasol-Ausrufer zieht. Dann mußt' ich freilich den Kopf wieder umwenden und die zwei Beglückten mit Augen anblicken, die bald übergingen. Mein sonst guter Gevatter konnte sich nicht recht in diese Trauerzeichen schicken; aber in deinem Herzen, du gutes, so oft gequältes Geschlecht, trifft jede Trauerglocke leicht ihren Einklang an, und die mit dem dünnen zitternden *Resonanz*boden einer nachtönenden Brust veredelte Thiennette gab mir alle Töne mit den Schönheiten eines

Echo wieder. – – Endlich standen wir auf dem Grenzhügel, über den man Thiennetten nicht lassen durfte, und ich mußte nun von dem Gevatter, mit dem ich alle Morgen so lustig zusammen gesprochen – jeder aus seinem Bette heraus –, und aus dem stillen Kreise bescheidener Hoffnung weichen, um in den gährenden bellenden Hof-Cercle zurückzutreten, wo man dem Schicksal ein Lebens-Süßholz abtrotzt und abfordert, so armsdick wie das botanische an der Wolga, weniger um die süßen Balken selber auszukäuen als um andere damit totzuschlagen.

Als ich mir dachte, ich würde zu ihnen sagen: lebet wohl! so traten alle künftige Plagen, alle Leichen und alle Wünsche dieses geliebten Gespanns vor mein Herz, und ich dachte daran, daß nichts als einschlummernde Freudenblumen ihren (wie meinen und jeden) Lebenstag abmarken. – Und doch ist's schöner, wenn sie ihre Jahre nicht nach der *Wasseruhr* fallender Tränen, sondern nach der *Blumenuhr*[22] einschlafender Blumen ausmessen, deren Kelche, ach! vor uns Armen von Stunde zu Stunde zufallen. –

Ich wollte eben jetzt – weil ich mich noch daran erinnere, wie ich mit einem strömenden Auge über den zwei Geliebten wie über Leichen hing – mich anreden und sagen: viel zu weicher Jean Paul, dessen Kreide immer auf dem Flor der Melancholie die Modelle der Natur nachzeichnet, härte dein Herz ab wie deinen Leib, um nicht dich und andere aufzureiben. Aber warum soll ich's tun, warum soll ich's nicht geradezu bekennen, was ich in der weichsten Rührung zu den zwei Menschen sagte? »Es gehe euch recht wohl, ihr sanften Menschen« – sagt' ich, denn ich dachte an keine Höflichkeit mehr – »die Vorsehung trage wiegend euere zerritzten Herzen – der gute Gott über allen den Sonnen, die zu uns jetzt herunterblicken, lasse euch

22. *Linné* legte in Upsal eine Blumenuhr an, deren Blumen durch ihre verschiedenen Zeiten, einzuschlafen, die Stunden sagen.

immer verknüpft und heb' euch nur *verbunden* an sein Herz und an seinen Mund.« – »Sein Sie nur auch recht glücklich und froh«, sagte Thiennette. »Und Ihnen, Thiennette (fuhr ich fort), ach Ihrer bleichen Wange, Ihrem gedrückten Herzen, o Ihrer langen kalten gemißhandelten Jugend kann ich niemals, niemals genug wünschen. Nein! Aber alles, was eine wunde Seele laben, was einer schönen wohlgefallen, was den verborgenen Seufzer stillen kann, ach alles, was Sie verdienen, das falle Ihnen zu, und wenn Sie mich wiedersehen, so sagen Sie: ich bin jetzt viel glücklicher!«

Wir wurden alle zu sehr bewegt. Wir rissen uns endlich aus wiederholten Umarmungen, und mein Freund entwich mit der Seele, die er liebt – ich blieb allein zurück bei der Nacht.

Und ich ging ohne Ziel durch Wälder, durch Täler und über Bäche und durch schlafende Dörfer, um die große Nacht zu genießen wie einen Tag. Ich ging und sah, gleich dem Magnet, immer auf die Mitternachtsgegend hin, um das Herz an der nachglimmenden Abendröte zu stärken, an dieser heraufreichenden Aurora eines Morgens unter unsern Füßen. Weiße Nachtschmetterlinge zogen, weiße Blüten flatterten, weiße Sterne fielen, und das lichte Schneegestöber stäubte silbern in dem hohen Schatten der Erde, der über den Mond steigt und der unsere Nacht ist. Da fing die Äols-Harfe der Schöpfung an zu zittern und zu klingen, von oben herunter angeweht, und meine unsterbliche Seele war eine Saite auf dieser Laute – Das Herz des verwandten ewigen Menschen schwoll unter dem ewigen Himmel, wie die Meere schwellen unter der Sonne und unter dem Mond. – Die fernen Dorfglocken schlugen um Mitternacht gleichsam in das fortsummende Geläute der alten Ewigkeit. – Die Glieder meiner Toten berührten kalt meine Seele und vertrieben ihre Flecken, wie tote Hände Hautausschläge heilen. – Ich ging still durch kleine Dörfer hindurch und nahe an ihren äußern Kirchhöfen vorbei, auf denen morsche herausgeworfene Sargbretter glimmten, indes die funkelnden Augen, die in ihnen gewesen waren, als graue Asche stäubten. – Kalter Gedanke! greife nicht wie ein kaltes Gespenst an mein Herz: ich schaue auf zum Sternenhimmel, und eine ewige Reihe zieht sich hinauf und hinüber und hinunter, und alles ist Leben und Glut und Licht, und alles ist göttlich oder Gott ...

Gegen Morgen sah ich deine späten Lichter, kleine Wohnstadt, in die ich gehöre diesseits des Sarges; ich kam auf die Erde zurück, und in deinen Türmen schlug es, hinter der vorübergezogenen großen Mitternacht, halb drei Uhr: da ging um diese Stunde 1794 der *Mars* in Westen unter und der *Mond* in Morgen auf; und meine Seele wünschte, beklommen vom Bedauern des edlen kriegerischen Bluts, das noch auf die Frühlingsblumen strömt: »Ach, blutiger Krieg, weiche wie der rötliche Mars, und, stiller Friede, komme wie der milde zerteilte Mond!« –

Einige Jus de tablette für Mannspersonen.

1. Über die natürliche Magie der Einbildungskraft.
2. Des Amtsvogt Freudels Klaglibell gegen seinen verfluchten Dämon.
3. Es gibt weder eine eigennützige Liebe noch eine Selbstliebe, sondern nur eigennützige Handlungen.
4. Des Rektor Fälbels und seiner Primaner Reise nach dem Fichtelberg.
5. Postskript des Billets.

1.

Über die natürliche Magie der Einbildungskraft.

Gedächtnis ist nur eine *eingeschränktere* Phantasie. Erinnerung ist nicht die bloße Wahrnehmung der *Identität* zweier Bilder, sondern sie ist die Wahrnehmung der *Verschiedenheit* des *räumlichen* und *zeitlichen* Verhältnisses *gleicher* Bilder. Folglich breitet sich die Erinnerung über die Verhältnisse der Zeit und des Orts und also über Reih' und Folge aus; aber bloßes Ein- und Vorbilden stellet einen Gegenstand nur abgerissen dar.

Die fünf *Sinne* heben mir außerhalb, die *Phantasie* innerhalb meines Kopfes einen Blumengarten vor die Seele; jene gestalten und malen, diese tut es auch; jene drücken die Natur mit fünf verschiedenen Platten ab, diese als sensorium commune liefert sie alle mit *einer.* Die Phantasie ist zwar nicht der matte Nachklang der Sinne, wie Helvetius meint, aber doch das Unisono derselben. Wie die Fühlfäden der Sinnennerven zu den *Empfindungen*, so verhalten sich die Gehirnkügelchen (oder welches körperliche adjuvans einer annehmen will) zu den innern *Bildern*; und ob wir gleich nur diese zu *erzeugen*, und jene zu *empfangen* glauben: so ist's doch bei den Empfindungen falsch, die wir, wie Kant genug erwiesen, ebensogut (nach und mit einer unbegreiflichen *plastischen Form* in uns) *erzeugen* als innere Bilder. Da der Spielraum der Sinne enger ist als der Phantasie: so entsteht die Täuschung, daß wir uns jene nur in den Ketten des Körpers und diese nur in den Zügeln des Willens denken, da wir doch ebensowohl in einem fort phantasieren als empfinden müssen. Die Empfindung stellet mit dem Kolorit der Schmelz-

oder Musivmalerei z. B. einen Menschen vor mich, die Phantasie tut's mit der Blässe der schwarzen Kunst oder (in einem Dichter) mit aqua tinta. Daß beide sich bloß im Kolorit unterscheiden, sieht man am meisten dann, wenn die Lebhaftigkeit der Phantasie diesen Unterschied der Farbengebung aufhebt – ich meine im hitzigen Fieber, wo der bleiche Leichnam (ich meine die Vorstellung von einem Menschen) in dem Kopfe mit so viel Lebensgeistern und Blut ausgesprützet wird, daß ihn der Fieberkranke wirklich als einen Lebendigen außer seinem Kopfe zu erblicken meint; und dann sieht die Vorstellung so lebhaft und ganz so aus wie eine Empfindung.

Allerdings ist noch ein Unterschied und ein größerer – denn ich suche mit jenen Ähnlichkeiten nicht die Phantasie zu verkörpern, sondern bloß die Sinne zu vergeistigen –; es ist nämlich der, daß unser bekanntes Ich die *Sukzession* in der Phantasie (wie das *Simultaneum* in der Empfindung) ordnet und regelt, sogar im Chaos des Traums, da die drei Gesetze der Ideenassoziation bloß vom Körper auf keine Weise beobachtet werden könnten.

Zufolge jener Ähnlichkeit ist also Stärke der (fünfsinnigen) Empfindung immer um und neben der Stärke der Phantasie (dieser transzendenten und verpflanzten Empfindung). Daher sind beide in Wilden, Landleuten und Weibern kräftiger und feiner: denn Schauspiele, Erzählungen, Töne und Träume ziehen tiefere Furchen in ihren Seelen. Auch der Rausch macht zugleich die Phantasie und die Sinne schärfer. Freilich sind oft am dichterischen Genie alle äußere Sinnen-Nerven verdorret und abgewelkt; aber der Wuchs des einen Zweiges hatte nur die andern ausgesogen, so wie ja auch die Sinne – z. B. Aug' und Ohr – einander gegenseitig berauben und erstatten. Unter den Wilden wird bloß das Genie die schärfsten Sinne haben.

Jetzt hab ich zweierlei zu tun. Ich muß erweisen, wie

diesem allen ungeachtet die Phantasie uns in ihren Ländereien mit Zauberspiegeln und Zauberflöten so süß betören und so magisch blenden könne; – zweitens muß ich vorher die meisten dieser magischen Kunststücke aufzählen.

Alle Personen, die bloß auf dem Zauberboden der Phantasie stehen, verklären sich unbeschreiblich vor uns, z. B. Tote – Abwesende – Unbekannte. – Der Held einer Biographie sei uns noch so treu vorgezeichnet: gleichwohl fängt ihn unsere metamorphotische *Einbildung* größer auf, als unsere plane *Netzhaut* ihn malen würde, wie in der Malerei ein treu abgemalter Menschenkopf größer scheint als sein Urbild von gleichem Quadratinhalt. Daher stehet der Landmann auf dem elektrischen Isolatorium des Idyllendichters strahlend und mit einem Heiligenschein umzogen; ebenso steht auch der Wilde in Rousseaus Kopf und die Kinder in jedem dichterischen.

So zieht das Fernrohr der Phantasie einen bunten Diffusionsraum um die glücklichen Inseln der Vergangenheit, um das gelobte Land der Zukunft.

Die Personen aller dramatischen Gedichte, selber die bösen, empfangen in ihrem Dunst- und Zauberkreise Reize, die ihnen alle im kahlen lichten gemeinen Leben abfallen würden, wenn sie darin erschienen.

Der Traum ist das Tempe-Tal und Mutterland der Phantasie: die Konzerte, die in diesem dämmernden Arkadien ertönen, die elysischen Felder, die es bedekken, die himmlischen Gestalten, die es bewohnen, leiden keine Vergleichung mit irgend etwas, das die Erde gibt, und ich habe oft gedacht: »Da der Mensch aus so mancherlei schönen Träumen erwacht, aus denen der Jugend, der Hoffnung, des Glücks, der Liebe: ach könnt' er nur – sie wären ihm dann alle wiedergegeben – in den schönen Träumen des Schlummers länger bleiben!«

Noch größer ist die phantasierende Kraft, wenn sie

auswärts reicht und die Gegenwart selber zum Marmorblock oder Teige ihrer Gebilde macht. Ich will mehr als *ein* Beispiel geben. Das erste ist nicht das deutlichste: bei rauschenden Freudenfesten, auf Bällen, auf nächtlichen Freudengelagen schmückt sich jeder Augenblick mit dem Widerschein des nächsten künftigen; und solange dieses dauert, vermengen wir den süßen *Durst* des Herzens mit dem *Trank*; – denn der Mensch hat so wenig, daß er nur froh ist, wenn er stark *begehren* kann, und daß er die *Stärke* seiner Wünsche zu ihren *Befriedigungen* rechnet. – Aber es kommt eine trunknere Stunde, wo im langen Freudengelage unsere Phantasien unsere Sinnen übertönen, wo die Gegenwart mehr zum Traume, die Musik mehr zum Echo ermattet und wo wir im wirbelnden bunten Rauche um uns schwindeln und dann im Schwindel unsere Umkreisungen für fremde nehmen: dann sind wir gesättigt und voll, ach! fast vor Ermüdung! –

Im *Rausche* dringen die Wolken der innen brennenden Räucherkerzen hinaus und legen sich außen an den Gegenständen an und geben ihnen eine vergrößerte, abgeründete, zitternde Gestalt.

In der *Liebe* ist das Amalgama der Gegenwart mit der Phantasie noch inniger. Schaue die Gestalt an, die du einmal geliebt hattest und die nun mit allen ihren Reizen nicht einmal den idealischen Zauber einer Bildsäule für dich hat! Warum sonst ist sie jetzt ein lackierter Blumenstab für dich, als bloß weil alle Rosen, die deine Phantasie an diesem Stabe hinaufgezogen, nun ausgerissen sind? – Ich wünschte, der Leser liebte eine Schwester, die besondere Familienähnlichkeit mit ihrem Bruder hätte, den er nicht leiden könnte: er würde dann am leichtesten das geliebte Gesicht von dem Brautschmuck, womit seine Phantasie als Folienschlägerin es blasoniert und übergoldet, trennen können. Kurz eine geliebte Person hat den Nimbus einer abwesenden – einer gestorbenen – einer dramatischen. –

Noch mehr. Leute, deren Kopf voll poetischer Kreaturen ist, finden auch außerhalb desselben keine geringern. Dem ächten Dichter ist das ganze Leben dramatisch, alle Nachbarn sind ihm Charaktere, alle fremde Schmerzen sind ihm süße der Illusion, alles erscheint ihm beweglich, erhoben, arkadisch, fliehend und froh, und er kommt nie darhinter, wie bürgerlich-eng einem armen Archivsekretär mit sechs Kindern – gesetzt er wäre das selber – zumute ist. Denn ist er selber bürgerlich unglücklich, z. B. ein Träger des Lazarus-Orden: so kommt es ihm vor, als mach' er eine Gastrolle in Gays *Bettleroper*; das Schicksal ist der Theaterdichter, und Frau und Kind sind die stehende Truppe.
– Und wahrlich, der Philosoph und der Mensch dürfen hier nicht anders denken als der Dichter; und der, für den das *äußere* (bürgerliche, physische) Leben mehr ist als eine Rolle: der ist ein Komödiantenkind, das seine Rolle mit seinem Leben verwirrt und das *auf dem Theater zu weinen anfängt*. Dieser Gesichtspunkt, der metaphorischer scheint, als er ist, erhebt zu einer Standhaftigkeit, die erhabener, seltener und süßer ist als die stoische Apathie und die uns an der Freude alles empfinden lässet, ausgenommen ihren Verlust.
Belesene Mädchen, die im Sommer aufs Land gehen, machen aus den Landleuten wandelnde Geßnerische Idyllen-Ideale. Die Landleute idealisieren ihrerseits wieder die Mädchen zu Prinzessinnen der Marionetten und der Historienbücher hinauf. Und ebenso hab ich im dreizehnten Kapitel der vorigen Biographie den Pfarrer und den mir sonst verhaßten Zwinger und Schuldturm des bürgerlichen Lebens gepriesen, weil ich an ihm und an seinem Notstall schon den biographischen und idealischen Mondschein glimmen sah, den ich nachher auf ihn warf. Auch im Komischen kann man wirkliche Toren, die man handeln sieht, im Geheim zu komischen Akteurs und zu gut durchgeführten komischen Charakteren idealisieren. – –

Woher kömmt nun, da die Phantasie nur der goldene Abend-Widerschein der Sinne ist, dieser Reiz *eigner* Art, der an Träumen, Abwesenden, Geliebten, entrückten Zeiten und Ländern, an Kinderjahren und – was ich kaum zu nennen brauchte – an den von den Dichtern in die Welt geschickten Blumengöttinnen und Blumenparterren haftet? – Wenn wir heraushaben, warum uns die Dichter gefallen: so wissen wir das Übrige auch.

Davon könnte man mehrere Ursachen angeben, die richtig wären, ohne zureichend zu sein. Z. B. wir denken das ganze Jahr weniger mit Bildern als mit Zeichen, d. h. zwar mit Bildern, aber nur mit dunklern kleinern, mit Klängen und Lettern: der Dichter aber rücket nicht nur in unserem Kopfe alle Bilder und Farben zu einem einzigen Altarblatte zusammen, sondern er frischet uns auch jedes einzelne Bild und Farbenkorn durch folgenden Kunstgriff auf. Indem er durch die Metapher einen Körper zur Hülle von etwas Geistigen macht (z. B. Blüte einer Wissenschaft): so zwingt er uns, dieses Körperliche, also hier »Blüte«, heller zu sehen, als in einer Botanik geschähe. Und wieder umgekehrt gibt er, wie vermittelst der Metapher dem Körperlichen durch das Geistige, ebenso vermittelst der Personifikation dem Geistigen durch das Körperliche höhere Farben.

Ferner könnte man – und kann auch – sagen: der dramatische Dichter überwältigt uns durch die Verwandlung der Wochen in Minuten und erweckt, indem er die tragische, vielleicht über Jahre hingesponnene Geschichte in wenige Stunden zusammenzieht, unsere Leidenschaften bloß darum, weil er ihnen gleicht, da sie auch wie Taschenspieler und Heerführer uns durch Geschwindigkeit berücken.

Aber ich eile zu dem, was mich befriedigt. Die Arme des Menschen strecken sich nach der Unendlichkeit aus: alle unsere Begierden sind nur Abteilungen *eines* großen unendlichen Wunsches. Es ist sonderbar, daß man von der Phantasie, deren Flügel einen unendlichen *Raum* und eine unendliche *Zeit* bedecken wollen, weil sie über jede endliche reichen, und von der Vernunft, die keine endliche *Kausalreihe* denken kann, nicht weiter fortgeschlossen hat auf den Willen. Alle unsere Affekten führen ein unvertilgbares Gefühl ihrer Ewigkeit und Überschwenglichkeit bei sich – jede Liebe und jeder Haß, jeder Schmerz und jede Freude fühlen sich ewig und unendlich. So gibt es auch eine Furcht vor etwas Unendlichen, wovon die Gespensterfurcht, wie ich anderswo[1] bewiesen, eine Äußerung ist. Wir sind unvermögend, uns nur eine Glückseligkeit vorzuträumen, die uns ausfüllte und ewig befriedigte. – Dein Genius entführe dich und lege dich in der schönsten Pappelinsel dieser Erde nieder – er ziehe Lusthaine durch die Insel, und Gärten um die Haine, und Blumen um die Gärten – er öffne dein Auge und zeige dir alles, was du hast: einen stillen Himmel und zwei Menschen, die du liebst – er fliege in dein Herz zurück und wohne darin unter dem Namen der Tugend und Weisheit: – Glücklicher! wirst du niemals seufzen? – Und steigt dein erster Seufzer als Übersättigung auf, mit der sich ja kein Wunsch, kein Hunger gesellen könnte? – All unser Ringen nach Freude soll nur unser Schmachten übertäuben: wir liegen brütend auf der kalten Erde wie die Vögel auf Kreide, nicht um etwas auszubrüten, sondern um die Bruthitze der siechen Brust zu lindern.

Was nun unserem *Sinne des Grenzenlosen* – so will ich immer der Kürze wegen sagen – die scharfabgeteilten Felder der Natur verweigern, das vergönnen ihm die schwimmenden nebligen elysischen der Phantasie. Kant setzet schon das Erhabene der Dichtkunst und der Natur in ein angeschauetes Unendliche. Die Natur

1. Mumien. 1. Th. S. 278. 279.

zwar selber als Sinnengegenstand ist nicht erhaben, d. h. unendlich, weil sie alle ihre Massen wenigstens mit optischen Grenzen scharf abschneidet, das unabsehliche Meer mit Nebel oder Morgenrot, den unergründlichen Himmel mit Blau, die Abgründe mit Schwarz. Gleichwohl sind das Meer, der Himmel, der Abgrund erhaben; aber nicht durch die Gabe der Sinne, sondern der Phantasie, die sich an die optischen Grenzen, an jene scheinbare Grenzenlosigkeit hinstellet, um in eine wahre hinüberzuschauen. Man könnte fragen: warum tut sie es nicht bei jedem Blau, bei jedem Schwarz? – Man könnte antworten: weil nicht jedes Blau einen so großen Gegenstand umschließet. Man könnte wieder fragen: warum denn eine dem Meere an Größe gleiche Blumenebene sich mit Nebeln schließe, ohne so erhaben zu sein wie das Meer. Die letzte Antwort aber bleibt: weil alles Große *einfärbig* sein muß, da jede neue Farbe einen neuen Gegenstand anfängt. Im einfachen Blau des Himmels wiegt die Seele ihre Flügel auf und nieder – und aus dem letzten Stern stürzt sie sich mit ausgebreiteten Schwingen in die Unermeßlichkeit.

Stelle dir ein Arkadien vor: in dem, worauf du trittst, halten überall Herkules-Säulen deine Genüsse auf und lassen bloß deine Wünsche über die Säulen fliegen; aber in einem dichterischen kann ja dein Wunsch nicht größer sein als dein Bezirk, und das, was du wünschest, hast du ja eben vorher erschaffen. –

Der Steig der Wirklichkeit ist nicht bloß steiniger, sondern auch länger als der der Phantasie, die über ihm schweifet; aber wenn du einen Dichter liesest, so hast du noch dazu die Freude, den blumigen Irrgang einer fremden Phantasie mit deiner eignen zu durchkreuzen. Wie wird die Phantasie, die schon die Wirklichkeit aufschmückt, erst Träume verzieren! –

Wenn ich oft meiner Phantasie in schönen Landschaften erlaubte, Landschaftsmalereien zu machen für mich, nicht für das Publikum: so fand ich – und auch sonst –, daß die aus mir aufsteigenden Fluren nur Inseln und Erdstriche aus der längst versunknen Kindheit waren. Der Traum führet auch (wie schon Herder bemerkt) die längst weggeschobenen bunten Glasmalereien der Kindheit wieder in die dunkle Kammer des Schlafes zurück. Die Kindheits-Erinnerungen können aber nicht als Erinnerungen, deren uns ja aus jedem Alter bleiben, so sehr laben: sondern es muß darum sein, weil ihre magische *Dunkelheit* und das Andenken an unsere damalige kindliche Erwartung eines unendlichen Genusses, mit der uns die vollen jungen Kräfte und die Unbekanntschaft mit dem Leben belogen, unserem Sinne des Grenzenlosen mehr schmeicheln.

Das Idealische in der Poesie ist nichts anders als diese vorgespiegelte Unendlichkeit; ohne diese Unendlichkeit gibt die Poesie nur platte abgefärbte Schieferabdrücke, aber keine Blumenstücke der hohen Natur. Folglich muß alle Poesie idealisieren: die Teile müssen wirklich, aber das Ganze idealisch sein. Die richtigste Beschreibung einer Gegend gehöret darum noch in keinen Musenalmanach, sondern mehr in ein Flurbuch – ein Protokoll ist darum noch keine Szene aus einem Lustspiel – die Nachahmung der Natur ist noch keine Dichtkunst, weil die Kopie nicht mehr enthalten kann als das Urbild. –

Die Poesie ist eigentlich dramatisch und malt Empfindungen, fremde oder eigene: das übrige – die Bilder, der Flug, der Wohlklang, die Nachahmung der Natur – diese Dinge sind nur die Reißkohlen, Malerschatullen und Gerüste zu jener Malerei. Diese Werkzeuge verhalten sich zur Poesie wie der Generalbaß oder die Harmonie zur Melodie, wie das Kolorit zur Zeichnung. Dazu setz ich nun weiter: alle *Quantitäten* sind für uns endlich, alle *Qualitäten* sind unendlich. Von jenen können wir durch die äußern Sinne Kenntnis haben, von diesen nur durch den innern. Folglich ist jede Qualität für uns eine geistige Eigenschaft. Geister

und ihre Äußerungen stellen sich unserem Innern eben so grenzenlos als dunkel dar. Mithin muß das in uns geworfene Sonnenbild, das wir uns vom Dichter machen, vergrößert, vervielfältigt und schimmernd in den Wellen zittern, die er selber in uns zusammentrieb[2].
Aber das war's nicht, worauf ich kommen wollte, sondern darauf, wodurch und womit die schönen Künste auf uns wirken. Durchaus nur mit und durch Phantasie: das, was die Gebilde der Malerei und Plastik von andern *Körpern* absondert, muß ein besonderes Verhältnis zu unserer Phantasie sein. Dieses Verhältnis kann nicht auf die bloße kahle Vergleichung hinauslaufen, die wir zwischen dem Ur- und Abbilde anstellen und aus der wir nur das matte Vergnügen besiegter Schwierigkeiten schöpfen könnten. *Sulzer* sagt: ein Gemälde gefället uns, aber nicht das treuere Bild im Spiegel, eine Statue entzückt uns, aber nicht die treuere Wachsfigur: denn die Ähnlichkeit muß ihre Grenzen haben. Ich frage aber: warum? Weswegen soll die vollendete Ähnlichkeit (die Gleichheit) weniger vermögen als die unvollendete? Es ist in diesem Sinne nicht einmal wahr, und ein Porträt, dem zum Spiegelbilde nichts abginge als die Beweglichkeit, würde uns um so mehr bezaubern.
Aber in einem andern Sinne ist allerdings eine Unähnlichkeit vonnöten: diejenige, die in die Materie die Pantomime eines Geistes eindrückt, kurz das Idealische. Wir stellen uns am Christuskopfe nicht den gemalten, sondern den gedachten vor, der vor der Seele des Künstlers ruhte, kurz die Seele des Künstlers, eine Qualität, eine Kraft, etwas Unendliches. Wie die Schauspieler nur die Lettern, nur die trocknen Tuschen sind, womit der Theaterdichter seine Ideale auf das

2. Ohne die Erwägung des Geistes, der schuf, wär' es nicht zu erklären, warum eine Szene aus Shakespeare nur halb gefiele, wenn wir wüßten, er hätte sie von Wort zu Wort aus irgend einem wirklichen Zufall, Protokoll, Dialoge ausgeschrieben.

Theater malet – daher wird jedes Trauerspiel mit größerem Vorteil seines Idealischen im Kopfe als auf dem Schauplatz aufgeführet –: so sind die Farben und Linien nur die Lettern des Malers. Die typographische Pracht dieser Lettern vermenge man nicht mit dem erhabenen Sinn, dessen *unwillkürliche* Zeichen sie sind.
Ich sagte *unwillkürliche*. Unsere Seele schreibt mit vierundzwanzig Zeichen der Zeichen (d. h. mit vierundzwanzig Buchstaben der Wörter) an Seelen; die Natur mit Millionen. Sie zwingt uns, an fremde Ichs neben unserem zu glauben, da wir ewig nur Körper sehen – also unsere Seele in fremde Augen, Nasen, Lippen überzutragen. Kurz, durch Physiognomik und Pathognomik *beseelen* wir erstlich alle Leiber – später alle unorganisierte Körper. Dem Baume, dem Kirchturme, dem Milchtopfe teilen wir eine ferne Menschenbildung zu und mit dieser den Geist. Die Schönheit des Gesichts putzet sich nicht mit der Schönheit der Linien an, sondern umgekehrt ist alle Linien- und Farbenschönheit nur ein übertragener Widerschein der menschlichen. Unser Unvermögen, uns etwas Lebloses existierend, d. h. lebend zu denken, verknüpft mit unserer Angewöhnung an ein ewiges Personifizieren der ganzen Schöpfung, macht, daß eine schöne Gegend uns ein malerischer oder poetischer Gedanke ist – daß große Massen uns anreden, als wohnte ein großer Geist in ihnen oder ein unendlicher – und daß ein gebildeter Apollos- und ein gemalter Johanneskopf nichts sind als die schöne ächte Physiognomie der großen Seelen, die beide geschaffen, um in homogenern Körpern zu wohnen, als die eignen sind. –
Als Tithon sich vom Jupiter die Unsterblichkeit erflehte, hatte er in seine Bitte nicht die Jugend eingeschlossen, und er schwand zuletzt ein zu einer unsterblichen – *Stimme*: So verfället, erbleichet das Leben hinter uns, und unserer einschwindenden vertrocknenden Vergangenheit bleibt nur etwas Unsterbliches – eine

Stimme: die *Musik*. Daß nun die Töne, die in einem dunkeln Mondlicht mit *Kräften ohne Körper* unser Herz umfließen, die unsere Seele so verdoppeln, daß sie sich selber zuhört, und mit denen unsere tief heraufgewühlten unendlichen *exaltierten* Hoffnungen und Erinnerungen gleichsam *im Schlafe* reden, daß nun die Töne ihre Allmacht von dem Sinne des Grenzenlosen überkommen, das brauch ich nicht weiter zu sagen. Die *Harmonie* füllet uns zum Teil durch ihre arithmetischen Verhältnisse; aber die *Melodie*, der Lebensgeist der Musik, erkläret sich aus nichts als etwan aus der poetischen reinen Nachahmung der rohern Töne, die unsere Freuden und unsere Schmerzen von sich geben. Die äußere Musik erzeugt also im eigentlichen Sinn innere; daher auch alle Töne uns einen Reiz zum Singen geben. – –

Aber genug! Ich schließe, wie ein Schauspiel, mit der geliebten Tonkunst. Ich hätte noch viel einzuschränken, zu beantworten und nachzuholen, z. B. das, daß es eine genießende und eine schaffende Phantasie gebe und daß jenes die poetische Seele sei, die den Sinn des Unendlichen feiner hat, und dieses die schöpferische, die ihn versorgt und nährt, oft ohne ihn zu haben; ich könnte noch mit den Kräften des Mondscheins, der Nacht, der bunten Farbenwogen in Tautropfen meinen Satz befestigen: aber einer, der bei Tageslicht blind wäre, würde auch bei wolkenlosem Sonnenlicht nichts sehen. Es ist mir – so sehr personifizieret der Mensch sogar seine eignen Teile –, als müßt' ich jetzt der Phantasie, über die ich zu lange geschrieben und unter deren heißen Linie wie unter der andern ein ewiger *Morgenwind* der Jugend weht, als müßt' ich ihr dankbare Empfindungen für die Stunden, für die Gärten, für die Blumen, selber für die Wünsche bringen, die sie wie Girlanden um das einfärbige Leben flicht. Aber hier will wieder der Mensch, wie so oft, lieber der *Gabe* als dem *Geber* danken. – Und was soll unser Dank sein? –

Zufriedenheit! Abscheu vor der Unart, den köstlichen Ersatz der Wirklichkeit und die Wirklichkeit zugleich zu begehren, zu den unverwelklichen *Blumenstücken* der Phantasie noch die dünnen *Blumen* der irdischen Freude dazu zu fordern und überhaupt das zu vergessen, daß der dichterische *Regenbogen* (wie der optische) sich gerade beim niedrigsten Stande der Sonne (im Abend und Winter) am höchsten wölbe. – Wohl gleichen wir hier mit unserer lechzenden Brust Schlafenden, die so lange *dürsten*, als sie den Mund *öffnen*: sie sind gestillet, wenn sie ihn *schließen*, und wir auch, wenn unsern die letzte Hand zudrückt. Aber wir sind voll himmlischer Träume, die uns tränken – und wenn dann die Wonne oder die Erwartung der träumerischen Labung zu groß wird, dann werden wir etwas Bessers als satt – wach.

2.

Des Amts-Vogts Josuah Freudel Klaglibell gegen seinen verfluchten Dämon.

Dieses zierliche Klaglibell, worin ein zerstreueter Gelehrter ohne sein Wissen seine Zerstreuung schildert, kam durch die Güte des Herrn Pfarrers Fixlein in meine Hände, der's in der Kirchenagende seiner Sakristei gefunden hatte. Ich glaube, ich kann das Libell ohne Diebstahl zu meinen Aufsätzen und Effekten schlagen, da *Freudel* hinten eine Arbeit von mir in seine einfügt; denn ich mache, da commixtio und confusio ein modus adquirendi ist, aus rechtlichen Gründen aufs Ganze Anspruch. Wenigstens gehören, da er das Papier dazu aus der Sakristei erhob, meinem Gevatter als Herrn des Prinzipale die darauf gesetzten Gedanken des Vogts als accessorium. Der Konzipient hatte sich aus Versehen am Bußtage in die Hukelumer Kirche sperren lassen: – um nun die Langweile sich so lange vom Leibe zu halten, bis ihn beim Gebetläuten jemand hinausließ, verschrieb er die Zeit bis dahin in diesen Klagen:

Gewisser ist wohl nichts, als daß manchen Menschen ein tückischer Dämon verfolgt und ihm lange Sperrhaken ins Getriebe seines Lebens steckt, wenn es gerade am besten umläuft und eben ausschlagen will. Jeder muß Menschen kennen, die lauter Unglück im Spielen – Kriegen – Heiraten – in allem haben, so wie andere wieder lauter Glück. Bei mir wird gar Glück und Unglück mutschierungsweise neben- und aufeinander verpackt in *eine* Tonne, anstatt daß es Jupiter in zwei verfüllte. Ist vollends das Vergnügen, die Ehrenbezeugung, die rührende Empfindung, die ich habe, groß, sehr groß: so verlaß ich mich darauf, daß es nun der Dämon gewahr werden und mir alles hinterdrein gesegnen werde. So versalzet er mir gern schöne Lustfahrten durch einen häuslichen Hader; und ein Ehrenbogen ist für mich ein Regenbogen, der drei elende Tage ankündigt. So hat er mir heute in diese Kirche nachgesetzt, weil er voraussah, die blühende Predigt werde mir einiges Vergnügen reichen; und nun seh ich mich seit der Vesperpredigt in das Gotteshaus inhaftiert, und das Schicksal weiß, wenn ich hinausgelassen werde. Denn ich kann weder Tür noch Fenster ausbrechen, und das größte Unglück ist, daß gerade heute Bußtag ist, wo keine Magd auf den Gottesacker geht; unter allen meinen dummen Schreibern hat ohnehin keiner soviel Verstand, daß er mich in der Sakristei aufsuchte. Diese Kirche ist mir überhaupt aufsätzig; ich habe darin schon ein Unglück gehabt, und es war heute nichts als der Widerschein eines alten, daß ich unter der Hand der ganzen Gemeinde abgefangen wurde, indem ich still und vergnügt in meinem Kir-

chenstuhle saß und meine ungedruckte Anweisung zu einem gerichtlich-blühenden Stil in Gedanken prüfte. Denn ich bin leider in viele Sättel gerecht, eben weil mich der Dämon immer aus jedem hebt.
Ich habe mich sonst mit Versen abgegeben – welches jetzt wenigstens meinem Stile zuschlägt – und nachher umgesattelt: denn ich wollte ein Pfarrer werden, und kein Amtsvogt. Die Geschichte ist im Grunde unterhaltend, obwohl auf meine Kosten. Ich wollte nämlich als Student in meinem Geburts-Dorfe (eben hier in der Kirche) mit einer Gastpredigt ausstehen und hatte deshalb eine große Perücke mit einem hohen Toupet-Gemäuer meiner Mutter zuliebe aufgesetzt. Gleich im Exordio stieß ich auf ein Abenteuer, indem ich die Nutzanwendung, die sich auch wie jenes mit »teuerste etc. Zuhörer« anhebt, unglücklich mit dem Eingange verwechselte; aber ich hielt – leicht und mit zweckmäßigen Veränderungen – den Zuhörern den Schwanz so in meiner Hand hin wie ein Endchen Kopf. Tausend andere hätten von der Kanzel gemußt; ich hingegen kam wohlbehalten vor dem Kanzelliede an und sagte: »Nun wollen wir ein andächtiges Lied miteinander singen« – und das war mein Unglück. Denn da ich mich – wie es auf den meisten Kanzeln Sitte ist – so mit dem Kopfe aufs Pult hinlegte und niederkrempte, daß ich nichts mehr sehen konnte als den Kanzel-Frack – so wie von mir auch nichts zu sehen war als mein Knauf, die Perücke mit dem Wall –: so mußt' ich (wollt' ich nicht dumm sein und ins Kanzeltuch hineinsingen) aus Mangel an Gesichtsempfindungen während dem Singen denken. – Ich suchte also auf dem Pulte den Eingang, womit ich schließen wollte, zur Nutzanwendung umzufärben – ich wurde von einer Subdivision auf die andere verschlagen – ich hatte mich wie ein Nachtwandler unter meine Gedanken verstiegen, als ich plötzlich mit Erstarren vermerkte, daß schon längst nichts mehr sänge und daß ich nachdächte, während

die sämtliche Kirche auflauerte. Je länger ich erstaunte in meiner Perücke, desto mehr Zeit verlief, und ich überlegte, ob es noch schicklich sei, so spät das Toupet-Fallgatter aufzuheben und darunter den Kirchleuten wieder zu erscheinen. Jetzt war – denn der Kanzel-Uhrsand lief in einem fort – noch mehr Zeit verstrichen; die außerordentliche Windstille der Gemeinde lag ganz schwül auf meiner Brust, und ich konnte, so lächerlich mir zuletzt der ganze, Ohr und Fuß spitzende Kirchenhaufe vorkam und so sicher ich hinter meinem Haar-Stechhelm lag, doch leicht einsehen, daß ich weder ewig niedergestülpet bleiben noch mit Ehren in die Höhe kommen könnte. Ich hielt's also für das Anständigste, mich zu hären und mit dem Kopfe langsam aus der Perücke wie aus einem Ei auszukriechen und mich heimlich mit bloßem Haupte in die an die Kanzeltreppe stoßende Sakristei hinunterzumachen. Ich tat's und ließ die ausgekernte ausgeblasene Perücke droben vikarieren. Ich verhalt es nicht: indes ich in der Sakristei mit dem unbefiederten Kopfe auf- und abging: so passete jetzt (denn mein brachliegender Adjunktus und Geschäftsträger schauete in einem fort schweigend auf die Seelen herunter als Anfang eines Seelenhirten), so passete, gesteh ich, jetzt groß und klein, Mann und Weib darauf, daß der Kopf-Socken anfinge sich aufzurichten und ihnen vorzulesen und jeden so zu erbauen, wie ja homiletische Kollegien uns alle, hoff ich, abrichten. Ich brauche den Lesern nicht zu sagen, daß die erledigte Perücke nicht aufstand, beraubt aller Inlage und ihres Einsatzes. Zum Glück stellte sich der Kantor auf die Fußzehen und sah in die Kanzel herein – er stieg sans façon herab und hinauf und zog meine Kapuze beim Schwanze in die Höhe und zeigte der Parochie, daß wenig oder nichts drinnen wäre, was erbauen könnte, kein Seelensorger – »die Fülle ist schon aus der Pastete heraus«, bemerkt' er öffentlich bei diesem Kopf-Hiatus und steckte meinen

Vikarius zu sich. – Und seitdem hab ich diese Kanzel nicht mehr gesehen, geschweige betreten. . . .
Wahrlich ich schreib ihr jetzt gerade gegenüber, und ich sah heute hinauf; ich wollt' aber, ich könnte hinaus, und ich muß schon lange geschrieben haben. Beiläufig! gerade diese Historie, die ich ausschweifungsweise beigebracht, dient mehr als eine, das Dasein eines Dämons, der den mit den besten Projekten *schwangern* Menschen in *Ratten*-Form unter die Füße schießet, zu beglaubigen – aber Muttermale sind die Nachwehen davon.
Ich schwamm wohl niemals mehr im Wonnemeer als einmal, da der hiesige regierende Bürgermeister zur Erde bestattet wurde – dennoch wußte mir mein Dämon Unrat in meine Leichensuppe zu schmeißen. Ich würde abkommen von dem Leichenbegängnis, wenn ich weitläuftig berichten wollte, wie wenig dieser Hausteufel darnach fragt, wenn er mich um eine Hinrichtung – um eine Krönung – um eine Sonnenfinsternis zu bringen vermag. Da diese Dinge leider keine Palingenesie, kein Ankora und keinen Refrain verstatten: so hab ich dieses Trio von Dingen, das sonst wohl wenig Ähnlichkeit miteinander hat, niemals beschauen können – es war vorbei, eh' ich daran dachte, daß es komme.
Ich sollte Leichenmarschall beim Begräbnis sein und fing es auch an: der Bürgermeister, dem der Tod die Sanduhr in die Augen geschüttet hatte, war ein Mann, der verdiente, einen guten Leichenmarschall zu haben, einen gestabten Leichen-Turnier-Vogt; denn er war in der ganzen Gegend selber bei allen Leichen von Stand der allgemeine Undertaker, der Großkreuz des memento-mori-Ordens gewesen, der Maître de plaisir des Totentanzes. Er hätte – so gut fand er sich in die Charge – Leichen-Obermarschall in London bei der Beerdigung der magna charta sein können, wäre sie kein bloßer Spaß gewesen; und falls man den alten

Publizisten *Reichsherkommen* in den Residenzstädten einmal im Ernste begrübe, so könnte der Bürgermeister den Sarg unterstützen, läg' er nicht selber darin.
Ich muß noch vorher erzählen, daß ich abends vor der Bestattung, weil ich mit dem Bürgermeister einerlei Natur hatte, mir an ihm ein Beispiel nahm und meine Frühlingskur, nämlich 1½ Löffel ächte Rhabarber gebrauchte. Ich wollte, ich hätte etwas von jenen Gelehrten an mir, die aus Zerstreuung eines über das andere vergessen: eine kleine Zerstreuung, worin ich über die Leiche die Kur vergessen hätte, würde mir den andern Tag zupasse gekommen sein. Ich sollte fast mich schämen, etwas so viele lesen zu lassen, was ich ohnehin so viele sehen ließ. Im Grunde war's wohl unvermeidlich und wahres splanchnologisches Fatum: denn ich trank im Trauerhause viel nach – mußte langsam neben der schleichenden Bahre waten und noch dazu einem lüftenden Wind entgegen, der den ehrwürdigsten Männern den Leichenmantel zu einem Fettschwanz aufflocht (den faltigen Bettzopf und Troddel steckt' er ihnen dann wie ein Stichblatt an die rechte Seite), und ich führte noch dazu die satanische Frühlingspurganz im Magen bei mir. – – Inzwischen mußte einer, der mir nachsah, wenn er nicht horndumm war, sogleich bemerken, daß ich lange genug meine physiologischen Verhältnisse zum Besten meiner Pflicht verbiß und verwand und hinter dem schwarzen fliegenden Sommer und Flor-Labarum des Huts und mit dem eingewindelten hohen Marschalls-Taktstock das sämtliche Leichenkondukt gut genug kommandierte und begleitete, obwohl ich im Wasser der Tränen und der Laxanz als ein gebrochener Stab erschien. – Denn mir tat es wehe, so viel (am Bürgermeister) verloren und so viel eingenommen zu haben. – – Meinetwegen! Unser Land kommt noch darhinter: kurz der mitsingende Wind mochte uns kaum bis an zehn Schritte vor die Kirchtüre geschoben haben, als ich wirklich und ohne freien

Willen, gleich dem Kaiser Vespasian – und auch am nämlichen Orte –, meinen verbitterten Zepter fallen ließ. ...

Viele lachten wohl.

In andern Fällen weiß ich mir gegen Arzneien zu helfen. Da ich z. B. einmal dem vorigen Obristforstmeister, mit dem ich's nicht verderben durfte, auf seinem Jagdhause am Martinitag zu essen brieflich versprochen hatte: so traf sich's zum Glück, daß ich an dem nämlichen Tage beim hiesigen Pfarrer zu speisen mündlich zugesagt hatte. Nun war ich vor Nachteil verwahret, da es am Martinitag nicht bloß in der Pfarre drunter und drüber ging, sondern auch in meinem Magen; bloß weil ich mich mit einem hübschen Brechmittel ausbürstete. – Denn als mir um zwölf Uhr der Pfarrer sagen ließ, »es würde alles kalt«: so wußt' ich recht gut, wieviel Uhr es geschlagen hatte, und nahm in der Stadt, in die ich in einer Viertelstunde lief, auf der Post ein Kurierpferd und kam beim Forstmeister gerade angesprengt, als die Suppe noch heißer rauchte wie mein Gaul.

Ich weiß gewiß, ich wollte dem Leser noch einen recht frappanten Kasus auftischen; aber er will mir jetzt durchaus nicht beifallen. – Andern Leuten muß es noch öfter so gehen: denn ich habe eine ganze ausgewählte Bibliothek durch Diebstahl gewonnen und eine verloren, weil die einen, die mir jene liehen, und die andern, die mir diese abborgten, vergessen hatten, mit wem sie zu tun gehabt – und dann kamen mir die Leute auch aus dem Kopfe.

Jetzt fället mir alles bei: es war so. Fatalien waren mir, da ich noch Advokat war, in jedem Prozesse Mißpickel und Rattenpulver, und meine Appellationen wollten (wie alle lang lebende Gewächse) nie schon in zehn Tagen zeitigen; dennoch erwiderte ich einen gut ausgedachten Streich des bösen Dämons mit einem bessern. Überhaupt sollten die Kollegien sogut Fatalien zu fürchten haben wie die Advokaten: ist nicht oft das Beste, was die Parteien verlieren können, *Zeit*? Und warum soll diese der schuldige und der unschuldige Teil zugleich verlieren? – Was helfen alle *Läuferschuhe* der Advokaten (und die *Hetzpeitschen* der Prozeßordnung dazu), wenn die höhern Kollegien, an die alle Akten *indossieret* werden, in *Hemmschuhen* und *Hemmketten* einherwaten? – Kurz die Advokaten und die höhern Instanzen (denn uns niedrigen zügelt man schon, und ich darf kaum mehr sprechen, so verlangen die Leute die *Apostel*) siechen an demselben Marasmus der Dilation, an derselben Frakturschrift der Schreiber, an derselben Geld- und Gesichterschneiderei. ... Ich schweife hier vielleicht ab; aber ich bekenne, ich faß es niemals, wie ich im *Schreiben* von einem aufs andre komme, da ich's doch im *Denken* nicht tue.

Aber wie gesagt, es war an meinem Hochzeittag: – er war schon ganz vorbei bis auf eine Viertelstunde. – Die finstere Hochzeitnacht war hereingebrochen – ich hatte meine Repetieruhr und mein Zopfband schon unter den Spiegel gehangen und das vorletzte Licht ausgetan und beim letzten dreiviertel auf zwölf Uhr gelesen und so feurig als wenige an meine liebe Braut, als Tür- und Wandnachbarin meiner Seele, gedacht, als ich im sogenannten Ehekalender, der neuerer Zeiten das Kirchenbuch und den Geburtsschein um dreiviertel Jahr antizipieret, nachschauete, um das heutige Datum zu unterlinieren: nun kam ich im Kalender, worin zugleich meine *juristischen* Fatalien und Termine stehen, zum Glücke mit darhinter, daß ich innerhalb zwei Tagen appellieren müßte, und daß der letzte Viertelhammer der zwölften Stunde den achten gar erschlüge. Ich raffte mich zusammen, beschnitt Papier (in Bayern wär's unnötig) und legte stehendes Fußes die Appellation ein, die einzulegen war, und petschierte sie zusammen. »Ich habe nur« – meldete ich ausgefroren der Braut – »vom Judex a quo zum Judex ad quem appelliert; und du kannst dir denken, ob man es appellatischerseits werde erwartet haben.« –

Da der Teufel eine eigne Liebhaberei für Zwiespalt hat: so sucht er mir gerade, wenn ich durch einen Ehrenbogen gehe, den Grimm meiner Freunde zuzuwenden. Ich erinnere mich, daß ich oft vermischten Gesellschaften mit der größten Deutlichkeit Lavaters Tierstücke aus seinem physiognomischen Schwabenspiegel repetierte und ihnen die Anwendung der Vieh- und Insektenköpfe auf die menschlichen so leicht machte, als ohne Kupferstiche möglich ist, ich erinnere mich, sag ich, daß ich mich, wenn ich mich dann nach einiger Beistimmung umschauete, in einem Zirkel oder Trapezium von fatalen verdrüßlichen Gesichtern mit gekräuselten Nasen, faltigen Lippen, gestirnten überschriebnen Stirnen stehen sah – und wer mir aus der Gesellschaft die nächsten Wochen darauf ein Bein unterstellen konnte, der tat's. Wenn ich nicht zuweilen in Gesellschaft einschliefe, so könnten alle nichts aufbringen, womit ich ihnen zu nahe träte: alles, was ich darin wage, ist, daß ich vor ihnen im Kopfe einige juristische Opuscula *ausarbeite*, anstatt daß *Zimmermann* ihnen im Kopfe gar seine philosophischen *vorlieset*. Newton sah den Finger einer Dame für einen Zwerghirschchen-Fuß an, den man zum Pfeifenstopfer nimmt; ich aber habe nichts auf mir, als daß ich einmal, da ich meine Pfeife ausklopfte, aus Höflichkeit einigemal rief: *herein!* weil ich dachte, man klopfe draußen an.

So werf ich's mehr einem bösen Dämon als mir selber vor, daß ich in *einem* Jahre meinen Gevatter und meinen Beichtvater zugleich geärgert. Ich war sehr krank und ließ auf drei Sonntage eine Kirchenvorbitte für meine Genesung bestellen. Am dritten Sonntag saß ich während der Vorbitte selber mit unter den Leuten und schauete – während der Pfarrer oben an meiner Rekonvaleszenz arbeitete – unten aus meinem Gitterstuhl mit einem närrischen Gesichte genesen heraus. Ich wußt' aber am besten, warum ich mich als Rekonvaleszent öffentlich vorstellte: die Gemeinde sollte sehen, wie ihre Vorbitte angeschlagen, und zweitens sollte sie ermuntert werden zu Vorbitten gegen das Rezidiv.

Was meinen Gevatter, den Marschkommissar, anlangt, so ritt ich zu ihm bei der ersten Niederkunft meiner Frau und wollt' ihn, da er mein alter Universitäts-Jonathan und Orest ist und in der Nähe wohnt, zu Gevatter bitten, als er gerade reisefertig im Stalle auf den Durchmarsch der Ungarn paßte. Da sein erstes Wort war, ich möchte auf dem Pferde mit ihm reden und mitreiten: so verritt ich einen halben Tag, und erst vier Meilen vom Täufling macht' ich ihn bei einem Setzteiche zu meinem Gevatter in Beisein der Kompanie. Den andern Tag erreichten ich und er mit zwei solchen Jagdpferden, wie wir reiten, leicht den Taufstein beizeiten.

Ich kann nicht erzählen, wie ich meinen Gevatter grimmig und zwieträchtig gemacht, wenn man mich nicht vorher über die Tücke meines Dämons abhört, der mir, solang ich Geburtstage in meinem Leben antraf, noch keinen einzigen zu begehen erlaubte. Kurz *vor*, kurz *nach* den Geburtstagen veranstalt ich viel und schaffe Vorreiter und Voressen an; ist aber einer von den Geburtstagen da, so merk ich nichts von ihm, und ich kann ihn also nicht durchfeiern. Endlich dacht' ich, es würde zu etwas führen und gescheut sein, wenn ich satteln ließe und schon vier Wochen vorher meinen Gevatter auf Barnabas-Tag – da fiel meine Geburt – samt den sieben lieben Kleinen invitierte, mit mir vorlieb zu nehmen. Ich saß auf und überraschte und überredete den Marschkommissär, ohne ihm jedoch etwas vom Geburtsfeste zu entdecken: ich setzte nicht eher einen Fuß in den Steigbügel, als bis er – weil er kaum aus den Reisekleidern wegen der Durchmärsche kam, die halbfrankieret waren und nicht viel anderes Geld gaben als

Fersengeld – doch in meinem Beisein ein viersitziges Fuhrwerk auf Barnabas bestanden hatte. Nun hatt' ich alles abgetan und brauchte nicht weiter daran zu denken: ich wußte, der Kommissär vergesse nichts. – Unter dieser Zeit ließ ich das schöne Bau-Wetter nicht wieder verstreichen, sondern machte mich einmal im Ernste über die Hauptreparatur und Reproduktion meines brüchigen Hauses her. Als nun am Barnabastermin bei früher Tageszeit der alte Marschkommissar samt seiner jungen Frau und sieben lebendigen, meinetwegen in Putz gesetzten, vergnügten Kindern wirklich unten vor meinem Hause gleich ihrem Fähr- und Fuhrmann, der schon vom Bocke war, freudig auszusteigen gesonnen waren: war's eine platte Unmöglichkeit, weil um das Haus mehrere Schutt-Kettengebirge umhersaßen und weil besonders die Beine und Pfahlwerke des Gerüstes die ganze Anfurt verschränkten. – Ich selber spazierte oben auf letzterem mit einem abgekürzten strangulierten gummierten Schlafrock herum, reine Luft zu schöpfen, und guckte staunend auf den großen Kutschkasten herunter, ungemein neugierig, was wohl aus dem Kasten springe. Aber der Fuhrmann schwang sich wieder über das Rad hinauf und fuhr die Familie vor einen wohlfeilen Gasthof, an dem ich erst, weil er meinem Gerüste gegenüberstand, beim Aussteigen und Hineinziehen meinen guten Gevatter und seine geputzte Familie leicht wie Dokumente rekognoszierte. Ich ließ sie erst drüben allein essen, weil ich nicht gern schmarutziere, und dann kam ich schleunig nach. Ich trat mit dem Scherze vor ihr Tischtuch, ich könne sie heute nicht in meinen vier Pfählen, sondern in meinen zwanzig Pfählen – aufs Gerüste wird angespielet – empfangen; »aber bei uns zu Hause«, setzt' ich hinzu, »kann sich kaum der Mauermeister mit dem Borstpinsel umkehren.« – Ich bekenne mit Dank – so sehr mich jetzt mein Gevatter anfeindet –, dieser letzte Nachmittag, den ich bei ihm versaß, war einer meiner heitersten. Ich nötigte ihn, die Nacht dazubleiben; und ich hielt mich beim Kommissar von Vormitternacht bis ein wenig gegen den Morgen auf, weil er, ob er gleich so schläfrig war wie seine von der Apoplexie des Schlafes um ihn hingestreckten Kinder, doch aus Zerstreuung nicht merken mußte, welche Zeit es sei: denn der Mann hat einen außerordentlich zerstreueten Kopf, und seine Gehirnkammern sind bis an die Decke mit Marschreglements vollgeschlichtet. ... Ich hätte an so einem vergnügten Tage noch gar wissen sollen, daß es der meiner Geburt ist.

Überhaupt aber war ich nie für ordentliche Freß-Gelage und erschien ungern darauf. Ich war ein einziges Mal bei einer Ratsmahlzeit, die ich als Amtsvogt mitessen mußte nach der Ratswahl: denn ich habe ja schon erzählt, daß der Vorfahrer des neuen Bürgermeisters begraben worden, als ich Leichenmarschall war. Ich würde mich von allem ausgeschlossen haben, wäre nicht in einem Marktflecken wie unserem, der Stadtgerechtigkeit begehrt, Bürgermeister und Rat viel: in Rom vertauschte der Diktator den Pflug gegen das Staatsruder; – hier bei uns hält man beide leicht in *einer* Hand, und wir besitzen Ratsherren, denen es einerlei ist, ob sie votieren oder gerben, mähen oder strafen, an- oder unterschreiben und also die Kreide oder die Feder führen.

Bloß der närrische Ratsherr und Lohgerber *Ranz* bringt dem Kollegio Nachteil, weil er bei den Mahlzeiten solcher Parlamentswahlen so entsetzlich isset. Es zirkuliert über die ganze Ratsmahlzeit, zu der ich mich ex officio mit setzen mußte, und besonders über diesen Lohgerber eine hübsche Satire, die ein Unbekannter im Manuskript herumschickt und die ich hier unkastriert einrücken kann:

»Zuerst muß die Phantasie des Lesers die konsularische Tischgenossenschaft nehmen und ihr alle menschliche

Glieder abschneiden, abbeißen und wegstreifen, nur Schlund und Magen ausgenommen, die wir bei der Sache keine Minute entraten können. Hierauf müssen wir, ich und der Leser, die Mägen samt ihren angeschraubten Stechhebern von Schlünden um den Tisch, auf dem die Ratsmahlzeit raucht, die der jüngste zum Ratsherrn erwählte Magen kochen lassen, titularisch auf den Stühlen herumlegen und dann zuschauen und aufschreiben, wie diese einsaugende Gefäße sich einbeißen – wie sie eintunken – wie sie austrinken – wie sie schneiden – wie sie stechen – und was sie forttragen im Magen, Darmkanal und auf dem Teller. – Aber der Gerber-Meister *Ranz* wirft einen langen Schatten über die ganze Tafel und übermannt und überfrisset jeden, sich ausgenommen. Eh' ich protokolliere: so will ich vorher sechs Bierhähne wie Quellen gegen diesen Streckteich richten und den Weiher vollassen und die Hechte unter – Bier setzen. Nun schwimmt! –

Was uns äußerst frappieret und äußerst interessieret, ist bloß der Ratsherr und Lohgerber Ranz, der gleich der Natur voll Wunder ist und sie nun anfängt zu tun ... Er bringt, als Widerspiel eines Wasserscheuen, nichts Festes in seinen Leib, aber nicht weil sein Leib selber fest ist, und genießet, als Widerspiel eines Katholiken, dieses Abendmahl unter einerlei Gestalt, nämlich unter der flüssigen, aber nicht weil er glaubt, die feste stecke schon mit darin – er schöpfet mit dem Pumpenstiefel seiner Hand alles Feuchte auf und ziehet mit den Punschlöffeln seines Wasserrades alle Suppenschüsseln in seine Schlund-Gosse und ins Magenbassin ab, nicht weil er ein Abführungsmittel damit abführen will, womit er erst morgen das heutige abzuführen gedenkt – er wischet mit seinem Brodschwamm alle Brühen weg und hält seinen Gabel-Saugstachel über jede Senf- und Meerrettig-Lache, nicht um seine Magenhaut mit dieser Gerberslohe erst gar zu machen – er setzt sich wie Schimmel auf Brod und schlägt darauf mit seinem Gebisse Wurzel, nicht weil er ein Franzos oder sein Pferd ist und Brod liebt – er macht seinen inkommensurablen Magen zum zweiten Einmachglas eines jeden Eingemachten, zur Grummetpanse eines jeden Gemüses, zum Treibscherben eines jeden Salats, nicht weil er einen Bissen Fleisch dazu absägt – er mauert das Zorngefäß und den Schmelztiegel seines Magens mit Breien aus, aber nicht weil dieser Sprünge hat und die Verlutierung braucht – –

Sondern er vollführt diese schöpferische Scheidung der Wasser vom Festen, er befestiget diese Kluft zwischen seinem Teller und seinem Magen, bloß um in beiden eine gleiche Masse aufzuschütten und wegzubringen, bloß um auf dem Zimmerplatz des Tellers mit dem Eßhandwerkszeug ein Fruchtmagazin und Speisegewölbe aus Fleisch-Quadern aufzuführen für sich und seine Kinder. ... Beim Himmel! er sollte noch sitzen und mauern hinter seinem Viktualien-Verhau aus Beinen, Gräten und Rinden, er sollte noch schweben wie ein dürres Jahr über der Tafel und jede nasse Stelle austrocknen: so wären wir imstande, mit ihm nach Hause zu gehen, wo sich das Messer dieses Schwertfisches gerade umgekehrt nur ans Fleischige ansetzt, sobald das aus den verlaufnen Wassern abgesetzte Viktualien-Flötzgebirge nur anlangt. Der Meister – und der Gesell – und die Gerberin – und die Gerbersbuben – und der Dachshund bohren sich jetzt in den gebrachten Berg bis an die Fersen hinein, und wir können sie nagen hören. Fresset zu! – Hat sich euer armer Ranz, dieses ätzende fressende Mittel, nicht genug gequält, um nicht wie Knochenfraß alles anzugreifen? Hat er nicht mit allen *peristaltischen* Bewegungen seines Schlundes den Magen-Luftballon bloß mit Windsbräuten aufgefüllet und gehoben und mit einer Wasserhose die Blase? – Aber sollt' ich einmal eines außerordentlichen Typus vonnöten haben, um damit ein außerordentliches Chaos zu erläutern und anzuleuchten, das

Chaos und den Zank eines Nonnenklosters oder einer Theatertruppe oder eines heiligen deutschen römischen Reichs – so bring ich bloß deinen aufgesteiften gespannten Magenglobus mit seinen Brühen und Luftarten getragen als Typus, Ranz!« ...

– Ei, ganz herrlich – lieblich – und recht erwünscht und verdammt! – Ich will mir aber den Schreib-Arm absägen lassen, wenn ich hier noch einen Buchstaben schreibe. Wahrlich der Kirchner ist dagewesen, und ich hab ihn über den entsetzlichen Vielfraß verpasset ...

Concep. z. Amtsvogt *Freudel.*

3.

Es gibt weder eine eigennützige Liebe noch eine Selbstliebe, sondern nur eigennützige Handlungen.

I. Ich habe meinen ersten Satz erwiesen, wenn ich dargetan, daß die Liebe, die ein geiziger Universalerbe gegen seinen Erblasser nach der Publikation des Testamentes empfindet, ebenso rein und uneigennützig sei – der *Art*, nicht dem *Grade* nach – als die, die uns sanft das Herz erwärmt für die großen Wohltäter der Menschheit im Plutarch und für den Oncle Toby im Tristram, obgleich jene nicht mehr sind und dieser niemals war.
Wenn der Universalerbe ebensoviel Gold, als die Erbschaftsmasse beträgt, im hohlen Kopfe einer Statue fände: so empfänd' er darum nicht einmal soviel Liebe gegen sie, als ein schwärmerischer Artist vielleicht für sie hat. – Wenn der Erbe dieselbe Summe im Sarge des Erblassers anträfe: so hätt' er wieder keine Liebe für ihn. Ja wenn der Erblasser wahnsinnig wäre und ihn

mit dieser Summe beschenkte: so fühlte er dennoch keine angemessene Liebe gegen den Verrückten, trotz der Aussicht zu wiederkommenden Geschenken; denn ich rechne eine kleine Regung der Liebe ab, die dem Menschen durch eine Täuschung der Personifikation gegen das rettende Brett im Schiffbruch, gegen ein altes Hausgeräte und gegen Menschen, die ihm ohne ihren Willen nutzten, eingeflößet wird. Folglich liebt der Erbe am Wohltäter nicht seine metallische Nützlichkeit – diese hatt' er schon vor dem Geben lieb –, sondern seine *Gesinnung* gegen ihn, d. h. seine Liebe, also den fremden Seelenzustand, und die Befriedigung des Eigennutzes war nur das notwendige Mittel, jene Liebe aufzudecken und vor die Seele des andern zu bringen.

Jetzt behaupt ich aber weiter: die Liebe des Erben gegen den Testator ist von unserer gegen den milden Oncle Toby nicht in der *Art* verschieden, sondern im *Grade.* Ich sage: nicht in der Art. Alle *Liebe* liebt nur *Liebe*, sie ist ihr eigner Gegenstand. Unsere Affekten sind überhaupt gleichsam Verkörperungen des sittlichen Triebes, und in ihnen ist die Gestalt des letztern, wie in den Tieren die menschliche, ausgedrückt, aber nur anagrammatisch, in- und auseinandergeschoben und ohne Eurhythmie. Der Zorn ist gleichsam ein plethorisches Gefühl der moralischen Häßlichkeit, der Neid ist das Gefühl des Mißverhältnisses zwischen unserem oder fremdem Schicksal und Wert, und so der Ehrgeiz, die Liebe usw. So ist sogar die Liebe gegen weibliche Schönheit – abgesondert vom ästhetischen Gefallen daran, das am Ende nur eine *kühlere* Liebe ist – nichts als die Liebe gegen die durch Farben- und Linien-Reize *hieroglyphisch* abgemalte und in Menschen-Wachs bossierte *Liebe* oder moralische Schönheit.

Wir ahmen den fremden Zustand der Menschenliebe nach, wir oder andere mögen der Gegenstand der letztern sein; ich meine, unsere Liebe gegen den Wohltäter ist gleich rein, obwohl nicht gleich stark, er mag es gegen andere oder gegen uns sein. Da unsere Liebe ihr Objekt hat im Zustand eines fremden Ichs: so kann wenigstens *sie* nicht als Empfindung oder Trieb die reflektierende Berechnung anstellen, ob jener Zustand mich oder andere zum Ziele habe.

Allerdings reget die Menschenliebe des andern in mir eine größere Liebe an, wenn ich ihr Gegenstand bin, als wenn andere es sind. Aber der Grund benimmt der Liebe des Universalerbens von ihrer Reinheit nichts. Von meinen Vorzügen, von meiner Würdigkeit, geliebt zu werden, hab ich eine tausendmal lebendigere Vorstellung als von fremden Vorzügen. Zweitens hab ich von der fremden Liebe und ihrer Einwirkung, sobald *ich* sie erfahre, einen lebhaftern Begriff. Drittens *verstärkt* meine Eigenliebe meine Menschenliebe, ohne sie zu *verfälschen*: kein Trieb kann den andern unmittelbar erzeugen oder erhöhen, sondern nur sein Gegenstand; aber der schlimmere Trieb kann unsere Phantasie befeuern, den bessern mit helleren und mehreren Gegenständen zu umringen und anzufachen. Die eigensüchtige Phantasie steigert also die uneigennützige Liebe. Hätten wir nicht nur vom Werte jenes Galeerensklavens, den ein göttlicher Mönch loskettete, um sich selber in seine Banden zu begeben, sondern auch von seinem Wohlbehagen nach der Rettung einen so hellen Begriff, wie er selber von beiden hatte: so müßten wir den Mönch, ohne die Schuldner seines schönen Herzens zu sein wie der Sklave, doch fast ebenso lieben wie der Sklave. Ja eine feinere Seele stellet die Liebe, die ihr Liebhaber für sie hat, so weit von ihrem Selbste weg, daß sie ihn so zart und verdienstlich lieben kann, als wär' er der Liebhaber eines fremden Ichs.

II. Es kann keine Selbstliebe geben so wie keinen Selbsthaß. Ich müßte zweimal da sein, damit das liebende Ich nicht ins geliebte zerflösse. Da Liebe nur

gegen Liebe entbrennt: so müßte die Selbstliebe sich lieben, eh' sie sich liebte, und die Wirkung brächte die Ursache hervor, welches soviel wäre, als sähe das Auge sein Sehen. – Freilich steht in unserem Kopfe ein Zwillingsbruder unsers Ichs, d. h. ein Bild von diesem Ich; und diesen Schieferabdruck unsers Ichs lieben wir freilich: aber das ist so wenig Selbstliebe, als es eine wäre, wenn wir eine fremde, uns bis auf alle Punkte und Striche nachgestochene Person liebhätten. – Nur Eigenschaften werden geliebt, allein Substanzen lieben. Aber unsere sogenannte Selbstliebe wächset ja nicht mit unsern Vorzügen – höchstens mit unsern Fehlern –; und sie ist ebenso warm, wenn wir uns selber verachten – denn sonst würden wir uns im Sünden-Sumpfe lassen –, als wenn wir einen Teil unserer eignen Natur verehren müssen.
Es ist noch mehr meiner Meinung gemäß, den obigen Satz umgekehrt auszudrücken und zu sagen: nur Substanzen werden geliebt. Die nackte federlose luftige Eigenschaft ist an und für sich kein wärmerer Gegenstand meiner Liebe als das ihr zusagende Wort im Vokabelnsaal oder Kompendium. – Jede Eigenschaft muß an einem Ich – das wieder für uns, obwohl unbegreiflich, etwas Bessers ist als eine andere Eigenschaft – glänzen, um geliebt zu werden. Dieses lebendige Ich, diese Bedingung aller geistigen Eigenschaften, lieben wir allein in diesen. Nach dieser Definition ist Selbstliebe noch unmöglicher, d. h. Liebe vom Ich gegen das Ich. Unsere Selbstverachtung kann sich nicht auf unser ganzes Wesen richten, weil *der* Teil, worin *sie* ist, doch keine verdienen kann; und so würde die Selbstliebe nur immer bloß Eigenschaften, nie das Wesen selber, weil sie ja von diesem selber etwas einnimmt, umfassen können. Ich besorge, dieses scheinet spitzfündiger, als es ist. Aber in den trüben Abgrund der Selbstliebe müssen mehrere Kantische Sonnen fallen, um ihn licht zu machen.

Die Liebe, womit uns der gute andere umfängt, ist so etwas Mystisches, daß wir uns gar nicht in seine Seele denken mögen, weil wir seinen guten Begriff von unserem Ich nicht teilen können – wir begreifen (trotz dem Bewußtsein unsers Wertes) nicht, wie man uns lieben könne; aber wir finden uns darein, wenn wir bedenken, daß der andere seinerseits ebensowenig unsere Liebe gegen ihn müsse fassen können. – –

Man erlaube mir, noch eine clausula salutaris oder ein zierliches Kodizill zu machen; um so mehr, da niemand schuld ist als *Platner*. Dieser behauptet, die Empfindung sei eigennützig, weil sie als diese nur unsern *eignen* Zustand darstelle; und nichts sei uneigennützig als unsere Vernunft. Aber erstlich muß der Begriff von Uneigennützigkeit, wenn er kein ausgehöhltes Vexier-Wort sein soll, ja bloß der Abdruck irgendeines uneigennützigen Zustandes in uns sein. Zweitens setzet das Gefühl des Eigennutzes das seines Gegenteils voraus. Wie der Blinde nicht nur kein *Licht*, sondern auch kein *Dunkel* kennt: so wüßten wir ohne Uneigennutz nichts vom Eigennutz, ohne Freiheit nichts von Sklaverei, so wie vielleicht eine Menge Dinge aus Mangel ihres Wechsels mit dem Gegenteil für uns auf dieser Welt im Dunkeln bleiben. Drittens frag ich: wenn z. B. das Mitleid bloß darum eigennützig heißen soll, weil ein fremder Zustand voll Schmerzen zu unserem eigenen artet: welche höhere Uneigennützigkeit denn nur *denkbar* sei? Ich kenne nur die *eine* denkbare, daß man das fremde Ich noch heißer wie seines versorge, daß man seines vergesse, verschmähe, verstoße. – Aber dann wäre ja im eigentlichen Sinne das fremde Selbst in meines verkehrt – der *Trieb* wäre nur verpflanzet, nicht veredelt – und ich hätte bloß die Ichs getauscht. Denn eben darin beruhet der Nicht-Eigennutz, daß *meine* Natur trotz ihrer Selbstständigkeit in den Zustand einer *fremden* eingeht und daß *ein* Ich mehreren Ichs nachfühlt. Wie gesagt, wär's möglich, eine *fremde*

Glückseligkeit durchaus ohne Wunsch einer *eigenen* zu begehren und ein fremdes Ich mit etwas anderem zu lieben als mit dem eignen – eine Unmöglichkeit selber bei Gott –: so wäre nichts erbeutet, denn *ich* besäße ja nur den *fremden* Trieb, und *mein Eigennutz* wäre bloß in ein fremdes Ich gezogen aus meinem. ...

Da ich diesen Aufsatz zweimal umgeschrieben: so hab ich zweimal jenes stärkende Vergnügen gekostet, das uns erfrischet, wenn der Kopf die Wünsche des Herzens vidimieret und assekurieret. Indessen war ich doch nie so unglücklich, daß ich jemals – selber in den frühern Jahren, wo die junge Seele die Seelenwanderung durch die Philosophen wie durch Tiere anstellt und bald in jenen Kopf, bald in diesen fährt – in den Körper des Helvetius gefahren wäre und mit ihm mich im schmutzigen Glauben an einen allgemeinen Eigennutz aller Menschen – und zuletzt der ganzen Schöpfung, weil die Beweise dieselben sind – gewälzet hätte. Wahrlich ich wüßte nicht, was man an sich noch zu lieben hätte außer jener Liebe für andere, und ob uns irgendein Eigennutz unausstehlicher sein könnte als eigner. Glücklich ist der Mann, dem ein reifendes Herz und gute Menschen wie er und ein Horizont ohne Gewitter endlich die Überzeugung bescheret haben, daß – so wie die magnetische und elektrische Materie derselbe Universalgeist ist, der die Wolken, die Zitterfische und die Magneten zieht, der im Nordschein als milder Schimmer, im Gewitter als Wetterstrahl, im Menschen als Heiligenschein, in den Fischen[3] als Zug und Schlag und in den Nerven als Lebensgeist wirkt – glücklich ist der, sag ich, der immer mehr glaubt, daß die Liebe, dieser menschliche Magnetismus, immer dieselbe geistige Elektrizität und Desorganisation ver-

3. Die hiezu gehörige Note will ich, weil der Mensch glaubt, er müsse Noten schneller und kälter lesen, nachher in den Text versetzen.

bleibe, sie mag als Blitz in der Geschlechter-Liebe – oder als sanfter Nord- und Heiligenschein in der Menschenliebe – oder als Lichtmagnet in der Freundschaft – oder als Nervengeist in der Mutterliebe erscheinen. – – Ich preise diesen Mann darum glücklich, weil er dann nicht nur Menschen wie Brüder, sondern auch Brüder wie Menschen lieben wird; ich meine, weil er, auf den Stufen der Blutsfreundschaft zu dem Gipfel der Geisterfreundschaft getragen, dann wieder jene durch diese veredeln und im Vater, Sohne, Geliebten, Freunde noch etwas Höheres außer dem Genannten lieben wird – – *den Menschen.* – Es gibt hinter diesem hohen Namen noch etwas Höheres, das wir an der ganzen Geisterwelt lieben können: Gott. –

Physische Note über den Zitteraal.

Der Zitterfisch war gleichsam der erste Paragraph[4], der magnetische und elektrische Materie verband, da er (nach Hunter) zugleich positiv und negativ elektrisch ist und ordentliche Batterien an sich hat, und da er, wie die Aale, Neunaugen, Quappen, Schleien, Karauschen, am Magnet erlahmt. Vielleicht wird der Fisch auf eine bessere Art als der Fisch Oannes – der, nach einem Fragment des Berosus, alle Wissenschaften den Menschen gab – der Lehrer der Physik, da an ihm in dieser Materie wegen der Einfachheit der Kombinationen leichter etwas zu lernen ist als am magnetisierten Menschen, so wie ich eben darum glaube, daß die *Pflanzen* uns mehr Fensterläden und Fenstervorhänge am Lehrgebäude der *Erzeugung* öffnen können als die niedern Tiere, und diese mehr als wir. So wird die tie-

4. Der zweite oder zwanzigste wäre der Demant, den der Magnet zieht und der, gerieben, selber den Mastix zieht und der aus dem Orient ein Nichtleiter ist, und aus Brasilien ein Leiter.

rische Elektrizität der Fackelträger des tierischen Magnetismus werden.
Ich habe mich oft geärgert, daß die Physiker meistens nur *sehen* und *lesen*, anstatt das Gelesene und Gesehene zu *kombinieren*; noch mehr aber über die Naturgeschichtsschreiber, um deren Köpfe oft mehr Heiligenschein ist als wissenschaftlicher innen, weil sie, bei ihrer Einschränkung auf *einen* Ast und Blattstiel ihrer Wissenschaft, so leicht ihrem optischen und mikroskopischen Fleiße den Schein des Scharfsinns zu erteilen wissen. – Ich würde mich schämen, wenn ich vor Franklin ein großer Physiker gewesen wäre; – denn ich würde dann so gut wie andere zu meiner Schande die Witterung und die Gewitter beleuchtet und erkläret haben ohne das Licht der elektrischen Materie. Und so steht jetzt ein Montblanc von aufgehäuften elektrischen Erfahrungen vor allen Kathedern, und allen fehlet noch das Senfkorn des Glaubens zum Heben des Bergs.
Ich habe zuweilen gewünscht, man sollte nach nichts fragen, sondern die physikalischen Data ordentlich zusammenwürfeln und kombinieren wie Lessing die philosophischen oder andere die Musiknoten. Man würde doch sehen, was herauskäme, wenn man z. B. den Zitterfisch an desorganisierte Menschen, an Gewitterstangen, an Magnetnadeln vor- und nachmittags (weil sie nach den Tagszeiten verschieden deklinieren) hielte – oder wenn man in Hinsicht der elektrischen Fische bedächte, daß das Wasser ein Leiter und ein Leidenscher Kondensator ist, daß die Fische in einem vom Blitz getroffnen Teiche sterben und also sich so kalt anfühlen wie ein isolierter Mensch, den einer außer Rapport berührt. – – – Kurz ein Physiker sollte wie der Arzt wenig schreiben, wenn er nicht so viel wissenschaftlichen Witz zu physikalischen Kombinationen hätte als – Lichtenberg, und dieser sollte seines Orts wieder mehr schreiben. –

4.

Des Rektors Florian Fälbels und seiner Primaner Reise nach dem Fichtelberg.

Ich lese nichts lieber als Bücher von einigen Seiten. Jene alten Folianten-Goldbarren, die man nur auf zwei Sesseln öffnen kann, sollten in mehrere Goldkörner zerlegt, ich meine, jedes Blatt sollte in ein Bändchen eingebunden werden: jeder käme dann leicht mit ihnen durch. Jetzt aber muß der Gelehrte die Quartanten aus Ratsbibliotheken entsetzlich lange behalten, weil er sie nicht heftweise zurücktragen kann. Ja, da der anomalische *Fortius* auf seinen Reisen nichts von Büchern bei sich führte als die besten Stellen, die er vorher herausschnitt, eh' er die kastrierte Ausgabe verkaufte: so schlag ich mit Vorbedacht akademischen Senaten ordentliche Universitätsbibliotheken aus solchen ausgerissenen Blättern vor.

Den Vorzug der Kleinheit, der den größten Werken fehlet, besitzt nun das Programm des Herrn Rektors, das ich hier der Welt einhändige. Es teilt gut geschriebene Nachrichten von einer Reise mit, die ein Muster sein kann, wie Schulleute mit den Säuglingen und Fechsern ihrer Seele zu reisen haben; auch sind verständige Schulmänner von jeher so gereiset. Ich wollte anfangs das Programm aus dem Deutschen ins – Deutsche vertieren; aber ich glaubte, es hieße den Schwanengesang und den letzten Akt der Schulgelehrsamkeit gar absichtlich beschleunigen, wenn man den lateinischen und ciceronianischen Stil vollends aus dem deutschen würfe, da er ohnehin aus lateinischen Werken längst entwichen ist.

Vorher nur ein Wort über die Reisenden selber.

Da ich die Hunde nie mitzählen werde – sie bestanden aus zwei Spitz-, drei Wachtelhunden der Primaner und einem Saufinder des Rektors –, so setz ich die Marschsäule nur vierzehn Mann stark an, nämlich einen Dozenten, zwölf Eleven und eine Tochter des Schul-Doge. Letztere fuhr, wie eine Athenerin, allein in einem Kabriolet: auf beiden Seiten faßte das mitschreitende Fußvolk das Fahrzeug ein, wie eine Wache den an den Leiterwagen befestigten Arrestanten, und auf dem Bocke saß die Primanerbank, wie die regensburgische Kurfürstenbank, alternierend, wie etwan beim Bauertanze die Pursche einander im Streichen und Raspeln der Baßgeige ablösen. Im Kabriolet war hinter dem Futterkasten für den Gaul einer für den Reise-Kongreß; der Lehrer kannte die Bosheit vieler Wirte zu gut; daher wurden auf seinen Rat von der Prima (plana), die ihn hörte und begleitete, mehrere Stecken geräucherter Würste zusammengeschossen, und er gab noch dazu die Tochter her, die alles samt der Beikost kochte.

An jeder linken Hüfte – so leicht ist Krieg mit Wissenschaft zu paaren – lag eine Harpune, ein accentus acutus; und die zwölf Schwert-Fische hätten damit den alten Weisel boshaft niederstechen können, wenn's wäre begehret worden. Der Schul-Maire selber hatte nichts *an* den Hüften als eine geschmackvolle robe de fantaisie: *in* ihnen hatt' er weniger.

Vom Rektor sag ich nichts: sein Programm selber sagt es, wie er lehrte, lernte und schrieb: im Wirtshaus resorbierte er mit den lymphatischen Milchgefäßen des Papiers allen gelehrten Milchsaft, den eine Reise kocht, und unterweges hielt er seine Schreibtafel den wichtigsten Exkrementen des Zufalls und Bleistifts unter und fing auf, was kam. Aber das sei mir erlaubt, die zwölf Musensöhne zu betrachten, die ebenfalls zwölf pergamentene Rezipienten und Behälter alles Merkwürdigen hinhalten und alles nicht sowohl wie Hogarth *auf* den Daumen-Nagel skizzieren als *mit* solchem; ist's denn gar zu übertrieben, wenn ich denke: in zwölf solchen ausgespannten Prell- und Zuggarnen mußte sich wahrlich ja alles, was nur gelehrten Zungen und Gaumen vorzulegen ist, bis auf jede Spitzmaus und jeden Hotel-Floh verfangen, und es verblieb, war's auch durch eilf Garne hindurch, doch im zwölften seßhaft? – Sogar die sechs Hunde reiseten nicht völlig ohne Beobachtungsgeist, sondern strichen und merkten überall, wo sie auf etwas Erhebliches stießen, es sofort mit wenigem an und hoben beteuerungsweise das Hinterbein auf. – Nein, eine so gescheute Reise kann gar nicht mehr gemacht werden, so lange die Erde auf ihrer ist.

Und hier ist sie selber: nur werd ich zuweilen persönlich aus dem Parterre unter die Spieler steigen und darein sprechen, weil mir sonst das Abschreiben des Programms zu langweilig ist und weil auch der Programmenmacher eines und das andere sagt, das ich besser weiß. Ein armer Teufel, den ich studieren lasse und der mitlief, ist meine Quelle.

Michaelis-Programm etc.

»Mein lateinisches Osterprogramm, das erweisen sollte, daß schon die ältesten Völker und Menschen, besonders die Patriarchen und klassischen Autoren, sich auf Reisen gemacht – von welchen letztern ich nur den Xenophon und Cäsar, die zwei tapfersten Stilisten, mit ihren Armeen wieder zitiere –, führet vielleicht einige Autoritäten auf, die den Schulmann decken, der mit seinen Untergebenen kurze Ausflüge in deutsche Kreise tut. Ich hielt es für schicklich, in einem vorhergehenden Programm meine Schulreise im voraus zu rechtfertigen, bevor ich ans jetzige ginge, das ich für ein kleines Inventarium mancher aufgelesenen Schätze zu nehmen bitte.

Inzwischen da in den engen Flächeninhalt eines Michaelis-Programma wichtigerer topographischer, statistischer etc. Kubikinhalt unmöglich zu bringen war, und da ich überhaupt meinen stereometrischen und sonstigen Fund einem geräumigern Werke aufspare: so suche der Leser auf diesen Blättern mehr die Geschichte als die Entdeckungen der Pilger – es lassen wohl beide sich lesen.

Die Herren *Salzmann* und *Weiße* – anderer zu geschweigen – haben der Welt (ich entscheide nicht, mit welchem Glück) zu zeigen gesucht, wie ein Lehrer halbwüchsige Zöglinge gleichsam auf die Weide einer Reise treiben müsse; aber sie haben immer andern Schulmännern das Recht nicht benommen, ihre Wallfahrten mit einer bejahrten Schuljugend, die im Gängelwagen weniger *steht* als *zieht*, ans Licht zu bringen.

Ganz mutig dürft' ich den Herren Scholarchen und Nutritoren unserer Schule über Zeit- und Geldaufwand zur Rede stehen, sobald ich meine Bleifeder vorwiese, die ich auf dem ganzen Marsche nicht in die Tasche brachte, sondern wie eine Leimrute aufsteckte, an die sich, was sehenswürdig war, leicht ansetzte. Ebenso schoß der Salpeter des Merkwürdigen an den zwölf Salpeterwänden meiner Schüler an, wenn ich die zwölf protokollierenden Schreibtafeln so nennen darf, womit sie ausgerüstet waren; und wurde ihnen denn nicht einige Aphäresis, Synkope und Apokope der Lust reichlich genug durch wahre Prothesis, Epenthesis und Paragoge des Wissens erstattet? – Ich unterwinde mich nicht, zu bestimmen, inwiefern wir uns von einem und dem andern jungen Edelmanne[5] abtrennen, der bloß für sein Vergnügen durch Europa fährt und oft auf seinem Reisewagen aus einer Ballei in die andere rollet, ohne eine Schreibtafel einzustecken, geschweige heraus-

5. Die Troglodyten und Schaltiere der Museen, wie Fälbel, teilen alle Menschen in geräumige Logen ab – z. B. den hohen, niedern, Land-, Stadt-Adel, den Adel im Dienst, bei Hofe, in Ämtern teilen sie in lauter Edelleute ein.

zubringen. Sollt' er aber mit seinen fünf Sinnen beträchtliche Kenntnisse aus allen Grenz- und Hauptstädten einfassen und einsargen, sie aber sämtlich im Fahren rein wieder durchsickern und durchfallen lassen: so möcht' er der menschlichen Seele gleichen, die (nach dem pythagoreischen System) die grande tour durch Tiere und Menschen macht und die doch, wenn sie sich im letzten Menschen einsetzt, nur gerade soviel von allen ihren Schulreisen noch im Kopfe mitbringt, als sie in der Minute besaß, da sie ins erste Tier einstieg, nämlich platterdings nichts.

Wenn ein großer Cäsar in seinen Kommentarien oder Friedrich II. in den seinigen bescheiden das Ich mit der dritten Person vertauschten: so geziemet es mir noch mehr, an die Stelle meines Ichs nur meinen Amtsnamen zu setzen.

Den zwanzigsten Juli brach der Rektor (der Verfasser dieses) mit seinen Nomaden auf, nachdem er ihnen vorher eine leichte Rede vorgelesen, worin er ihnen die Anmut der Reisen überhaupt dartat und von den Schulreisen insbesondere foderte, daß sie sich vom Lukubrieren in nichts unterschieden als im Sitzen. Auf dieses Marschreglement und Missiv wies er nachher auf dem ganzen Wege absichtlich zurück. Es ist mehr stadt- als landkündig, daß eine hübsche acerra – nicht philologica, sondern – culinaria, nämlich ein vierrädiges Proviantschiff samt dem darauf fahrenden Küchen-Personale, welches die Tochter des Rektors war, und die Strafkasse von 12 fl. fränk. als Diätengelder gleichsam die fröhliche Morgenröte waren, zu der die Reisegesellschaft auf ihrer Türschwelle hoffend aufsah. Jeder Primaner führte statt einer elenden Badinen-Gerte oder statt der Narrenkolbe eines Geniepfahls einen nützlichen Meßstab – denn Meßtisch und -schnüre lagen samt einigen Autoren schon im Kabriolet –, weil ja der Fichtelberg und die Straße dahin von den herrlichsten Gegenständen zum Messen wimmeln.

Am ersten Morgen hatte man zwei Reisen auf einmal zu tun, die auf dem Wege und die auf der Karte davon, welches ungemein beschwerlich und lehrreich ist. Der Exkurrens[6] trug eine aufgeschlagene Spezialkarte vor sich hin, auf der Fälbel allen leicht das Dorf zeigte, wo sie jedesmal waren; und da man auf diese Weise allemal den Füßen mit den Fingern (wiewohl vier Schuhe höher auf der Karte) nachreisete: so war vielleicht Motion mit Geographie nicht ungeschickt verkettet. Gegenden, Merkwürdigkeiten, Gebäude, die natürlich nicht auf der Karte vorzuweisen waren und vor denen man doch eben vorbeipassierte, mußten aus dem *Büsching* geschöpft und gelehret werden, den der vife Pflegsohn des Herrn***[7], Monsieur *Fechser*, der Gesellschaft allezeit über die Ortschaften vorlas, wodurch sie eben zog. Der Rektor würde von Herzen gern von den meisten Dörfern neben der neuern Geographie auch die mittlere und alte mitgenommen haben: wären beide letztere Geographien von ihnen zu haben gewesen; aber leider zeigen nur wenige europäische Länder, wie etwan die Türkei, Ortschaften mit doppelten Namen auf. Übrigens ist der Rektor seitdem vollkommen überzeugt, daß die homannischen Karten nichts taugen – in der Tat, wenn auf ihnen (nicht auf der Gegend) ganze Einöden, Wasenmeisterhütten, ausspringende Winkel der Ufer entweder ganz mangeln (wie z. B. ein Pulvermagazin nahe bei *Hof* und ein etwas *weiter* abgelegenes Spinnhaus) oder doch dasitzen in ganz falschen Entfernungen: so kann man wohl fragen: ob, wenn man von diesen Gegenden mit der

6. Ist unter den Schülern jeder Klasse der frère servant.
7. Es ist mein Pflegsohn; ich lösche aber hier mit Recht Lobsprüche weg, die der Herr Rektor wohl nur meinem Stande und dem Zufalle entrichtet, daß ich für das Gymnasium einen Schüler mehr dotiere und apanagiere. Auf allen künftigen Blättern des Programms, wo ich vorkomme, will ich Fälbels Titulaturen wegstreichen und dafür in den Text setzen: Herr Pflegvater des Monsieur Fechsers.

camera obscura einen Aufriß nähme und dann die Karte über den Aufriß legte, ob da wohl beide einander decken würden wie zwei gleiche △?
Abends wanderte die pädagogische Knappschaft und ihr Ladenvater im adeligen Pfarrdorfe *Töpen* in Voigtland ein. Das allgemeine Logement war im Wirtshaus, das der Vatikan oder das Louvre des adeligen Rittergutsbesitzers stets anschauet – ich sage Louvre, nicht in Vergleichung mit dem Palast des Nero, der ein kleines Rom im großen war, eine Stadt in der Stadt (conf. Voss. var. observat.), sondern in Vergleichung mit den zellulösen Kartausen und vier Pfählen und Hattonischen Mäusetürmen eines und des andern Schulmannes. Sapienti sat! – –
Als der Rektor hinter seiner Tochter und seinen Söhnen eintrat: stieß ihm das Unglück zu, daß er seinen Wirt nicht grüßen konnte. Die sämtlichen Hunde der Reisenden hatten zwei Töpener (es war der Spitz- des Hauswirts und der Hühnerhund des Jägers) bei den Haaren und Ohren. Die Tierhatze wurde allgemein, und kein Hund kannte mehr den andern. Der Wirt, ein Mann von Mut und Kopf, legte sich zuerst zwischen die beißenden Mächte als Mediateur und suchte sich zuvöderst den Schwanz *seines* Hundes herauszufangen und wollte ihn an diesem Hefte aus der verdrüßlichen Affäre ziehen. Mehrere folgten nach, und jeder ergriff den Schwanz des seinigen. Und in diesem Wirrwarr, als die Tochter des Rektors dareinschrie – als der Jäger dareinschlug mit einer Reichsexekutionspeitsche auf Menschen und Vieh – als die Eigner dastanden und gleichsam die sechs Schwanz-Register herausgezogen hatten und als daher sozusagen das Schnarrwerk des Orgelwerks ging und die Tumultuanten bollen – und als der Rektor selber bei diesem Friedenskongreß ein Friedensinstrument, nämlich den Schwanz seines Saufinders, in Händen hatte: so war er mit Not imstande, das Salutieren nachzuholen und

zum Wirte zu sagen: ›Guten Abend!‹ – Plutarch, der durch Kleinigkeiten seine Helden am besten malet, und die Odyssee und das Buch Tobias, die beide Hunde haben, müssen hinreichen, gegenwärtige Aufnahme einer kleinen scherzhaften Gato- und Onoskia-Machie zu decken.«

– Herr Fälbel trifft's. Ich ärgere mich, wenn die Menschen mit dem Namen »Kleinigkeiten« schelten. Was habt ihr denn anders? Ist denn nicht das ganze Leben – bloß seine erste und seine letzte Minute ausgenommen – daraus gesponnen, und kann man nicht alles Wichtige in einen zusammengedrehten Strang von *mehrerern* Bagatellen zerzausen? – Unsere Gedanken ausgenommen, aber nicht unsere *Handlungen*, kriecht alles über Sekunden, jede große Tat, jedes große Leben zerspringt in den Staub der Zeitteile; – aber eben deswegen, da alles Große nichts ist als eine *größere* Zahl von Kleinigkeiten, da also die Vorsehung entweder Kleinigkeiten und Individuen oder gar nichts auf unserem Rund besorgen muß, weil diese nur das Ganze unter einem längern Namen sind: so kommt die Gewißheit zu uns, daß der überirdische Genius nicht bloß die Schwungräder des Universums und die Ströme dazu schuf, sondern auch jeden einzelnen Zahn der Räder. ...

»Abends wollten einige Schüler auf die Berge gehen, andere im Dorfe herum, zwei gar zu den allergemeinsten Leuten; aber der Rektor setzte sich dagegen: er stellete denen, die abends die Natur beschauen wollten, vor, daß morgen ohnehin (nach seinem Operations- und Reiseplan) natürliche Theologie und Vergnügen an der Natur dozieret und rekapitulieret werden müßte. Der Rektor, welcher gerne glaubt, ein Schulherr müsse seine Scholaren auf Reisen zu belustigen trachten, wie sogar der Neger-Handelsherr die Sklaven zu tanzen, zu singen, zu lachen nötigt, dieser gab ihnen Befehle zum Lachen, setzte sie um sich herum und scherzte ihnen an einem ovalen Tische nach Vermögen vor. Ich gestehe, Scherz ist statthaft, und wenn der selber scherzhafte Cicero richtig bemerkt, daß gerade ernste Männer gern und glücklich spaßen: so möchte wohl mancher bestäubte Schulmann mehr ächten Ansatz zu lachenden Saturen[8] verschließen als viele gepuderte Possenreißer; auf ähnliche Weise bemerkte auch der Graf von Buffon, daß die meisten Nachtvögel, besonders die Schubut-Eule (Minervens und Athens Vogel), trotz ihrer altväterischen Außenseite überströmen von Schnurren, Schnacken und Charakterzügen.

Der Abend verlief ungestört: bloß über den vollen Stecken geschwärzter Leberwürste, den Fälbel hereinzuholen befahl und auf den sich die Kirwane gleichsam wie auf einen Fruchtast setzte zum soupierenden Abpflücken, ringelte und fälbelte der Wirt sein Gesicht selber zu einem Wurst-Endchen zusammen (wenn's nicht über etwas anders war) – genug Fälbel bekümmerte sich wenig um das Gesicht und ließ es fälbeln. Er bestellte lieber für sich und seine Gesellschaftskavaliere den ganzen Fußboden zum Nachtlager; bloß ein Merseburger Fuhrmann lag neben seiner Tochter, als Strohnachbar.

Dennoch übersetzte uns sämtlich am Morgen darauf der Wirt in seiner Liquidation um zwei bis drei Kreuzer leicht Geld, und zwar an demselben Morgen, wo der Rektor das Vergnügen an der Natur vorzutragen hatte. Aber Fälbel glaubte seinen Schülern das Muster einer erlaubten Sparsamkeit dadurch zu geben, daß er anfing mit dem Traiteur zu fechten und ihm seinen Abstand von den Herrnhuter und Londner Krämern,

8. So schreib ich Satire, weil diese nach Casaubon vom Wort Satura herkommt, d. h. eine Schrift von buntscheckigem Inhalt; daher lanx satura eine Kompotiere mit allerlei Obst.

die nichts darüberschlagen, so lange unter die Augen zu halten, daß er wirklich einen Groschen herunterhandelte und daß der müde Wirt giftig fluchte und schwor, er wollte den Rektor und seinen Rudel trotz ihren Bratspießen, wenn sie wieder Geräuchertes bei ihm zehren wollten, mit Heugabeln und Dreschflegeln empfangen. Ein lächerlicher Mann!
Fälbels Methode auf lehrreichen Schulreisen ist, jeden Tag eine andere Wissenschaft kursorisch vorzunehmen: heute sollte die Gesellschaft vier Ackerlängen vom fluchenden Garkoch die schöne Natur betrachten unter Anleitung von *Sturms* Betrachtungen der Natur den ersten Band. Sturm wurde ausgepackt und aufgeschlagen, und jetzt war erforderlich, daß man die Augen vergnügt in der ganzen Gegend herumwarf; aber ganz fatal lief's ab. Nicht etwa darum, weil Regenwolken mit der Sonne aufgingen und weil der Rektor die Sturmische Betrachtung über den dritten Juny und über die Sonne plötzlich wieder zumachen mußte, da er kaum die schönen Worte abgelesen: ›Ich selbst fühle die belebende Kraft der Sonne. Sobald sie über meinen Scheitel aufgeht, breitet sich neue Heiterkeit in meiner Seele aus.‹ – Denn das verschlug wenig, da ja zum Glück in den nämlichen Band auch eine Betrachtung auf den siebenzehnten April und über den Regen eingebunden war, die man denn augenblicklich aufsuchte und verlas; sondern das eigentliche Unglück dabei war, daß, da (es wird wegen der Kürze eines so langen Programmes der *Rektor* künftig sagen *ich*) ich folgendes hatte vorbetrachten lassen: ›In dem eigentlichsten Verstand verdient der Regen ein Geschenk des Himmels genannt zu werden. Wer ist imstande, alle Vorteile des Regens zu beschreiben? Lasset uns, meine Brüder, nur einige derselben betrachten!‹ – daß ich dann abschnappte, weil ich mußte – – und wahrlich, wenn vor einem Präzeptor, der mit den Seinigen Sturmische und eigne Betrachtungen über den Regen auf der Kunststraße an-

zustellen vorhat, jede Minute kreischende Fuhrmannswägen mit stinkendem Kabljau vorüberziehen, unter denen ein keifender Hund unversehrt mit hinspringt – wenn ferner taumelnde Kohorten von Rekruten, die den Schulmann noch stärker ansingen und auslachen als feinere Werboffiziere selber, und wenn Extraposten, die er grüßen soll, ihm über den Straßendamm entgegentanzen: so muß er wohl den Pastor Sturm einstecken, es mag regnen oder nicht.
Unverrichteter Sachen kamen wir nach *Zedwitz* herab. Eine schöne englische Pappelinsel – dem Gutsherrn angehörig – suchte uns über eine couleurte Holzbrücke in sich zu ziehen; aber der Rektor würde sich diesen Eintritt in ein fremdes Gebiet nicht herausgenommen haben, wenn nicht der erörterte Monsieur Fechser versichert hätte, ›er verantworte es, er kenne den Koch‹. In der Insel wurde soviel ausländische Botanik, als da sozusagen wuchs, getrieben, und ich ging mit meinen Schülern um die Bäume herum und klassifizierte sie meistens: die botanische Lektion hielt vielleicht für die Sturmische schadlos.« –

– Unter der Klassifikation konnte *Kordula*, seine Tochter, hingehen, wohin sie wollte. Der große Edukationsrat oder Edukationspräsident fragte niemals viel nach ihr oder nach Weibern: »Weiber«, sagte er, »sind wahre Solözismen der Natur, deren peccata splendida und Patavinität, oder geborne Kolumbinen und schlafende Monaden.« Die arme Kordula hatte längst ihre Mutter, die zugleich ihr Vater war, durch den Todesengel von ihrem Herzen wegführen sehen: der alte Sturmische Betrachter hatte sie in die letzte Hütte – gleichsam die Stiftshütte eines künftigen Tempels – hinuntergezankt. Kordula wußte wenig, las nichts, als was sie sonntags sang, und schrieb keinen Buchstaben als den, womit sie schwarze Wäsche signierte, und sie war weiter nichts als schuldlos und hülflos. Ihr Vater ließ wie die meisten Schulleute – durch die Römer verwöhnt – nichts einer Frau zu, als daß der Körper ein Koch wurde und die Seele eine Köchin. Sie schlich sich heute mit ihrem zusammengedrückten Herzen, in dem noch keine Leiden gewesen als wahre, und das noch nicht von artistischer Empfindsamkeit bis zum Lahm- und Schlaffwerden auf- und zugezogen worden, von der gelehrten Menge ab und setzte sich an das Ufer des Wasser-Ringes, der die schöne Insel, wie ein dunstvoller Hof den Mond, umfasset, und sah eine Pyramide jenseits des Wassers für ein Grabmal an, weil sie keine andere Pyramiden kannte als die über Särgen und weil ihr heute geträumet hatte, ihre Mutter habe wieder mit unverwesten Lippen gelächelt und ihren Arm liebend nach ihr ausgestreckt, aber er sei zu kurz gewesen, weil die Hand davon weggefallen war. Die kunstlose Kordula wußte nicht, welches Druckwerk ihr Herz auseinanderpresse – sie erriet es nicht, daß der mit einer blutigen Morgenröte überspritzte Himmel und daß die zusammenfließende Grasmücken-Kirchenmusik im Tempel der Natur, daß das ruhige Wiegen und Taumeln der Pappeln und die Regentropfen, die ihr Schwanken gleichsam vergoß, daß alles dieses ihre einsame Seele trüber machte und das öde Herz schwerer und das kalte Auge heißer. – – Sie hielt die Schürze, mit deren Frisur die Mutter ihre Näharbeiten beschlossen hatte, aufmerksam und nah an die Augen und begriff nicht, warum sie heute die Naht daran nicht deutlich sehe, und dachte, als sie die Tropfen aus den Augen wegstreifte, sie wären von den Pappeln gefallen. ... Aber der Alte, der befahren mußte, sie werde zu naß, pfiff die Beklommene von ihrer Schürze weg ins Zelt unter die Primaner zurück. – – O es ist mir jetzt, als säh' und hört' ich in alle eure Häuser hinein, wo ihr, Väter und Ehemänner mit vierschrötigem Herzen und dickstämmiger Seele, beherrschet, ausscheltet, abhärtet und einquetschet die weiche Seele, die euch lieben will

und hassen soll – das zerrinnende Herz, das eure kotigen schwülichten Fäuste handhaben – das bittende Auge, das ihr anbohrt, vielleicht zu ewigen Tränen – – o ihr milden, weichen, unter schweren finstern Schnee gebückten Blumen, was will ich euch wünschen, als daß der Gram, eh' ihr mit besudelten, entfärbten, zerdrückten Blättern verweset, euch mit den Knospen umbeuge und abbreche für den Frühling einer andern Erde? – Und ihr seid schuld, daß ich mich nicht so freuen kann, wenn ich zuweilen eine zartfühlende, unter einer ewigen Sonne blühende Schwester von euch finde, eine hauchende Blume im Wonnemond: denn ich muß denken an diejenigen von euch, deren ödes Leben eine in einer düstern Obstkammer durchfrorne Dezembernacht ist. – – Und doch kann euer Herz etwas Schöners tun als sterben: – sich ergeben. – –
Ich wünschte, ich wäre mit neben dem Kabriolet hergegangen und hätte die stille Kordula in einem fort angeschauet. – –

»Auf der Straße nach *Hof* sagt' ich meinen Primanern, sie sollten die Bemerkung machen, daß das bayreuthische Voigtland mit mehrerern Produkten ausgesteuert sei, mit Korn, Hafer, Kartoffeln, einigem Obst (frischem und getrocknetem) und so weiter; aber man könnte nicht angeben, wieviel.
Auf dem Turm blies man gerade herab, als man mich und meine Genossenschaft die Gassensteine Hofs betreten sah. Ich werd es darum niemals wie andere aus affektierter Furcht vor Eigenlobe unterdrücken – denn eben dadurch verrät man das größte; und es müssen ja nicht gerade schmeichelhafte Ursachen gewesen sein –, daß bei unserem Einmarsch alle Fenster auf- und alle Köpfe darhinter herausfuhren: deutsche Schul- und lateinische Gymnasiumsjugend sah uns nach, Ladenjungen standen barhaupt unter den Ladentüren, und wer in ein Haus wollte, stockte unter dem Portal. Ich

erfragte mühsam einen Gasthof für Fuhrleute, weil ich, wie Swift, da am liebsten logiere. Es hätte mich in Verlegenheit setzen sollen, daß, da ich vor der sächsischen Post das Kabriolet und dessen Kronwache halten ließ, weil ich einen frankierten Brief da abzugeben hatte, den ich selber so weit getragen, um ein mäßigeres Porto zu erschwingen, daß alsdann, sag ich, ein schöner angenehmer Mensch mit einer grün-taftenen Schürze unter uns trat, der – weil er uns leider für frische Einkehr ansah; denn das Posthaus ist zugleich im großen brandenburgischen Gasthof – meine Tochter herabheben und uns alle empfangen wollte. Ich kam aber nicht sehr außer mir und repetierte gleichgültig meine Nachfrage nach einem gemeinern Gasthof; und es war schön, daß der junge Mensch uns mit einem freundlichen Lachen zum Tore wieder hinauswies – was wir denn taten.

Ich ließ meinen Bart mitten in der weiten Wirtsstube und unter käuenden Fuhrmanns-Geklüften von einem Primaner abnehmen und mein Haar vom Exkurrens auflocken, indes unsere Erbküchenmeisterin unser geräuchertes Gedärm ans Feuer stellte. Möchte der Himmel es fügen, daß ich das arbeitsame Kind bald in einem guten adeligen Hause als Zofe anbrächte!

Ein Reisediener aus einem Handelshause in Pontak diablierte und sakredieurte am Fenster ungefragt über die besten deutschen politischen Zeitungen und beschmitzte besonders die Herrn S. T. *Girtanner* und *Hofmann* mit solchen Ekelnamen und Verbalinjurien – wovon ich mir keine nachzusprechen getraue als die geringern von Narren, von Falsariern der Zeit und von geistigen Myrmidonen –, daß ich unter dem Einseifen wünschte, statt meiner würde der Reichsfiskal barbiert oder exzitiert und nähme einen solchen Fratzen beim Flügel. Der gallikanische Tropf gab sich Mühe, sich anzustellen, als wenn er mich und mein reisendes Schnepfenthal gar nicht sähe oder würdigte, obgleich der Geringste unter meinen Leuten mehr von Rebellionen und Regierungsformen – zumal alten – wissen muß als dieser Frankreicher. Ich konnte nur leider unter dem Rasiermesser die Kinnbacken nicht bewegen, um seinem Unsinn entgegenzuarbeiten; aber kaum war ich unter dem Messer hervor, so näherte ich mich dem Menschen höflich und war willens, ihm seinen Irrweg und seinen demokratischen Augenstar zu nehmen und ihn aufzuhellen. Ich verbarg es ihm nicht, ich hätte nie etwas aus der Nationalversammlung gemacht, und die Begriffe, die ich meinen Untergebenen von der jetzigen französischen Vergatterung beigebracht hätte, wären ganz von seinen verschieden. ›Ich gebe indessen doch zu (sagt' ich und ging mit dem Schlucker wider meinen Willen wie mit einem Gelehrten um), daß die französische Rottierung weniger diesen Namen als den eines förmlichen Aufstandes verdiene, da sie nicht nur so viele Menschen, als die Gesetze zu einer Rebellion oder turba erfordern, nämlich funfzehn Mann (L. 4. §. 3. de vi bon. rapt.), wirklich aufzeigt, sondern noch mehrere. Aber Sie müssen mir auch wieder die Strafe einräumen, die die alten, obwohl republikanischen Römer auf Aufstände legten, Kreuzestod, Deportation, Vorschmeißen vor Tiere; ja wenn Sie auch als Christ es mildern und wie Kaiser Justinian, unser Gesetzgeber, sich nur des Galgens bedienen wollen – und das müssen Sie, da sogar die Deutschen, die sonst Mörder und Straßenräuber leben ließen, dennoch Tumultuanten henkten – sehen Sie nur *Hellfelden* nach –: so sind Sie immer nicht so mild als die alliierten Mächte, die die Nation, weil sie sich in eine Soldateska verkehret hat, auch bloß nach dem Kriegsrecht strafen und nur arkebusieren wollen.‹ Da ich sah, daß ich dem Reisediener zu schwer ward: so bewarb ich mich um Deutlichkeit auf Kosten der Gründlichkeit und wies ihn darauf hin, daß Deszendenten ihren Vater (oder primum adquirentem), Gymnasiasten ihren Rektor und folglich Landeskinder ihren Landesvater unmöglich beherrschen, geschweige absetzen könnten. Ich legte ihm die Frage vor, ob denn wohl das frankreichische Hysteronproteron möglich gewesen wäre, wenn jeder statt der französischen Philosophen die alten Autores edieret und mit Anmerkungen versehen hätte; und ich ersuchte ihn, mir es doch einigermaßen aufzulösen, warum denn gerade mir noch nie ein insurgierender Gedanke gegen meinen gnädigsten Landesherrn eingekommen wäre. ›Der Grund davon ist,‹ sagt' ich selber, ›ich treibe meine Klassiker und verachte Painen und seines Gelichters – obwohl ich sie alle gelesen – ganz.‹ – Mich ärgert's, daß ich dem Haselanten noch vorhalten wollte, daß schon die Könige der Tiere, z. B. der Geierkönig, der Adler, der Löwe, ihre eigne Untertanen aufzehrten – daß ein Fürst, wenn er auch nicht einem ganzen Volke wohlwolle, doch einige Individuen daraus versorge und also immer gerade das *Umgekehrte* jener von französischen Philosophen ersonnenen göttlichen Vorsehung sei, die nur *Gattung*, nicht *Individuen* beglücke – und daß überhaupt gerade unter einer donnernden und blitzenden Regierung sich ein treues und geduldiges Landeskind am meisten erprobe, so wie sich der Christ gerade in Nöten zeige. Kurz ich wollte den Menschen eines öffentlichen Zeitungskollegiums werthalten; aber der republikanische Hase sang pfeifend in meine Belehrung hinein und ging, ohne ein prosaisches Wort zu sagen, so zur Türe hinaus, daß mir fast vorkam, als verachtete er meine Reden und mich. Indessen bracht' ich diese Belehrung bei meiner Jugend an, wo sie mehr verfing; ich habe sogar vor, wenn wir die Rede gegen den Katilina zu exponieren bekommen, ihnen deutlicher zu zeigen, daß die Pariser *Katilinen*, *Cäsars* und *Pisistraten* sind, die ins alte Staatsgebäude ihre Mauerbrecher setzen. ...

Man verstatte mir folgende Digression: ich forschte

einen halben Tag in meiner Bibliothek und unter den Nachrichten von den öffentlichen Lehrern des hiesigen Gymnasiums nach, wer von ihnen gegen seinen Landesfürsten rebellieret habe. Ich kann aber zu meiner unbeschreiblichen Freude melden, daß sowohl die größten Philologen und Humanisten – ein Camerarius, Minellius, Danz, Ernesti, der ciceronianische Sprachwerkzeuge und römische Sprachwellen besaß, Herr Heyne, die Chrestomaten Stroth und andere etc. – als auch besonders die verstorbne Session hiesiger Schuldienerschaft von den Rektoren bis zu den Quintussen (inclus.) niemals tumultuieret haben. Männer spielen oder defendieren nie Insurgenten gegen Landesväter und -mütter, Männer, die sämtlich fleißig und kränklich in ihren verschiedenen Klassen von acht Uhr bis eilf Uhr dozieren und die zwar Republiken erheben, aber offenbar nur die zwei bekannten auf klassischem Grund und Boden, und das nur wegen der lateinischen und griechischen Sprache.

Das Dozieren und Speisen war vorbei; und wir hätten gut die Hüte nehmen und Hofs öffentliche Gebäude besehen können: wäre mir nicht die Sorge für ein primum mobile obgelegen – für *Gestus*. Ich sprach den Wirt um seine obere Stube nur borgsweise an (das Bezahlen verlohnten wohl die wenigen Minuten nicht), weil wir droben nichts zu machen hätten als wenige leise elegante Bewegungen.

Ich ließ es nämlich schon lange durch einen meiner Schüler (des größern Eindrucks wegen) in einer öffentlichen Redeübung feststellen, daß der äußere Anstand nicht ganz ohne sei. Fremde Menschen sind gleichsam das Pedal und Manual, welches gelenk zu bearbeiten ohne eine Bachische Finger- und Füßesetzung nicht möglich ist. Ich merke am allerersten, wie sehr ich dadurch von sonst gelehrten Männern abweiche, die solche poetische Figuren des äußern Körpers nicht einmal anempfehlen, geschweige damit selber vorzuleuchten wissen. Es sagt aber Seneca c. 3. de tranquill. ganz gut: ›Niemals ist die Bemühung eines guten Bürgers ganz unnütz; denn er kann durch bloßes Anhören, Ansehen, Aussehen, Winken, durch stumme Hartnäckigkeit, sogar durch den Einhergang selber fruchten (prodest).‹[9] Und sollte so etwas denn nicht zuweilen einen Schullehrer erwecken, immer seinen Kopf, Hut, Stock, Leib und Handschuh so zu halten, daß seine Klasse nichts einbüßet, wenn sie sich nach dieser Antike modelt? – ›Wir werden heute‹, sagt' ich in der obern Stube zu den Mimikern, ›Menschen von dem vornehmsten Stande sehen müssen, wir werden uns ins Schulgebäude und in das Billard verfügen – überhaupt werden wir in einer Stadt auf- und abschreiten, die den Ruhm äußerer Politur schon lange behauptet und in der ich am wenigsten wollte, daß ihr den eurigen verspieltet – zum Beispiel: wie würdet ihr lächeln, wenn ihr auf Ansuchen der Gesellschaft etwas zu belächeln hättet? Monsieur Fechser, lächl' Er saturisch!‹ Er traf's nicht ganz – ich linierte ihnen also auf meinen Lippen jenes feine, wohl auseinandergewundne Normal-Lächeln vor, das stets passet; darauf wies ich ihnen das peccierende Lachen, erstlich das *bleirechte*, wo der Spaß den Mund, wie ein Pflock den Eber-Rüssel auf dem Pürschwagen, aufstülpt, zweitens das *waagrechte*, das insofern schnitzerhaft werden kann, wenn es den Mund bis zu den Ohrlappen aufschneidet.

Mein Auditorium kopierte mein Lächeln nach, und ich fand solches zwar richtig, aber zu laut. Nun wurden Verbeugungen rekapituliert, und ich nahm alle gymnastische Übungen der Höflichkeit bis auf die kleinste Schwenkung durch. Ich zeigte ihnen, daß ein Mann von ächter Lebensart selten den Hintern vorweise, welches ihm freilich entsetzliche Mühe macht. Ich ging

9. Doch hier ist das bessere Original: nunquam inutilis est opera civis boni; auditu enim, visu, vultu, nutu, obstinatione tacita *incessuque* ipso prodest.

daher zur Türe hinaus und kam wieder herein und zog sie mit der leeren Hand so nach der Anstands-Syntaxis zu, daß ich nichts zeigte –, ›man soll,‹ sagt' ich, ›daman das Ende des Menschen wie das eines Garten durchaus verstecket halten muß, lieber mit dem Ende selber die Türe zudrücken oder gar sie offen lassen, welches viele tun.‹ Jetzt mußte ein Detaschement so hinausrücken, daß es mir immer ins Gesicht guckte, und so wieder herein. ›In meiner Jugend (sagt' ich) hab ich mich oft Viertelstunden lange herumgeschoben und rückwärts getrieben, um nur diese Rückpas in meine Gewalt und Füße zu bringen.‹

Der eitle Gallier trauet uns nicht zu, daß wir General-verbeugungen an ein ganzes Zimmer leicht und zierlich zutage fördern; ich aber schwenkte wenigstens eine allgemeine Verbeugung als Paradigma flüchtig vor und war schon beruhigt, daß meine Leute nur die Spezial-Verbeugung an jeden dasigen Sessel, die faßlicher ist, leidlich nachbrachten. Nach diesen syntaktischen Figuren trabte man eiligst die Treppe hinab, und meine Mimiker repetierten und probierten (zum Spaße) beim Eintritte vor dem Wirte die obige Gestikulation.

Unten in der Stube hatten die zwei Kinder des Wirts *eine* Brezel angefasset und zerrten spielend daran, wer unter dem Abreißen den größten Bogen behielte. Das Mädchen hatte schon vor dem Essen die linke Hand auf eine rechte Fingerspitze gelegt und andern gewiesen, ›*so* lang nur hätte sie den Mann (mich) lieb; hingegen die Frau (Kordula) hätte sie *so* lieb‹, wobei sie die linke Hand oben an den Ellenbogen einsetzte. Ich verbarg's als Erzieher dem Wirte nicht, daß es seinen Kindern an allgemeiner Menschenliebe fehle, und das Brezelreißen verdürbe sie vollends und nährte Zerstreuung, Eigennutz und Hang zu läppischen Dingen. ›Wo habt ihr euere Schreib- oder Schmierbücher? Setzt euch und schreibt euer Pensum!‹ sagt' ich gebieterisch.« –

Erwachsene, zumal Weiber, haben sich ordentlich angewöhnt, den Kindern immerfort zu verbieten – wenigstens vorher, eh' sie es ihnen erlauben – und alle ihre kleinen Unternehmungen zu schelten, zumal ihre Freuden.

Aber seid doch froh, daß sie sich noch selber keine vergällen! Könnt ihr ihnen denn eine einzige vom Munde weggerissene späterhin wiederholen? Und wär's auch: könnt ihr ihnen denn den jungen durstigen Mund und Gaumen wiederbringen, womit sie sonst jeder süßen Frucht einwuchsen und sich ansogen an sie? Der ewig sparende Mensch, der jedes spätere Vergnügen für ein größeres und weiseres hält, der im Frühling nur wie im Vorzimmer des Sommers lauert und dem an der Gegenwart nichts gefället als die Nachbarschaft der Zukunft, dieser verrenkt den Kopf des springenden Kindes, das, ob es gleich weder vor- noch rückwärts blicken kann, doch bloß vor- und rückwärts genießen soll. Wann mir Eltern durch Gesetzeshämmer und Ruten das Laubhüttenfest der goldnen Kindheit in einen Aschermittwoch verkehret haben und den freien Augarten in einen bangen Gethsemane-Garten: wer reibt mir denn die Farben und malet mir, sobald nur hektische Jugenderinnerungen wie Martyrologien vor mir sitzen, meinen düstern Kopf mit frischen erquickenden Landschaftsstücken des Jugend-Otaheitis in jenen trocknen männlichen Stunden aus, wo man ein amtierendes geschätztes Ding und ein gesetzter ordentlicher Mann ist und außer seinem Brodstudium noch sein hübsches Stückchen Brod und auch sein bißchen Ehre dabei hat und so vor lauter Fort- und Auskommen in der Welt nun nichts weiter in der Welt werden will als des – Teufels?

– »Ich führte um ein Uhr meine Leute durch die Hauptstraßen ins Höfische Gymnasium, und wir konnten um so leichter und genauer die ganze Bauart aller Klassen, der Bänke und eines Katheders besichtigen, da glücklicherweise wegen der Ferien keine Seele darin war als der Alumnus, der uns herumführte. Ich vergeude vom großen Kapital meines *statistischen* Reisejournals noch immer wenig, wenn ich in diesem *biographischen* im allgemeinen mitteile, daß die Stadt ein Rathaus und vier Kirchen hat. Um diese fünf corpora pia gingen wir bloß prozessionsweise herum, und sie sind ganz gut. Vom letzten öffentlichen Gebäude, in das wir wollten, vermißt' ich sogar die Ruinen, vom Pranger mein ich.

Ich härte gern junge Leute gegen den Eindruck, den große Zirkel auf sie machen, durch Übung ab. Nach diesem Prinzip führte ich ohne Bedenken meine kleine gelehrte, aber verlegene Sozietät aufs Billard; auch weiß ich nicht, ob einem Schulmann gerade jene façon aisée gebrechen müsse, womit man Assembleen besticht. Ich traf zu meiner größten Freude einen alten Leser meiner unbedeutenden Programmen an, nämlich den vorigen Setzer der hiesigen Offizin. Einige griechische Handelsleute hatten Billard-Queues und zählten neugriechisch; da ich später auf mein Gesuch mit von der Partie sein durfte: so zählt' ich so gut wie die Griechen meine Bälle neu-griechisch, weil es doch wenigstens vernünftiger ist als französisch mitten in Deutschland.

Ehe wir von Hof abschieden, mußt' ich mit dem Wirte noch einen kleinen Exekutiv- und Injurienprozeß über die Stube führen, wo wir uns verbeugt und gelächelt hatten, weil er sie anschreiben wollte. Ich warf ihm aber nichts hin als den Fehde-Handschuh. In solchen Umständen ist's beste, hinter dem nachgeschrienen Pereat und dem Nachstoßen in Famas zweite Trompete gelassen davonzumarschieren und sich nach Ekelnamen, wie der große Themistokles nach Schlägen, aus höhern Absichten nicht umzusehen.

Eine niederfallende Sündflut, die mit uns bis nach *Schwarzenbach* an der Saale zog, wässerte den Pastor Sturm aus Versehen wie einen Stockfisch ein, und dieser ganze Weg wurde verdrüßlich unter wenigen Lehren zurückgelegt. Ich beruhigte meine Armee über ihre Fatiquen mit den weit größeren der Xenophontischen. Gleichwohl schickte ich im Marktflecken Schwarzenbach, wo wir pernoktierten, einige Primaner herum, die sich überall erkundigen mußten, ob im Flecken kein Insaß oder Fremder wohnhaft wäre, der ein lahmes elendes Bein hätte, woran er spürte, ob's fortregnete oder nicht. Denn Hühneraugen sind gleichsam die Fühlhörner und erfrorne Fußzehen die Zeigefinger künftigen Wetters. Dem ganzen Ort aber gebrach es an einem solchen weissagenden Fuß. Ich wäre vermutlich gar umgekehret, wenn mir nicht Mr. Fechser eröffnet hätte, wir könnten seinem vom Fichtelberg zurückmüssenden Herrn Pflegevater entgegengehen, der mehr vom Wetter voraussage als ein Sturmvogel: in Hoffnung eines meteorologischen responsums beschloß ich den Fortsatz der Schulreise.

Abends reichten bei mir einige fleißige Primaner die Bittschrift um Dispensation zum Kartenspielen ein; ich erteilte sie, aber unter der Einschränkung, ich verstatte so etwas nur auf Reisen (wie geringe Lehrer zu Fastnacht), etwa so wie den Branntewein. Solche, die gar keine Karte kannten, würdigte ich mehr und mahnte sie zum Beharren an; ja um sie gleichsam zu belohnen, setzte ich mich mit ihnen an einen Tisch und gab ihnen – weil hier theoretische Kenntnis ebenso ersprießlich ist, als praktische Übung verderblich – in den gewöhnlichsten Spielarten Unterricht, im Färbeln, im Kauflabeten, Sticheln, im Saufaus und Kuhschwanz. – Darauf mußt' ich mir von der Wirtsmagd den rechten nassen Stiefel, indem ich mich mit dem linken auf ihr

Rückgrat aufstemmte, herunterreiten lassen, so arg hatte uns das Wetter zugesetzt.

Morgens wartete ich, nachdem ich eine Fälbelmütze um geringes Geld erstanden – der Winter überteuert alle Mützen –, dem da seßhaften Adel auf, um meine Tochter gleichsam im Hafen einer Domestikenstube abzusetzen. Ich brachte sie nirgends unter; um so reiner ist das Lob, das ich dem dasigen Landadel für die Herablassung erteile, womit er einen Schulmann empfing. Ich wurde – ich kann es nie vergessen – in die Wohnzimmer selber gezogen, über die Zahl meiner Dienstjahre, Intraden und Kinder aufmerksamst ausgefragt und nicht immer ungern (obwohl unwürdig) angehört, wenn ich zuweilen in jener saturischen Manier repartierte, von der ich im Valerius Maximus schöne attische Salzscheiben gekostet und geleckt. In der Tat, ein hoher und niederer Adel ist stets gesonnen, Gelehrte mit ehrenhafter Auszeichnung zu empfangen, nur müssen weder die Körper der Gelehrten (verlangt er) in adeligen Salons Pillorys und Schandpfähle daran gebundener Seelen vorstellen, noch muß der Anzug den Panzern in der Bastille gleichen, die jedes Gliedmaß starr und unbeweglich machten. Und ich lehne mich gar nicht dagegen auf, wenn der Adel noch außer dem Savoir vivre, das aus Büchern geschöpfet werden kann, von bürgerlichen Gästen begehrt, daß sie das weiche Wachs der Biegsamkeit und der Lobsprüche (so wie die Bienen Wachsscheiben aus allen Fugen ihres Unterleibes drükken) in Mienen und Worten nicht knauserisch von sich geben. Jetzt ist überhaupt die Zeit, wo der höfliche Deutsche den frankreichischen Grobian, der sonst den Vorsprung hatte, überflügeln kann.

Wir ließen unter abscheulichem windigen Wetter den Marktflecken hinter uns; dennoch hielt uns – da heute lateinischer Dialog getrieben werden sollte, wozu ich ihnen abends vorher den Terenz und Plautus zum Präparieren hergegeben – nichts ab, durch den ganzen

Kirchenlamitzer Wald Lateinisch zu sprechen. Es ist aber wenig durch bloße Kollegien für den Humanisten erbeutet, wenn man nicht wie ich die Materien der Diskurse eigensinnig aushebt und absondert, wie die Grammatiken neuerer Sprachen wirklich tun. Ein Lehrer muß, wenn er das Fruchthorn sachdienlicher Phrasesbücher bis an die Spitze ausschütten will, heute z. B. *bloß* über die Verehrung der Gottheit oder Gottheiten – morgen *bloß* über Kleider – übermorgen über Haustiere in der herrlichen Staats- und Hofsprache der Alten reden und jeden andern, für die heutigen Phrases fremden Gedanken verweisen. Nach diesem Normal hatten wir heute – als eines der gewöhnlichsten Entrevuen-Kapitel im gemeinen Leben – lateinisch das Fluchen und Schwören vorzunehmen und abzutun, womit ich noch das Schimpfen verband. Mr. Fechser tat schöne Flüche, die wohl zeigten, daß er den Plautus nicht bestäuben lassen; wieder andere stachen durch Schwüre und mehrere durch Schimpfreden hervor, je nachdem die Memorie glücklich war oder der Fleiß anhaltend oder beide eisern.

In *Kirchenlamitz* trieb uns ein Guß ins Wirtshaus, wo wir das Fluchen fortsetzten. Ich beobachtete mit einiger Belustigung das Erstaunen so pöbelhafter Menschen, als Wirtsleute sind, das sie befiel, da ich meinen Schülern – an einem solchen Schimpffeste, als die Alten wirklich am Bachusfeste und die Ephesier am 22. Januar begingen und jetzt noch die Neuern an Weinlesen und auf der Themse – schwere Schimpfreden und Flüche aus Sachsenhausen zum Vertieren vorlegte, als ›der Teufel soll dich zerreißen, das Donnerwetter soll dich neun Millionen Meilen in den Erdboden schlagen‹; wobei der Lehrer immer mit Phrasen dem Lehrling unter die Arme greifen muß. Ich zog meinen Vorteil davon, als zwei Schüler sich über ihr scherzhaftes Schimpfen im Ernste entzweiten, und verstattete ihnen

gern, aufeinander loszuziehen, aber nur in toter Sprache.
Der Himmel durchstach ordentlich seine Dämme, und das Regenwasser hielt uns wie belagerte Holländer im Wirtshause, wo anfangs kein Heller verzehret werden sollte, auf achtzehn Stunden fest. Ich schreibe mit Bedacht nur *acht*zehn Stunden. Wir wurden nach und nach dem Wirte verdächtig durch mein Fluchen sowohl als durch unser ›Rotwelsch und Judendeutsch‹, um so mehr da ich meiner Tochter – sie hat einige Latinität – alles in lateinischer Mundart anbefahl, was sie – als lebende versio interlinearis – vom Garkoche in deutscher fordern sollte. Dieser Mensch zweifelte, ob es richtig mit uns sei. O dreimal selig ist der Mann, der in einer lateinischen Stadt, die Maupertuis zu bauen angeraten, das Bürgerrecht hat und ein Haus! Dreimal elend ist's in Deutschland, wo der gelehrte Mann neben dem allerdümmsten in *einer* Gasse wohnen muß, indes den Leviten im Alten Testament vierzig eigne Städte zu ihrer Behausung ausgeworfen waren! – Da die Zwecke meiner Herodotschen Reise auch statistisch waren: so wollt' ich ganz natürlich auch hinter die Volks- oder Pöbelmenge in Kirchenlamitz kommen, befragte aber nicht den Restaurateur darum – ich wünsche mir jetzt selber Glück zu dieser und der andern Vorsicht –, sondern schickte meine Kompanie (aber in Piquets zerstückt, um keinem aufzufallen) im Flecken hausieren herum, um das Personale jeder Familie von weitem auszukundschaften. Dennoch wurde man aufmerksam: abends rottierten sich die Bauern in der Wirtsstube zusammen – schöpften Verdacht aus unserm fahrenden Hundestall und aus unsern geometrischen Sturm- und Laternenpfählen – und sahen sie an – spitzten vollends die Ohren, da ich sie (zum Schein) mit schmeichelnden Nachrichten von der Glückssonne der sich auf gleiche Weise rottierenden Franzosen bestach – und gingen (ich wartete es vergeb-

lich ab und blieb auf) nicht von der Stelle. Ich ließ uns eine Stube geben und berichtete leise meinen Leuten: ›ich wäre nur heraufgegangen, um ihnen zu sagen, daß hier unsers Bleibens nicht wäre, sondern daß wir, wenn wir nicht totgeschlagen sein wollten, im ersten Schlafe uns noch mitten in der Nacht aufmachen müßten.‹ Kurz wir wagten es und brachen nach Mitternacht sämtlich kühn genug auf, ohne daß sich die Biergäste – es sei nun wegen unseres mathematischen Gewehrs, oder weil ich wie der große Marius aussah, der bloß mit Mienen seinen Mörder von sich hielt – getraueten, uns im geringsten anzupacken.

Als wir in *Marktleuthen* eintrafen, wußt' ich im Finstern, daß die Brücke, worüber wir gingen, auf sechs Bogen liegen mußte – nach Büsching; es freuet aber ungemein, gedruckte Sachen nachher als wirkliche vor sich zu sehen. Wir schliefen in einem anständigen Wirtshaus bis um neun Uhr auf dem Stroh, weil der Regen auf den Dächern forttrommelte, bis uns ein anderes Trommeln aufstörte. Es sollte nämlich ein Hungar erschossen werden, der von seinem nach den schismatischen Niederlanden gehenden Regimente mehrere Male deserteuret war. Als ich und mein Kollegium hinauskamen, war schon ein Kreis oder ein Stachelgürtel aus Säbeln um den Inquisiten geschlossen. Ich machte gegen einen vornehmen Offizier die scherzhafte Bemerkung, der Kerl ziehe aus der Festung seines Lebens, die man jetzt erobere, ganz ehrenhaft ab, nämlich mit klingendem Spiel, brennender Lunte und einer Kugel im Munde, wenn man ihn anders dahin treffe. Darauf hielt der Malefikant in lateinischer Sprache an: man möchte ihm verstatten, einige Kleidungsstücke, eh' er angefasset und ausgezogen würde, selber herunterzutun, weil er sie gern der alten Waschfrau beim Regimente an Zahlungsstatt für Wäscherlohn vermachen wollte. Ich bekenn es, einen Mann, der für klassischen Purismus ist, kränken Donatschnitzer, die er nicht korrigieren darf, auf eine eigne Art; so daß ich, als der Delinquent sein militärisches Testament im schnitzerhaftesten Hungarlateine verfertigte, aufgebracht zu meiner Prima sagte: ›schon für sein Kauderwelsch verdient er das Arkebusieren: auf syntaxin figuratam und Idiotismen dring' ich nicht einmal, aber die anzuknüpfen und aufzuwickeln. Ich zerstreunete damit Gleich darauf warfen ihn drei Kugeln nieder, deren ich mich gleichsam als Saatkörner des Unterrichts oder als Zwirnsterne bediente, um eine und die andere archäologische Bemerkung über die alten Kriegsstrafen daranzuknüpfen und aufzuwickeln. Ich zerstreuete damit glücklich jenes Mitleiden mit dem Malefikanten, gegen das sich schon die Stoiker so deutlich erklärten und das ich nur dem schwächern Geschlechte zugute halte; daher wird es der Billige mit dem Augen-Tauwetter meiner Tochter wegen des Inkulpaten nicht so genau nehmen.« –

– Als ich damals vom Fichtelberg zurückkam: fragt' ich in Marktleuthen selbst das kurze Martyrologium des armen Ungars bei einem Metzger aus, der vor fünf Jahren in Klein-Rom oder Tirnau (der Vaterstadt des Unglücklichen) geschlachtet hatte: der Unglückliche zog mich schon durch das Arkebusieren an, das für meine Phantasie die grausendste Todesart ist, und ich mag einen solchen knienden Armen kaum gemalt sehen. Der größte Verstoß des arkebusierten Warlimini war, daß er dreimal davonlaufen wollte nicht vor den Feinden, sondern vor seinen Kameraden, die ihn eben deswegen erlegen mußten. Ein Gemeiner sollte meines Bedünkens den Bruch seines militärischen Taufbundes wenigstens versparen, bis er Generalissimus oder so etwas würde. Einem Fürsten, einem Generalfeldmarschall bringt es keinen Vorteil, wenn er die Kapitulation hält, weil das soviel ist, als reduziert' er die Regimenter; hingegen dem Füselier, Grenadier etc.

bringt das Halten der seinigen wahren Nutzen: er tritt dadurch mit seinen edlern Teilen einer exekutierenden Kugel-Terne aus dem Weg und sparet mithin allezeit seine Brust und sein Kranium einer feindlichen und ehrenvollen Kugel auf, die ihn ins Bette der Ehren herabschießet.

Warlimini war ein guter Narr. Ich und der Fleischer haben nichts davon, daß wir ihn loben und seinem zersplitterten schlaffen Kopfe noch einige Lorbeer-Streu unterbetten; aber warum sollen wir es dem Gelehrten- und Militärstande verbergen, daß der gute Kerl wöchentlich von seinem Mädchen ein oder zwei Schustaks zu Lausewenzel überkam – denn das ganze Mobiliarvermögen bestand in einem warm- und ehrlichschlagenden Herzen – daß sein Wirt, bei dem er sein Traktament vertrank, ihm keinen Heller zuviel anschrieb – daß der Regimentsfeldscher ihm bei jedem Verbande seiner Hiebwunde eine Pfote voll recht gutem Tabak zusteckte – und daß er in seinem ganzen Leben über niemand einen Fluch ausstieß als über sich? Es tat jedem weh, sagte der Fleischer, der eine Flinte auf ihn halten mußte. »Drüben (sagt' er; denn er ging ein wenig mit mir aus Marktleuthen heraus) sitzt ein Schafjunge auf seinem Grabe, der pfeift: gleich darneben haben sie ihn nun erschossen. – Als wir den Abend vorher ihn bedauerten, sagt' er, es gehör' ihm nichts Bessers als eine Kugel vor den Kopf, aber er hätte doch, schwur er, für tausend Gulden nicht länger beim Regimente bleiben können.« Ich wollte, ich wäre dazu gekommen; ich hätte dem armen Teufel durch die hereinhängende, stinkende Pestwolke auf der letzten Lebens-Strecke statt des elenden Lausewenzels oder statt des noch elendern hier gedruckten Weihrauchs ächten Knaster hineingelangt, ob ich gleich nicht rauche. Aber den andern Tag hätt' ich nicht abwarten und es etwan von meiner Anhöhe herunter ansehen mögen, wie der arme Kerl in seinem blinkenden Kreise so allein seine Kleider für seine Wäscherin auszog, eine Viertelstunde vor der Ewigkeit – wie man ihm die weiße Binde um die Augen legte, die nun die ganze grüne Erde und den leuchtenden Himmel gleichsam in sein tief ausgehöhltes Grab vor ihm vorauswarf und alles mit einer festen Nacht wie mit einem Grabstein zudeckte – Und wenn sie nun vollends über sein tobendes, von quälendem Blute steigendes Herz das papierne kalte gehangen hätten, um das warme gewisser hinter diesem zu durchlöchern: so wäre ja jeder weiche Mensch wankend den Hügel auf der andern Seite hinuntergegangen, um den Umsturz des Zerrissenen nicht zu erblicken, und hätte sich die Ohren verstopft, um den fallenden Donnerschlag nicht zu hören – Aber die Phantasie würde mir dann den Armen desto düsterer gezeigt haben, wie er da kniet in seiner weiten Nacht, abgerissen von den Lebendigen, entfernt von den Toten, von niemand in der Finsternis umgeben als vom witternden Tod, der unsichtbar die eisernen Hände aufzieht und sie zusammenschlägt und zwischen ihnen das blutige Herz zerdrückt. ... O nach Äonen müßte, wenn der Mensch über das Grab hinauslitte, diese bange Minute noch wie eine düstre Wolke allein am ausgehellten Eden hängen und nie zerfließen!

Alle diese dunkeln Phantasien kommen mir wieder, wenn ich draußen gehe und höre: *hier* haben sie *den* erschossen, *dort jene* Schlacht geliefert; und es ist ein Glück, daß die Zeit die Gräberhaufen der Erde abträgt und die Kirchhöfe der Schlachtfelder eindrückt und unter Blumen versenkt; weil wir sonst alle von unsern Spaziergängen mit einer Brust voll Seufzer zurückkämen.

Ich überlaß es dem Leser, sich den Halbschatten selber hineinzumalen, über den sein Auge leichter den Weg von meinem Erdschatten zu Fälbels Lichtern nimmt. In unserem Leben ist die *Zeit* der Halbschatten zwischen

Lust und Schmerz, der Zwischenwind zwischen Orkan und Zephyr.

»Da der Himmel noch immer voll Regen war, erachtete ich es für nötig, aufzubrechen und dem Herrn Pflegevater des Mr. Fechsers bis nach *Thiersheim*, wo er eintreffen mußte, entgegenzureisen, um es lieber einen Tag früher als später zu erfahren, was er vom Wetter halte. Auch wollt' ich da noch außerdem einen allda gehenkten Posträuber in Augenschein nehmen, weil ich einige Moralen aus ihm für die Meinigen ziehen wollte. Aber wir taten uns vor Thiersheim vergeblich nach einem Galgen um: der Spitzbube saß noch und hing noch an nichts als an Ketten.
Hier mußten wir nun zu meinem größten Schaden funfzehn volle Tage mit Hunden und Pferden liegenbleiben und kostbar zehren, im fruchtlosen Lauern auf dürres Wetter und auf den Herrn Pflegevater des Mr. Fechsers. Und doch soll ich, gleichsam zum Danke für meine Einbuße, hier vor dem Publikum die Handlungsbücher dessen, was ich da mit meiner Klasse getrieben, aufschlagen und extrahieren, weil einige (zu meiner größten Befremdung) sich, wie ich höre, darüber aufgehalten haben, daß ich für jene funfzehn Tage, die in meine Hundsferien einfielen und in denen ich doch dozieren mußte wie in der Klasse, mich durch eine funfzehntägige Erweiterung der Kanikularferien meines Schadens hab erholen müssen: solche Zungen-Kritikaster sollen hier beschämt werden durch den funfzehntägigen Lektionskatalog eines Mannes, dem man gern die Hälfte seines Hundstags-Sabbats verkürzte.
Am ersten Hundstag mußte die Klasse schriftlichen Rapport von den Personalien und Realien unserer Reise erstatten. – Am zweiten korrigiert' ich den Rapport – setzte die Korrektur am dritten fort – und schloß die Zensur am vierten. –

Den fünften ließ ich an einer Thiersheimer *Flora* arbeiten, den sechsten an einer dergleichen *Fauna*. Der siebente Tag ist überall frei und des Herrn Ruhetag. Den achten wurde der Plan, gleichsam die Didos Kühhaut, zu einem neuen *Idiotikon der Sechsämter* auseinandergebreitet, und der geringste Bauer wurde durch die Lieferung eines einzigen Provinzialismus zum Mitarbeiter daran angenommen. – Ein solcher *Idiot* hilft sich nur durch einen *Idiotismus*, den er Gelehrten zinset, wieder ein wenig aus seiner Verächtlichkeit auf. Da ich vor der ganzen Gemeinde unsern verreckten Wachtelhund ungescheuet anfaßte, hinaustrug und einscharrte – wie Prosektores geköpfte Kadaver handhaben –, so nahm ich das allgemeine Erstarren über meine Kühnheit wahr und zugleich die allgemeine Verblendung; ein solcher Abstand aber zwischen dem Vorurteil und der Aufklärung macht es oft einem Gelehrten, der ihn fühlet, sauerer, als man denkt, bescheiden zu sein.
Den neunten setzt' ich bloß aus Liebe zum Gymnasium mein Leben aufs Spiel oder auf den Spielteller. Der Mond setzte nachmittags, als er im Nadir stand, den Güssen einen kleinen Damm, und ich zog daher eilends mit meinem peripatetischen Auditorium, armieret mit geometrischem Heergeräte, aus Thiersheim hinaus, des Vorhabens, Felder zu messen. Draußen war nun noch auf keinem geschnitten; und Boshafte sahen mir überhaupt mit einer so langen anfeindenden Aufmerksamkeit nach – welches mich auf Platos Diktum brachte, gegen einen Rechtschaffenen verschwüre sich am Ende die ganze Welt –, daß ich es nicht probieren wollte, einen Pfahl einzustecken. Zum Glück lagen zwei Fleischersknechte unter entfernten Bäumen auf Rainen im Schlafe. Ich sagte zu meinen Geometern (und zeigte auf die Metzger): ›wir wollen leise die Weite zweier Örter oder Schlucker messen, zu deren keinem man kommen kann.‹ Wir nahmen auf dem Gemeindeanger alles in der größten Sonnenferne von den zwei Schlif-

feln vor (man verzeihe: denn indignatio facit versus). Von fernen und still bohrt' ich selber den Meßstab ein und setzte die Mensul in den zweiten Standort. Ich visierte nach dem Stabe und nach dem schlafenden groben Bloch A und nach dem andern Bloch B, ließ den Abstand zwischen dem Stabe und Tische messen und verjüngte ihn richtig auf letzterem. Kurz (denn Nicht-Feldmessern würd' ich doch nicht faßlich) wir kamen Wolfen, Kästnern und allen großen Messern pünktlich nach; und hatten endlich wirklich den zwei schnarchenden Grobianen A und B die Ehre angetan, die Schuß- und Brennweite zwischen ihnen akkurat (war nicht Kästner unser Flügelmann?) herauszumessen. Unglücklicherweise wollt' ich meinen Zöglingen die sinnliche Proba über das Exempel vormachen und befahl Monsieur Fechsern, mit der Meßschnur zum Fleischer A zu schleichen, indes ich mich mit dem Ende der Schnur zum Fleischer B hinaufmachte. Mein Fechser mochte (der Mensch kann nicht dafür) etwan, indem er sich mit der Schnur an den groben Knopf und Kopf A niederkauerte, mit dem Degen dessen Nase leicht überfahren: kurz der Kerl fuhr wie ein Flintenschuß auf und schrie, da er mich über seinen Schlafgesellen mit der Meßschnur hereingeneiget erblickte, die ich an sein Gesicht applizieren wollte, seinem Räubergenossen zu: ›Michel! es verschnürt dir einer den Hals!‹ – Urplötzlich erwacht der Wüterich B – schnellet den Faust-Fallbock gegen mein zu tief hereinsehendes Angesicht – fängt mich mit der andern Klaue wie mit einer Fußangel bei meinem Stiefel und wirft mich durch seinen Wurzelheber notwendig aus dem Gleichgewicht auf den Rain hin – und würde mich vermutlich maustot gemacht haben, wären mir nicht redliche Zöglinge gegen den Meuchelmörder beigesprungen.
Dem Unmenschen (ich meine seiner Moralität) schaden meine passiven Prügel mehr als mir selber, da ich, als Märtyrer der Geometrie, wie der ältere Plinius als einer

der Physik, nichts davon habe als – Ehre; auch säuberte ich unterwegs die Denkungsart meiner Leute über die Ohrfeigen, indem ich ihnen bewies, daß diese nur bei den größten Feierlichkeiten und Standeserhebungen – bei Zeugschaften, Manumissionen, Freisprechungen der technischen Kornuten, bei Erhebungen aus dem Pagenstand – im Schwange gewesen und noch sind.
Inzwischen mag die gelehrte Welt es diesem Zer-Fleischer (nicht mir) beimessen, wenn ich nachher – aus natürlichem Scheu vor ähnlichen Mißhandlungen – Bedenken trug, von Haus zu Haus zu gehen und zum Vorteil der Landeshistorie (der wichtigsten Resultate zu geschweigen, die daraus zu ziehen wären) die Speichen der Weifen und Wagenräder und die Zacken der Querl zu zählen, ferner die Zylinder der Dreschflegel und der Sonntagsstöcke stereometrisch zu bestimmen – man könnte dadurch freilich hinter die Kräfte derer, die sie bewegen, kommen – und die Gabelweite der Stiefelknechte durch die Longimetrie und die Untiefe der Eßlöffel und Suppenschüsseln mit Visierstäben auszuforschen, um aus der erstern auf die Größe der Füße, aus der letztern auf die Größe der Mägen die leichtesten Schlüsse zu ziehen. Ohne die Schläge würd' ich mich, ich gesteh es, ganz gewiß dieser Mühe unterzogen haben; aber Behandlungen der vorigen Art und kleinere, wie die folgende, frischen wahrlich einen Gelehrten schlecht zur Landesgeschichte an. Ich teilte dem Wirte, als ich auf den Flachsrocken seiner Tochter hinsah, den guten Rat mit, von der Achse des Spinnrades ein dem Wegmesser ähnliches Rad treiben zu lassen, das die Umwälzungen des großen Rades richtig auf einer Scheibe summierte. ›Er kann‹, setzt' ich hinzu, ›leicht wissen, wenn Er wieder nach Hause kömmt, wieviel seine Tochter gesponnen und ob sie nicht gefaulenzet hat.‹ Darauf lachte mir das junge Ding ins Gesicht und sagte: ›Gimpel! das sieht ja der Vater

schon am Garne.‹ Aber Gelehrten leg ich obiges Projekt zum Beurteilen vor.

Überhaupt schränkte der Faustschlag des Fleischers meinen Eifer für die Wissenschaften sehr ein. Ich hatte aus wichtigen Gründen vor, den inhaftierten Postdieb Mergenthal zu besuchen; aber ich versagt' es mir. Ich mache nämlich nach meinen Kräften schon seit einigen Jahren ein ganz verwachsenes Feld der Landesgeschichte urbar: die Gerichtsplätze und Rabensteine; ich meine, ich werfe auf die Landesspitzbuben und Landesmörder die nötigsten historischen Blicke und liefere aus dem peinlichen Potosi von Kriminalakten und Diebslisten einen und den andern Ausbeutetaler, weil ich mich überhaupt überrede, jeder Schulmann müsse sich schämen, der nichts über sein Land oder seine Stadt herausgibt. Sollte nicht jede Schuldienerschaft sich in die Äste der Spezial-Geschichte teilen? Könnte nicht der Rektor die Spitzbuben bearbeiten und liefern, die Dekollierten, die Gehenkten? Könnte nicht jeder Unterlehrer seine besondere Landplage nehmen? Der Konrektor die Pestilenzen oder bloßen Epidemien – der Tertius die Viehseuchen – der Kantor die Wassers- – der Quartus die Hungersnöten – der Quintus die Feuersbrünste?

Mir also, als Malefikanten-Plutarch, würd' es sehr wohl angestanden haben, ein historisches Subjekt, noch eh' es gehenkt wird, zu besichtigen; ich stellte aber denen, die mir's rieten, vor, ich führte in den peinlichen Memoires, die ich unter der Feder hätte, die Geschichte eines armen Höfer Schullehrers auf, den ein Dieb, dem er einmal ein Almosen scheltend gereicht, in Leipzig als seinen Komplizen fälschlicherweise angegeben, worauf der ehrliche Schulmann abgeholt, in Leipzig torquiert und mit Not dem Sprenkel des Galgens entrissen worden. Das könnte nun mehrerern rechtschaffenen Leuten begegnen – es könnte mich z. B. der Delinquent Mergenthal, wenn ich ihn besuchte und ihn entweder durch

mein Trink- und Saufgeld oder durch mein Gesicht aufbrächte, aus Bosheit denunzieren und aussagen, ich hätte gestohlen mit ihm. Wer haftete mir für das Gegenteil, und wer nähme sich eines unschuldigen Rektors an, wenn ihn ein solcher Post- und Ehrenräuber auf die Folter und Galgenleiter versetzet hätte? –
Nachmittags kam endlich der sehnlich erlauerte Herr Pflegevater des Monsieur Fechsers vom Fichtelberge herab und konnte mir sagen, ob ich hinauf könnte, Wetters halber. Er hielt anfangs an sich, und dieser gelehrte Herr äußerte sich zuletzt (viel zu bescheiden) nur dahin: ›er sei wider Willen ein (Wetter-) Prophet in seinem Vaterlande: er könne weissagen, aber mehr auf ganze Quatember voraus als auf den nächsten Tag, so wie die vier großen Propheten leichter eine fremde, erst in Jahrhunderten einfallende Hinrichtung erblickten als ihre eigne, die sich noch bei ihren Lebzeiten begab, oder so wie (eigne Ausdrücke dieses Gelehrten) der Mensch richtiger den Weg der Vorsehung auf Jahrtausende als auf Jahrzehende voraussagt. Überdies, da wir (nach Kant) der Natur die Gesetze geben: so sei ihm wie dem Moralisten mehr daran gelegen, zu bestimmen, wie das Wetter (nach den einfachsten Prinzipien) sein sollte, als wie es wirklich sei, und er habe wohl nicht die Schuld, wenn es die besten Regeln übertrete, die er feststelle.‹ – Indessen verhielt mir's dieser meteorologische Augur doch nicht, daß es jetzt sich aufhelle. Auch traf's bis auf die kleinste Wolke ein: es will etwas sagen.
Inzwischen kam mir's nicht zustatten: der Herr Pflegevater des Monsieur Fechser eröffnete mir, daß ein anderer Gelehrter, Herr Konrektor *Helfrecht* aus Hof, das Fichtelgebirge, das ich bereisen und beschreiben wollen, schon völlig wörtlich abgeschildert und in Kupfer gestochen habe. Da nun niemand weniger als ich irgendeinem Menschen ein Rad aus seinem Triumphwagen aushebt: so war ich auf der Stelle be-

reit, auf den Fichtelberg, den ich nun doch nicht mehr beschreiben kann, keinen Fuß zu setzen; vielleicht sticht mir das Schicksal irgendeinen andern Berg zum Postament und Pindus meiner Feder aus.« – –

– Seit Herr Rektor Fälbel jenes geschrieben, hat der gelehrte und rechtschaffene Mann, von dem ich mit ihm sprach, den Anfang zu seinem Werke geliefert; aber ich wünschte, er möchte seine mit einer so fleißigen, wahrheitsliebenden, kenntnisreichen und uneigennützigen Pünktlichkeit entworfne Ichnographie des erhabnen Natur-Festungswerkes, die einen wichtigern Beifall als meinen verdient, endlich *ganz* unter die Augen des Publikums bringen, damit ihn wenigstens der Unterschied zwischen dem Publikum und einer Stadt aufmunterte, wo man dem eignen individuellen Wohl nicht mehr schaden kann als durch (besonders pädagogische) Verdienste ums allgemeine ... Ich könnte ebensogut jede andere deutsche Stadt dafür setzen; denn nur vom Verdienste wird das Verdienst erkannt, und es gehöret oft mehr Patriotismus dazu, Verdienste zu belohnen, als sie zu haben. –

»Was mich ferner vom Fichtelberg herabgezogen hielt, war, daß unser metallenes Schwungräder-Werk zu stocken anfing, das Geld; um aber *Fersen*-Geld zu geben, muß man vorher *Hand*-Geld haben, wie alle Regimenter wissen. Ja wir konnten nicht nur nicht vorwärts, sondern auch nicht einmal rückwärts. Und als ich dem Wirte fruchtlos meinen Handschlag als ein Faustpfand und mein Ehrenwort als ein Expektanzdekret ehrlicher Bezahlung offerieret hatte: mußt' ich nur froh sein, daß er meine Tochter als eine Pfandschaft und ein Grundstück zum Versatz annahm und behielt, und ich hatte das Glück, den Ägyptern (den heutigen Kopten) zu ähnlichen, bei denen einer gegen Verpfändung seiner einbalsamierten Blutsverwandten schöne Privatanleihen machen konnte. Ich fuhr daher auf dem leeren Kabriolet, so schnell als meine Klasse und mein Pferd laufen konnten, nach Hause und konnte sowohl der Eile als des Rasselns wegen nicht so viel dozieren, als man wünschen mochte. Hier hatte der Herr Pflegevater des Monsieur Fechsers die ungemeine Güte, mir für eine schwache Beschreibung unserer mühsamen und lehrreichen Klassen-Reise einen Platz in seinen herrlichen Werken auszuleeren und einzuräumen und mir den Ehrensold dafür schon vor der Messe vorzuschießen, damit ich mit dem Gratial meine versetzte Tochter beim Thiersheimer Wirte auslösete. Curate ut valeatis!« –

5.

Postskript.

Wahrhaftig ich wollte mich anfänglich, so nahe an der Schlußvignette und dem Retraiteschuß des Buchs, noch mit den Lesern überwerfen: man wird durch hundert Dinge aufgebracht, wovon ich nur zwei nenne. Erstlich dadurch, daß sie alle Bücher wie die Gebetbücher nur in der Not ergreifen, wie der Gasthof in Dover eine schöne Bibliothek bloß für Leute dotiert, die darin so lange lesen, als ungünstiger Wind bläset. Zweitens dadurch, daß sie schlecht lachen: ich weiß, der Nordpol verderbt den meisten Spaß[10], und die physische Kälte schadet dem Lachen soviel, als ihm die moralische nützt. Aber mich kränkt hier etwas im Namen des deutschen Reichs. Ich weiß besser als ein andrer, wel-

10. Nach Flögels Bemerkung nimmt das Lachen immer mehr ab, je näher die Menschen den Polen wohnen. Auf den zwei Polen könnten also zwei Cato, der ältere und der jüngere, sitzen. Aber die Skurrilität der Grönländer und Kamtschadalen entkräftet jenen Satz.

ches reiche Warenlager von schönen Materialien zum Lächerlichen dieses Reich ohne sein Wissen aufbehält und welche Frachten von diesem satirischen Stoff ganz *roh* gegen alle Staatswirtschaft ins Ausland gehen, das uns nachher unsre eigne rohen Produkte, in Satiren verarbeitet, für Sündengeld wieder verkaufet. Könnten wir denn nicht diese Satiren auf uns hier in Deutschland selber verfertigen, um doch den Schlagschatz einzustecken? – Aber satirische Münzmeister werden schlecht aufgemuntert: wie die Fabriken auf die Gefäße von *Semilor* ein s einzeichnen müssen, um dasselbe vom *wahren* Golde zu unterscheiden: so muß ein solcher Münzer den Anfangsbuchstaben der Satire (auch ein s) überall einhauen, weil das Publikum alles in der Welt eher versteht (sogar seinen Kant) als Spaß, und dieses *buchstäbliche* Signieren (damit das Publikum nicht aus Spaß Ernst mache) verdirbt jedes Subjekt, es sei Schafwolle, oder Satire, oder eine Menschenstirne. – – Darüber würde ich mit dem Ensoph der Lesewelt, dessen Hirnschale wie (nach dem R. Ismael im Talmud) die des rabbinischen Gottes dreißigtausend Meilen lang und breit ist, da die Beinchen der Schale wieder ganze Köpfe sind, darüber würd' ich, sag ich, mit diesem mystischen Riesen-Körper hier im Postskript unerschrocken angebunden haben, hätt' es meine Weichheit erlaubt ...

Diese verbot es: hier unter der Schwelle, indem die Abendglocke meines Buches läutet, würd' es mir wie eine zersplitternde Bleikugel im Herzen sitzenbleiben, wenn ich etwas anders – etwan: leset wohl – zu den Lesern sagte als: lebet wohl! – Beim Himmel! ich mag nicht: schon ein Mensch, der mit Sack und Pack aus einer Stadt in die andere zieht, machet fast mit allen Gassen Friede, eh' er in den Postwagen steigt; und drinnen denkt er noch dazu, indem er die öffentlichen Zisternen und ihre Danaiden ansieht: hätt' ich's bedacht, ich wäre geblieben.

Lebt also wohl! – Vergebet mir, wenn ich, da an den Wagen meiner Psyche so verschiedene Pferde angeschirret sind, Engländer, Polaken, Rosinanten, sogar Steckenpferde, wenn ich im Bündel so vieler Zügel für einen ganzen Marstall zuweilen fehlgreife oder ermatte. – Kommt recht fröhlich wieder vor mein künftiges Titelblatt! – Ertragt Bücher, Menschen und euch! – Und da der Stachel des lang vergangnen Unglücks noch in der Erinnerung sticht, wie der ausgerissene Stachel einer zerquetschten Wespe: so behaltet nichts im Gedächtnis als – Autoren! – Und übrigens wünsch ich euch einen kalten, aber blauen Morgen des Lebens, worin keine Blume zugeschlossen bleibt – gegen zehn Uhr hin eine Wolke voll warmer Regentropfen – in der Mittagshitze einen Seewind – nachmittags die Sieste des Lebens – und abends, und abends kein Gewitter, sondern eine sanfte Sonne und ein langes Abendrot hinter Nachtviolen und irgend *jemand* in der Finsternis. ...

Aber dich, du Geliebter, den ich am Ende jedes Buchs anrede, wie könnt' ich dich am jetzigen in dieser Stimmung anreden oder der Stimme antworten, die mich fragte: was wünschest du ihm? – –

Anmerkungen

Titel *Musteil:* nach älterem Erbrecht Anspruch der Witwe auf die Hälfte aller Nahrungsmittel, die beim Tod des Gatten vorhanden sind oder innerhalb von 30 Tagen danach aus dem Bodenbesitz erwirtschaftet werden.
Jus de tablette: svw. ›Brühwürfel‹.

3,9 f. *Gratial und don gratuit:* Geschenk (oder Trinkgeld) und freiwillige Abgabe.

4,3 *Werstenzeiger:* Werst = altes russ. Längenmaß (= 1,067 km).

5,7 *Howard,* John (1726–90): engl. Philanthrop, erregte Aufsehen durch seine Bemühungen um die Verbesserung der Zuchthäuser, Gefängnisse und Spitäler; er unternahm zu Studienzwecken weite Reisen durch Europa und veröffentlichte umfangreiche Abhandlungen, die nicht ohne Wirkung blieben.

5,17 *Hundsgrotten:* Vermutlich denkt J. P. an die »grotta del cane« bei Neapel, die schon im Altertum wegen ihrer »merkwürdigen Luftleere« (in Wirklichkeit Ansammlung von Kohlendioxyd) bekannt war, weil in ihr Hunde umkamen, stehende Menschen aber überlebten (das Kohlendioxyd, schwerer als Luft, sammelt sich am Boden an).

6,13 *Brunnenbelustigungen:* Damit ist das Bäderwesen gemeint; vgl. auch die Titel vieler zeitgenössischer Bücher.

6,20 *Plutos Quinterne, Auszüge:* Gemeint ist Plutos, der Gott des Reichtums (J. P. verwechselt ihn öfters mit Pluto, dem Gott der Unterwelt); Quinterne und Auszug sind die Bezeichnungen für den höchsten bzw. niedrigsten Gewinn in der älteren Lotterie.

7,10 *Rugendas,* Georg Philipp (1666–1742): Maler und Radierer, schuf zahlreiche Schlachtenbilder, angeblich z. T. aus unmittelbarer Anschauung (Schlacht vor Augsburg 1703 und bei Blenheim 1704).

7,11 *Bakhuisen,* Ludolph (1631–1709): holl. Maler der niederl. Schule, berühmt für seine Seestücke, zu deren Vorstudien er sich öfters in Lebensgefahr begeben haben soll.

7,26 f. *Schlacht-Märzfeld:* In diesem Bild kann J. P. verschiedenerlei verschmolzen haben: das alte germanische Märzfeld, das Campus Martius im antiken Rom, das Feld des Kriegsgottes Mars allgemein, den Pariser Platz Champ de Mars (als einen der Schauplätze der Französischen Revolution) und schließlich ein Saatfeld im Frühling.

7,29 *Kinderfreund:* Titel einer weitverbreiteten Jugend-Zeitschrift, die periodisch von 1775 bis 1782 erschien, herausgegeben von dem aufklärerischen Schriftsteller und Dramatiker Chr. Felix Weiße (1726–1804).

11,19 *die große Tour:* Bildungsreise durch Europa, wie sie für junge Herren aus gutem Hause üblich war; J. P. selbst hat in Wirklichkeit keine solche gemacht.

11,20 *»Mumien«:* Untertitel zu J. Pauls erstem Roman »Die unsichtbare Loge« (1793).

12,31 *nach Rousseau:* in der Abhandlung »Diskurs über den Ursprung der Ungleichheit unter den Menschen« (1755).

13,3 *papinianische Kochmaschine:* eine Art Dampftopf, in erster Linie dazu verwendet, um Gallerte aus Knochen zu ziehen; Erfindung des frz. Arztes und Mathematikers Dionysius Papin (gest. 1710).

13,5 *Girtannerische Respirationsmaschine:* ein von dem schweiz. Chemiker, Arzt und politischen Schriftsteller Christoph Girtanner (1760–1800) entwickelter Apparat, der das Atmen in Stickluft erleichtert.

14,25 *Tabor-Berg-Kette:* Der Tabor gilt als der Ort der Verklärung Christi; vgl. Matth. 17,1–9.

14,35 *Wouvermann:* Philip Wouwerman (1619–68): besonders wegen seiner Pferdebilder berühmter holl. Landschafts- und Genremaler.

15,1 *Belagerungskranz (corona obsidionalis):* bei den Römern ein Kranz aus grünem Gras, demjenigen Feldherrn verliehen, der eine Stadt entsetzt hat, in der sich röm. Bürger befanden.

15,12 *Zwickstein:* kleiner, keilförmiger Stein zum Ausfüllen von Lücken in Bruchstein-Mauerwerk.

15,13 *Herr von Moser:* Johann Jakob Moser (1701–85), Staats- und Völkerrechtler. Als Bezugsstelle zum Text vgl. seine »Lebensgeschichte, von ihm selbst erzählt« (3 Bde. 1777), § 46.

15,19 *theses magistrales:* hier svw. ›Lehrsätze, Schulmeistersentenzen‹.

15,30 *pragmaticae sanctiones:* landesherrliche Erlasse; vgl. z. B. die Pragmatische Sanktion von 1713 zur Regelung der Habsburgischen Erbfolge.

15,34 *kanig:* schimmlig.

16,7 *Bamberg:* Im August 1796 drangen die Franzosen unter Jourdan bis in die Gegend von Bamberg und Nürnberg vor, wurden aber von den Österreichern unter Erzherzog Karl bei Amberg geschlagen und zurückgeworfen.

16,15 ff. *neue allgemeine deutsche bibliothekarische . . . Rezensier-Faktorei:* bezieht sich auf eine der wichtigsten Zeitschriften der Aufklärung, die »Allgemeine deutsche Bibliothek« (1765 bis 1792), herausgegeben von Friedrich Nicolai, später als »Neue allgemeine deutsche Bibliothek« fortgesetzt.

16,17 *scheerauisch, flachsenfingisch:* Scheerau heißt die Residenz in der »Unsichtbaren Loge«, Flachsenfingen die im »Hesperus« und im »Quintus Fixlein«.

17,7 *orbis pictus:* »Orbis sensualium pictus ...« (1658) = ›die sichtbare gemalte Welt‹, eine weit verbreitete Bilderfibel, Sprach- und Realienbuch des tschech. Philosophen und Pädagogen Jan Amos Komenský (Comenius) (1592–1670), führender Vertreter des barocken Universalismus.

17,26 *Figurant:* hier im Sinn von ›Nebenperson, Lückenbüßer‹ verwendet.

curator absentis: juristischer Fachausdruck für ›Abwesenheitspfleger‹, hier allgemein ›Stellvertreter in Abwesenheit‹.

17,30 *Pandekten:* Hauptteil der Kodifikation des röm. Rechts durch Justinian im 6. Jh., maßgebend für die europ. Rechtsentwicklung; die älteste bekannte Handschrift wird in Florenz aufbewahrt.

18,4 *Sanchuniathon:* phönizischer Geschichtsschreiber um 1250 v. Chr.

18,7 *Bunkels Leben:* Gemeint ist der aufklärerische Roman »The Life of John Buncle Esq.« (1756–66), dt. Übersetzung von Pistorius 1778, Anlaß zu einer heftigen literarischen Fehde zwischen Nicolai und Wieland.

18,8 *pièces du jour:* Gelegenheitsdichtungen.

18,13 *Denner,* Balthasar (1685–1749): beliebter Porträtmaler an den deutschen Höfen; wegen seiner peinlich genauen Wiedergabe aller Falten, Härchen und Hautfeinheiten auch ›Porendenner‹ genannt.

18,14 *Marasmus:* allgemeiner körperlich-geistiger Kräfteverfall.

19,18 *Fraisherr:* Frais bedeutet in der südd. und östr. Mundart svw. ›Krampf‹: vielleicht auch ein Anklang an Fraißherr = ›einer, der die Kriminalgerichtsbarkeit hat‹.

19,28 *kritische Briefe:* Vorarbeiten zu der Abhandlung »Vorschule der Ästhetik« (1804).

20,2 *Ries:* arab., Papiermaß (= 20 Buch = 480 oder 500 Bogen).

20,21 *Bambocchiade:* Bezeichnung für derb-komische Darstellungen aus dem Volks- und Bauernleben, so genannt nach dem Spottnamen Bamboccio (›Knirps‹) des Niederländers Pieter de Laer (gest. 1642), der als erster solche Szenen in Italien malte.

21,19 *Huart:* Juan de Dios Huarte, praktischer Arzt und Philosoph in Madrid um die Mitte des 16. Jh.s. Sein Buch »Über die Prüfung der Köpfe zu den Wissenschaften« (1578) erregte wegen seiner Originalität, seiner Widersprüche, aber auch treffenden neuen Gedanken viel Aufsehen.

21,26 *Milchbruder Jupiters:* Jupiter wurde der Sage nach von der Ziege Almathea gesäugt.

21,27 *weifen:* winden, haspeln.

22,8 *Platzgold:* chemisch behandelter Goldstaub, der in der Wärme mit einem Knall auffliegt.

22,15 *Buffon:* George Louis Leclerc, Graf von Buffon (1707–88), berühmter frz. Naturforscher, schrieb eine »Allgemeine und spezielle Naturgeschichte« (44 Bde., 1749–1804), innerhalb derer die »Naturgeschichte der Tiere« (24 Bde.) besonders im Vordergrund steht.

22,21 *Linnäus:* Carl von Linné (1707–78), schwedischer Arzt und Naturforscher, stellte vor allem botanische, aber auch zoologische und mineralogische Systeme auf.

wie zwei bekannte Tiere: Pferd und Esel; vgl. die Fußnote: Ich als Pferd mit einem überall behaarten Schwanz – er als Pferd mit einem nur am äußersten Ende behaarten Schwanz.

23,22 *der Ausspruch Schlegels:* vgl. Friedrich Schlegels Fragment über Goethe, das als Vorabdruck aus seiner Schrift »Die Griechen und die Römer« (1797) in der Zeitschrift »Deutschland« erschien.

23,30 *Schiller:* im 22. Brief über die ästhetische Erziehung des Menschen, abgedruckt in den »Horen« (1795), 6. Stück.

24,11 *den neusten ausgenommen:* J. P. meint sich selbst.

25,2 *der Rezensent der Literaturzeitung:* Friedrich Jacobs hatte in der »Jenaischen Allgemeinen Literaturzeitung« (1785 ff.) die »Unsichtbare Loge«, den »Hesperus« und den »Quintus Fixlein« besprochen.

25,37 *Platner,* Ernst (1744–1818): Physiologe und Philosoph, lehrte an der Universität Leipzig, wo J. P. durch die Vielfalt seiner philosophischen Gedanken aufs stärkste angeregt wurde; zum Text vgl. seine »Neue Anthropologie«, 1. Bd. (1970), § 1074.

26,9 *Parrhasius:* gr. Maler, von dem Seneca in seinen »Controversiae« (II,17) berichtet, er habe einen Sklaven zu Tode gefoltert, um daran den Ausdruck des Leidens für die Darstellung des gefesselten Prometheus zu studieren.

jener Italiener: Michelangelo; die Behauptung, er habe sein Modell für die Kreuzigung zu Tode gefoltert, ist reine Erfindung im Anschluß an die eben genannte Stelle.

26,14 *Polus:* In einem Exzerpt aus Joh. Georg Sulzers »Theorie der schönen Künste«, Art. »Schauspieler«, notiert J. P.: »Der griechische Schauspieler Polus spielte die Elektra, die ihren Bruder beweint, gut, da er eine Urne mit der Asche seines Sohnes vor sich stellte.«

26,18 *Eustathius Nero:* Metaphernspiel, zusammengesetzt aus Eustathios von Thessalonike (1125 bis um 1195), einem byzantinischen Gelehrten und Dichter, Verfasser umfangreicher Kommentare, u. a. zur »Ilias« und zur »Odyssee«, und Kaiser Nero, der den Brand Roms zur Illustration für dichterische Rezitation benützt haben soll.

26,19 f. *General Orlow:* Alexej Grigorjewitsch Graf Orlow (1737 bis 1808), Oberbefehlshaber der russ. Flottenabteilungen, die 1770 bei Tschesme die türk. Flotte vernichteten. Für die Darstellung dieser Schlacht, im Auftrag der Kaiserin Katharina d. Gr., ließ der General bei Livorno eine russ. Fregatte in die Luft sprengen, als Vorlage für den Maler Jacob Philipp Hackert (1737–1807).

26,21 *Akademien:* hier im älteren Sinn von ›Modelle‹ verwendet; vgl. Elwerts »Kleines Künstlerlexikon« (1785).

27,29 *torricellische Leere:* der luftleere Raum über der Quecksilbersäule in dem von dem it. Mathematiker Evangelista Torricelli (1608–47) entwickelten Barometer.

28,15 *Tempe:* Tal zwischen Ossa und Olymp.

28,20 *Eliaswagen:* Der Prophet Elias wurde in einem feurigen Wagen zum Himmel entrückt; vgl. 2. Kön. 2,11.

29,8 *Tertie:* der sechzigste Teil einer Sekunde.

29,14 f. *nach Montesquieu:* vgl. sein Werk »Vom Geist der Gesetze« (1748), XII. Buch, 24. Kapitel.

29,28 *Peischwa:* svw. ›Pascha‹.

29,30 *Herr Gerichtshalter Weyermann:* tritt im »Satirischen Appendix« der »Biographischen Belustigungen« von J. P. auf.

30,2 *Correggios-Nacht:* In dem Bild »Die heilige Nacht« (1530) von Antonio Correggio (1489–1534) geht alles Licht von dem Kind in der Krippe aus.

30,19 *Haller,* Albrecht von (1708–77): schweiz. Arzt, Naturforscher, Professor, Verwaltungsbeamter und Dichter, Mitbegründer der Gesellschaft der Wissenschaften in Göttingen; sein wissenschaftliches Hauptwerk »Elementa physiologiae corporis humani« (8 Bde. 1757–65) übte auch auf J. P. großen Einfluß aus.

30,28 *herrnhutische Ehe-Loseziehen der Mädchen:* Innerhalb der Herrnhuter Brüdergemeine entschied ursprünglich das Los darüber, wer wen heiratete, um entsprechend der pietistischen Grundhaltung alle körperlich-sinnlichen Reize bei der Wahl des Gatten auszuschalten.

31,4 *Garofalo,* Benvenuto da (geb. 1481[?], gest. 1559): it. Maler, von Raffael beeinflußt; das erwähnte Bild ist im Besitz der Dresdner Galerie.

32,17 *tausendschneidige Oubliette:* unterirdisches Gefängnis, oft mit einer Falltür versehen und mit Eisenspitzen gespickt für heimliche Hinrichtungen.

32,18 *sanfter Kanker:* hier ›ein unter dem Sternbild des Krebses Geborener‹; diesem wird ein sanfter Charakter nachgesagt.

32, Fußn. 13 *Hermes und Campe:* Joh. Timotheus Hermes (1738 bis 1821), Theologe und Schriftsteller, schrieb in Anlehnung an Richardson kulturgeschichtlich aufschlußreiche Romane, in denen es um höhere Bildung, subjektive Entscheidungsfreiheit und persönliche Lebensgestaltung der Frau geht. – Joachim Heinrich Campe (1746–1818), Aufklärungspädagoge, Sprachforscher und Jugendschriftsteller, bemühte sich ebenfalls um eine bessere Ausbildung der Mädchen. – J. P. selbst befaßt sich mit diesem Problem im 4. Bruchstück der Abhandlung »Levana« (1807).

Heloten: leibeigene Bauern der Spartiaten.

34,2 *braunschweigische Mumme:* starkes Malzbier.

34,27 *spartische Skytale:* Name der spartanischen Geheimschrift; man wickelte lange Streifen aus Häuten um einen Stock, beschrieb sie und übersandte sie gelöst dem Empfänger, der zur Entzifferung einen Stock gleicher Stärke besitzen mußte.

36,6 *Hermessäule:* ein im antiken Griechenland dem Gott Hermes als dem Beschützer der Reisenden gewidmeter Pfeiler am Wegrand.

50,24 *Pflege-Schwester Philippine:* tritt als Schwester des Autors bereits in der »Unsichtbaren Loge« auf.

50,27 *Joujou:* Kinderspielzeug, heute Jo-Jo genannt.

54,21 *Sensitive* (mimosa pudica): ein strauchartiges Gewächs aus Westindien, bemerkenswert wegen seiner äußerst reizempfindlichen Blätter.

69,4 *Quintus:* Amtsbezeichnung (Grad) für den fünften Lehrer an einer Schule.

69,7 *Kanikularwochen:* von canicula (= lat. ›Hündchen‹) abgeleitet die Wochen unter dem Hundsstern (Sirius), Sommerferien.

69,32 *Zimmerfrotteur:* Frotteur veraltet für ›Bohner‹.

71,11 *Grummet:* zweites Heu im Jahr.

72,14 *Polyglotta:* mehrsprachige Bibelausgabe.

72,15 *Pfeiffers critica sacra:* August Pfeiffer (1640–98), Orientalist und Bibelexeget; seine »Critica sacra« (1680) war als Handbuch verbreitet und erreichte mehrere Auflagen.

72,21 *Rhizophagen:* Wurzelnfresser.

72,26 *Murki:* Musikstück, benannt nach der gleichförmigen Untermalung der Melodie in gebrochenen Baßoktaven (Murkis), zuerst bei studentischen Tanzliedern nachweisbar.

73,3 *nach Lessing:* vgl. seine »Hamburgische Dramaturgie«, 36. Stück.

74,4 *Achilles-Schild:* von Hephaistos kunstvoll geschmiedet; vgl. die ausführliche Beschreibung in der »Ilias« (XVIII, 478 ff.).

76,3 *Valet de chiens:* svw. ›Hundediener‹, vielleicht von J. P. unter dem Eindruck der Französischen Revolution entsprechend zu valet de chambre (= Kammerdiener) gebildet.

76,26 *höchstseliger König:* Friedrich der Große.

76,31 *casa santa:* Geburtshaus der Maria; der Sage nach wurde es von Engeln nach Italien getragen.

77,4 *bureau d'esprit:* Versammlung von Schöngeistern, Bezeichnung für die im 18. Jh. aufkommenden künstlerisch-intellektuellen Salons.

77,21 *Hippokrene:* eine der Sage nach durch den Hufschlag des Pegasus entstandene Quelle unterhalb des Gipfels des Helikon; sie galt seit Hesiod als Stätte dichterischer Inspiration.

77,23 *Jerusalem,* Joh. Friedrich Wilhelm (1709–89): Apologe und praktischer Theologe, Hofprediger und Prinzenerzieher; Gründer des Karolinums, einer höheren Lehranstalt in Braunschweig; verdienstvoll als Organisator des Armenwesens.

78, Fußn. 2 *falcidia:* ein Gesetz im röm. Recht, nach dem nicht mehr als 3/4 der Hinterlassenschaft (als Legat) vermacht werden durfte, damit dem gesetzlichen Erben wenigstens 1/4 der Erbschaft zukam.

79,15 *Archimedes:* Bei der Belagerung von Syrakus soll Archimedes u. a. auch eine maschinelle Vorrichtung zur mühelosen Hebung von Schiffen gebaut haben.

79,27 *wie Juden am Zählen sterben:* vgl. 2. Sam. 24.

79,31 *Ignatius [von] Loyola:* Gründer des Jesuitenordens (1540); nach der Legende sah man ihn während des Gebets über dem Boden schwebend.

die gestrafte Juno: vgl. »Ilias« XV, 18 ff.

81,11 *Latrie:* kath. Bezeichnung für die Anbetung Gottes und Christi.

81,15 *jus compascui:* das Recht, die Pfründe mit zu nutzen.

81,19 f. *Meusels gelehrtes Deutschland:* Joh. Georg Meusel (1743 bis 1820), Professor in Erlangen, Literarhistoriker und Lexikograph; das hier gemeinte Werk ist vermutlich »Hambergers Gelehrtes Deutschland«, das Meusel in 3. bis 5. Auflage (23 Bde. 1796 ff.) fortsetzte und ergänzte.

82,21 *Lambert,* Joh. Heinrich (1728–77), Philosoph und Mathematiker, Mitglied der Berliner Akademie der Wissenschaften.

83,15 f. *Karl Genofeva . . . Eon von Beaumont:* Charles de Beaumont (1728–1810), unter dem Namen Chevalier d'Eon als frz. Diplomat bekannt, galt als Zwitterwesen.

86,36 *Titulado:* Titulados sind die Granden, Marquis und Grafen in Spanien.

87,19 *Hostiensis:* der Kanonist Heinrich von Segusia (geb. vor 1200, gest. 1270), einflußreich als Kommentator der kirchlichen Erlasse Gregors IX. und als führender Theoretiker der Kirche.

88,26 *Masoreten:* die Kommentatoren des hebräischen Alten Testaments; die *Masora* ist die Gesamtheit dieser textkritischen Bemerkungen.

89,23 *Prodrom:* veraltet für ›Vorwort, Vorrede‹.

89,24 *Hommel,* Karl Ferdinand (1722–81): bedeutender Jurist der Aufklärung auf dem Gebiet des Straf- und Zivilrechts. –

Die Quelle für die folgenden Namen ist z. T. Flögels »Geschichte der komischen Literatur« (4 Bde. 1784).

91,9 *Moser:* vgl. die Anm. zu 15,13.

92,27 *Graf St. Germain:* Pseudonym eines berüchtigten, vermutlich spanischen Abenteurers und Scharlatans des 18. Jh.s, eines Vorläufers Cagliostros; über sein Leben waren die wildesten Gerüchte im Umlauf, vgl. die »Nachrichten vom Grafen St. Germain« (1780).

93,14 *offizinell:* ›in den Apotheken geführt, in der Heilkunde verwendet‹, heilsam.

94,20 *Panse:* Raum zur Aufbewahrung des noch ungedroschenen Getreides; gewöhnlich liegen die Pansen an beiden Seiten der Tenne, vergleichbar den Seitenschiffen einer Kirche.

95,14 *Semler,* Joh. Salomon (1725–91): ev. Theologe und Professor in Halle. Aus Karl Philipp Moritz' »Magazin der Erfahrungsseelenkunde« (11 Tle. 1783–93) hat sich J. P. exzerpiert: »Semler stellt 10 bis 17 schlechte Bücher auf den Abtritt, die er darauf (des Tags 3mal) lieset.«

95,26 *Chiliasmus:* Lehre von der Erwartung des Tausendjährigen Reiches Christi auf Erden.

96,27 *Morhof,* Daniel Georg (1639–91): Dichter, Literarhistoriker und Polyhistor, schrieb als erster Deutscher eine umfassende Geschichte der Weltliteratur, außerdem eine philologisch und literarhistorisch sachkundige Geschichte der dt. Literatur.

97,3 *Muse à belles fesses:* ›die Muse mit den schönen Hinterbacken‹, analog zur »Venus kallipygos« des Praxiteles, der »Venus mit den schönen Hinterbacken«.

97,5 *pretium affectionis:* Gefühlswert (i. Ggs. zum Marktwert).

97,31 *g. G.:* geliebt's Gott.

98,22 *Spießglas* (Spießglanz): eine Gruppe von Erzen aus Metallsulfid, vorwiegend hell- bis dunkelgrau metallisch glänzend.

98,31 *blasonieren:* (Wappen) kunstgerecht ausmalen.

99,10 *Rousseau:* vgl. das 5. Kapitel seiner »Träumereien eines einsamen Spaziergängers« (1782).

100,10 *Baumannshöhle:* die 1670 von dem Bergarbeiter Baumann entdeckte Tropfsteinhöhle im Harz.

102,13 *Agioteur:* Börsenmakler.

102,24 *alterum tantum:* doppelt soviel.

105,5 *Rolfinken:* Über den Jenaer Medizinprofessor Werner Rolfinck (1599–1673) steht in Jöchers »Allgemeinem Gelehrtenlexikon«: »Weil er fleißig aufstellte, um Cadavera zur Anatomie zu bekommen, so baten die Malefikanten insgeheim aus, daß sie nicht möchten gerolfinckt werden.«

105,8 f. *jener in einen Kirschkern Gesichter:* Im »Kampaner Tal« führt J. P. als Sehenswürdigkeit des Dresdner Zwingers einen ikonologischen Kirschkern an, in den 85 Gesichter geschnitten seien.

105,16 *nach Popes Verse:* vgl. sein Lehrgedicht »Moral Essay« III, 127.

105,21 f. *Weißescher Kinderfreund:* vgl. die Anm. zu 7,29.

105,30 *Kuxe:* eine Art von Wertpapier.

106,5 *Bewindheber:* Direktor und Oberaufseher der holl. Handelskompagnie.

106,14 *Reverberierlaternen:* Straßenlaternen, deren Licht durch reflektierendes Metall verstärkt wird.

106,19 *aus Voltaire:* In einem Brief an die Marquise von Deffaud (1769) berichtet Voltaire von einem Genfer Prediger, der sich mit 45 Jahren getötet habe, auch sein Vater und sein Großvater hätten Selbstmord begangen (»c'était une maladie de famille . . .«); allerdings ist der Quelle nicht zu entnehmen, daß der Selbstmord immer im gleichen Alter erfolgte.

110,16 *Zainhammer:* Stabhammer.

112,22 *Pontak:* herber frz. Rotwein aus der Gegend von Medoc.

117,14 *wie Lessing . . . behauptet:* vgl. seine theologische Streitschrift »Eine Duplik« (1778), 1. Stück.

117,31 *Rändelmaschine:* zum Einprägen von Rillen, z. B. bei der Münzherstellung.

118,6 *Teichdocke:* Zapfen, mit dem der Abfluß eines Teiches verschlossen werden kann.

118,14 f. *dieser zweite September:* Vom 2. bis 6. September 1792 fanden die sog. Septembermorde der Französischen Revolution statt, die an etwa 3000 politischen, meist adligen Gefangenen verübt wurden.

122,26 *Pansterkette:* Kette, mit der das Pansterrad einer Wassermühle je nach dem Wasserstand reguliert wird.

124,35 *Hunczovsky,* Joh. Nepomuk (1752–98): Anatom und Professor an der Wiener Militärakademie.

131,16 *Tarpejischer Felsen:* Richtstätte im alten Rom.

132,14 *Potosi:* Stadt in Peru, in der Provinz Charcas des damaligen span. Vizekönigtums Rio de la Plata, berühmt durch seine reichen Silbervorkommen.

132,24 *Palingenesie:* Wiedergeburt.

132,33 *Halbscheid:* veraltet für ›Hälfte‹.

133,30 *vidimieren:* (amtlich) beglaubigen.

135,21 *Schmaußens:* Joh. Jakob Schmauß (1690–1737): Rechtsgelehrter, der 1722 das »Corpus juris civilis germanici« und 1730 das »Corpus juris gentium« herausgab.

136, Fußn. 13 *Dieser sonderbare Ton . . .:* Im letzten Kapitel des »Hesperus« – der Roman wird hier wie oft von J. P. mit dem Untertitel zitiert – erfolgt die fingierte Erhebung des Erzählers zum Sohn des Fürsten von Flachsenfingen.

Der Roman erschien in Wirklichkeit vor dem »Quintus Fixlein«.

137,1 *in Engels verlornen Sohn:* Joh. Jakob Engel (1741–1802), rationalistischer Popularphilosoph, Ästhetiker, Kritiker und moralisierender Schriftsteller nach dem Vorbild Lessings, schrieb 1770 das unbedeutende Lustspiel »Der dankbare Sohn«.

137,35 *testimonia paupertatis:* Armutszeugnis.

138,34 *Lange,* Heinrich Arnold: Kirchenrechtler; 1786 wurde aus seinem Nachlaß das vielbenutzte Handbuch »Geistliches Recht der evangelisch-lutherischen Landesherren und ihrer Untertanen« herausgegeben.

139,14 *a-latere-Legatin:* Parallelbildung zu ›Nuntius a latere‹ = bevollmächtigter Gesandter des Papstes.

140,12 f. *wie der dumme Manutius:* Paulus Manutius (1512–73), Sohn des venezianischen Verlegers Aldus Manutius, schrieb in jahrelanger Arbeit seine berühmte Sammlung »Epistolae et praefationes« (1564).

140,17 *Morhof:* vgl. die Anm. zu 96,27.

140,34 *Möser,* Justus (1720–94): Staatsmann, Publizist und Geschichtsschreiber, Verfasser der »Patriotischen Phantasien.«

141,11 *Passionsknochen:* Nach dem Volksmund gleichen die Knochen im Kopf des Hechts den Marterwerkzeugen Christi.

141,24 *Timoleon* (gest. 337 v. Chr.): gr. Feldherr aus Korinth; als Quelle vgl. Plutarch, Tim. 47.

141,27 *Semperfreiin:* Substantivbildung zu ›semperfrei‹ (urspr. ›sendbar frei‹), bedeutet ›in höchstem Maße der Freiheit teilhaftig, rittermäßig‹ (Ausdruck der mittelalterlichen Ständeordnung).

142,5 *Allodium:* im mittelalterlichen Recht lehensfreier und dem Lehensträger persönlich gehörender Besitz an Grund und Boden.

143,21 *Vorschabbes:* Tag vor dem Sabbat.

144,6 *Donatschnitzer:* Verstoß gegen die Regeln der lat. Elementargrammatik ›Donat‹, kurz so genannt nach ihrem Verfasser Aelius Donatus, röm. Grammatiker um 350 n. Chr., Lehrer des hl. Hieronymus.

144,7 *Kontum[n]azhäuser:* Quarantänehäuser.

144,24 ff. *Einladungsschrift:* J. P. parodiert hier das von dem Konrektor Rennebaum entworfene Schulprogramm »Über die Wichtigkeit der Schulautoren« bis in Einzelheiten.

144,28 *Seckendorf,* Veit Ludwig von (1626–92): Historiker und Theologe, aus dessen Nachlaß 1692 ein dreibändiger historischer und apologetischer Kommentar zum Luthertum erschien.

145,31 *wahrscheinlichen:* Beziehung unklar, vielleicht mit ›Verdienste‹ zu ergänzen.

147,15 *Burchardt Großmann:* Herausgeber der Sammlung »Angst der Hellen und Friede der Seelen« von 1623; das zitierte Lied beginnt richtig: »Brich an, du lieber Morgen«.

147,24 *Augarten:* Lustgarten in Wien

147,33 *Kennikottischer Varianten-Almosensammler:* Der engl. Theologe Benjamin Kennicott (1718–83) versuchte mit zahlreichen Mitarbeitern, den Urtext des Alten Testaments wiederherzustellen. Seine Ausgabe (1776–80), die alle Text-Varianten enthielt, wirkte jedoch nicht überzeugend und erfuhr vielfach kritischen Spott und Ablehnung.

148,36 *Infulträger:* Die Inful war in Rom die Stirnbinde des kaiserlichen Statthalters.

150,16 *Campens:* vgl. die Anm. zu 32, Fußn. 13. Seine Kritik gegen Campes oft übertriebenen sprachlichen Purismus hat J. P. später in der »Vorschule der Ästhetik« (§ 84) stark eingeschränkt.

152,19 f. *vomissement de la reine:* ›Erbrechen der Königin‹, eine Farbbezeichnung (vgl. ähnlich ›caca du Dauphin‹).

154,26 f. *deux afflictions . . .:* ›zweimal Kummer zusammengenommen kann eine Tröstung bedeuten‹.

155,12 *Bakel:* veraltet für Schulmeisterstock.

155,14 *Neperische Stäbe:* Rechenstäbe, benannt nach dem schott. Mathematiker John Neper (Napier), Lord Merchiston (1550 bis 1617).

155,15 *die vier Spezies:* die vier Grundrechnungsarten in der Arithmetik.

155,36 *Dekrotteur:* hier ›Zustutzer‹, jemand, der eines andern Werk korrigiert.

156,28 *regula falsi:* ›Regel des falschen (Ansatzes)‹, eigentlich ein Näherungsverfahren der Mathematik zur Lösung von Gleichungen, wobei in schrittweiser Verbesserung die anfangs eingesetzte ›falsche‹ Größe schließlich durch den richtigen Wert ersetzt wird. J. P. verwendet den Begriff offensichtlich in eigener Bedeutung.

158,8 ff. *Quaterne . . . Quinterne:* zweithöchster bzw. höchster Gewinn in der älteren Lotterie.

160,5 *Wagen deiner Psyche:* Dies Bild geht zurück auf die Darstellung der Psyche in Platons »Phaidros«.

161,24 *Lagerbäume:* starke, vierkantige Balken, worauf Bier- und Weinfässer gelagert werden.

161,35 *der Ritter Michaelis:* Gemeint ist Joh. David Michaelis (1717–91), ev. Theologe und gefeierter Orientalist.

162,24 *Senftische Gebrüder:* kleine Verlagsbuchhandlung, die jährlich einen Kalender mit angehängten *Kalender-Praktika*, einer Art Horoskop, und schlechten Kupfern herausbrachte.

163,1 *musivisch:* in Mosaikarbeit.

174,18 *Trokar:* chirurgisches Instrument mit dreikantiger Nadel und einem Röhrchen für Punktionen.

174,36 *jus circa sacra:* Begriff aus dem röm. Recht: Verfügungsgewalt über Kultgebäude und -geräte.

175,14 *revenant:* ›Wiedergänger‹, Gespenst.

175,15 *ichnographisch:* anhand von Spuren.

175,32 *Büsching,* Anton Friedrich (1724–93): einflußreichster Geograph seiner Zeit, baute vor allem die politische Geographie aus. Seine 1754 begonnene »Neue Erdbeschreibung« war bei seinem Tode noch unvollendet.

176,2 *Lukaszettel:* kleiner, am Lukastag geweihter Zettel, mit lat. Segenssprüchen beschrieben; hilft im Volksglauben gegen mancherlei Übel.

176,28 ff. *Wintergeschichte der vier russischen Matrosen:* Vermutlich handelt es sich um die in der »Geschichte der Schiffbrüche« (Paris 1790) von I. L. H. S. Deperthes erzählte Geschichte des russ. Matrosen Alexis Himkof und seiner drei Kameraden, die 1743 an der Ostküste von Spitzbergen ausgesetzt wurden und dort sechs Jahre bleiben mußten.

177,31 *Klapperstein:* inwendig hohler Stein mit festem Kern; gilt im Volksglauben als Amulett für eine glückliche Geburt.

178,3 *Gorani,* Giuseppe (1744–1819): it. Diplomat und Schriftsteller; seine Memoiren erschienen schon zu seinen Lebzeiten in dt. Übersetzung und sind vermutlich hier J. Pauls Quelle.

182,32 *Klosterprofeß:* die Ablegung der (Ordens)gelübde.

186,13 *Preßbengel:* Hebelstange, mit der die Spindel einer Handpresse angezogen wird.

187,24 *Kammerzieler:* eine seit 1548 erhobene Reichssteuer zur Bestreitung der Kosten des Reichskammergerichts.

191,31 *das griechische Feuer:* ein in Griechenland zu Kriegszwecken erfundenes Feuer aus Schwefel, Werg, Kienspan, später noch mit gebranntem Kalk und Erdöl vermischt; diese Masse brannte auch auf Wasser.

196,27 *Fischhamen:* Fangnetz für Fische.

197,14 *Palais Royal:* für Richelieu seit 1630 errichtetes Stadtschloß, später Residenz der Herzöge von Orléans. Das Original der beschriebenen Uhr befand sich in Versailles, eine Nachbildung davon ist im Ludwigsburger Schloß erhalten.

197,31 *physiognomische Reisen:* Anspielung auf den Roman dieses Titels von Joh. Karl August Musäus (1735–87), der 1778 f. erschienen war.

204,31 *Boerhaave,* Hermann (1668–1738): niederl. Arzt, versuchte eine Synthese der verschiedenen medizinischen Richtungen, hatte großen Einfluß auf die Schulmedizin bis zum Ende des 18. Jh.s.

205,14 *Fallhut:* Hütchen mit Ringwulst, den Kindern aufgesetzt, damit sie sich beim Fallen nicht verletzten.

205,33 *sich härten:* die Haare verloren.

206,37 *wie Hiskias Sonnenuhr:* Zum Zeichen göttlicher Gnade ließ der Prophet Jesaja den Schatten der Sonnenuhr im Palast des Königs Hiskia zehn Striche rückwärts laufen; vgl. 2. Kön. 20,9–11.

208,1 *Hommelsche Plapperei:* vgl. die Anm. zu 89,24.

208,20 *salernitanische Spinn-Schule:* vermutlich Anspielung auf die »Schule von Salerno« (1110–1812), eine im Mittelalter berühmte medizinische Lehrstätte.

208,25 *Kammerherrn-Piquet:* Piket bedeutet hier svw. ›Truppenabteilung in Bereitschaft‹.

208,34 *Domitian:* vgl. Sueton, Dom. 3.

210,13 *Lavater*, Johann Kaspar (1741–1801): philosophisch-theologischer Erbauungsschriftsteller, Freund Goethes, Herders und Hamanns; bekannt vor allem durch seine physiognomischen Studien.

211,4 *Roboration:* Stärkung.

211,21 f. *apokalyptischer Drache:* vgl. Apokal. 12,4 ff.

211,34 *Horaz:* vgl. seine Epistel »Von der Dichtkunst«, V. 388 f.

211,37 *Krapp:* niederl., Färberröte und andere Rubiazeen, aus deren Wurzeln Farbstoff gewonnen wurde.

217,2 *natürliche Magie:* in Anklang an den Titel »Johann Nikolaus Martius' Unterricht in der natürlichen Magie ... umgearbeitet von Joh. Chr. Wiegleb« (1779), ein riesiges Kompendium, in zweiter Auflage bis 1805 in 20 Bänden erschienen.

219,16 *sensorium commune:* Gehirnzentrum, in dem alle Sinneswahrnehmungen zusammentreffen.

219,18 *Helvetius*, Claude Adrien (1715–71): frz. Philosoph, vertrat konsequent einen Sensualismus und Hedonismus, weshalb sein Hauptwerk »De l'esprit« (1758) auf Befehl des Parlaments als staats- und religionsgefährdend öffentlich verbrannt wurde.

220,1 *Musivmalerei:* Malerei in Mosaikmanier.

220,17 f. *unser bekanntes Ich:* vielleicht Druckfehler; in der ersten Auflage steht einleuchtender »unbekanntes«.

221,15 ff. *dem elektrischen Isolatorium ... Heiligenschein:* J. P. denkt hier an die (bei ihm auch sonst zitierte) sog. ›Bosische Beatifikation‹: eine auf isolierender Unterlage stehende Versuchsperson erhält durch magnetische Aufladung einen ›Heiligenschein‹ aus elektrischen Strahlen.

223,25 f. *Geßnerische Idyllen-Ideale:* Salomon Geßner (1730–88), schweiz. Dichter, Maler, Buchhändler und Verleger; seine »Idyllen« (1756 ff.), naiv-empfindsame Schäferdichtung in rhythmischer Prosa nach antikem Vorbild, fanden breites Echo, bes. in Frankreich.

225,15 *Pappelinsel:* Rousseau wurde auf einer Pappelinsel im Park von Ermenonville bei Soissons beigesetzt.

225,33 *Kant:* vgl. »Kritik der Urteilskraft«, § 26.

226,23 *Herkules-Säulen:* nach altgr. Vorstellung verschiedene Randpunkte des Erdkreises, die Herakles errichtet haben soll, vor allem die Gebirgszüge an der Straße von Gibraltar.

227,3 f. *wie schon Herder bemerkt:* in den Gesprächen über die Seelenwanderung; vgl. »Zerstreute Blätter« 1. Sammlung (1785).

228,15 *Sulzer,* Joh. Georg (1720–79): vgl. seine »Theorie der schönen Künste« (1771–74), Artikel »Ähnlichkeit«.

231,27 f. *commixtio und confusio ein modus adquirendi:* In der Jurisprudenz bilden ›Vermischen‹ und ›Zusammengießen‹ rechtliche ›Erwerbsgründe‹.

232,13 *mutschierungsweise:* abwechslungsweise.

232,14 *Jupiter:* vgl. »Ilias« XXIV, 527 f.

232,28 *das größte Unglück:* Ein Friedhofsbesuch am Bußtag gilt im Volksglauben als unheilbringend.

233,14 *Exordium:* Einleitung einer Rede oder Predigt (Ausdruck der Rhetorik).

236,1 *Publizist Reichsherkommen:* Aus Bielefelds »Staatsrecht« notierte sich J. P. die Anekdote: »Ein französischer Schriftsteller hielt das Reichsherkommen, auf das man sich in öffentlichen Urkunden immer beruft, für einen großen Gelehrten im Staatsrechte, der Herr Herkommen hieße usw.«

236,15 *splanchnologisch:* Splanchnologie ist die Lehre von den Eingeweiden.

236,20 *Bettzopf:* ein starkes Band über dem Bett, um sich daran hochzuziehen.

236,21 *Stichblatt:* Handschutz bei Fechtwaffen.

236,28 *Labarum:* kaiserliche Fahne des spätröm. Heeres, seit Konstantin d. Gr. (1312) mit gekreuztem Schaft und Christusmonogramm.

237,1 *Kaiser Vespasian:* Nach Suetons Beschreibung (Vesp. 24) starb er an einem Darmleiden in Gestalt eines anhaltenden Durchfalls, der alle seine Kräfte aufzehrte.

238,11 *Apostel:* ›Apostoli‹ heißen die Berichte des Richters an die nächsthöhere Gerichtsinstanz im Fall einer Appellation.

238,12 *Dilation:* Aufschub, Aufschubsfrist.

238,37 *vom Judex a quo zum Judex ad quem:* von der Vorinstanz zur Appellationsinstanz.

239,7 f. *Lavaters Tierstücke:* vgl. Anm. zu 210,13; an verschiedenen Stellen seiner »Physiognomischen Fragmente« (1778 ff.) spricht Lavater von der Ähnlichkeit zwischen Tier- und Menschenköpfen.

239,22 *Zimmermann,* Joh. Georg, Ritter von (1728–95): philosophischer Schriftsteller und medizin. Berühmtheit, Leibarzt des engl. Königs in Hannover; seine Schriften »Über die Einsamkeit« (1756), »Vom Nationalstolz« (1758) und »Von der Erfahrung in der Arzneikunst« (2 Bde. 1764) brachten ihm frühen literarischen Ruhm.

240,5 *Rezidiv:* Rückfall bei einer Krankheit.

240,11 *Durchmarsch der Ungarn:* Im Oktober 1790 marschierten mehrere kaiserliche Regimenter durch Hof, die zur Unterdrückung der niederl. Unruhen entsandt waren.

244,8 *Verlutierung:* dampfdichte Verschließung (eines Gefäßes).

245,11 *Concep. z.:* verfaßt vom zeitigen.

246,25 *plethorisch:* von Plethora = ›Überfülle‹ abgeleitet.

246,34 *bossieren:* hier im Sinn von ›modellieren‹ verwendet.

247,25 *ein göttlicher Mönch:* der hl. Vinzenz von Paul (1576–1660), gründete 1624 den Lazaristen-Missionsorden.

249,9 *clausula salutaris:* abschließende Grußformel.

249,10 *Kodizill:* hier im Sinn von ›Ergänzung, Zusatz‹ verwendet.

249,11 *Platner:* vgl. Anm. zu 25,37.

250,15 *Helvetius:* vgl. Anm. zu 219,18.

251,22 *Fisch Oannes:* in babylonischen Mythen vorkommendes Fabelwesen, ein Fisch mit Menschenfüßen und einem Menschenkopf; es kam tagsüber aus dem Meer, um den Menschen die Wissenschaften und alle zivilisatorischen Künste zu bringen.

251,23 *Berosus:* vermutlich ein chaldäischer Priester des Belus in Babylon in vorhistorischer Zeit; durch gr. Überlieferung sind Fragmente von ihm erhalten.

253,23 *Fechser:* Pflanzentrieb, spez. Rebenschößling.

254,14 f. *Prima (plana):* in der Kriegssprache Sammelbegriff für die Offiziere einer Kompanie.

254,35 *wie Hogarth:* Der junge Hogarth soll sich bei seinen Studien in den Elendsvierteln von London nur unauffällige Skizzen auf die Fingernägel gemacht haben, um nicht den Zorn seiner Modelle herauszufordern.

256,7 *Salzmann,* Chr. Gotthilf (1744–1811): ev. Geistlicher, aufklärerischer Pädagoge, Stifter des Schnepfenthaler Erziehungsinstituts für Knaben (1784), Verfasser der »Reisen der Salzmannischen Zöglinge« (6 Bde. 1784 ff.).
Weiße: vgl. die Anm. zu 7,29; vermutlich denkt J. P. an Weißes »Ausführungen über den Nutzen des Reisens für die Jugend« im »Briefwechsel der Familie des Kinderfreundes«, 9. Tl. (1789).

256,26 *Aphäresis . . . :* Begriffe der Verkürzung, bzw. der Erweiterung aus der Rhetorik.

256,32 *Ballei:* (Ritter)ordensbezirk.

257,6 *nach dem pythogoreischen System:* Die pythagoreische Lehre enthält die Vorstellung einer sich kreisförmig wiederholenden Seelenwanderung.

257,22 *Lukubrieren:* wissenschaftliches Arbeiten bei Nacht.

257,32 *Badinen-Gerte:* frz. badine = Spazierstöckchen.

258,13 *Büsching:* vgl. die Anm. zu 175,32.

258,23 *homannische Karten:* Joh. Baptist Homann (1663–1724), Geograph und Kartenstecher, gründete 1702 in Nürnberg einen Landkartenverlag und gab neben Globen etwa 200 Karten heraus, die vielfach nachgestochen wurden.

258, Fußn. 6 *frère servant:* ›dienender Bruder‹, Laienbruder, der in den Klöstern niedere Dienste verrichtet.

259,13 *Hattonische Mäusetürme:* In dem Mäuseturm bei Bingen soll der Sage nach Erzbischof Hatto I. von Mainz (891 bis 913), zur Strafe für die Verbrennung Hungernder, von Mäusen aufgefressen worden sein.

259,14 *Sapienti sat!:* lat. Redewendung, bedeutet svw. ›dem Weisen genug!‹.

260,3 *Odyssee ... Buch Tobias:* vgl. »Odyssee« XVII, 290 ff. und Tob. 5,17.

260,5 *Gato- und Onoskia-Machie:* »La Gatomachia« (»Der Katzenkrieg«) nannte Lope de Vega sein kleines komisches Epos aus dem Jahr 1597; Onoskiamachie, der Prozeß um des Esels Schatten, ist am bekanntesten durch die Darstellung im 4. Buch von Wielands Roman »Geschichte der Abderiten« (1781).

261,13 *Schnurren, Schnacken und Charakterzüge:* Titel einer Schrift von J. J. von Hagen, erschienen in 3 Teilen 1783–86.

261,19 *fälbeln:* fälteln, mit Falten versehen.

262,12 *Sturms Betrachtungen der Natur:* »Betrachtungen über die Werke Gottes im Reiche der Natur und der Vorsehung« (2 Bde. 1772); die nachfolgenden Zitate daraus stimmen bis auf Geringfügigkeiten mit dem Original überein.

263,26 *Solözismen:* grobe Sprachfehler, bes. im syntaktischen Zusammenfügen der Wörter (Begriff aus der Rhetorik und Stilkunde).

peccata splendida: ›glänzende Fehler‹ nannte Augustin die verdienstvollen Werke der Ungläubigen.

263,27 *Patavinität:* ungewandte, bäuerliche Redeweise, einst den Bewohnern von Patavium (Padua) nachgesagt, zu denen auch der röm. Geschichtsschreiber Livius zählt.

Kolumbine: ›Täubchen‹, weibl. Hauptrolle des it. Stegreiftheaters.

263,27 f. *schlafende Monade:* Die Monaden sind in Leibniz' philosophischem System die letzten, in sich geschlossenen, vollendeten Wesenseinheiten, aus denen die Weltsubstanz zusammengesetzt ist; Goethe verwendet den Begriff der Monade im Sinn einer lebendigen, beseelten Individualität.

263,32 *Stiftshütte eines künftigen Tempels:* vgl. 1. Chron. 28,11 ff.

264,10 *Pyramide:* Vermutlich befand sich ein Abtritt darin.

266,28 *S. T.:* Abkürzung von lat. sui tituli = mit Namen, ihres Zeichens.

Girtanner: vgl. die Anm. zu 13,5; hier wird auf die Tätigkeit Girtanners als politisch-historischer Schriftsteller angespielt. Er wurde vor allem wegen seiner in vielem geschichtsverfälschenden Darstellung der Französischen Revolution und seiner reaktionären Interpretation der Vorgänge angegriffen.

266,29 *Hofmann,* Leopold Alois (1746–1806): reaktionärer Herausgeber der »Wiener Zeitung« im Jahr 1792, in der er gegen die freiheitlichen Ideen der Französischen Revolution offen zu Felde zog; als berüchtigter Denunziant und schlechter Journalist war er in weiten Kreisen verhaßt.

266,31 *Falsarier:* svw. ›Verfälscher‹.

266,32 *Myrmidonen:* südthessalischer Volksstamm, der Sage nach von Ameisen abstammend.

266,37 *Schnepfenthal:* vgl. die Anm. zu 256,7.

267,30 *Hellfeld,* Joh. August (1717–82): Jurist und Rechtshistoriker, Professor in Jena; sein Hauptwerk, ein juristisches Handbuch (1765), wurde lange an den Universitäten benutzt.

267,37 *primus adquirens:* der erste Besitzer oder Besitzanwärter.

268,4 *Hysteronproteron:* ›das Spätere (wird) das Frühere‹; Goethe nennt diese philosophische, aber auch rhetorische Figur ein »Hinterst-Zuvörderst«; hier ist die Französische Revolution so umschrieben.

268,12 *Paine,* Thomas (1737–1809): englisch-gebürtiger Publizist in Amerika, verteidigte in seinem Buch »The Rights of Man« (2 Bde. 1790) die Ideale der Französischen Revolution.

268,14 *Haselant:* veraltet für ›Geck, Narr, Possenreißer‹.

269,9 *Chrestomaten:* Ableitung von Chrestomatie: eine Auswahl aus (Prosa-)Schriftstellern, die sich für den Unterricht in einer Sprache eignet.

269,33 *Bachische Finger- und Füßesetzung:* Anspielung auf den »Versuch über die wahre Art, das Clavier zu spielen« (2 Tle. 1753–62) von Carl Phil. Emmanuel Bach (1714–88); allerdings enthält dieses Werk keine speziellen Anweisungen für die Orgel, die J. P. hier bildlich gebraucht.

272,28 *Otaheiti:* eine der Gesellschaftsinseln, bekannt geworden durch Georg Forsters »Reise um die Welt in den Jahren 1772–75«, steht hier für einen ursprünglichen paradiesischen Zustand.

273,6 *Alumnus:* Armenschüler.

273,36 *Famas zweite Trompete:* In Samuel Butlers d. Ä. komischem Epos »Hudibras« (3 Tle. 1663–78) hat die Fama zwei Trompeten: mit der einen bläst ihr Mund Lob, mit der andern ihr Hintern Tadel.

274,1 *wie der große Themistokles:* Als Eurybiades ihn mit dem Stock bedrohte, sagte Themistokles: »Schlage mich nur, aber höre mich auch an!«

274,8 *Xenophontische Armee:* Im Kampf um die Thronfolge fiel Kyros d. J. in einer Schlacht (401 v. Chr.); einen Teil des geschlagenen Heeres führte Xenophon unter großen Mühsalen zurück und berichtete über das mißglückte Unternehmen in der »Anabasis«.

275,15 *Valerius Maximus:* röm. Geschichtsschreiber im 1. Jh., bekannt für seinen manieristisch-schwülstigen Stil, bes. in der Sammlung »merkwürdiger Taten und Reden« (um 32).

275,20 *Pillory:* engl. ›Pranger‹.

277,12 *versio interlinearis:* Übersetzung zwischen den Zeilen des Originals.

277,15 *Maupertuis,* Pierre Louis Moreau de (1698–1759): frz. Physiker, Mathematiker und Philosoph; entwickelte in seinen »Lettres philosophiques« den Plan einer lat. Gelehrtenstadt.

277,19 *vierzig eigne Städte:* vgl. 4. Mose 35,6 f.; dort ist allerdings von 48 Städten die Rede.

278,10 *Marius,* Gaius (156–86 v. Chr.): bedeutender röm. Feldherr und Staatsmann, Sieger über die Teutonen und Kimbern, siebenmal gewählter Konsul.

278,20 *ein Hungar:* vgl. die Anm. zu 240,11.

279,7 *Felonie:* Verrat, Bruch der Lehenstreue.

Priscian: Priscianus von Caesarea (um 500 n. Chr.), Professor in Konstantinopel, der bedeutendste Grammatiker der Spätantike.

280,3 *Kugel-Terne:* Die Terne ist der dritthöchste Gewinn in der älteren Lotterie; vgl. auch Anm. zu 6,20 f.

280,4 *Kranium:* Schädel.

280,13 *Schustak:* urspr. poln. Silbermünze, dann niedrige ungar. Scheidemünze.

Lausewenzel: billiger, schlechter Tabak.

283,4 *Didos Kühhaut:* Der Sage nach versprach König Jorbas von Karthago der zu ihm geflohenen Dido so viel Land, als sie mit einer Rinderhaut bedecken könne. Sie zerschnitt die Haut in feine Streifen und umspannte damit ein großes Gebiet.

283,5 *Idiotikon:* Mundartwörterbuch.

283,37 *Schliffel:* grober, ungehobelter Mensch.

284,1 *indignatio facit versus:* ›die Entrüstung gibt Verse ein‹, in Anlehnung an Juvenals »Satiren«: »Si natura negat, facit indignatio versum« (II, 79).

284,3 *Mensul:* Meßtisch.

284,9 *Wolfen:* Gemeint ist der aufklärerische Mathematiker und Philosoph Christian Wolff (1679–1754).

Kästner, Abraham Gotthelf (1719–1800): Mathematiker und Dichter, Professor in Leipzig und Göttingen.

284,37 *der ältere Plinius:* der röm. Schriftsteller Gaius Plinius

Secundus (23/24–79 n. Chr.) starb bei Hilfeleistungen während des Vesuvausbruchs.

285,5 *Manumission:* bei den Römern die Freilassung eines Sklaven.

285,6 *Kornut:* Lehrling, der seine Lehre zwar beendet hat, aber noch nicht zum Gesellen gemacht worden ist, d. h., er hat seine Hörner (lat. cornutus = der Gehörnte) noch nicht abgestoßen.

285,14 *Weife:* Garnwinde, vgl. die Anm. zu 21,27.

285,15 *Querl:* heute ›Quirl‹.

287,14 *Quatember:* hier allgemein für ›Vierteljahr‹ gebraucht.

287,32 *Helfrecht,* Joh. Theodor (geb. 1752): Rektor des Hofer Gymnasiums, gab nach langer Vorankündigung 1799 seinen »Versuch einer geographisch-mineralogischen Beschreibung des Fichtelgebirges« heraus.

288,4 *Pindus:* Grenzgebirge zwischen Thessalien und Epirus im nördl. Griechenland.

289,13 *Curate ut valeatis:* ›Sorget, daß es euch wohlergehe‹.

289,15 *Postskript:* zum »Billet an meine Freunde«.

289, Fußn. 10 *Flögels Bemerkung:* vgl. Flögels »Geschichte der komischen Literatur« 1. Bd. (1784).

290,19 *Ensoph:* gr. ›einfach‹, das Ureine, aus dem nach der Lehre der Kabbala die Welt entstanden ist.

290,36 *Danaiden:* die fünfzig Töchter des Danaos; zur Sühne für den an ihren Gatten begangenen Mord müssen sie in der Unterwelt unaufhörlich Wasser in ein durchlöchertes Faß schöpfen.

291,2 *Wagen meiner Psyche:* vgl. die Anm. zu 160,5.

291,3 *Rosinante:* So heißt das Pferd Don Quijotes.

291,20 *du Geliebter:* Damit ist J. Pauls Freund und literarischer Berater Christian Otto (1763–1828) gemeint.

Nachwort

Mehr als nur eine umfangreiche Variante zum *Leben des vergnügten Schulmeisterlein Maria Wuz* stellt die Idylle *Leben des Quintus Fixlein, aus funfzehn Zettelkästen gezogen; nebst einem Musteil und einigen Jus de tablette* dar, 1796 zum ersten Male als eine Lebensbeschreibung, die in die unmittelbare Gegenwart hineinreicht, herausgegeben und 1801 in zweiter Auflage erschienen. Ein Billett an die Freunde versieht die Stelle der Vorrede; hier spricht der Erzähler seine Leser mit guten Ratschlägen an, und mit der Beschreibung des Lebens eines armen Schulmannes will der Verfasser weniger ein Vergnügen bereiten, als vielmehr lehren, wie man eines genießt. Dieser Erläuterung einer sublimen didaktischen Absicht folgt die berühmt gewordene, vielzitierte Belehrung über die drei Wege glücklicher zu werden: der erste ist der Höhenweg, der Weg der Helden und Genies, Erhebung über die Wirrsale und Demütigungen des Daseins, der zweite ist der betont antiheroische, der vom heldenhaften Wahnsinn des ersten nichts mehr hat: es ist die Methode, sich sozusagen einzuigeln im Kleinen, so daß alle Schlingen und Gefahren unsichtbar werden und jede Ähre zum Baum, wie jedes Blatt zum Regen- oder Sonnenschirm wird; das Individuum lernt, sich wegzuducken unter den Schlägen des Schicksals. Listig aber fügt der Erzähler hinzu, der dritte Weg zum glücklicheren Dasein sei der schwerste und der klügste, der nämlich, »mit den beiden andern zu wechseln«.

Die heroisch-weltverachtende Lebensweise ist nur für wenige; sie scheidet aus für diejenigen, die auf Grund der gesellschaftlichen Umstände zu einer eigenen und freien Bewegung, zur Selbstbestimmung also eigentlich wohl, nicht gelangen können; den Erniedrigten und Ausgebeuteten ist der zweite Weg zu empfehlen: die Unansehnlichkeit wird zum Schutz in Zeiten der Gefahr, es gilt, sich zu schirmen durch ein Sich-Verbergen, aber auch zu lernen, wie mit Hilfe eines Mikroskopes die kleinen Freuden sich gewaltig zu vergrößern, den Quarz des Sandhügels als Juwelenfülle zu genießen.

Schon mischen sich, wie später in die Erzählung, auch in die Vorrede bereits ironische Züge: der Erzähler behauptet, er wolle dem Jahrhundert und der Nachwelt Männer erziehen, die im Gedächtnis behalten, was als das Nötigste zu predigen sei: die Aufforderung nämlich, zu Hause zu bleiben; kleine sinnliche Freuden sollte man höher achten lernen als große, kleine Glücksfälle für stärker beglückend erfahren lernen als die ersehnten großen. Mit sichtbarem Nachdruck – wie wenig später im *Jubelsenior* – empfiehlt Jean Paul das dürftigste Philistertum, Folge und Voraussetzung zugleich der deutschen Misere, empfiehlt die Freude an Stubenwärme und Nachtmütze, Kopfkissen, verordneten Feiertagen, am Klatsch der Frauenzimmer und am Genuß der Schlachttage.

Nicht nur die ironische Darstellung bestimmter Ereignisse in Fixleins wider Erwarten nicht so kurzem Leben und die seines Charakters in der Mischung von Eitelkeit, Angst und Kinderwesen, auch die folgenden Sätze aus dem *Billet* sind eine vorsichtige Zurücknahme der eben gemachten Empfehlungen. Denn der so überzeugend beschriebene zweite Weg mit all seinen verlockend ausgemalten Konsequenzen ist immerhin doch nicht recht geeignet für den, »der hier auf der Erde nicht bloß den Obstbrecher, sondern auch die Pflugschar in die Hände nehmen soll«.

Den Kräften fehlt es, so gesehen, nur zu bald an Spielraum; das Leben besteht nicht nur aus Erhabenem – »Alpen – Revolutionen – Rheinfälle – Wormser Reichstage – und Kriege mit Xerxes«, deshalb ist auch der Mensch dem ersten der empfohlenen Wege durchaus nicht gewachsen, es ist deshalb am besten, sich – auf beide einzustellen – »der längere Teil des Lebens ist wie eine Tenne platt geschlagener Anger ohne erhabne Gotthardsberge, oft ein langweiliges Eisfeld ohne einen einzigen Gletscher voll Morgenrot«.

Das Lob der kleinen Freuden ist keine Einübung in diese als letzten Zweck, sondern nur ein Mittel, sich für die größeren empfänglich zu machen. Damit verändert sich nun auch die Funktion der Idylle, die bei der Lebensbeschreibung des armen Schulmeisterlein Wuz bereits durch deutliche Angefochtenheit und verschlagene Selbstbehauptung des Helden in Frage gestellt worden war. Auch die Geschichte vom Quintus Fixlein ist nur noch »eine Art Idylle«. Die Idylle in ihrer überlieferten Form und noch der Versuch eines Voß, sie nun in der realen Gegenwart anzusiedeln, sind dem Erzähler Jean Paul offenbar verdächtig geworden: dem idyllischen Zustand gehört wohl der Obstbrecher noch zu, nicht aber die Pflugschar: mit seiner scheinbar nur ausschmückenden Metapher deutet Jean Paul auf einen weiter fortgeschrittenen Zivilisationszustand. Die Bilder »von stiller Ruhe und sanftem ungestörtem Glück«, von denen ein Geßner noch sprechen konnte, Jean Paul hat sie verabschiedet. Der Luxus fortgeschrittener Zivilisation läßt die Darstellung einer unschuldigen Menschheit, einer urtümlichen Einfalt der Sitten nur noch, wie bei Diderot im *Supplément au Voyage de Bougainville*, als eine durch Kontrastierung wirksame Form der Zivilisationskritik zu; daß auch Tahiti keine Idylle mehr war, sondern, schon in den Geschichtsprozeß hineingerissen, diese nur noch ahnen lassen konnte, hatte Georg Forster bereits in seiner vielgelesenen *Reise um die Welt* (1779) durchblicken lassen. Statt nun die »poetische Darstellung unschuldiger und glücklicher Menschheit«, als welche Schiller die Idylle charakterisiert, aus dem modernen bürgerlichen Leben in den ungeschichtlichen Unort eines arkadisch-vorzivilisatorischen Hirtenstandes zu verlegen und Typen zu zeichnen, wendet sich Jean Paul der fiktiven Biographie mitlebender Individuen, ihrer eigentümlichen Unschuld und ihrem nur mühselig behaupteten Glücksverlangen zu. Damit verändert er auch die Form: der Wandel der Idylle ist eine Folge des radikalen Wandels der gesellschaftlichen Verhältnisse, den Jean Paul frühzeitig auch als solchen erkennt.

Schiller hat in seinem berühmten Aufsatz *Über naive und sentimentalische Dichtung* eine entsprechende Einsicht durchaus reflektiert, aber Jean Paul erst zieht daraus auch die Konsequenzen, und seltsamerweise hat man das zu Lebzeiten des großen Erzählers noch gar nicht recht wahrhaben wollen. Auch Friedrich Schlegel hat es nicht erkannt, obschon gerade bei ihm alle Voraussetzungen hierfür gegeben waren, denn daß die Idylle nicht einfach ihr Interesse im Stoff »und im Kontrast desselben mit der individuellen umgebenden Welt des Publikums« haben darf, hatte er schon in seiner Veröffentlichung *Über das Studium der Griechischen Poesie* (1797) zu verstehen gegeben. Die epische oder dramatische Behandlung einer lyrischen Stimmung erklärte er kurzweg als Verkehrtheit und als Symptom für den Verfall der Kunst. »Ist von schönen Gemälden des ländlichen und häuslichen Lebens die Rede, so ist Homerus der größte aller Idyllendichter. Die künstlichen Kopien der Natürlichkeit hätte man aber immer den Alexandrinern überlassen mögen.«

Und wie Friedrich Schlegel hätte Jean Paul, der die »künstlichen Kopien der Natürlichkeit« verschmähte, sagen dürfen: »Prosa ist die eigentliche Natur der Modernen.«

In seiner *Vorschule der Ästhetik* zeigt sich Jean Paul, was keineswegs immer der Fall war, theoretisch ganz auf der Höhe seiner literarischen Leistung: das Schäferdasein der traditionellen Idylle charakterisiert er herausfordernd als ein bloßes »Ganshirtenleben«, in dem Ruhe und Langeweile herrschen. Mit Theokrit und Vergil, Voß und E. v. Kleist wendet er sich gegen Geßner und die französischen Idyllendichter; nicht mehr Zustände und Stimmungen fordert er von der Idylle, sondern Vorgänge. So wird die Idylle zu einer Nebenform des Romans, welche die »Musik des Freuens« steigern und verfeinern soll. Die Idylle wird reine Erzählform, wird epische Darstellung, und zwar »des Vollglücks in der Beschränkung«. Als Beispiele dieser von allem Zug zur Erhabenheit freigewordenen idyllischen Erzählformen nennt er den *Robinson*, Rousseaus *Rêveries*, Vossens *Luise*, Goethes *Hermann und Dorothea* – »eine epische Idylle« –, schließlich die eigenen Werke: *Wuz* (»eine Idylle, aus welcher ich mehr machen würde als andere Kunstrichter«), dann den *Quintus Fixlein* und das *Leben Fibels*, die ja alle schon im Titel, und gewiß absichtlich, als Formen des erzählten Lebens gekennzeichnet werden. Die Idylle fordert, heißt es weiter, »eben für ihre Beschränkung im Vollglück die hellsten örtlichen Farben nicht nur für Landschaft, auch für Lage, Stand, Charakter und verwirft die unbestimmten duftigen Allgemeinheiten Geßners, in welchen höchstens etwan Schaf und Bock aus den Wasserfarben auftauchen, aber die Menschen verschwimmen«.

Der Schauplatz der Idylle ist gleichgültig, sie ist »ein blauer Himmel, und es bauet sich derselbe Himmel über die Felsenspitze und über das Gartenbeet, und über die schwedische Winter- und über die italienische Sommernacht herüber –«, die Wahl des Standes, des Milieus steht dem Autor frei, nur fordert die Bestimmung vom »Vollglück in der Beschränkung« auch die Fülle der Akteure einzuschränken und die »Gewalt der großen Staatsräder« auszuschließen (12. Programm, Paragraph 73).

Die Schärfe, mit der Jean Paul sich von der konventionellen Idyllendichtung absetzt, findet ihre nachdrücklichste Bestätigung in Hegels *Ästhetik*. Hier wird die Idylle dahingehend charakterisiert, daß sie von allen wirklichen Interessen des geistigen und sittlichen Daseins absieht und nur den Stand der menschlichen Unschuld festzuhalten sich bemüht. Was so oft als das Ziel ausgegeben wurde, wird hier schon zum Einwand, denn es folgt eine bissige Erklärung von dem, was in der Idylle unschuldig leben heißen darf: »von nichts wissen als von Essen und Trinken, und zwar von sehr einfachen Speisen und Getränken, zum Exempel von Ziegenmilch, Schafmilch und zur Not höchstens von Kuhmilch, von Kräutern, Wurzeln, Eicheln, Obst, Käse aus Milch – Brot, glaube ich, ist schon nicht mehr recht idyllisch –, doch muß Fleisch schon eher erlaubt sein, denn ganz werden die idyllischen Schäfer und Schäferinnen ihr Vieh doch nicht den Göttern haben opfern wollen.«

Dieser sarkastischen Erläuterung folgt die Beschreibung eines Tuns, das vor allem doch darin besteht, das Vieh zu hüten und für erwähnte Speisen, erwähnten unschuldigen Trank zu sorgen und dann »nebenher mit so vieler Sentimentalität als möglich solche Empfindungen zu hegen und zu pflegen, welche diesen Zustand der Ruhe und Zufriedenheit nicht stören, d. h., in ihrer Art fromm und zahm zu sein, auf der Schalmei, der Rohrpfeife usf. zu blasen oder sich etwas vorzusingen und vornehmlich einander in größter Zartheit und Unschuld liebzuhaben« (Dritter Teil. Die Poesie. Besondere Bestimmungen des eigentlichen Epos).

Geßner etwa erscheint bei Hegel als schlechthin langweilig, sein Ruhm in Frankreich als fast unerklärlich, aber eben doch nur fast: eine Empfindsamkeit, die sich vor dem Gewühl des Lebens flüchten wollte, ohne deswegen aller Bewegung zu entsagen, fand hieran ihren Geschmack; eine andere Erklärung findet Hegel in der für Frankreich seinerzeit charakteristischen (und keinesfalls nur für Frankreich bezeichnenden) gefährlich weit entwickelten »Ausleerung von allen wahren Interessen«. So wird der Inhalt der Idylle zur Ausformung einer leeren Unwirklichkeit des Daseins; Hegels Sarkasmus gilt einem schäferisch verkleideten Schönseelentum, gilt dem Rückzug vor der Wirklichkeit des Daseins in eine erfundene und leere Idealwelt. Auch hier wendet sich Hegel gegen die »kraftlose Schönheit«, die den Verstand haßt und dem Furchtbaren der Wirklichkeit zu begegnen sich scheut, um sich »von aller Verwüstung rein« zu bewahren.

Deshalb ist die Verklärung, die die traditionelle Idylle auszeichnet, mehr als nur langweilig: »Denn eine in dieser Weise beschränkte Lebensart setzt auch einen Mangel der Entwicklung des Geistes voraus. Für einen vollen ganzen Menschen gehört es sich, daß er höhere Triebe habe, daß ihn dies nächste Mitleben mit der Natur und ihren unmittelbaren Erzeugnissen nicht mehr befriedigt. Der Mensch darf

nicht in solcher idyllischen Geistesarmut hinleben, er muß arbeiten.« Geschichte und Arbeit hängen zusammen, die konventionelle Idylle leugnet nun beides, und dadurch wird sie unglaubwürdig (Erster Teil: Das Kunstschöne oder das Ideal. Zusammenstimmen des konkreten Ideals mit seiner äußerlichen Realität). Wenn Hegel die Leistung Goethes und Voß' hervorhebt, trifft er sich wiederum mit Jean Paul, und man wundert sich eigentlich doch, nicht einen Hinweis auf den eigentlichen Erfinder der episch-bürgerlichen Prosaidylle bei ihm zu finden. Denn der ahistorischen Idealität der schönen Seelenzustände hat dieser abgesagt, und wenn er auch Bescheidung zu lehren scheint, so redet er doch nicht der Entsagung und der Askese das Wort, sondern will nur den Kunstgriff zeigen, wie man aus dem Materiellen des Daseins Genugtuung ziehe. Der von ihm empfohlene Weg, glücklicher zu werden, ist unheroisch und ist bürgerlich.
Dies sind auch seine Helden, pathologische Gestalten, Sonderlinge, die sich verstecken, die im Verzicht noch Selbstgenuß finden, die, wie der belächelte Wuz, instinktiv eine Taktik der Selbstbehauptung entwickeln in einem Dasein, das ihnen nichts zu bescheren scheint als Ängste und Elend. Von den eigenen Gestalten, mit denen er freundschaftlich und gevatterlich, zugleich auch als Biograph verkehrt, läßt sich der Erzähler Jean Paul Lebensregeln bewußt machen wie die folgende: »Man muß dem bürgerlichen Leben und seinen Mikrologien, wofür der Pfarrer einen angebornen Geschmack hat, einen künstlichen abgewinnen, indem man es liebt, ohne es zu achten, indem man dasselbe, so tief es auch unter dem menschlichen stehe, doch als eine andere Verästung des menschlichen so poetisch genießt, als man bei dessen Darstellung in Romanen tut.«
Das bürgerliche Sich-Einrichten in der Welt ist von Resignation gekennzeichnet; Resignation war es auch, was die gesellschaftlichen Zustände, die trotz der französischen Ereignisse eine Veränderung noch nicht ahnen ließen, allein zu lehren vermochten. Die »Rheingegenden der Hoffnung«, wie Jean Paul sie im *Jubelsenior* nennt, sind weit entfernt, und

nur an sog. »utopischen Tagen« werden sie sichtbar. Noch ist nicht allzuviel zu erwarten, es gilt nur auszuharren, ohne sich zerbrechen zu lassen, »und überhaupt trägt der dritte Stand (...) allemal wie ein Rebhuhn die Schalen des Werkeltag-Eies, aus dem er sich hackt, noch unter der Vormittagkirche am Steiße herum«.

Die Patronatsherrin und Patin, der Quintus Fixlein immerhin einiges verdankt, repräsentiert ihren Stand als gefüllte Blume, »mit ihrem Fett-Bauchkissen und Speck-Kubus. Durch die Apoplexie schon mit dem halben Körper vom Leben abgeschnitten, lag sie auf ihrem Fettpolster nur wie in ihrem weicheren Grab; gleichwohl war das, was noch von ihr übrig war, zugleich lebhaft fromm und stolz. Ihr Herz war ein gießendes Fruchthorn gegen alle Menschen, aber nicht aus Menschenliebe, sondern aus strenger Andacht; sie beglückte, beschenkte und verschmähte die Bürgerlichen und achtete an ihnen nichts, als höchstens Frömmigkeit«.

In der Tat bleibt ihnen auch weiter nicht viel, und wenn der Erzähler für seine süddeutschen Real- und Traumländer feststellen kann: »Im Brandenburgischen werden die Invaliden Schullehrer; bei uns werden die Schullehrer Invaliden«, so hat das ganz genaue Gründe. Wenn die Klöster ursprünglich Schulen waren, so sind die Schulen jetzt Klöster und es obliegt den Lehrern, durch ihr Beispiel für die Wahrung der Klostergelübde zu sorgen. Das ist nicht einmal sehr schwer: »Das Gelübde des Gehorsams ist vielleicht am ersten durch Scholarchen zu erzwingen; aber das zweite Gelübde der Ehelosigkeit würde schwerer erfüllet werden, wenn nicht durch eine der besten Staats-Verfügungen für das dritte, ich meine für eine schöne Gleichheit der Armut, so gesorget wäre, daß kein Mann mehrere testimonia paupertatis braucht, als einer, der sie macht –«

Das sind die Hintergründe einer Existenz, die Jean Paul angeblich biographisch beschreibt, um das Ganze Idylle zu nennen, einer Existenz, von der Quintus Fixlein, endlich Pfarrer geworden, denn doch selber meinen muß, sie sei für eine Beschreibung zu dürftig, zu gering.

Das ist sie wohl, aber eben deshalb wird sie wichtig, und sie gewinnt ein zusätzliches Interesse dadurch, daß Egidius Zebedäus Fixlein, vor kurzem erst ernannter fünfter Lehrer, wie alle Käuze Jean Pauls, nicht nur arm, sondern auch ein Autor ist. Selbstzufrieden und gutherzig, mitleidig und scheu, durch Armut brav, ist dem Leben dieses Mannes wenig Farbe zu geben, doch hat er seine Eigenheiten: der künftigen Biographie etwa hat er bereits durch die Anlage von Zettelkästen über die verschiedenen Begebenheiten seines Daseins, die seine Mutter ihm vortrug, und die er nach Jahren aufschlüsselt, geduldig vorgearbeitet. So hat der Erzähler es leicht, aus solcher Quelle die Lebensbeschreibung zu schöpfen; die Niederschrift der Biographie ist Wäsche in der »biographischen Goldhütte«, der Erzähler scheidet, schmelzt und klopft und glättet, damit das rechte Bild eines Mannes entsteht, der eben selbst ein Autor ist. Auch das hat Fixlein mit Wuz und Fibel gemein: Entwürfe zu Büchern sind seine größte Freude, und so denkt er an eines, worin er den Gelehrten einmal raten möchte, was sie in der Gelehrtengeschichte noch zu schreiben hätten; insbesondere fehlen noch Registerarbeiten, etwa über Gelehrte, die schon im zwanzigsten oder einundzwanzigsten oder wiederum solche, die erst im hundertundfünfzigsten Jahre ihres Lebens verstorben sind. Auch arbeitet er an einer Sammlung der Druckfehler in deutschen Schriften, und zwar vergleichend; er will aufzeigen, welche Druckfehler am häufigsten auftreten, er deutet weiter an, daß durchaus wichtige Folgerungen daraus zu ziehen seien – dies zu tun, überläßt er dann dem Leser. Er erforscht, welches der mittlere Buchstabe, das mittlere Wort der Lutherischen Bibel ist, die Häufigkeit der Vokale in den heiligen Texten u. a. m. Man darf sagen, daß eine wirkliche gelehrte und schriftstellerische Tätigkeit ihn ausfüllt und ihn beglückt. Und über die eigenen Ausführungen zum Martins-Fest zeigt er sich ehrlich erfreut: auf dem »auseinanderfließenden Gesichte zuckt das glückliche, sich und den Weihrauch wiederkäuende Ich –«.

Auch in dieser harmlosen Einfalt und Selbstbezogenheit ist

›Glück‹, ist ein gut Teil seiner Lebensklugheit oder doch das, was ihn schützt und ihm ertragen hilft. Er gehört auch zu jener Sorte von Menschen, die in der Lage ist, »sich die ganzen und halben Schatten einer Lage erst auszumalen, wenn er schon in einer neuen war und also diese durch die Kontraste der alten heben konnte.«

Seinen Gästen schließlich zeigt er sich am Wagen »so lächelnd – so verbindlich – so eitel als aufmerksam auf die herausgezogne Fracht. – Es schien, als hätt' er den *Reiseflor* des Schmerzes auf der Lebensreise gar niemals umgenommen –«.

Diesem selbstverliebten und liebenswerten Charakter, beschränkt in mehr als einer Hinsicht und angehaucht von sanftem Wahn, stößt allerlei und wider Erwarten zumeist Glückliches zu; er macht nicht auf sich aufmerksam, er macht sich beliebt, und die freudigen Zufälle treffen ihn aus Versehen, obschon nicht völlig unverdient. Weltlos und unbefangen lebt er in den Tag hinein, der ihm nur deshalb lacht, weil ihm das Schlimmste verschwiegen wird: sein Geburtsdatum nämlich. Da Anlaß besteht, er werde wie sein Vater und andere Vorfahren genau am Kantate-Sonntag seines zweiunddreißigsten Lebensjahres sich zum Sterben legen, wird ihm sein wahres Alter vorenthalten, könnte doch sonst schon aus eingebildeter Unausweichlichkeit geschehen, was so vielleicht zu umgehen ist. Die Verheimlichung wird aber dadurch möglich, daß die Dorfkirche mit allen Kirchenbüchern, Tauf- und Sterberegistern vor Jahren abgebrannt ist. Die Mutter hat ihn deshalb im Ungewissen lassen können, dennoch steht die Möglichkeit eines verfrühten plötzlichen Todes andauernd als ein Schatten hinter ihm, nur von der Hoffnung neutralisiert, der frühe Tod seines Bruders, der einst beim Spielen auf dem Eis ertrank, habe gewissermaßen einen Ausgleich geschaffen.

Auch hier in der manipulierten Selbsttäuschung herrscht Eitelkeit: es ist, als habe das Schicksal sich seinetwegen zu einem Rechenexempel entschlossen, von dem er, Fixlein, profitieren könnte, so daß er vor seinen Vätern als bevorzugt dastehen dürfte. In der Tat ist Egidius Zebedäus Fixlein ein Günstling des Geschicks. Aber er weiß es ja eigentlich nicht, wie er überhaupt sein Glück vor allem der Tatsache verdankt, daß er von sich selbst nicht viel weiß, nur das Angenehme, und niemals ist seine Zufriedenheit mit sich selbst ernsthaft erschüttert worden. So wird er dank seiner Patin Konrektor und bekommt sogar ein wenig Geld, was ihn instand setzt, seine Schulden zu tilgen (die Arme immer genauer begleichen als Reiche), so wird er durch ein Versehen, welches dann durch die Reaktion des Rivalen nachträglich bestätigt wird, auch Pfarrer. Er tritt die neue Stelle an, verlobt sich und behält im Glückstaumel noch seinen klaren Kopf; was ihn zum Glück begabt hat, das ist der »Grenzhügel der Mäßigkeit, auf dem er wie eingewurzelt verblieb und von da herab erblickte, was tausend andere verscherzen«.

Aber den nun einsetzenden, den eigentlich idyllischen Zustand, der handlungslos, schicksallos nur als Verwirklichung von Glück und Liebe erscheinen dürfte, ihn übergeht der Erzähler – wie in seinen anderen »Idyllen« auch –, bis er sich selbst, der bisher nur als reflektierender, vorausdeutender, abschweifender, erklärender Erzähler vorhanden war, nun als biographische Person in die Handlung einführen kann: er ist seiner Helden Freund und Gast und Porträtist, aber er hat als solcher nicht nur Verpflichtungen dem Helden gegenüber, den er besucht und dessen Schicksal sich ihm so zu objektivieren scheint wie für den Leser, er ist gleichzeitig ja auch diesen, denen er sich im Erzählen immer wieder zuwendet, verpflichtet. Um ihretwillen greift er in die Handlung erzählend und im Erzählen beschleunigend oder retardierend ein: »Der Autor ist eine Art Bienenwirt für den Leser-Schwarm, dem zu Gefallen er die Flora, die er für ihn hält, in verschiedene Zeiten verteilt und die Aufblüte mancher Blumen hier beschleunigt, dort verschiebt, damit es in allen Kapiteln blühe.«

Das überlegte Vergnügen, das er erzählend bereiten will, wird in einzelnen Momenten schon vorgebildet, wird hier und dort in seiner Wirkung schon antizipiert: »Jetzt wird die Welt hundert gegen eins wetten, daß ich nun biographisches Wachs nehmen und ein Wachsfigurenkabinett von dem Aktus selber bossieren werde, das einzig in seiner Art sei. – –«

Auf die Zettelkästen des Pfarrers Fixlein zurückgreifend, kann er dem Leser die Wahrhaftigkeit seiner Berichterstattung garantieren und verheißt überdies, er werde ihn über die weitere Erschließung dieser Quellen noch informieren. Doch sagt er deutlich genug, daß seine Arbeit schließlich nicht bloße Wiedergabe und Kopie, sondern das Ergebnis eines Selektionsprozesses ist: helle Tage und bunte Wochen scheidet er bewußt aus den Schlacken des Fixleinschen Lebens aus, die Biographie soll sich schließlich als gereinigtes Edelmetall präsentieren.

In seiner Rolle als der natürliche Sohn des Fürsten Jenner von Flachsenfingen, wie er sich gleichzeitig der Lesewelt im *Hesperus* entdeckt hatte, erfährt der Erzähler von der seltsamen Existenz Fixleins; er interessiert sich für seinen Lebenslauf und entwickelt Sympathie für die Person, denn: »Es ist sonderbar, d. h. menschlich, daß wir originelle Menschen und originelle Bücher das ganze Jahr lang wünschen und preisen: haben und sehen wir sie aber, so erzürnen sie uns – sie sollen uns ganz anstehen und schmecken, als ob das eine andere Originalität könnte als unsere eigene.«

Fixlein selbst ist ehrlich entzückt und befreundet sich rasch mit dem Erzähler, der dann bei der Taufe seines Sohnes Gevatter steht. Und während des Aufenthaltes im Dorf schreibt der Erzähler, die Geschichte jetzt erst einholend, an Fixleins Biographie; den Zettelkasten hat er in seiner Tasche verstaut, so daß er nur zu übernehmen hat, was in seine Darstellung passen mag. »Sonderbar!« so sinniert er während der Niederschrift, »so leicht vergisset der Mensch eine Sache über ihre Beschreibung: ich dachte jetzt wahrlich nicht ein wenig daran, daß ich ja eben auf dem zweibeinigen Laubentische, von dem ich rede, jetzt alles dieses schreibe.«

Die Situation des Schreibens selbst wird in die Erzählung

aufgenommen; sie ist nicht Vorgriff oder Erinnerung, sondern aufgehaltene Gegenwart. Jean Paul vergißt die Sache nicht über ihrer Beschreibung: er hat längst merken lassen, daß ihm die Beschreibung eben die Sache ist.

Fortan schreibt er als Zeuge und Chronist. Bedeutende Ereignisse hat er darzustellen und bemüht sich, offenbar erfolglos, um den einfachen historischen Stil der klassischen Autoren – der allerdings in seinem Vermögen nicht steht und den er gern den Klassizisten überläßt (mit denen er in der Geschichte der Vorrede zur zweiten Auflage abrechnet).

Der Kirchturm erhält eine neue Haube, und bei dieser Gelegenheit entdeckt man im alten Turmknopf eine verschlossene Kapsel, auf der die damaligen Spender verzeichnet stehen, wobei sich ergibt, was die Mutter bislang zu verbergen wußte, daß E. Z. Fixlein im zweiunddreißigsten Lebensjahr steht. Als der Pfarrer Fixlein die Papiere sieht und sich überzeugen muß, daß sein Vater vor zweiunddreißig Jahren von ihm als von seinem neugeborenen Sohne sprach, trifft ihn die Nachricht schwer. Die bisher mühsam überspielte, doch ständig lauernde Todesangst wird ganz gegenwärtig: »Hier schlug es auf dem Turm zwölf Uhr; aber eine ausgebrochene Eisenzacke ließ die Gewichter in einem fort rollen und den Glockenhammer fortschlagen – und er hörte schauerlich die Drähte und die Räder rasseln, und ihm war, als ließe jetzt der Tod alle längere Stunden, die er noch zu leben gehabt, hintereinander ausschlagen – und nun wurd' ihm der Gottesacker beweglich und zitternd, das Mondslicht flackerte an den Kirchfenstern, und in der Kirche schossen Lichter herum, und im Gebeinhause fing's an, sich zu regen.«

Pfarrer Fixlein legt sich ins Bett, macht die Augen zu und fiebert furchtbar vor sich hin. Während Frau und Mutter ihn aufgeben, sieht er sich selbst schon gestorben, die Einbildung hat ihn tödlich erkranken lassen. Da fällt dem mitspielenden Erzähler ein homöopathisches Mittel ein: Einbildungen. Alle Anwesenden werden entfernt, nur die

Mutter bleibt am Bett und spricht mit dem Kranken wie mit einem kleinen Kind, indem sie so tut, als ob er die Blattern habe. Sie schüttet auf die Bettdecke, was aus der Kindheit übriggeblieben: Spielzeug und Kleider, Schreibbuch und Hütchen, Bänder u. a. m. Pfarrer Fixlein, wieder Kind geworden, beruhigt sich allmählich. Bald ist der gefährliche, immer wieder beschworene Tag überstanden, man könnte zur Vernunft und zur Wirklichkeit zurückkehren, aber alles, was der Gevatter ihm sagt, verfängt nicht, bis eine Drohung auf fruchtbaren Boden fällt: der Erzähler läßt Fixlein wissen, er werde ihm die Gevatterschaft aufkündigen und er werde vor allem kein Wort von seiner Biographie edieren, wenn er nicht endlich sich entschließe, wieder zu genesen.
Da findet das tief erschreckte Gemüt endlich wieder zu sich zurück, nun aber, um alle Todesangst überstanden zu haben. Ähnlich wie im *Wuz* kehrt der Erzähler heim, aber von einem Genesenen, nicht von einem Toten. Dennoch gilt auch hier das letzte Wort dem Tode. Eine Landschaft des Todes ersteht, mit Glocken, Totengedenken, Friedhof, Sargbrett und Asche, fast wie das Bühnenbild eines barocken Trauerspiels. Doch hat das Ich des Erzählers aus diesem Arrangement schon Belehrung genug gezogen, um sich zu fassen und Todesgedanken sich zu widersetzen, er schüttelt die Gespenster von sich ab und blickt befreit zum Sternenhimmel empor, der die Friedhofslandschaft des Irdischen tröstend überglänzt.
Das bescheidene und keineswegs ideale Dasein des Quintus Fixlein, angeblich vorgezeichnet von der »Wirklichkeit« der Zettelkästen wie von der realen Gegenwart, gewinnt, indem es erzählt wird, durch die »natürliche Magie der Einbildungskraft« andere Ausmaße, als ihm, genau betrachtet, eigentlich zugehören. Die Aufmerksamkeit wird auf Fixlein konzentriert, so daß die anderen Figuren zurücktreten und nur um ihm Relief zu geben noch sichtbar bleiben. So gewinnt er Volumen und, bis in sein Narrentum hinein, auch Profil. Nur noch eine Figur ist ähnlich deutlich gegenwärtig: der Erzähler.

Dieser hat, gesteht er uns, wie Mädchen, die aufs Land gehen und dort aus den Landleuten inkarnierte Geßnersche Idyllen machen, während diese ihrerseits die Mädchen aus der Stadt zu Hofdamen und Prinzessinnen hinaufstilisieren, den Pfarrer und den Schuldturm des bürgerlichen Daseins verfärbt und verklärt, »weil ich an ihm und an seinem Notstall schon den biographischen und idealischen Mondschein glimmen sah, den ich nachher auf ihn warf«.
Dieses Geständnis steht in einem der Anhänge und Nebenwerke zum *Quintus Fixlein*, über welche, insbesondere über die *Reise des Rektors Fälbel* und ihre erstaunliche satirische Energie, hinter der mehr steht als die erkennbare Absicht, Nicolais Reise durch Deutschland und die Schweiz zu parodieren, noch einiges zu sagen wäre. Das aber gehört, wie die Vorrede und die Abhandlung *Über die natürliche Magie der Einbildungskraft*, obwohl es in die »Idylle« immer wieder hineinspielt, in ein anderes Kapitel. Doch muß beachtet werden, daß Jean Paul eine solche Darstellung des deutschen Untertanen in der Maske des Schultyrannen, gut hundert Jahre vor Heinrich Mann und bis dahin noch nicht wieder erreicht, gewiß nicht unabsichtlich der Idylle zugeordnet hat.

Ralph-Rainer Wuthenow

Inhalt